Irene Dannenberg

Mein Vater

Ein Leben in Schlesien und Schwaben

Bibliographische Information der Deutschen Bibliothek:
Die Deutsche Bibliothek verzeichnet diese Publikation in der Deutschen Nationalbibliothek; detaillierte bibliographische Daten sind im Internet über http://dnb.ddb.de abrufbar.

November 2016
Copyright C 2016
Irene Dannenberg – Alle Rechte vorbehalten
Herstellung und Verlag: BoD – Books on Demand, Norderstedt

Umschlag und Buchgestaltung:
Irene Dannenberg
E-Mail:
Irene.Dannenberg@gmail.com

ISBN 978-3-7431-1616-0

Inhaltsverzeichnis

Vorspann 7
1.Teil:
Reiners Kindheit und Jugend in Schlesien 12
2.Teil:
Der Zweite Weltkrieg und die Nachkriegszeit 48
Nachspann 380

Vorspann

Eines Tages räumte Ingeborg die Bodenkammer auf. Da fand sie in einem Schrank einen alten Schuhkarton. Neugierig zog sie ihn heraus und setzte ihn auf Mutters alten Weidenreisekorb, den sie von ihrer Mutter, Ingeborgs Großmutter, bekommen hatte, bevor sie zur Gehilfinnenprüfung fuhr. Als Ingeborg neugierig den Deckel abnahm und einen Blick hineinwarf, um den Inhalt zu inspizieren, fand sie alte Kalender und Kladden darin. Sie nahm einen Kalender heraus und schlug ihn auf. Da entdeckte sie Tagebucheintragungen darin. Das war ja die Handschrift ihres Vaters! Auch die Kladden enthielten Episoden aus dem Leben ihres Vaters. Beim Lesen fiel ihr auch gleich das eine oder andere wieder ein, was er, angeregt durch Mutters Erzählungen, selbst aus seinem Leben erzählt hatte. Immer mehr tauchte aus dem Strom des Vergessens auf und ein Puzzleteilchen fügte sich zum anderen. Namen von Städten, an denen er weilte, Stationen seines Lebens, fielen ihr wieder ein.
So begann sie, die wichtigsten Orte in seinem Leben aufzusuchen. Immer mehr Erinnerungsfetzen tauchten so bei den Besichtigungstouren auf. Es hatten so viele Erinnerungsschätze in ihrem Gedächtnis geschlummert bis zu diesen Begegnungen mit den Orten, an denen sich das Leben ihres Vaters abgespielt hatte.
Ihre erste Reise führte sie nach Südfrankreich, wo er die Zeit seiner Kriegsgefangenschaft verbracht hatte. Es war Winter und trocken und eiskalt wehte der Tramontane durch die Straßen

und sie zog frierend ihre viel zu dünne Jacke enger um sich. Es ging den Hügel hinauf zur alten Burg. Abweisend blickten die trutzigen Mauern von der Höhe ins Tal hinab. Der Wind pfiff unerbittlich durch jede Schießscharte im alten Gemäuer. Dort oben begann es zu schneien. Die eiskalte Luft schnitt ihr wie mit Messern ins Gesicht. Da konnte sie erst ermessen, wie ihr Vater sich gefühlt haben musste. Zur Kälte kam dann noch der Hunger...Die Franzosen hatten ja damals selber nichts zu essen! Ihr schauderte bei dem Gedanken an die Zeit, die ihr Vater in Kriegsgefangenschaft dort verbracht hatte.
Ihre zweite Reise führte Ingeborg nach Berlin, wo sein Großvater gewohnt hatte. Auf einmal wurden alle seine Erzählungen wieder lebendig. Sie hörte ihn wieder berlinern. Ja, so hatte sie gar keine Schwierigkeiten, den Dialekt zu verstehen, während ihre Reisekumpanen nur verständnislos schauten. Ihr war auf einmal alles so vertraut, als wäre sie schon einmal da gewesen!
Dann ging es weiter nach Oslo, wo er die Kriegszeit verbracht hatte. Die Abende am Oslofjord mit den wunderbaren Himmelsstimmungen mit sonderbaren Wolkenformationen und Sonnenlichtstreifen, besonders während einer abendlichen Fjordrundfahrt auf einem alten Segelschiff sind ihr in unvergesslicher Erinnerung geblieben. Das Glockenspiel des Rathauses markierte die Stunden. Die Burg thront trotzig über dem Fjord und in ihren altehrwürdigen Mauern ertönten Klänge mittelalterlicher Musik beim Mittelalterfestival. Vom Vigelandpark hat ihr Vater geschwärmt und sie hat ihm volle anderthalb Stunden gewidmet. Die Skulpturen und die Land-

schaft wurden durch die changierenden Wolkenformationen und Lichtwirkungen am Himmel darüber in wechselnde Stimmungen getaucht. Die Wolkengebilde spiegelten sich in den Wassern der kleinen Seen. Das Rathaus mit seinen Gemälden und Reliefs zu nordischen Sagen und zur Geschichte Norwegens gehörte auch zum Programm. Das alles war sehr beeindruckend. Es war zu seiner Zeit dort im Entstehen und die Künstler wurden deportiert, sind später zurückgekehrt und haben ihr Werk vollendet. Zum Schluss stieg sie mit anderen noch bei Sturm auf das Dach der Oper (sie ist begehbar) mit tollem Blick über Fjord und Stadt und bei der Innenbesichtigung hat sie sich an seine schwärmerischen Erzählungen von Opernaufführungen während des Krieges erinnert.

Schon lange trug sie sich mit dem Gedanken, die Lebensgeschichte ihres Vaters aufzuschreiben. Seine Erlebnisse durften nicht dem Vergessen preisgegeben werden. Und sie wollte sie auch eines Tages veröffentlichen, das hatte sie sich fest vorgenommen.

Eine weitere Reise führte sie nach Breslau, der Stadt ihrer Großmutter väterlicherseits, zum Stadtfest, wo sie an einer Messe im Dom teilnahm. Um 21 Uhr kam der Laternenanzünder und dann begann auch schon das Konzert mit berühmten polnischen Tenören und dem Orchester des polnischen Radios. Vor dem Rathaus war sie schon am Abend zuvor über den Jahrmarkt gebummelt mit Darbietungen von verschiedenen Straßenmusikanten, wo auch spontan sich Pärchen zum Tanzen fanden. - Ein Tagesausflug führte sie nach Glogau, der Heimatstadt ihrer Eltern. Sie fand mehr, als sie zu hoffen gewagt hatte: Die alte aufgelassene Zuckerfabrik stand noch, vom Krieg unbeschädigt (Glogau war zu 95 % zerstört), allerdings dem Verfall preisgegeben. Zwischen Dom und Oder stand nur noch ein Haus, seiner oberen Stockwerke beraubt. Im Dom fand eine Hochzeit statt und sie hatte Muße, sich in ihre Kindheit zurückzuversetzen und sich an die Erzählungen ihrer Mutter zu erinnern. Beim Verlassen des Domes fiel ihr Blick auf einige Gebäude hinter dem Dom. Da, was lugte denn da durch die Bäume hindurch, ganz unversehrt? Das Haus passte genau auf die Beschreibungen ihrer Mutter! Es war noch da! Hatte Krieg und Zerstörung überdauert. Auch der Brand in der benachbarten Bauch'schen Weinhandlung hatte ihm nichts anhaben können! Als sie um die Ecke bog, erfuhr sie, dass dort und im Nachbarhaus jetzt eine Schule untergebracht ist. Auch von der Oderseite nahm sie das Objekt in Augenschein. Es passte haargenau alles auf die Beschreibungen ihrer Mutter. Die Bauch'sche Weinhandlung wird gerade wieder hergestellt. Dann ging es hinüber, wo einst die alte Festungsstadt stand. Der Rathausturm war stehen geblieben und das Rathaus wieder aufgebaut. Als sie oben auf dem Hügel an der Stadtmauer angelangt war, fiel ihr ein, dass ihre Mutter so von der ‚Guten Stube' geschwärmt hatte. Zunächst sah sie nur den Parkplatz. Doch, was war denn das? Da gingen ja Stufen hinunter in die alten Wallanlagen! Und da war sie! Prangte in üppiger exotischer Blütenpracht. Als Ingeborg beim Essen im Lokal saß, ging ein mächtiger Gewitterregen nieder. Danach war alles vorbei, genau, wie ihre Mutter die schlesischen Gewitter beschrieben hatte. Nur die riesigen Wasserlachen auf den Wegen zeugten noch vom vorbeigegangenen Unwetter. So konnte sie die verbleibende Zeit noch zu einem Spaziergang im Schlossgarten nutzen, zu dem die Blicke ihrer Mutter oft sehnsüchtig vom Fenster hinübergegangen sind, der ihr aber damals verschlossen war und der heute der Öffentlichkeit zugänglich ist. – Ein weiterer Ausflug führte sie nach Hirschberg, wo ihr Großvater einmal gearbeitet hat, wie auch in anderen Kurstädten. Als ihr Blick auf die Wegweisertafel: „Weingarten und Palmenhaus" fiel, erinnerte sie sich gleich an ihres Vaters Erzählungen vom Palmenhaus. So stieg sie denn den relativ steilen Hang hinauf und besichtigte dieses neue Palmenhaus, wo gerade im Restaurant ein Kindergeburtstag gefeiert wurde. Dann ging es wieder hinunter zum Markt, weiter zum Hungerturm und zurück zum Markt, wo sich inzwischen ein Blasorchester platziert hatte und ein Konzert mit Stücken polnischer Komponisten gab, dem Highlight des Sonntagnachmittags in Hirschberg. – Zwei Stadtführungen in Breslau, eine von einem Historiker und eine auf jüdischen Spuren erschlossen ihr die reiche Vergangenheit der Stadt Breslau. Am letzten Tag besichtigte sie noch Breslaus Alma mater mit der berühmten Aula Leopoldina und genoss den tollen Blick vom mathematischen Turm auf die faszinierende, geschichtsträchtige Stadt an der Oder.

Bald nach ihrer Rückkehr von der letzten Reise begann sie zu schreiben.

Teil: Reiners Kindheit und Jugend in Schlesien

Abschied

Reiners Sachen standen gepackt in der Ecke des Zimmers. Am nächsten Tag musste er in den Krieg ziehen. Vor einigen Tagen hatte er den Einberufungsbefehl per Post bekommen. Wie würde es werden? Er fragte sich, ob er den Krieg wohl überleben würde. Ob er wohl hierher zurückkehren würde? Er überschaute sein kleines Reich, den Schreibtisch, den alten Holzschrank, sein Bett, sein Bücherregal, in dem seine Schätze standen, Bücher, die er über alles liebte. Er trat an sein Bücherregal, nahm noch einmal den einen oder anderen Band heraus und strich sinnend über die schönen Einbände hin: Wenn Deutschland den Krieg verlöre, würde es wohl Schlesien verlieren. Ob er dann wohl seine Eltern je wiedersehen würde? Er wusste es nicht. Da waren sie, die herrlichen Gesamtausgaben der Klassiker. Viele davon hatte er von einer Bekannten seines Vaters, einer Lehrerwitwe, geschenkt bekommen. Reiners Lieblingsbeschäftigung war lesen. Vor allem liebte er Werke klassischer Literatur. Auch für Geschichte interessierte er sich sehr. Eine Dünndruckbibel und sein Tagebuch hatte er eingepackt. Täglich wollte er in der Bibel lesen und seine Erlebnisse aufschreiben, wollte alles festhalten, was er erlebte und sich später einmal genau an alles erinnern. Nichts sollte seinem Gedächtnis entschlüpfen. Er tastete an sein Handgelenk, streifte den Hemdsärmel zurück und blickte auf seine goldene Uhr, die er von seinem Onkel, dem Uhrmachermeister, zur Konfirmation geschenkt bekommen hatte. Auch sie sollte ihn in den Krieg begleiten. Er wollte sich nie von ihr trennen. Da tauchten Erinnerungen an seine Kindheit und Jugend in ihm auf. Er ging noch einmal ins Wohnzimmer hinüber und ließ seine Finger zärtlich über die Tasten des Klaviers streichen. Ohne sie anzuschlagen glitten seine Finger über die Tasten. In seiner Erinnerung hörte er dazu das Stück noch einmal, das er zum Abschluss am Nachmittag gespielt hatte. Es war sein Lieblingsstück, ein Menuett von Mozart, gewesen. Auch das Hackbrett stand noch in der Ecke, so, wie sie es – sein Vater und er – am vergangenen Sonntag nach dem Spielen zurückgestellt hatten. Ob er wohl noch einmal darauf spielen würde? Er liebte doch den Klang so sehr. Er ging hinüber und strich träumerisch und den Klängen des letzten Spieles nachlauschend über die Saiten hin. Würde er je aus dem Krieg zurückkommen? Es waren schon so viele gefallen oder vermisst gemeldet. Wenn ja, ob er wohl je noch einmal darauf spielen würde? Würde er in seine Heimatstadt zurückkehren können oder würde er sich gar woanders ein neues Leben aufbauen müssen in der unbekannten Fremde, weit von der Heimat fort? Noch einmal ganz von vorne anfangen, die kostbaren Bücher und die wunderschönen Instrumente fort, für immer verloren, wo er doch Musik und Lektüre so sehr liebte?! Das war ein schrecklicher Gedanke für ihn. Ob er dann je so viel Geld verdienen würde, um neue Instrumente erwerben zu können? Ein Hackbrett bestimmt nicht mehr, schoss es ihm unendlich traurig durch den Sinn. Vielleicht ein Klavier, wenn er lange darauf sparte. Würde er seine Eltern je wiedersehen? Wo würde er sie wiedertreffen, wenn die Heimat verloren wäre? Sein Vater war schon zu alt, um noch eingezogen zu werden. Doch – man konnte ja nie wissen! Dann würde seine Mutter ganz alleine zurück bleiben! - Was würde dann aus ihr werden? Mit einem Ruck riss er sich los von den Erinnerungen und den trüben Gedanken, die sich einstellten, wenn er an den morgigen Abschied dachte. Er drehte sich um und kehrte in sein eigenes kleines Reich zurück. Bedächtig trat er ans Fenster, schob langsam den Vorhang zur Seite und hob das Verdunklungsrollo etwas an, um in die rabenschwarze Nacht hinauszuspähen, die davor lauerte und seine Angst vor dem Ungewissen noch schürte. Alles wirkte ruhig und die undurchdringliche Schwärze mutete ihn unheimlich an. Wegen der Verdunklungspflicht sah man keinen Lichtschein auf den Straßen der Stadt und aus den Fenstern der Häuser auf die Straße dringen. Wie schwarze Löcher gähnten die Fensterhöhlen. Alles wirkte so unheimlich gespenstisch und bedrohlich, dass Reiner ein Schauer über den Rücken lief und er ein Ahnen von kommendem Unheil verspürte. Er dachte an die Zeit vor dem Krieg zurück, wo warmer Lichtschein in die Nacht gedrungen war und die alten Gaslaternen die Straße erhellt hatten. Wehmütig gedachte er dieser verlorenen Zeit, viel zu schnell dahingegangen wie seine Kindheit und Jugend. Die Gedanken daran nahm er mit ins Bett, als er sich in seine Bettdecke kuschelte und sich wohlig unter seinem bequemen Federbett ausstreckte. Wo würde er morgen wohl nächtigen? Auf einem harten Feldbett in einer Massenunterkunft, er, der eher ein Einzelgänger war und das Alleinsein mit seinen geliebten Büchern dem Lärmen seiner Altersgenossen vorzog? Was würde die Zukunft bringen? Überleben oder Tod? Er wusste es nicht. Im Einschlafen zogen Bilder aus seinem bisherigen Leben vorbei wie ein Film. So entschlummerte er schließlich, die Bilder seiner Erinnerungen mit in den Schlaf hinübernehmend.

Reiners Kindheit

An seine Kindheit konnte sich Reiner noch gut erinnern. Er hatte keine Geschwister und wohnte mit seinen Eltern zunächst mitten in der Stadt. Reiner liebte es, durch die alten Gassen zu stromern. Je älter er wurde, desto weiter entfernte er sich von „seiner" Straße. Dort gab es einen „kleenen Kofmich", ganz in der Nähe der elterlichen Wohnung, wohin ihn seine Mutter immer zum Einkaufen schickte. Es war ein kleiner Laden, der meistens voller Leute war. Er musste oft lange anstehen, bis er an die Reihe kam. Wie er noch klein war und noch nicht lesen konnte, reichte er dem Kaufmann, einem Mann in mittleren Jahren mit einem Kneifer auf der Nase und einem Schnurrbart, seine Einkaufsliste, die die Mutter ihm mitgegeben hatte, wenn er mehr holen sollte, als er sich merken konnte. Der Kaufmann nahm die Liste entgegen, suchte dann die Waren zusammen und legte sie auf den Verkaufstresen. Reiner beobachtete gebannt alle seine Bewegungen. Interessiert sah er dem Kaufmann zu, wie er anschließend die Beträge in die alte Kasse eingab und kurbelte, um sie zu öffnen. Reiner streckte ihm das Geld entgegen, das seine

Mutter ihm mitgegeben hatte. Der Kaufmann nahm es entgegen, sortierte es sorgsam ein, entnahm der Kasse das Wechselgeld und reichte es Reiner, der es in seine Geldbörse steckte, die er oben im Einkaufsnetz platzierte, so dass er sie nicht verlieren konnte. Der Kaufmann schloss die Kasse und wandte sich dem nächsten in der Schlange wartenden Kunden zu. Reiner musste sich durch die wartenden Menschen, die ihm eine Gasse öffneten, zwängen und zum Ausgang durchschlüpfen. Er war froh, wenn das geschafft war, es ihm gelungen war, die Ladentür mit dem schweren Einkaufsnetz bewaffnet zu öffnen, indem er sich auf die Zehenspitzen erhob, um an den Türdrücker zu gelangen und sich hinaus zu zwängen. Anschließend musste er noch die Tür hinter sich wiedervschließen und dann ging es die Straße hinunter nach Hause. Fröhlich vor sich hin pfeifend trat er den Heimweg an.

Milch musste er im Milchladen, der etwas weiter weg war, holen. Die Kannen schepperten immer lustig bei jedem seiner Schritte. Meistens standen die Leute Schlange vor dem kleinen Laden. Er hatte immer vorsichtshalber eine zweite Kanne dabei, falls es Buttermilch gab, die es als Abfallprodukt beim Buttern günstig gab. Buttermilch trank er für sein Leben gern. Auf dem Heimweg blieb er ab und zu stehen, um etwas abzutrinken. Wenn sie nicht zu knapp eingeschenkt hatten, hat seine Mutter es nicht gemerkt. Er musste sehr vorsichtig gehen, um nichts von der köstlichen Buttermilch und der anderen Milch zu verschütten. Besonders mit zwei Kannen war äußerste Vorsicht geboten. Schließlich ging es noch die alten, ausgetretenen Steinstufen im dämmrigen Hausflur hinauf – da musste er besonders vorsichtig sein. Er war immer heilfroh, wenn er die vollen Kannen, deren wertvoller Inhalt hin und her schwappte, auf dem Küchentisch abstellen konnte. Das Wechselgeld verstaute er immer in der Hosentasche seiner kurzen Hose, die er sommers wie winters trug, aus der er es, zu Hause angekommen, wieder hervorkramen musste. Wenn seine Mutter nicht da war, was ab und an vorkam, legte er es neben die beiden Kannen.

Als die Familie schon einige Jahre auf dieser Straße wohnte, eröffnete ein Fleischer sein Geschäft dort. Reiner stand, wie alle anderen Kinder, die in der Straße wohnten, neugierig herum und beobachtete, wie der neue Laden eingerichtet wurde. Das war „das Ereignis" in der Straße. Die Jungen und auch einige Mädchen drückten sich an der Schaufensterscheibe die Nasen platt, um ja alles mitzubekommen. Da kam schließlich die Metzgersfrau heraus, eine energische Frau in mittleren Jahren, und scheuchte das neugierige junge Gemüse weg. Reiner duckte sich, bevor sie zu ihm kam und tauchte etwas in der schaulustigen Menge ab. Einige Kinder, die noch am Fenster verharrt hatten, als sie energischen Schrittes näher trat, wurden von ihr grob mit „verschwindet, euch wird' ich luften! Wir müssen schuften und ihr Lausebengel gafft hier Löcher in die Luft!" verscheucht. Reiner erspähte ein kleines Mädchen in seinem Alter in der Menge, die etwas abseits von der Gruppe der Kinder stand, die nur verstohlen hinter dem Rücken der Mutter neugierig hervor lugte. Ihr Blick fiel auf Reiner, der etwas abseits von der Gruppe der anderen neugierigen Kinder stand. Ihre Blicke trafen sich. Reiner brannte darauf, sie kennen zu lernen. Oft belagerte er das Fleischergeschäft, das bald florierte. Aber sie kam nie zum Spielen auf die Straße heraus, wie die anderen Kinder im Viertel. Sie begannen, ihn zu hänseln, wenn er, statt mit ihnen Ball oder andere Spiele zu spielen, auf seinem Beobachtungsposten ausharrte.

Ab und zu schickte ihn seine Mutter um hundert Gramm Wurst in den Fleischerladen. Flugs betrat er das Geschäft, sich neugierig nach ihr die Augen ausguckend. Aber er konnte sie auch hier nirgends erspähen. Nur einmal sah er ihr Gesicht an einem der Fenster über dem Laden. Sie winkte ihm grüßend zu, aber da wurde sie schon von einer energischen Hand vom Fenster weggezogen. Eine Weile sah er nichts mehr von dem Mädchen und schließlich gab er das vergebliche Warten auf.

Reiner erinnerte sich noch gut an die Bohnenzeit. Immer, wenn er von der Schule heimkam, musste er seiner Mutter beim Bohnenschnippeln helfen, die ganze Gläser davon einweckte. Er hasste diese mühsame Arbeit. Viel lieber hätte er ein schönes Buch gelesen, als diese eintönige Arbeit zu verrichten. Oder Klavier gespielt oder eine seiner schönen Schallplatten angehört. Er besaß einige mit klassischer Musik, die er so sehr liebte. Auch die musste er zurücklassen, wenn es morgen fortging in den Krieg.

Genauso eine mühselige Arbeit war das Johannisbeerenabpulen und wurde von ihm genauso gehasst. Er aß sie zwar gern, aber auch dieser Arbeit wäre er gern aus dem Weg gegangen. Und seine Mutter weckte fleißig für kommende Winter ein. Und die Johannisbeerenzeit nahm und nahm kein Ende! Reiner war froh, wenn er zum Klavierüben verschwinden konnte, weil er bald

Stunde hatte oder dringend auf eine Arbeit in der Schule lernen musste – nur dafür bekam er nämlich Dispens! Ja, und im Keller standen sie noch, die vielen vollen Weckgläser. Ob sie die wohl je noch alle essen würden? Die viele Mühe, sollte sie umsonst gewesen sein? Es sah nicht gut aus. Und wenn Deutschland den Krieg verlor, würde er wohl nicht – vorausgesetzt er überlebte den Krieg - in seine Heimatstadt zurückkehren können. Daran durfte er gar nicht denken!
Wie schön waren doch die Sonntage gewesen, an denen sie einen Ausflug ins Wiesenstrandbad an der Oder unternommen hatten. Es war immer strahlender Sonnenschein, richtiges Kaiserwetter gewesen, wie sein Vater es zu nennen pflegte. Reiner war herausgeputzt in seinem Matrosenanzug, wie es damals üblich war. Die Eltern trugen ihren Sonntagsstaat. Der Weg ging an der Oder entlang durch Wiesen, gesäumt von Bäumen und Sträuchern. Der Himmel spannte sich so blau über die Welt, das Wasser der Oder glitzerte im Sonnenlicht, die Vögel zwitscherten lustig in Baum und Strauch und aus den Lokalen, die den Weg säumten, drang fröhliche Musik. Viele sonntäglich gekleidete Familien waren unterwegs, die Kinder hübsch herausgeputzt. Man traf Bekannte und blieb eine Weile stehen, um einige Sätze auszutauschen. Als sie am Ziel angekommen waren, setzten sie sich auf eine Bank und schauten auf den glitzernden Strom hinaus. Enten quakten und kamen mit ihren Kleinen angeschwommen Reiner durfte immer etwas altes Brot mitnehmen, das er ihnen dann verfüttern konnte. Meistens hatten sie etwas zu essen mit und vesperten auf der Bank. Ab und zu gingen sie auch in eins der Lokale und aßen dort eine

Kleinigkeit. Reiner war dann ganz stolz, weil er schon mit Messer und Gabel essen konnte. Sein Vater hatte darauf bestanden, als er fünf Jahre alt war. Sie hatten auch immer einen Ball dabei und sein Vater spielte mit ihm im seichten Wasser am Ufer. Wenn der Ball neben ihm ins Wasser plumpste, weil er ihn verfehlt hatte, spritzte ihm das silbrig schimmernde, seidige Wasser ins Gesicht und kühlte sein vom Spielen und von der Sonne erhitztes Antlitz. War das ein Heidenspass! Gegen Abend, wenn die Sonne schon tief stand, ging es nach Hause zurück. Reiner war ganz erfüllt von den schönen Erlebnissen und träumte noch nachts im Bett davon.

Reiners frühe Jahre bis zu seiner Einschulung Ostern 1929

Reiner und seine Eltern wohnten in einer kleinen Altbauwohnung mit zwei Zimmern, Bad und Küche. Die Straße lag am Wallgraben. Sein Vater, der Justizangestellter war, konnte zu Fuß zur Arbeit gehen, weil es nicht weit zum Amtsgericht war. Die katholische Stadtpfarrkirche war auch nicht weit weg. Hinter dem Amtsgericht war der Hans-Prüfer-Platz, wo die größeren Kinder oft Kreisel oder andere Spiele spielten, wenn er mit seiner Mutter vorbeiging.
Seine Mutter rührte den Teig für einen Kuchen in der Küche. Reiner spielte im Flur und beobachtete sie durch die geöffnete Tür. Als sie fertig war mit Rühren füllte sie den Teig auf ein eingefettetes Backblech und bestrich den Teig mit Marmelade. Dann begann sie Streuselteig zu kneten und setzte Häufchen davon auf den mit Marmelade bestrichenen Kuchenteig. Als sie die

Schüsseln eingeweicht hatte, rief sie Reiner herein und reichte ihm das Blech. „Reiner, lauf zum Bäcker und liefere das Blech dort ab!" Reiner nahm das Blech in Empfang und stiefelte los. Es ging durch den Flur zur Eingangstür, die ihm seine Mutter öffnete, dann durch den Hausflur, die Treppen hinunter, zur Haustür hinaus, die meistens unter tags nur angelehnt war oder er schlüpfte mit hinaus, wenn jemand hereinkam oder hinausging, über die Straße hinüber zum Bäcker. Als er den Bäckerladen betrat, schlug die Glocke an und die Bäckersfrau erschien im Türrahmen zur Backstube. Er grüßte höflich und reichte ihr das Blech. Sie nahm es entgegen und verschwand in der Backstube. Reiner drehte sich auf dem Absatz um und verließ den Laden. Langsam schlenderte er zurück nach Hause, die Hände in den Hosentaschen seiner kurzen Hose, die er sommers wie winters trug, vergraben. Schließlich langte er an der Haustür an und rief zum Küchenfenster hoch. Seine Mutter öffnete das Fenster und blickte zu ihm hinunter auf die Straße. Dann lief sie, um ihm zu öffnen. Er stapfte die Treppen hinauf zur Wohnung und setzte sein Spiel im Flur fort. Später rief seine Mutter ihn wieder und schickte ihn zum Bäcker hinüber, den fertigen Kuchen abzuholen. Es wurde schon dämmrig auf der Straße. Bald würden die Gaslaternen angehen und ihr gelbliches Licht auf das Kopfsteinpflaster der Straße werfen. Sein Vater musste auch bald nach Hause kommen. Reiner beeilte sich, zum Bäcker zu gelangen. Ein Junge, der im Nachbarhaus wohnte, kam auch angelaufen. Reiner öffnete die Ladentür. Der Nachbarsjunge überquerte die Straße und schlüpfte hinter Reiner in den kleinen Laden. Beide grüßten die Bäckersfrau, die schon hinter dem Tresen stand und ihnen die Bleche reichte. Reiner eilte als erster hinaus und machte sich zügig auf den Heimweg. Schon überquerte er die Straße und schlüpfte durch die noch offene Haustür. Sein Vater war vor ihm eingetreten, mit seiner Aktentasche unter dem Arm. Er schnupperte: „Ah, es gibt Streuselkuchen!" Vater und Sohn stiegen die Treppe hinauf zur Wohnung, nachdem sie sich begrüßt hatten.

Wenn seine Mutter Reiner aufforderte, sie in den Keller zu begleiten, war er gar nicht so erfreut auf die Aussicht, in die Gewölbe der Unterwelt hinabzusteigen. Eine steile, ausgetretene Steintreppe führte dort hinunter. Seine Mutter ging voraus und öffnete die schwere Kellertür. Drinnen war es stockfinster. Reiner war es unheimlich zumute. Seine Mutter drückte gleich auf den Lichtschalter und ein paar vereinzelte trübe Funzeln an der hohen Decke des alten, steinernen Gewölbekellers gingen an und schickten ihr diffuses Licht in die undurchdringliche Finsternis. Der Boden glitzerte vor Feuchtigkeit. Es war glitschig und schummrig dort unten. In den hintersten Ecken lauerte die unheimliche, undurchdringliche Finsternis bedrohlich. Im Dämmer vor ihnen gingen Ratten schweifwedelnd spazieren und als sie sich ihnen näherten, flitzten sie in den hinteren Teil davon und verschmolzen mit der pechschwarzen Nacht. Reiner schauderte es. Seine Mutter ging beherzt voran und schloss ihren Kellerraum auf. Sie schaltete das Licht an, ging hinein und Reiner schlüpfte schnell hinterher. Trübes Licht fiel auf Holzregale, die an den

Wänden aufgereiht waren, in deren Fächern Gläser mit Eingewecktem in Reih und Glied wie die Soldaten aufgereiht standen. Die Mutter ging zum Kohlenkasten hinüber und füllte dunkelglänzende Steinkohlen mit der Schaufel in den mitgebrachten Eimer. Reiner trat zur Kartoffelhürde und fischte Kartoffeln in den Kartoffeleimer, den seine Mutter dort schon abgestellt hatte. Da kam seine Mutter zu ihm herüber, die inzwischen fertig war mit dem Befüllen des Kohleneimers und drückte ihm ein Glas mit eingeweckten Erdbeeren in die Hand. „Sei vorsichtig, Reiner!" Reiner packte zu und drückte das Glas fest an seine Brust, um es nur ja nicht fallen zu lassen. Seine Mutter ging zurück, nahm den Kohleneimer in die eine Hand und den Kartoffeleimer in die andere und ging rasch zur Tür. Reiner war ihr mit dem Einweckglas auf dem Fuß gefolgt. Er schlüpfte an seiner Mutter vorbei hinaus. Seine Mutter verließ hinter ihm das Kellergelass, stellte die Eimer neben der Tür ab, löschte das Licht, schloss die schwere Tür, steckte den Schlüssel in das alte verrostete Schloss und drehte ihn herum. Reiner sah ihr dabei zu und hörte die Ratten fiepend über den Boden huschen. Seine Mutter steckte den Schlüssel in die Tasche ihrer Kittelschürze, nahm die beiden Eimer wieder auf und machte sich auf den Weg zur Kellertür. Reiner folgte ihr vorsichtig mit dem schweren Glas, froh, den unheimlichen Ort verlassen zu können. Seine Mutter ließ ihn vorbei und Reiner atmete erleichtert auf, als das Licht im Treppenhaus aufflammte und seine Mutter die Kellertür schloss. Sie stiegen gemeinsam die steilen, ausgetretenen Steinstufen zur

Wohnung hinauf. Seine Mutter holte den Wohnungsschlüssel aus der Schürzentasche, steckte ihn ins Schloss, schloss auf und sie gingen gemeinsam in die Küche, wo sie den Kohleneimer in die Ecke neben den Ofen stellte und den Kartoffeleimer in den Vorratsschrank. Dann drehte sie sich um, nahm Reiner das schwere Weckglas ab und stellte es auf den Küchentisch. Anschließend ging sie die Wohnungstür schließen. Als sie zurückgekehrt war, machte sie sich daran, das Glas zu öffnen. Reiner sah ihr interessiert dabei zu. Dann begann sie, Geschirr aus dem Geschirrschrank und Besteck aus dem Besteckkasten zu holen und den Tisch zu decken. Da hörte Reiner, wie die Wohnungstür ging, weil auch schon sein Vater heimkam von der Arbeit, seine Aktentasche wie gewohnt im Flur abstellte und ins Bad ging, um sich die Hände zu waschen. Da stand er auch schon in der Küchentür und begrüßte seine kleine Familie. Vater und Sohn setzten sich auf ihre Plätze am Küchentisch und Reiners Mutter trat zum Herd, um mit Topfhandschuhen bewaffnet den Topf mit den Kartoffeln von der Herdplatte zu nehmen und ihn auf die Geschirrablage im Ausguss zu stellen. Als sie den Deckel vorsichtig lüftete, strömte der heiße Wasserdampf in weißen Wölkchen heraus. „Bringt eure Teller!" Reiner ließ seinem Vater den Vortritt, wie es sich gehörte, obwohl ihm der Magen schon heftig knurrte vor Hunger. Seine Mutter spießte die dampfenden Kartoffeln eine nach der anderen mit einer Gabel auf und bugsierte sie auf den hingestreckten Teller. Endlich kam Reiner an die Reihe, während sein Vater an seinen Platz zurückkehrte. Zuletzt nahm sich seine Mutter die verbleibenden Kartoffeln auf ihren Teller und bald saßen alle drei um den Küchentisch versammelt. Reiners Vater sprach ein Tischgebet. Dann wurde die Schüssel mit dem mit Zwiebeln und Salz angemachten Quark herumgereicht und jeder tat sich davon mit einem Esslöffel etwas zu den Kartoffeln auf den Teller. Reiners Mutter holte Margarine und Salz und dann begannen sie schweigend zu essen. Reiner aß Kartoffeln für sein Leben gern und die gab es auch oft. Als die Teller mit den Kartoffeln und die Schüssel mit dem Quark geleert waren, stand Reiners Mutter auf, sammelte sie ein und trug sie zur Spüle. Dann kehrte sie zurück, reichte das Glas mit dem Erdbeerkompott herum und jeder füllte sich etwas in sein Glasschälchen. Schließlich erhob sich Reiners Vater, um im Wohnzimmer auf dem Sofa ein kleines Nickerchen zu machen, bevor es wieder zum Dienst ging. Reiners Mutter räumte den Tisch fertig ab und begann abzuwaschen. Sie drückte dem abwartend dastehenden Reiner das Geschirrhandtuch in die Hand und er begann abzutrocknen. Als er fertig war, räumte seine Mutter das Geschirr auf und wischte den Tisch mit einem feuchten Lappen ab. Als sie fertig war, setzte sie sich für eine Weile hin und warf einen Blick in die Tageszeitung. Reiner saß still daneben und wartete darauf, dass sein Vater wieder zur Arbeit aufbrach. Schließlich kam er aus dem Wohnzimmer, schnappte sich seine Aktentasche, steckte seinen Kopf durch die Küchentür, um sich von Frau und Sohn zu verabschieden und machte sich auf die Socken. Nachdem die Wohnungstür ins Schloss gefallen war, stand Reiner auf, holte seine Spielsachen wieder hervor und begann leise zu spielen. Ab und zu warf er einen verstohlenen Blick zu seiner Mutter hinüber, die über der Zeitung eingenickt war.

Umzug in eine neue Wohnung und Einschulung

Bald nach Reiners Geburtstag zogen sie in die Weststadt in eine Dreizimmerwohnung um. Nun bekam er sein eigenes kleines Reich. In seinem kleinen Zimmer hatte nur mit Mühe ein Bett und ein abgesägter Tisch Platz, woran er seine Schulaufgaben machen konnte. Sein Vater hatte es nun weiter zur Arbeit und nahm bei schönem Wetter das Fahrrad. Die anderen Zimmer waren auch sehr klein, nur die Küche war etwas geräumiger und bot Platz für ein Sofa, wo sein Vater sein Mittagsschläfchen halten konnte, bevor er wieder zum Dienst radeln musste.
Ostern des folgenden Jahres wurde Reiner eingeschult. Schon Wochen zuvor hat seine Mutter mit ihm Ranzen und Schiefertafel besorgt. Er freute sich schon darauf, endlich in die Schule zu kommen. Auch übte seine Mutter mit ihm den weiten Schulweg. Er musste an der Pestalozzischule vorbei, die nur für Mädchen war. Es war ein weiter Weg von der Weststadt in die Innenstadt.
Er hatte eine große Schultüte bekommen. Nach dem Frühstück ging es an diesem großen Tag los. Der neue Ranzen wurde umgeschnallt und er bekam die Schultüte als wichtiges Requisit in die Hand gedrückt. So stiefelte er mit seiner Mutter los, die ihn begleitete. Es ging zügig Richtung Innenstadt. Reiner war schon ganz aufgeregt und fieberte dem Neuen entgegen. Endlich kamen sie in die Innenstadt Richtung Schule. Von allen

Ecken und Enden kamen ähnlich ausgerüstete ABC-Schützen mit ihren Müttern an und eilten der Schule entgegen. Es ging durch die große Eingangstür hinein, den Flur hinunter ins Klassenzimmer. Der Lehrer, ein hochgewachsener Mann, erwartete die Schar seiner neuen Schüler schon. Reiner suchte sich seinen Platz in den alten Holzbänken zusammen mit seinen neuen Kameraden. Reiner strich mit der Hand über das abgegriffene Holz der Tischplatte. Wie viele Kindergenerationen hatten hier wohl schon gesessen und gelernt? Seine Mutter wartete hinten mit den anderen Müttern. Schon bald waren sie für's erste wieder entlassen und strebten nach Hause. Wie würde es wohl werden? Ein neuer Lebensabschnitt begann für Reiner.

Reiner fiel das Lernen leicht und kaum hatte er das Lesen gelernt, begann er selbständig zu lesen. Er erinnerte sich noch gut an die kurzen Gedichte von Hermann Löns im Schullesebuch.

Er bekam zu den Geburtstagen und zu Weihnachten schöne Bücher geschenkt. Auch eine Dame im Bekanntenkreis der Familie, eine Konrektorswitwe aus Berlin, die von ihrem Bruder in die niederschlesische Kleinstadt gelockt worden war und oft wieder nach Berlin gefahren ist, hat Reiner reich bebilderte Literaturbände geschenkt. Er hat sie immer wieder zur Hand genommen, die Bilder angeschaut und darin gelesen. Lesen wurde zu seiner Lieblingsbeschäftigung.

Reiner bekam Klavierstunden bei einer alleinstehenden, älteren Dame, die in der zu Wohnungen und Zimmern umgebauten Kaserne gewohnt hat. Einmal die Woche marschierte er mit seiner Notenmappe bewaffnet nachmittags dorthin.

Auch seine Großmutter hat eine Weile dort gewohnt, und immer, wenn er zum Klavierunterricht kam, hat er sich an seine Besuche bei ihr zusammen mit seiner Mutter erinnert. Sie war bald nach Görlitz zu ihrer Tochter gezogen und ihr Bild verblasste in seiner Erinnerung. Zu Hause übte er nun fleißig auf dem neu angeschafften Klavier. Reiner liebte Musik über alles und keiner musste ihn zum Üben antreiben. Später hatte er bei einem älteren Schüler, der im selben Haus wohnte, Klavierunterricht. Oft konnten sie ihn nachts noch „Regentropfen" und den „Badenweiler Marsch" spielen hören. Sein Vater war bei der Post und seine Mutter Lehrerin.

In Reiners Kindheit waren sie viel im Garten. Seine Mutter ging mit ihm gegen Abend dorthin und sein Vater kam dann von der Arbeit aus nach. Reiner gefielen Blumen sehr und er war gern dort. Es gab einige Blumenbeete, aber auch Gemüse und Beerensträucher. Von der neuen Wohnung waren sie noch eine ganze Weile zu Fuß dorthin unterwegs, aber es war sehr beschwerlich. Der Garten machte seiner Mutter viel Arbeit und schließlich gaben sie ihn auf. Es war eine schöne Zeit dort gewesen.

Der Großvater überließ ihnen einen seiner Wellensittiche. Reiner war nicht sehr begeistert über den neuen Familienzuwachs. Im Sommer saß er immer auf der Zimmerlinde, wo er oft nicht zu sehen war, bis er plötzlich anfing zu schreien. Trotz der geöffneten Fenster ist er nicht weggeflogen. Im Gegenteil, er ist immer „guterzogen" in seinen Bauer zurückgeflogen. Reiner und seine Eltern mochten es gar nicht, wenn er auf die Gardinenstange geflogen ist und von dort heruntergemacht hat. Besonders gestört fühlten sie sich auch, wenn sie sich ein Konzert im Radio anhören wollten und er dazwischen gekreischt hat. Sie hatten ihn ein paar Jahre bis er plötzlich starb.

Reiners Vater war Schriftführer im Kriegerverein. Er war oft lange weg bei den Sitzungen, besonders auch auf Beerdigungen. Einmal fuhr die ganze Familie bei einem Ausflug mit. Reiner freute sich schon vorher darauf. Es ging zur Oder zur Schiffsanlegestelle. Sein Vater begrüßte seine Kameraden. Reiner blieb bei seiner Mutter stehen. Es war wunderschönes Wetter – Kaiserwetter, wie sein Vater es zu nennen pflegte und sie gingen schließlich alle an Bord. Reiner stand an der Reling und blickte zum vorbeiziehenden Ufer hinüber. Plötzlich tuckerte der Dampfer und aus war's. Er blieb mitten auf der Oder stehen. Auch die anderen Passagiere kamen zur Reling und blickten suchend umher. Sie warteten Stunde um Stunde. Nichts tat sich. Schließlich kam ein anderes Boot heran, drehte bei und dockte an. So wurden sie abgeschleppt. Die „Ausflieger" sind nie am Zielort, wo sie erwartet wurden, angekommen.

Erzählungen von früher

Ab und zu erzählte seine Mutter Reiner von früher. Sie holte die alten Fotoalben hervor, zeigte ihm Bilder und begann, von den abgebildeten Personen zu erzählen. So erfuhr Reiner etwas über das Leben seiner Mutter, seines Vaters und ihrer Familien vor seiner Geburt. Seinen Großvater mütterlicherseits hatte er nicht mehr kennen gelernt. Seine Mutter war das älteste Mädchen und half nach dem Besuch der Volksschule im Haushalt mit. Nach ihr kamen zwei Schwestern und zwei Brüder. Sie war eine Zeitlang als Stütze auf einem Gut tätig. Ein paar Mal war Reiner mit seiner Mutter zu Besuch bei der älteren der beiden Schwestern seiner Mutter und bei ihrer Mutter, die im gleichen Ort wohnte und später zu ihrer Tochter gezogen ist. Sie war schon lange Witwe, eine verhärmte Frau. Reiners Großvater war Lokomotivführer gewesen und war nach einem unverschuldeten Bahnunfall, der ihn psychisch sehr belastete, mit etwas über fünfzig Jahren pensioniert worden und bald darauf gestorben. Seine Mutter hatte sehr an ihrem Vater gehangen und ihm lange nachgetrauert. Mit ihrer Mutter verstand sie sich nicht so gut. Das spürte auch Reiner. An die Besuche bei seiner Tante konnte er sich nur dunkel erinnern.

Einmal fuhren Mutter und Sohn nach Breslau zu deren Schulfreundin. Diese Reise hat nachhaltige Eindrücke an die schöne alte Stadt mit ihrem Wahrzeichen, dem alten Rathaus, der Dominsel, die nachts von alten Gaslaternen erhellt wurde und wo man ab und an in der Abend- oder Morgendämmerung dem Laternenanzünder, der die Lampen im Morgengrauen dann wieder löschen musste, begegnen konnte. Die romantische Stimmung auf der Dominsel und die Besuche im Dom sind ihm in bleibender Erinnerung geblieben. Wenn seine Mutter mit ihrer Freundin beisammen saß, ließ Reiner neugierig seine Blicke über die gediegene Wohnungseinrichtung schweifen und lauschte mit halbem Ohr den schwelgenden Erzählungen aus glücklichen, gemeinsam verbrachten Schulmädchenfreundschaftszeiten längst vergangener Tage.

Zur jüngsten Schwester seiner Mutter hatten sie selten Kontakt und später haben sie sich nach einem Streit aus den Augen verloren und sind nie wieder zusammengetroffen.

Reiners Onkel war Uhrmachermeister geworden, lebte in einem Provinzstädtchen und betrieb dort einen kleinen Laden. Die Besuche dort mit seinen Eltern sind ihm in bleibender Erinnerung geblieben. Sein Vater hatte sich Urlaub genommen und so fuhren sie zu dritt mit der Bahn zum Onkel und zur Tante. Der Onkel holte sie am Bahnhof mit einem Handkarren ab, auf den sie das Gepäck verfrachteten. So ging es über das Kopfsteinpflaster des Städtchens zum Haus des Onkels. Im Erdgeschoss zur Straße hinaus befand sich der kleine Laden, wo Reiner staunend die Auslagen bewunderte. Hinten im Hof war in einem kleinen Anbau des Onkels Werkstatt untergebracht. Einmal zeigte er seinem Neffen, wie das Innenleben einer Uhr aussah. Staunend sah Reiner ihm beim Auseinanderschrauben zu und lauschte ihm gebannt, als er ihm die Funktionsweise einer Uhr erklärte. Es war immer dämmrig in der kleinen Werkstatt und auf der Werkbank stand eine Lampe, deren helles Licht den Arbeitsplatz des Onkels beleuchtete. Denn er musste gut sehen bei seiner diffizilen Arbeit. Fasziniert sah Reiner ihm zu, wie er die einzelnen Schräubchen wieder verschraubte und schließlich die auseinandergenommene Uhr auf wunderbare Weise wieder zusammensetzte und zu neuem Leben erweckte. Da rief die Tante auch schon zum Mittagessen. Onkel und Neffe eilten ins Haus zu Tisch. Es gab wieder eingelegten Lammbraten, wie auch die Tage zuvor. Sie aßen dieses Gericht jeden Tag, den sie zu Besuch bei

Onkel und Tante weilten. Ja, von seinem Onkel, dem Uhrmachermeister, hatte er zur Konfirmation seine goldene Uhr geschenkt bekommen. Von der wollte er sich seiner Lebtag nicht trennen! Sie sollte ihn auch morgen in den Krieg begleiten.

Der Circusplatz war am Stadtrand auf einer großen Wiese. Reiner freute sich schon auf den Besuch der Vorstellung, wenn ein Circus sein Zelt dort aufschlug. Er ging gern in den Circus. Damals gab es noch viele Tiernummern. Der Circus, das war eine aufregende Welt für sich, eine Glitzerwelt mit einem Hauch von Gefahr und Abenteuer untermalt von mitreißender, nervenzerfetzender Musik, die sich von Höhepunkt zu Höhepunkt steigerte. Die Vorstellungen waren immer ausverkauft. Ganze Schulklassen füllten das Zirkuszelt. Eine Nummer war ihm besonders im Gedächtnis haften geblieben, eine Delfinnummer, wozu ein großes Wasserbecken in die Manege transportiert worden war, eine außerordentliche, nie da gewesene Sensation.

Dagegen machte er sich nichts aus Volksfesten und hat auf dem Rummelplatz höchstens ein Eis gegessen. Am Karussell fahren war er überhaupt nicht interessiert, im Gegensatz zu seinen Klassenkameraden.

Reiners Vater machte vor dem ersten Weltkrieg eine Schlosserlehre. Da lernte er Reiners Mutter kennen. Er führte sie zum Tanzen aus und schrieb ihr sehnsuchtsvolle Briefe aus Udine in Friaul-Julisch-Venetien und vom Isonzo, wohin er abkommandiert worden war. Er hat die gesamte Schlacht am Isonzo mitgemacht. Nach dem Krieg kehrte er heim und war zunächst eine zeitlang arbeitslos, bis er von einer freien Stelle

bei der Justiz erfahren hat. Er bewarb sich sogleich und wurde wegen seiner guten Handschrift als Verwaltungsangestellter im Grundamt angestellt. So konnte er seine Angebetete endlich am 5. Juli 1919 zum Traualtar führen. Sie wurden katholisch getraut, wie es seine Mutter gewünscht hatte. Es ging per Kutsche zunächst zur falschen Kirche, weil der Kutscher wusste, dass die Familie der Braut gut evangelisch war. Der katholische Pfarrer ließ Reiners Mutter dann seine ganze Verachtung spüren. Später konvertierte Reiners Vater schließlich, woraufhin seine Mutter erklärte, sie habe keinen Sohn mehr. Er hatte eine Schwester, doch deren Tochter durfte nicht mit Reiner spielen, obwohl sie sich gut verstanden haben. Seine Großmutter war erzkatholisch und auch seine Schwester hatte sich gut katholisch verheiratet.
Reiners Vater wurde erst nach Kattowitz abkommandiert, dann nach Teschen zum Protokollieren der Sondergerichte.

Reiners Besuche bei seinem Großvater in Berlin

Eines Tages, als Reiner von der Schule heimkam, zeigte ihm seine Mutter einen Brief von seinem Großvater. „Willst du zu ihm fahren in den Ferien? Er hat dich eingeladen. Wenn du willst, wird er dir das Fahrgeld schicken." „Kommt ihr nicht mit?" „Du bist doch schon ein großer Junge. Wir setzen dich in den Zug und er wird dich am Bahnhof abholen. Soll ich ihm schreiben, dass du kommen willst?" Reiner überlegte kurz, dann meinte er: „Schreib ihm, dass ich kommen werde." Die kommenden Wochen war Reiner hin und hergerissen. Einesteils freute er sich auf die Reise. Er würde Berlin sehen, die Hauptstadt Deutschlands. Außerdem mochte er seinen Großvater gern und freute sich auf ein Wiedersehen mit ihm. Andernteils hatte er Bammel vor der Zugfahrt alleine. Die großen Ferien rückten immer näher und Reiner wurde immer aufgeregter. Seine Mutter ging mit ihm einen kleinen Koffer kaufen. Reiner trug ihn stolz nach Hause. Endlich war der letzte Schultag vorbei. Das Fahrgeld war schon vor Tagen eingetroffen und seine Mutter ging mit ihm zum Bahnhof, um ihm die Fahrkarte zu kaufen. Aufgeregt suchte er seine Sachen zusammen und verstaute sie in seinem Koffer. Die Nacht vor der Abreise schlief er kaum vor Aufregung. Die ersten Sonnenstrahlen fielen ins Zimmer und malten das Muster des Fensters auf den Boden. Reiner erhob sich, schob den Vorhang zurück und blickte in den strahlenden Sommertag hinaus. Er eilte zurück zu seinem Stuhl, auf dem seine Sachen lagen, kleidete sich rasch an und ging in die Küche, wo seine Eltern schon am Frühstückstisch saßen und auf ihn warteten. Er setzte sich grüßend hin, brachte aber vor Aufregung kaum einen Bissen hinunter. Dann zog er sich im Flur seine Sandalen an, holte seinen Koffer aus seinem Zimmer und los ging es zum Bahnhof. Seine Eltern lösten eine Bahnsteigkarte und begleiteten ihn auf den Bahnsteig. Reiners Herz klopfte bis zum Hals. Jetzt galt es! Gleich musste er Abschied von seinen Eltern nehmen und mit seiner neuen Errungenschaft, dem niegelnagelneuen Koffer bewaffnet, allein in den Zug steigen. Er umarmte seine Eltern und ging beherzt auf den Einstieg zu. Dort angelangt, drehte er sich noch einmal um und blickte zu seinen auf dem Bahnsteig stehenden Eltern zurück. Seine Mutter nickte ihm aufmunternd zu. Da drehte Reiner sich um, packte seinen Koffer fester und stieg beherzt die Eisenstufen hinauf, schlüpfte ins Abteil und suchte im dämmrigen Inneren nach einem freien Platz. Es war nur noch ganz hinten ein Platz frei. Sein Vater war hinter ihm eingestiegen, nahm seinen Koffer und bugsierte ihn ins Gepäcknetz. Dann verabschiedete sich der Vater und stieg aus. Kaum war er draußen, wurden die Türen geschlossen und der Zug ruckte an. Reiner trat zum Fenster und winkte hinaus. Seine Eltern winkten zurück. Der Zug nahm an Fahrt auf und rasch waren sie seinen Blicken entschwunden. Reiner verdrückte sich in seine Ecke und versuchte, zum Fenster hinauszuschauen auf die vorbeifliegende wechselnde Landschaft. Irgendwann hielt der Zug: Grünberg. Einige Fahrgäste stiegen aus und neue kamen dazu. Da stieg eine Frau mit einem kleinen Jungen an der Hand ein. Sie setzte sich Reiner gegenüber und zog den Jungen auf ihren Schoss. Der Zug fuhr an und der Kleine schaute wie Reiner zum Fenster hinaus. Schließlich kam wieder eine Station: Reppen. Bald darauf noch eine: Frankfurt Oder. An der nächsten Station sollte er aussteigen, so hatten es ihm seine Eltern eingeschärft. Er blickte nervös zu seinem Köfferchen hinauf. Hoffentlich half ihm jemand, denn er konnte ihn allein nicht wieder herunterholen! Nach Frankfurt Oder war Reiner schläfrig geworden vom monotonen Rattern des Zuges. Plötzlich schreckte er hoch. Der Zug bremste. Also näherten sie sich dem Zielpunkt seiner Zugfahrt. Auch andere Reisende angelten nach ihren Gepäckstücken. Reiner rappelte sich trotz seiner Müdigkeit auf. Er musste allen Mut zusammennehmen, um einen älteren Herrn mit ergrauten Schläfen und Schnauzer, der ebenfalls aussteigen wollte, zu bitten, ihm seinen Koffer zu reichen. Reiner musste seine Bitte lauter wiederholen bis der Angesprochene endlich reagierte. Er griff nach dem Köfferchen und reichte es Reiner hinunter, der es dankend entgegennahm. Dann stiefelte er hinter den anderen aussteigenden Passagieren hinterher die Eisentreppe hinunter auf den Bahnsteig. Unten stand schon wartend der Großvater. Als er seinen Enkel erblickte, eilte er ihm entgegen, nahm ihm das Köfferchen ab und begrüßte ihn lächelnd. „Hast du eine schöne Reise gehabt?" Reiner nickte bestätigend. „Dann komm!" Gleich danach marschierten Großvater und Enkel los und strebten nebeneinander dem Ausgang zu. Reiner hatte Mühe, mit seinem Großvater Schritt zu halten. Es ging zur S-Bahn weiter mit der sie nach Friedrichsfelde weiterfuhren, wo Reiners Großvater wohnte. Dort angekommen stiegen sie aus und Reiner trottete hinter seinem Großvater her zu einem Wohnblock. Der Großvater schloss auf und sie stiegen zu seiner Wohnung hinauf. Dort führte er seinen Enkel ins Wohnzimmer, nachdem sie gemeinsam Reiners Köfferchen ausgepackt hatten und verschwand in der Küche. Reiner sah sich verstohlen um: Ein altes eichenes Buffet, ein großes Sofa, ein wuchtiger Sessel. Er fuhr mit der Hand über die gepolsterte Lehne. Dann zog ihn das Bücherregal in der Ecke magisch an. Er ging hinüber, legte den Kopf schief und begann, die Aufschriften auf den Buchrücken zu studieren. Da hörte er den Großvater die Küche verlassen und kehrte stracks zu der Stelle zurück, wo ihn der Großvater zuvor hatte stehen lassen. Der Großvater erschien im Türrahmen. „Komm, ich habe uns etwas zu essen gerichtet." Reiner folgte ihm in die Küche. Auf dem alten Holztisch stand ein Teller mit belegten Schrippen und an jedem Platz stand ein mit Buttermilch gefülltes Glas. „Du sitzt da drüben." Der Großvater zeigte auf die Eckbank. Reiner kletterte hinüber und sein Großvater nahm auf dem alten Holzküchenstuhl Platz. „Bedien' dich!", forderte er ihn auf. Das ließ dieser sich nicht zwei Mal sagen und langte nach Herzenslust zu. Mmmmh, war das lecker! Als der Großvater fertig war mit Essen, verließ er die Küche. Da hörte Reiner ein freudiges Bellen und schon schob sich eine fürwitzige Hundeschnauze um die Türecke. Reiner kletterte flugs von der Eckbank und lief zur Tür, wo die kleine Hündin bereits um die Ecke lugte und ihm abwartend entgegensah. Reiner beugte sich zu ihr hinunter und hielt ihr seine Hand entgegen. Vorsichtig schnupperte sie daran. Schließlich ließ sie sich bereitwillig streicheln. „Das ist Susi", ließ sich der Großvater vom Flur aus vernehmen. „Komm, wir wollen Gassi gehen!" Reiner schlüpfte hinter Susi in den dämmrigen Flur, wo der Großvater gerade seinen Spazierstock zur Hand nahm und seinen Zylinder aufsetzte. So ging es zu dritt auf die Straße hinaus. Sie strebten auf eine Grünanlage in der Mitte der Siedlung zu und drehten dort ihre Runde. Susi trottete nebenher, verschwand aber auch ab und zu im Gebüsch. Kläffend begrüßte sie Artgenossen und der Großvater blieb ab und an stehen, um mit Bekannten zu plauschen. Reiner blieb gleichfalls stehen, lauschte dem Gespräch mit halbem Ohr, streichelte vorsichtig fremde Hunde und Susi und ließ sie Stecken apportieren. Schließlich wurde es Abend und der Großvater lenkte seine Schritte heimwärts. Die Sonne stand schon tief im Westen und tauchte den Himmel in ein Flammenmeer. Als sie zurückgekehrt waren, begab der Großvater sich in die Küche und begann zu kochen. Reiner musste Kartoffeln schälen helfen und Gemüse putzen. Bald duftete es verführerisch nach Essen in der Wohnung. Da wurde von außen die Tür aufgeschlossen und der Großvater eilte in den Flur hinaus, knipste das Licht an und begrüßte seine Lebensgefährtin und deren Tochter, die von der Arbeit als Direktrice in einem Berliner Kaufhaus heimkam. Reiner machte höflich seinen Diener. Dann ging es zu Tisch. Die Frau erzählte in knappen Sätzen von ihrem Arbeitsalltag, befragte Reiner zur Schule und zum Klavierunterricht. Dieser gab nur einsilbige Antworten. Er war froh, als sie ihre Aufmerksamkeit wieder Reiners Großvater zuwandte und er aus der Schusslinie war. Nachdem die Küche aufgeräumt war, schickte der Großvater Reiner zu Bett und er und seine Lebensgefährtin machten es sich im Wohnzimmer bequem. Noch lange drang Licht unter der Tür durch in den Flur hinaus, wo Reiner heimlich lauschend im Schlafanzug stand. Manchmal drang Radiomusik heraus oder Gesprächsfetzen oder das Rascheln von umgeblätterten Buchseiten. Schließlich schlüpfte Reiner müde ins Bett. Die Tür war angelehnt geblieben. Schwach sickerte Mondlicht unter dem Vorhang hindurch ins Zimmer. Aber was war denn das? Gespenstisch ging die Tür lautlos weiter auf. Ein kleiner Hundekopf lugte verstohlen um die Ecke und tapp, tapp, tapp kam Susi auf leisen Pfoten zum Bett. Schon hob sie die Vorderfüße, legte sie hinauf und ihre feuchte Hundeschnauze suchte Reiners Hand. Und was war denn das? Eine feuchte Zunge begann, sein auf dem Kopfkissen liegendes Gesicht abzuschlecken. Sanft schob Reiner die feuchte Zunge von seinem Gesicht, setzte sich auf und zog den Hundekopf kraulend auf seinen Schoss. Schließlich sprang Susi aufs Bett, machte es sich am Fußende bequem und war bald darauf sanft entschlummert. Ab und zu regten sich ihre Glieder im Traum. Irgendwann musste auch Reiner eingeschlafen sein. Die Sonne schien schon ins Zimmer, als ihn sein Großvater wecken kam. Susi war verschwunden. Nachdem er mit seiner Morgentoilette fertig war, schickte ihn der Großvater hinunter Schrippen holen. Bolle fuhr jeden Morgen mit seinem Wagen herum und verkaufte Schrippen. Hausfrauen und Nachbarsjungen standen Schlange. Endlich hatte auch Reiner seine Schrippen ergattert und eilte zurück in die Wohnung, wo ihn der Großvater schon ungeduldig mit frisch gebrühtem Malzkaffee, genannt „Blümchenkaffee" erwartete. Reiner kletterte auf die Eckbank und dann wurde ausgiebig gefrühstückt. Die Schrippen gab es mit Butter oder auch mit Fleischsalat, mit dem sie Reiner besonders gemundet haben. Sein Großvater legte großen Wert auf ein gutes Frühstück.

Später stand Reiner am Küchenfenster und sah beobachtend hinaus auf die Straße. Ein Wagen polterte um die Ecke, der voll mit Brennholz und Eimern mit Kartoffelschalen war. Da zupfte ihn auch schon der Großvater am Ärmel und drückte ihm einen Eimer mit Kartoffelschalen in die Hand. „Lauf und hol Brennholz dafür!" Reiner verließ seinen Beobachtungsposten und lief mit dem Eimer in der Hand die Treppe hinunter, zur Haustür hinaus, wo schon der Wagen in der Nähe am Straßenrand stand und reihte sich in die mit Kartoffeleimern bewaffneten, wartenden Kinder und Hausfrauen ein. Schließlich kam auch er an die Reihe, musste seinen Eimer Kartoffelschalen in einen bereitstehenden großen Eimer entleeren und bekam dafür ein Fuder Brennholz in die Hand gedrückt. Als er in die Wohnung zurückgekehrt war, erklärte ihm sein Großvater auf seine unausgesprochene Frage hin, dass die Kartoffelschalen als Futter in der Schweinezucht Verwendung fanden.

Sonntags fuhren sie ab und zu ins Zentrum, um dem Gottesdienst im Berliner Dom beizuwohnen. Anschließend ging der Großvater mit Reiner an der Spree spazieren.

Noch ein oder zwei Mal besuchte Reiner den Großvater. Da gab es Susi nicht mehr. Reiner vermisste die kleine, liebe Hündin. Der Großvater erzählte ihm, dass sie gestorben war. Er hatte nun einen großen Hund, der die ganze Wohnung füllte. Mit dem stand Reiner auf Kriegsfuß und ging ihm tunlichst aus dem Weg. Er mochte den großen Hund absolut nicht. Der war ihm eine Nummer zu groß.

Einmal ging der Großvater mit ihm in ein Konzert im Berliner Dom. Reiner liebte klassische Musik und freute sich schon im voraus auf dieses Ereignis. Wie froh war er, als der Riesenhund in der Obhut der Lebensgefährtin des Großvaters nebst deren Tochter zu Hause blieb und ihnen enttäuscht nachsah. Großvater und Enkel bestiegen die S-Bahn und fuhren ins Zentrum zum

Dom. Licht drang durch die Kirchenfenster in die Nacht hinaus. Viele Menschen strebten dem Eingang zu. Die beiden lösten Karten, gingen hinein und suchten sich Plätze. Dann ging es los. Rauschende Orgelklänge brausten über sie hinweg. Ein Orchester spielte. Es war ein tolles und unvergessenes Ereignis für Reiner. Viel zu schnell war der Kunstgenuss zu Ende und Großvater und Enkel strebten der S-Bahn zu, um heimzufahren. Es war schon spät. Die beiden Damen waren schon zu Bett gegangen, als sie zurück waren, weil sie früh aufstehen mussten. Auf leisen Sohlen schlichen sich die beiden Konzertbesucher in ihre Betten.

Als Reiner eines Tages aus der Schule heimkam, lag ein schwarzgeränderter Brief auf der Anrichte. Reiner schwante nichts Gutes. Da war auch schon seine Mutter hinter ihm eingetreten und hatte seinen Blick zum Trauerkuvert hin bemerkt. „Dein Großvater ist gestorben." Sagte seine Mutter lapidar. Ein tiefes Gefühl der Traurigkeit erfasste Reiner. Er hatte seinen Großvater sehr gemocht. Es waren schöne Erinnerungen an seine Aufenthalte bei ihm in Berlin. Wie schade, nun war alles zu Ende – für immer. Es gab kein Wiedersehen mehr mit dem Großvater, keine Domkonzerte in seiner Gesellschaft mehr. Da wurde Reiner krank. Er konnte nicht zur Schule gehen. Der Termin für die Beerdigung war festgesetzt. Reiner ging es immer schlechter. Er hatte Scharlach. Da wurde beschlossen, dass nur sein Vater fahren sollte und seine Mutter wollte bei ihm ausharren. Schließlich war Reiner zwar doch schon wieder auf, aber er durfte wegen der Ansteckungsgefahr noch nicht reisen. Sein Großvater wurde auf dem Waldfriedhof in

Berlin-Karlshorst beerdigt, wo er unbedingt hinwollte, damit er seine geliebte Bahn noch hören könne. Der lag später in der russischen Zone.

Umzug

Es war ein bitterkalter Winter. Am kältesten Tag mit über -30 ° zogen sie um ins Neubaugebiet. An den Wänden der neuen Wohnung war überall Eis. Es war eine Zweieinhalb –Zimmer-Wohnung. Später dann war sie salztrocken. Reiner war erstaunt, als er feststellte, dass es keine Tapete gab. Sie war nur ausgemalt mit einem schönen Muster. Man nannte das schabloniert. Es gab keine öffentlichen Verkehrsmittel. So musste Reiner jeden Tag den weiten Weg ins Gymnasium laufen. Er ging zunächst auf das Hindenburg-Reform-Realgymnasium. Ein Religionslehrer, so erinnerte Reiner sich, hat die Schüler oft geschlagen. Reiner hatte gute Noten und blieb von Schlägen verschont. Außerdem interessierte er sich für Religion. Ab der Sexta hatte er dann auch Französisch. Seine Mutter übte regelmäßig mit ihm.
Von der neuen Wohnung war auch der Weg zur Arbeit für seinen Vater weiter geworden. Bei schönem Wetter nahm er das Fahrrad. Eines Tages, als Reiner größer war, bekam er ein Fahrrad von seinen Eltern geschenkt. So fuhren Vater und Sohn bald an den Wochenenden auf Entdeckungstour in die Umgebung. Reiner liebte diese Ausflüge mit seinem Vater, der sonst wenig Zeit für ihn hatte, sehr.

Schulwechsel

Reiner ging bis zur Quarta ins Gymnasium. Seine Eltern mussten, wie damals üblich, Schulgeld für ihn bezahlen. Nachdem er schwer an Scharlach erkrankt war, infolgedessen er viel von seiner Sehfähigkeit eingebüßt hatte und fortan immer stärkere Brillen tragen musste, hat ihn seine Mutter vom Sportunterricht befreien lassen. Außerdem war er nicht in der HJ wie seine Klassenkameraden. Da gab es Schwierigkeiten in der Schule, bis er schließlich das Gymnasium verlassen musste. Sein Vater fand für ihn ein Privatgymnasium in Kuhbeuten. Das Schulgeld war dort höher. Außerdem benötigte er eine Fahrkarte, um jeden Tag hin- und herfahren zu können.
Er bekam dort auch Orgelunterricht, der Reiner sehr viel Freude bereitete. Eine Zeitlang trug er sich mit dem Gedanken, Organist zu werden. Mittags durfte er beim Pfarrer mitessen.
Leider konnte er nach Erreichen des Einjährigen (heute Mittlere Reife) nicht mehr weitermachen, da der Schule die Lizenz dafür entzogen worden war.

Nach dem Ende der Schulzeit

Nach dem Schulabschluss besuchte Reiner private Kurse in Stenographie und Schreibmaschine und erhielt darüber ein Abschlusszeugnis. Im Frühjahr 1939 übersiedelte Reiner nach Kraschnitz an der polnischen Grenze, wo er dann in der Krankenpflege tätig war und Epileptiker und Lungenkranke pflegte. Für seine Arbeit erhielt er freie Kost und Logis. Außerdem bekam er ein kleines Taschengeld und die Arbeitskleidung wurde ihm gestellt. Im Hochsommer 1939 haben sie dort den Truppenaufmarsch mitgemacht. Schließlich stellte Reiner fest, dass dieser Beruf nichts für ihn war und suchte um seine Entlassung nach. Man ließ ihn schweren Herzens ziehen, denn Pflegekräfte wurden damals dringend gebraucht.

Zu seinem Geburtstag im Dezember 1940 war Reiner wieder zu Hause und feierte mit seinen Eltern. Danach verbrachten sie ein ruhiges, beschauliches Weihnachtsfest mit Lesen, Musikmachen und –hören.

1940 nahm Reiner privat Musikunterricht für Klavier und Orgel bei einem fähigen Organisten, der ihn auch in der Harmonielehre unterwies. Er träumte immer noch davon, die Organistenlaufbahn einschlagen zu können. Das war noch einmal eine schöne und fruchtbare Zeit für ihn, erfüllt mit schöner Musik, die er doch über alles liebte.

Urlaub im Riesengebirge

Einmal planten sie einen Urlaub im Riesengebirge. Der Vater organisierte ein Quartier und als der Abreisetermin heranrückte, packten sie ihre Koffer und fuhren los. Die wunderschöne Landschaft zog an ihnen vorüber, doch leider war alles regenverhangen. Tief hingen die grauen Wolken über den Höhenzügen. Als sie am Ziel anlangten, stiefelten sie fröstelnd mit dem Gepäck ins bestellte Quartier. Es stellte sich als eine primitive Bruchbude heraus. Sie hofften auf besseres Wetter. Doch leider hatten sie Pech und es hat fast die ganze Woche geregnet. Missmutig unternahmen Vater und Sohn ein paar Spaziergänge unterm Regenschirm, die Mantelkrägen fröstelnd hochgeschlagen. Ansonsten saßen sie in der primitiven Unterkunft fest, Reiner und sein Vater mit Reiselektüre bewaffnet und seine Mutter in eine Zeitung vertieft. Schließlich waren alle drei froh, nach Ablauf der Woche wieder nach Hause zurückkehren zu können, da ihnen inzwischen auch der Lesestoff ausgegangen war.

Reiners Konfirmation

Mit großem Interesse besuchte Reiner den Konfirmationsunterricht. Er war an religiösen Fragen sehr interessiert. Schließlich nahte der große Tag seiner Konfirmation heran. Seine Mutter zog mit ihm durch die Geschäfte, um ihn dem Anlass entsprechend einzukleiden. Die ältere Schwester seiner Mutter kam mit ihrem Mann und deren jüngere Schwester erschien allein, weil ihr Mann sich für unabkömmlich bei der Arbeit hielt. Eine entfernte Verwandte, eine Konrektorswitwe, half Reiners Mutter bei den Vorbereitungen. Es wurde beschlossen, das große Fest zu Hause auszurichten. Reiners Mutter hat alles vorgekocht und während alle in der Kirche waren, hat die Konrektorswitwe letzten Schliff angelegt. Sein Onkel hat Reiner eine goldene Uhr geschickt, ein Markenfabrikat,
über die sich Reiner sehr gefreut hat. Er selbst konnte leider nicht kommen, was Reiner sehr bedauerte. Am Abend saßen die Damen im Wohnzimmer und plauderten angeregt bei einem Glas Bowle und Knabbereien, während die Männer sich in die Küche zurückzogen, um unter sich zu sein. Auch zogen sie stärkere alkoholische Getränke der süffigen Bowle vor. Reiner kam sich recht verloren in der rein weiblichen Gesellschaft vor und wurde bald in sein Zimmer geschickt, wo er den Rest des Abends noch lesend verbrachte, bevor er hundemüde ins Bett schlüpfte. Er tastete ab und zu im Dunkeln nach der im Licht von der Straßenlaterne, das durch die Vorhänge hereindrang, glitzernden goldenen Uhr seines geliebten Oheims. Schade, dass er verhindert war zu kommen, dachte Reiner traurig und

erinnerte sich wehmütig an ihre Besuche bei ihm und die Zeit, die er mit ihm in seiner kleinen, schummrigen Uhrmacherwerkstatt verbracht hatte.

2. Teil: Der Zweite Weltkrieg und die Nachkriegszeit

Arbeitsdienst

Im Sommer 1941 erhielt Reiner seine Einberufung zum Arbeitsdienst. Es ging in den Sprottebruch. Dort verbrachte Reiner ein halbes Jahr. Eines nachmittags kippte er plötzlich bei der Arbeit um. Da wurde er sofort zum Arzt geschickt. Der stellte bei ihm eine Skoliose fest. Reiner war erleichtert, als er nach einem halben Jahr bereits nach Hause zurückkehren durfte. Seine Mutter war froh, dass er so dem Arbeitsdienst entronnen war.

Einberufung zum Militär

Am 6. Oktober 1941 erhielt Reiner seinen Einberufungsbefehl. Es ging zur Luftnachrichtentruppe nach Dallgow-Döberitz in einen Fliegerhorst. Das war bei Berlin. So oft es ging und Reiner dienstfrei hatte, fuhr er mit der S-Bahn nach Berlin hinein. Er und seine Kameraden waren froh, wenn sie die Kaserne verlassen konnten. Reiner besuchte den Dom und flanierte durch die Innenstadt. Da der Wehrsold zu knapp war, schickten ihm seine Eltern Geld. Sonntags ging Reiner in den Gottesdienst im Berliner Dom. Wegen der Verdunklungspflicht gab es nur blaues Licht.
Einmal besuchte ihn sein Vater und sie bekamen zufällig noch Karten für „die Maske in Blau" von Fred Raymond im Metropol.

Nach der Rekrutenzeit, die sechs Wochen betrug, wurde Reiner zum Horchfunker ausgebildet.

Husum

Eines Tages erhielt Reiner zusammen mit seinen Kameraden den Marschbefehl nach Husum in Schleswig-Holstein zu ihrem ersten Einsatzort. Sie wurden auf Armeelastern transportiert. Auf dem Transport lernte er den ersten seiner späteren Freunde kennen: Hans. Die Freundschaft mit ihm und den später Dazugekommenen sollte ein Leben lang halten. Hans war mit ihm auf einem Lastwagen und so lernten sie sich während der Fahrt kennen. Er war in einem anderen Ausbildungslager wie Reiner gewesen. Sie lasen unterwegs Storm zusammen und bereiteten sich so auf dessen Heimatstadt vor, die das Ziel ihrer Reise war. Reiner spürte gleich, dass er sich gut mit Hans verstand. Mit ihm konnte er sich über seine Gedanken austauschen. Auch Hans war belesen wie er.

In Husum angekommen, wurden sie außerhalb in Nordstrand, einem kleinen Bauerndorf, untergebracht, das landeinwärts lag. Die Landschaft war topfeben. Im Ort selbst gab es eine kleine Kirche. Im Schneegestöber kamen sie dort im Winter 1942 an. Die alten Bauernhäuser und der Kirchturm hatten weiße Mützen auf.

Im Frühjahr wagten sie sich aus ihren Behausungen mit den bullernden Kanonenöfen heraus und begannen, wenn sie dienstfrei und Ausgang hatten, die Gegend zu erkunden.

Eines Tages erhielt Reiner einen Brief von seinen Eltern, in dem sie ihm ihr Kommen ankündigten. Er besorgte im Ort bei einer Witwe ein Quartier für sie. Reiner holte sie am Bahnhof ab. Ein Bauer fuhr ihn mit seinem Pferdewagen dorthin. Reiner war schon vor Ankunft des Zuges am Bahnhof angelangt und erwartete sie auf dem Bahnsteig. Er half ihnen, das Gepäck zum wartenden Fuhrwerk zu tragen. Der Bauer hievte es auf den Wagen. Sie stiegen ein und der Kutscher kletterte auf seinen Bock, schnalzte mit der Zunge und knallte mit seiner Peitsche. Da zog das Pferdchen, ein alter Ackergaul, alle anderen waren für den Krieg requiriert, an und zog den Wagen zurück zum Dorf. Der Gaul trottete mit hängendem Kopf fürbass, seine dürren Flanken zitterten. Am Ziel angelangt blieb er erschöpft stehen. Reiner und seine Eltern stiegen aus, der Kutscher kletterte vom Bock und reichte ihnen das Gepäck herunter. Die Witwe stand schon zum Empfang bereit in der Tür und führte sie in ihr Gästezimmer. So oft Reiner Ausgang bekam, weilte er bei seinen Eltern. Einmal fuhren sie nach Husum hinein, um „die graue Stadt am grauen Meer", die Heimat Theodor Storms, zu erkunden. Reiner hatte in seiner Jugend schon den Schimmelreiter und andere Novellen von ihm verschlungen. Nun war er begierig, zusammen mit seinen Eltern, dessen Heimatstadt kennen zu lernen. Sie stromerten durch die Altstadt, spazierten durch den Klostergarten, über den Friedhof mit dem Grab Storms zur Marienkirche und am Stormhaus vorbei zum alten historischen Rathaus und zum Schloss mit dem Schlosspark und weiter zum alten Wasserturm. Die Altstadt von Husum hat ihnen sehr gefallen. Bald schon mussten seine Eltern wieder ihre Koffer packen und heimreisen. Reiner organisierte wieder ein Fuhrwerk und dann hieß es am Bahnhof Abschied nehmen. Er winkte seinen Eltern in dem davonfahrenden Zug noch lange nach. Wann und ob er sie überhaupt je wieder sehen würde, wusste er nicht.

Reiner ging sonntags so oft er konnte zum Gottesdienst und lernte so den Ortspfarrer kennen. Der betrieb nebenher noch eine kleine Landwirtschaft. Reiner begann, sich mit ihm über theologische Themen, die ihn brennend interessierten, zu unterhalten. Der Pfarrer lieh ihm Fachbücher aus, die Reiner in seiner kargen Freizeit studierte. So oft die beiden Freunde Ausgang bekamen, nutzten sie ihn, um dem verhassten Kommissbetrieb zu entkommen. Sie waren oft in Husum in einem Café, wo es allerdings nur Ersatzkaffee und trockenes Gebäck gab. Aber sie waren vor allem dort, um sich ungestört unterhalten zu können. Ab und zu zog es sie auch ins Kino, wenn ein interessanter Film lief. Ab und zu gab es dort auch kleinere Konzerte. Einmal wurde ein Singspiel von Mozart aufgeführt: „Der Doktor und der Apotheker", was recht nett inszeniert war.

Sie waren in drei bis vier Gruppen eingeteilt, die sich beim Funkdienst abgelöst haben. In ihrer Freizeit sind sie auch viel am Meer spazieren gegangen. Es war immer windig am Wasser. Oft kletterten sie auf den Deich hinauf und spazierten auf der Deichkrone entlang. Der eisige Wind zauste ihnen die Haare, riss an ihren Uniformjacken und bauschte ihre Hosenbeine. Die stetig ans Ufer schwappenden Wellen trugen Schaumkronen. Die Möwen wippten kreischend mit

51

dem Wellengang auf und nieder. Gischt spritzte hoch. Wolkenfetzen stoben über den bleigrauen Himmel. Zwischendurch riss der Wolkenvorhang auf und urplötzlich schickte die Sonne ihre Strahlenfinger herunter und ließ die Wassermassen grell aufblitzen. Das Wetter war sehr veränderlich dort oben an der Küste. Oft zogen sie bei strahlendem Sonnenschein los, plötzlich ballten sich düstere Wolken zusammen und es begann wie aus Eimern zu schütten. Später schien wieder eitel die Sonne, als wenn nichts gewesen wäre. Im Winter war es grausig kalt und oft bedeckte glitzerndes Glatteis den Boden.

Das weibliche Geschlecht war auch in ihrer Kompanie vertreten. Die Nachrichtenhelferinnen wohnten von ihnen getrennt, aber es wurde kameradschaftlicher Umgang gepflegt. So haben sie gemeinsam geulkt und gelacht und viele fröhliche Stunden verbracht Gar mancher hat sich in eine hübsche Maid verguckt und wer weiß, vielleicht hat man sich ja nach dem Krieg wieder getroffen und es ist mehr daraus geworden?!

Die jungen Burschen hatten auch ein gutes Verhältnis zu ihrem Vorgesetzten, einem Oberfeldwebel und Funkwachleiter, der Reiner viel später nach dem Krieg noch geschrieben hat.

Oslo

Eines Tages im Jahre 1943 erhielt Reiner seinen Marschbefehl nach Norwegen. Da hieß es Abschied nehmen von Hans, der zurückbleiben musste. Es stürmte, der bewölkte Himmel hing tief und Regen prasselte hernieder. Die angetretenen Soldaten zogen fröstelnd den Mantelkragen enger. Als Reiner den alten Truppentransporter sah, der auf der tobenden See hin und her schaukelte, der auf den schaumbedeckten Wellen einen wilden Tanz vollführte und dessen Takelage im Sturm bedrohlich krachte, wurde ihm ganz mulmig zumute. Er hatte so seine Befürchtungen, dass sie gar nicht heil ankommen könnten. Als er die Gangway betrat, riss ihm der Sturm fast sein Käppi vom Kopf, das er gerade noch mit einer Hand krampfhaft festhalten konnte, während er mit der anderen Hand seinen Seesack umklammert hielt, der seine wenigen Habseligkeiten enthielt: Kleidung zum Wechseln, kargen Proviant für die Reise, seine kostbare Dünndruckbibel und sein größter Schatz: einige wenige seiner Lieblingsbücher, die ihn über sein tristes Soldatendasein und die Schleiferei der Vorgesetzten hinwegtrösten sollten. Der Sturm zerrte und zauste an seinen Haaren und riss am Seesack mit seinen wenigen Habseligkeiten. Reiner musste sich am Geländer festklammern und klemmte sich seine Kappe unter den Arm. Der Äppelkahn schwankte gefährlich hin und her auf den aufgepeitschten Wogen der kochenden See. Das Schiff krängte hin und her, wobei es sich aufbäumte unter furchtbarem Krachen im Gebälk. Reiner glaubte felsenfest, sein letztes Stündlein habe geschlagen. Zunächst kletterten alle in den finsteren Schiffsbauch hinunter, wo der Lärm des Sturmes zu einem schwachen Heulen verebbte. Eng zusammengepfercht stand er mit seinen Kameraden bibbernd vor Angst und Kälte im dusteren Inneren des alten Seelenverkäufers, seine Hände mit seinen ertaubenden Fingern krampfhaft um sein Päcksel gekrallt. Er spürte, wie das Frühstück in Wellen hochkam und meinte, in dem übervollen Raum keine Luft mehr zu bekommen. Da stieß er die Tür wieder auf und kletterte ins Freie zurück. Inzwischen peitschte der Sturm fauchend wie ein wildes Ungeheuer über das Deck hin. Eiskalte Gischtschwaden schossen über die Deckplanken und umspülten unangenehm Reiners Beine. Er tastete sich gegen das tosende Unwetter, das ihn von Bord zu reißen drohte, bis zur Reling vor. Schnell griff er danach, klammerte sich fest, stützte sich ab und richtete sich aus der geduckten Haltung, die er in Abwehr des Sturmes eingenommen hatte, wieder auf. Seine Haare klebten ihm klitschnass am Kopf und schon würgte er an dem kurz vor dem Abmarsch aus der Unterkunft eingenommenen Frühstück. Er stemmte sich gegen die Reling und opferte es unfreiwillig dem tobenden Meeresgott. In krampfartigen Wellen würgte er es heraus und ließ sich schließlich erleichtert zurücksinken. Der alte Kasten stampfte durch die pechschwarze Nacht. Reiner erschien die Überfahrt endlos und jeden Moment rechnete er damit, dass der alte Kahn kenterte. Aber er pflügte unbeirrt durch Nacht und Sturm. Reiner memorierte den Schimmelreiter von seinem Lieblingsdichter Theodor Storm, um sich abzulenken. Dabei merkte er immer mehr, wie authentisch die Novelle war und wie aus der Landschaft geboren. Seine Finger wurden klamm in der Kälte und er fürchtete, sich nicht mehr halten zu können und mit den Gischtfontänen, die über das Deck schossen, von Bord gespült zu werden. In einer Pause im grausigen Sturmgefecht kroch er zurück ins vermeintlich schützende Dunkel unter Deck zu seinen Kameraden und Leidensgenossen in dieser

Schicksalsstunde seines Lebens. Endlich, nach einer ihnen endlos erscheinenden Überfahrt, erreichte der Äppelkahn schließlich die schwedische Küste. Der böse Sturm hatte endlich nachgelassen und Reiner und seine Kameraden entstiegen kreidebleich und mit zitternden Knien dem Schiffsrumpf und balancierten über die Gangway an Land. Dort wurden sie in einen Zug verfrachtet, der plombiert wurde und fuhren so durch das neutrale Schweden hindurch Richtung Norwegen. Der Zug war fürstlich ausgestattet, wie sie bald feststellen konnten. Sie räkelten sich in gepolsterten Sitzgelegenheiten und erholten sich von den Unannehmlichkeiten der Überfahrt, bevor sie dann auf eine Fähre umsteigen mussten. Sie konnten nur so reisen, weil am Skagerrak die Engländer waren und dort kein Durchkommen war. Es ging in den Oslofjord hinein, der sich lang hingestreckt zur Hauptstadt Norwegens hinzog. Die alte wehrhafte Burg thronte trutzig auf der Anhöhe vor der Stadt und bewachte den Zugang. Als sie um die Ecke bogen war der Blick frei auf das neue Rathaus. Bei ihrer Ankunft mussten sie erleben, dass das Land schon fast ausgeplündert war. Es ging nach Nordstrand, einem Vorort von Oslo, wo sie stationiert waren. Erschöpft kletterten sie von Bord der Fähre und marschierten taumelnd vor Müdigkeit im Militärlager ein und hauten sich auf ihre harten Pritschen, kaum dass sie auf die Unterkunftsbaracken verteilt waren. Reiner benutze sein Bündel mit seinen wenigen Habseligkeiten als Kopfkissen und war sofort fest eingeschlafen. Er vermeinte, immer noch das Krängen und Schlingern des alten Seelenverkäufers zu spüren und im Traum drohte ihn der Moloch des dusteren, tobenden Meeres rettungslos zu verschlingen. Reiner wehrte sich strampelnd gegen den unausweichlichen Untergang. Irgendwann drehte er sich zur Seite und der Alptraum der sturmgepeitschten Überfahrt ging in einen tiefen und traumlosen Schlaf der Erschöpfung über. Plötzlich wurde er unsanft an der Schulter gerüttelt. „Aufstehen! Wir müssen antreten!" Reiner blinzelte verwirrt und sah, wie sich ein unbekanntes Gesicht über ihn beugte. Endlich begriff er, wo er war, rappelte sich auf und schlich mit den anderen nach draußen zum Appell. Dann hieß es Essen fassen. Reiner fehlte Hans, der in Husum hatte zurückbleiben müssen. Schade eigentlich! Ob sie sich wohl je wiedersehen würden? Er wusste nicht, wo sie der Krieg noch hin spülen würde und was für ein Schicksal ihnen bevorstand. Einstweilen erkundete er die Gegend, wenn er Ausgang hatte. Reiner bekam seinen Sold in norwegischer Währung ausbezahlt. Weil das Geld nicht ausreichte für seine Bedürfnisse, schickten seine Eltern ihm welches. Nur im deutschen Haus konnte man mit deutschem Geld bezahlen. Der Kontakt zu den Einheimischen gestaltete sich schwierig, weil sie kein Deutsch verstehen wollten. In der Verwaltung waren deutsche Zivilisten eingesetzt worden. Bald fand Reiner heraus, dass das Theater von den Deutschen beschlagnahmt worden war und nur deutsche Opern und Operetten mit deutschen Ensembles gespielt wurden. Da Oslo gut in zehn bis zwölf Minuten mit der Bahn um den Oslofjord herum erreichbar war, ging er ins Theater, sooft er Karten ergattern konnte. Reiner liebte das Theater

über alles und konnte dort den Krieg für Stunden vergessen. Außerdem ging er oft ins Café, um einen Hering mit zwei Kartoffeln zu verzehren. Er aß für sein Leben gern Fisch. An Ständen wurde Fischwurst angeboten, die es ohne Marken gab. Er besuchte auch ab und zu ein Konzertcafé. Im Theater sah er den Zigeunerbaron, die Fledermaus, Carmen, Tiefland von Eugen d'Albert, La Traviata und Così fan tutte von Mozart und seine unvergessene Zauberflöte, Don Juan und Per Gynt mit der aus der nordischen Landschaft erwachsenen Musik von Grieg. Auch liebte er Ballettaufführungen.
So verging die Zeit wie im Flug. Im Herbst 1944 kamen neue Truppen aus Frankreich herüber. Einmal hörte Reiner unverkennbar österreichischen Akzent hinter sich an der Essensausgabe. Neugierig drehte er sich um und blickte in ein hageres, bebrilltes Gesicht hoch. Daneben stand ein kleinerer junger Mann und die beiden unterhielten sich angeregt über interessante Themen. Da wurden die beiden auf Reiner aufmerksam. „Ihr seid erst angekommen?", fragte Reiner die beiden. Da nickten beide. „Wie gefällt es euch hier?" Der Hagere beugte sich zu Reiner hinunter und meinte vertraulich: „Um ehrlich zu sein: überhaupt nicht! Der Fraß hier ist nicht vergleichbar mit dem, was wir in Frankreich bekommen haben!" Die beiden Neuankömmlinge hatten sich in Frankreich kennen gelernt. Nachdem alle ihr Essen gefasst hatten, setzten sie sich zusammen auf eine Pritsche und verzehrten es rasch. Nachdem sie fertig waren mit Essen, begannen sie, sich Reiner vorzustellen. So kamen sie ins Gespräch und merkten bald, dass sie viele Interessen teilten und gut zusammenpassten.

Reiner vermisste zwar Hans immer noch sehr, aber vielleicht kam er ja doch noch nach. Reiner hoffte es im Stillen. Einstweilen musste er sich mit der Gesellschaft seiner beiden neu gewonnenen Freunde begnügen, was ja auch nicht schlecht war und besser, als alles alleine zu unternehmen. Seine neuen Freunde hatten in Frankreich bis zur Kapitulation wie die Made im Speck gelebt. Davon konnten sie im ausgeplünderten Norwegen nur träumen.
Sylvester wurde immer eine Operette gegeben, die sich Reiner nicht entgehen ließ. Außerdem gab es sonntags immer Konzerte in der Aula der Universität, die im Rundfunk übertragen wurden. An die Wehrmachtsangehörigen wurden Freikarten ausgegeben und da die Nachfrage in Reiners Kompanie nicht besonders groß war, konnte er häufig Karten bekommen. Es gab auch immer Gelegenheit zum Tauschen, Voraussetzung war allerdings, dass er dienstfrei hatte. Er meldete sich mit seinem Urlaubsschein vom Dienst ab und fuhr los. Da er vor Konzertbeginn eintraf, spazierte er zuvor noch am Oslofjord entlang und manchmal auch zur Burg hinauf, um die Aussicht auf den Oslofjord zu genießen, wenn er besonders zeitig dran war. So erlebte er wunderschöne Stimmungen und Sonnenuntergänge am Fjord. Er genoss die herrliche nordische Landschaft. Dann ging es hinein ins Universitätsgebäude und in den schönen Saal. Er nahm, wie die anderen Besucher, seinen Platz ein und das Orchester stimmte schon fleißig. Schließlich betrat der Dirigent unter Applaus sein Podium und der unvergleichliche Kunstgenuss begann Es ging von acht bis zehn Uhr ohne

Pause durch. Mitgewirkt haben das Rundfunkorchester, Fritz Wallerborn, der später Sänger am Münchner Theater war, ein sehr guter Chor, gute Solisten und Gert Schröter als Klaviervirtuose. Es gab erstklassige Violinkonzerte. Häufig wurde Grieg gespielt im Osloer Theater, eine Musik, die unverwechselbar zur nordischen Landschaft und ihren Sagen und Mythen passte. So schwelgte Reiner in seiner geliebten Musik. Die Karten konnte Reiner oft nur durch Kameraden bekommen, die Ausgang hatten.

Außerdem war Reiner oft im Kino. Es gab zwei davon in Oslo. Auch das war ein herausragendes Erlebnis. Ein ganzes, dreißig Mann starkes Orchester, spielte im Vorprogramm. Damals wurden nur deutsche Filme gespielt. Der Saal selbst war so schön wie das Theater mit einem großen Foyer und breiten Aufgängen.

Einmal ist Reiner auch mit der elektrischen Bergbahn vom Bahnhof auf den Holmenkollen hoch über der Stadt hinaufgefahren, um die schöne Aussicht auf Stadt und Fjord zu genießen. Dazu hatte es ihm der Vigelandpark mit den Vigeland-Menschlein – moderne Kunst auf einem Riesenareal mit Seen – angetan. Er war fasziniert davon. Dort oben wehte immer ein Lüftchen. Wolkenformationen ballten sich zusammen. Ab und zu schoss die Sonne ihre Strahlen durch sie hindurch, um ungewöhnliche Lichtverhältnisse zu schaffen, die Reiner nachhaltig beeindruckten. Diese wirkungsvoll mit der Landschaft verschlungene Skulpturenwelt blieb Reiner in bleibender Erinnerung. Zu seinem Leidwesen musste er immer und überall die Uniform tragen.

Nordstrand lag etwas erhöht über dem Oslofjord und man konnte dort schöne Spaziergänge machen. Unten am Wasser gab es eine idyllische Halbinsel, von der aus man einen schönen Blick auf den Fjord hatte. Es war ein kleiner Wohnort mit ein paar kleinen Geschäften.

Die neuen Freunde haben sich auch sehr für Literatur interessiert und so konnten sie sich zu dritt über das Gelesene austauschen. Außerdem unternahmen sie zusammen Spaziergänge.

Im Januar 1945 machte sich Reiner Sorgen um seine Mutter, die noch allein in der Heimatstadt ausharrte, mitten in Bombenhagel und Zerstörung. Die Nachbarhäuser ragten nach Treffern und Bränden nur noch als rauchgeschwärzte Ruinen in den Himmel. Sie saß auf gepackten Koffern, konnte sich aber nicht dazu entschließen, die Stadt und die Heimat zu verlassen. In den Straßen und um das Schloss tobten die Kämpfe in der zur Festung erklärten, alten Garnisonsstadt. Es war ihr unheimlich zumute, besonders, wenn nachts die Bomber kamen und die Christbäume immer näher an ihr Haus gesetzt wurden.

Auch die Front rückte immer näher.

Da kam Reiners Vater vorbei, der bereits zum Volkssturm eingezogen worden war und Ausgang hatte und verfrachtete sie zusammen mit ihrem Gepäck in den letzten Zug, der die Stadt verließ.

Beim Großangriff auf Dresden war sie in einem großen Luftschutzbunker mitten in der Stadt. Nicht weit entfernt detonierte eine Bombe. Die Mauern begannen zu erzittern und die Lampen an der Decke fingen zu tanzen und zu hüpfen an. Schließlich war sie froh, dass ihr Mann sie rigoros in den letzten Zug verfrachtet hatte.

Heiligabend 1944

Reiner erwachte in der Morgendämmerung. Er stand von seiner Pritsche auf, ging zum Stubenfenster, zog die Gardine zurück und blickte hinaus. Nebel hüllte die Fjordlandschaft ein und ließ ihn alle Umrisse der Gebäude nur schemenhaft erkennen. Er dachte wehmütig an seine Eltern und die ihm so teure Heimat. Würde er sie wohl je wiedersehen? In den anderen Feldbetten regten sich die Kameraden. Da löste er sich vom Fenster, eilte in den Waschraum, um den anderen zuvorzukommen. Als er fertig war, steckte Jochen seinen Kopf zur Tür herein. „Hast du es aber heute eilig!", meinte er. Reiner meinte nur: „Vor dem Morgenappell möchte ich noch eine Runde drehen. Ich konnte nicht mehr schlafen. Die frische Luft wird mir gut tun." Reiner eilte zurück in die Stube, schlüpfte rasch in Unterwäsche und Uniform, fuhr sich rasch mit dem Kamm durchs Haar und drückte sich das Käppi auf die kurzgeschnittenen Haare. Martin lag noch im Bett und blinzelte verschlafen. Reiner grüßte zu ihm hoch und verließ eilig die Stube. Es war bitterkalt draußen. Die frostige Luft stach ihm in die Lungen. Er atmete tief die würzige Luft ein, die vom nahen Tannenwald herüber wehte. Es könnte alles so schön sein, wenn kein Krieg wäre, fuhr es ihm durch den Sinn. Er steckte die Hände in die Hosentaschen, um sie vor der beißenden Kälte zu schützen und drehte eine Runde um die Barak-ken des Feldlagers. Als er zurückkehrte, ging es gleich zum Morgenappell und anschließend zum Früchstückfassen. Die beiden Freunde waren zu ihm gestoßen und sie setzten sich an einen Tisch, um ihr Frühstück gemeinsam zu verzehren. Reiner hing seinen Gedanken nach. „Na, so schweigsam heute?" Jochen hatte sich ihm zugewandt. „Ich habe an zu Hause gedacht und mich gefragt, was wohl meine Eltern jetzt gerade machen." Da wurde er aufgerufen und konnte einen Brief von ihnen in Empfang nehmen. Er öffnete ihn neugierig. Reiner überflog den Brief. Er meinte, die Stimme seines Vaters zu hören, als er seine lieben Zeilen las. Erleichtert stellte er fest, dass es ihnen gut ging. Es war so schön, einen Gruß aus der Heimat von seinen Lieben zu erhalten. Es war ihm, als wenn sie vor ihm stünden und ihm ein schönes Fest wünschten.

Abends, vor dem Gottesdienst, dachte Reiner über den Sinn des Weihnachtsfestes nach und war in Gedanken bei seinen Lieben zu Hause. Für ihn war mit Weihnachten Liebe, Gnade, Freude und vor allem Frieden verbunden. Ein bisschen davon schien über der geheimnisvollen Fjordlandschaft zu schweben, als er am zeitigen Abend zur Christvesper ging. Der Kirchenraum war von flackernden Kerzen erhellt und die gesamte Soldatengemeinde sang voll Innbrunst die schönen, ach so vertrauten Weihnachtslieder und lauschte andächtig den Worten des Pfarrers vom Licht der Welt, das alle Dunkelheit – auch die des Krieges - durchdringt. Im Gebet gedachten sie der fernen Heimat und der Lieben zu Haus.

Anschließend fand die Kompanieweihnachtsfeier statt, wo Reiner und seine Kameraden reich beschenkt wurden.

Später schrieb Reiner seinen Eltern: „Das schönste aber war es, als wir dann auf unserer

Stube saßen, die Lichter am Christbaum entzündeten und aus dem Radio, das wir auf unserer Stube hatten, die alten Weisen zu uns klangen." Schließlich brannten die Lichter herunter und Reiner ging mit seinen Kameraden noch einmal hinaus in die mondhelle Nacht. Es war eine große Stille draußen. Die Tannen standen schweigend da. Vom Wasser herauf gellten die Nebelhörner. Eine Ahnung von Frieden erfasste Reiner. Vielleicht war der Krieg ja doch bald zu Ende. Weiter schrieb er später auf seiner Stube sitzend: „Ich bin Euch näher denn je. Die Heilige Nacht hat uns alle miteinander verbunden. Das Kind ist aller Welt Heiland. Auch ein lieber Brief kam von Euch. Welch große Weihnachtsfreude. Er sprach zu mir von der Heimat, an die ich mit allen Fasern meines Herzens gebunden bin.
Ihr Lieben nun lebt wohl. Es ist 23,40 Uhr. Ihr werdet wohl schon schlafen. Wir danken Gott, dass wir Weihnachten halten dürfen. Möge es ein gesegnetes Fest sein für uns alle." Reiner verschloss den Brief, nachdem er seinen Füllfederhalter aus der Hand gelegt hatte. Er würde ihn in den nächsten Tagen auf die Feldpoststelle bringen, damit ihn seine Lieben in der Heimat schon bald erhalten konnten. Er löschte die Lampe und trat im Finstern noch einmal ans Stubenfenster und ließ seine Blicke hinaus schweifen in die Heilige Nacht. Nebel hüllte die Fjordlandschaft ein. Die Tannen ragten wie Wächter hinter den Mannschaftsbaracken aus dem Nebel auf und ein Ahnen von Frieden und nahendem Unheil stieg in ihm auf. Auf einmal wusste er mit Bestimmtheit, dass bald die Abschiedsstunde von Norwegen, das er so lieben gelernt hatte, zu

schlagen begann. Der große Zeiger der Weltenuhr rückte unerbittlich zu einem großen Ereignis, einem Wendepunkt in der Geschichte, vor. Was würde er für ihn bringen? Er sehnte sich mit allen Fasern seines Herzens nach Frieden, sehnte sich schmerzlich danach, seine geliebten Eltern wiederzusehen. Doch, wie würde es werden? Er war in Feindesland. Wie würde es geschehen? Würde er es überleben? Gab es überhaupt ein Wiedersehen? Furcht beschlich ihn und ein Grauen vor dem großen Unbekannten, das vor ihm lag.
Energisch schloss Reiner den Vorhang, ging zu seiner Pritsche und legte sich schlafen. Ein letzter Gedanke galt seinen fernen Eltern.

Weihnachten 1944

Am ersten Weihnachtsfeiertag wurde Reiner schon um 6 Uhr 30 von Michael geweckt, der von der Wache hereinkam. Reiner sah ihn fragend an. „Komm, lass uns zur Kirche fahren!" Reiner schwang sich von seinem Feldbett, schlüpfte in seine Klamotten, kämmte sich rasch und setzte sich sein Käppi auf. Dann ging es los. Es ging durch die klirrende Kälte zur Kirche. Drinnen setzten sie sich auf eine der harten Holzbänke und verfolgten den Gottesdienst. Nach der Rückkehr erhielt Reiner zu seiner Freude einen weiteren Brief von seinen Eltern. Er zog sich auf seine Stube zurück, setzte sich auf sein Feldbett und las.
Nach dem Mittagessen war er müde und legte sich ein Stündchen hin. Am frühen Abend hörte er das Weihnachtsoratorium von Bach im Radio,

was Erinnerungen an seine Rekrutenzeit in Berlin in ihm weckte, wo er es in der alten Garnisonskirche hören durfte.

Am Abend versammelten sich die Freunde bei Reiner auf der Stube und plauderten über die Ereignisse der letzten Tage und die Bücher, die sie gerade lasen. Es war ein angenehmer Abend.

Am zweiten Weihnachtsfeiertag unternahmen die Freunde nachmittags bei herrlichem Sonnenschein einen Spaziergang. Der Oslofjord glitzerte im Sonnenglast.

Abends erhielt Reiner die Gelegenheit, den Film: „Es war eine rauschende Ballnacht", den er schon seit beinahe drei Jahren sehen wollte, sich anzuschauen. Er beschloss den Abend dann, indem er etwas in dem Buch, das er zu Weihnachten bekommen hatte, schmökerte. Die ruhigen Tage hatten ihm gut getan. Sie waren wie ein Innehalten vor dem großen Sturm, der irgendwo in nicht allzu weiter Ferne lauerte, um sie in seine Klauen zu reißen und keiner wusste, wo er landen würde und wie es für sie weitergehen würde.

Die letzten Tage 1944

Das Wetter war frühlingshaft geworden, doch der Fjord begann zuzufrieren. Am dritten Feiertag hörte Reiner die Märchenoper „Hänsel und Gretel" von Humperdinck im Rundfunk und die schlichten, einfachen und volksliedhaften Melodien haben auf ihn einen großen Zauber ausgeübt. Am Abend unternahm er einen Spaziergang bei Mondschein mit seinen Freunden. Sie mussten beim Unterhalten auf den Boden achten, weil es recht glatt war und sie sich nur schrittweise vorwärtsschieben konnten. Zum Abschluss saßen sie noch eine Stunde gemütlich im Unterhaltungsraum zusammen.

In den letzten Tagen des alten Jahres musste Reiner Abschied nehmen von Michael, mit dem er so gern zusammen gewesen war und dem er sich in seinen Anschauungen sehr verwandt fühlte. Er war nach Norden abkommandiert worden. Die Freunde unternahmen noch einen letzten gemeinsamen Spaziergang und erfreuten sich an den landschaftlichen Schönheiten dieser nordischen Gegend.

An Sylvester stand Reiner um Mitternacht draußen in der schweigenden Nacht unterm unendlichen blinkenden Sternenhimmel mit den vertraut gewordenen nordischen Sternbildern. Auch der Mond erschien am Firmament und schickte sein silbriges Licht über den geheimnisvoll-düsteren Oslofjord. Scharf zeichneten sich die Ufer gegen den erleuchteten Himmel ab. Schlag zwölf schoss die Flak ihre Leuchtfeuermunition in die Luft. Reiner fragte sich, was das neue Jahr wohl bringen würde: Das Ende des Krieges? Ein Wiedersehen mit den Eltern? Aber er ahnte schon, dass das noch in weiter Ferne lag und ihm eine dunkle Zeit bevorstand.

Die letzte Zeit in Oslo

Noch im alten Jahr erhielt Reiner einen Brief von den Flak-Helferinnen. So manches Mal hatten Reiner, seine Freunde und die Mädels sich verabredet, um in ihrer Freizeit etwas gemeinsam zu unternehmen. Sie gaben ein lustiges Team ab. Wehmütig dachte Reiner an die zusammen verbrachte Zeit zurück. Inzwischen waren die Mädels woandershin abkommandiert, hielten aber noch brieflichen Kontakt zu Reiners Kompanie. Die Zeit der Konzerte und Veranstaltungen war mit einem Schlag vorbei, als der Dirigent des Orchesters eingezogen wurde. Reiner bedauerte es sehr. Sein Alltag war nun eher langweilig. Er ging in seiner Freizeit oft spazieren. In letzter Zeit meist allein. Alle wirkten irgendwie bedrückt. Tja, mit den Mädels hatten sie eine lustige Zeit verbracht. Das hatte sie etwas über den grauen Kriegsalltag hinweggetröstet. Reiner fehlten sie sehr, besonders eine. Wenn er Post erhielt, wurden die gemeinsam verbrachten Stunden wieder lebendig. Schade eigentlich, dass die schöne gemeinsame Zeit so schnell vorbeigegangen war, wie im Flug war sie verflogen und schon war der Abschied gekommen. Nun schlichen die grauen Stunden langsam dahin. Ein Tag war wie der andere. Nur die nordische Landschaft faszinierte ihn nach wie vor. Und er genoss seine einsamen Spaziergänge. Wehmütig dachte er auch an seine Eltern daheim und an die geliebte Heimat. Reiner hatte nun viel Zeit zum Nachdenken. So viele Gedanken gingen ihm durch den Kopf. Auch las er viel. Wie die lustigen Mädels noch da gewesen waren, war er wenig dazugekommen. Nun war das Lesen seine einzige Freude. Oft saß er stundenlang auf seiner Pritsche und verschlang Seite um Seite. Dann wieder dachte er über das Gelesene nach. Ab und an tauschte er sich mit seinen verbliebenen Freunden aus. Das waren schöne Abende mit guten Gesprächen. Doch sie waren eher rar geworden. Man spürte irgendwie schon kommende Veränderungen. Es lag etwas in der Luft. Keiner wusste etwas, alle ahnten etwas. Ein Gefühl von kommendem Unheil lastete auf den grauen Tagen des neuen Jahres.

Am Neujahrsmorgen 1945 erwachte Reiner frühzeitig. Es graute der Morgen. Um sieben Uhr stand er auf, machte sich fertig, aß etwas, lief zum Bahnhof und fuhr in die Stadt hinein. Die Straßen waren wir leergefegt. Nur hie und da sah man torkelnde Gestalten mit Papierhüten singend heimwärts schaukeln. Ein grauenhafter, unwürdiger Anblick. Als Reiner zurückkam, sah er schon einige Schnapsleichen durch die Gänge wanken.

Michael, das jüngste und letztdazugekommene Mitglied des Freundeskreises war schon fleißig gewesen. Er kam gerade vor dem Fenster vorbei, als Reiner gerade lüftete und sie tauschten durch's Fenster ihre Neujahrsglückwünsche aus. Das Mittagessen war gut und reichlich. Leider saß Reiner gerade unter dem Adventskranz und hatte so ein Mittagessen mit Tannennadeleinlage. Michaels Laune verdüsterte sich indessen immer mehr. Er kam noch einmal auf Reiners Stube und brachte ihm Broschüren und Briefpapier, das er nicht mitnehmen wollte. Reiner brachte ihn dann zum 15-Uhr-Zug. Beide standen noch eine Weile draußen auf der etwas zugigen Plattform. Der Wind riss ihnen fast die Zigarette aus dem Munde. Schließlich trennten sie sich auf dem Bahnsteig. Michael ging nach rechts zum Zug, Reiner nach links zur Stadt. Um 17.50 Uhr fuhr Reiner wieder heimwärts.

Schließlich trafen die Freunde einer nach dem anderen ein, einer brachte eine Flasche mit und so saß denn der auf seine Anfangsgröße zurückgeführte Zirkel einmütig zusammen und gedachte seines abkommandierten jüngsten Mitgliedes.

Am nächsten Tag war der Alltag wieder eingekehrt. Der Weihnachtsbaum nadelte stark und wurde schon an Neujahr beseitigt. Anschließend wurde die Stube gründlich geputzt. Reiner erhielt noch ein verspätetes Weihnachtspäckchen mit Pfefferkuchen, die er an seine Kameraden auf der Stube verteilte und die allen gut mundeten. Die Ortsgruppe hat es sich nicht nehmen lassen, ihm zum Geburtstag zu gratulieren.

Reiner las gerade Goethes „Faust". Er bemerkte, dass man erst beim lauten Lesen richtig von der Lektüre profitierte. Er schrieb in einem Brief an seine Eltern aus diesen Tagen: „So hat man wenigstens einen kleinen Begriff davon, wie die Verse klingen. Das Sprachgefühl kann sich daran entzünden."

Sonntag den 7.1.1945 war ein sehr schöner, sonniger Tag. Die Freunde haben ein paar hübsche Aufnahmen gemacht und bedauert, dass sie von Michael kein vernünftiges Foto haben, weil alles zu überstürzt gegangen war und es nicht mehr dazu gekommen war, Fotos mit ihm gemeinsam zu schießen. Reiner schrieb gegen Abend einen Brief an seine Eltern und berichtete darin von seinem Besuch in der Stadt tags zuvor, der in der Hauptsache der Deichman'schen Bibliothek gegolten hatte, von der Reiner schon viel gehört hatte. Gespannt öffnete Reiner die Eingangstür und trat ein. In hohen Regalen waren Bücher in sämtlichen Weltsprachen aufgereiht. Reiner fesselte besonders Tolstoi. Er schrieb im Brief an seine Eltern: „Sein Werk „Auferstehung" gibt ein prägnantes Bild von den sozialen Mißständen des zaristischen Rußland. Die tragende Kulturschicht beutete das niedere Volk rücksichtslos aus. Politische Agitatoren benutzten dann die Tatsache und mischten in langer aber guter Arbeit den Sprengstoff, der sich später in der Revolution so gewaltig entlud." Schließlich sah sich Reiner noch den Film „der Engel mit dem Saitenspiel" an, der ihm wegen des flüssigen Dialogs gut gefiel. Der Fjord fror langsam zu, obwohl es nicht allzu kalt war. Reiner berichtete in seinem Brief, dass seine Schnürsenkel wieder einmal total „hin" seien und neue nicht zu bekommen wären und fragte an, ob seine Eltern noch ein Paar für ihn in Vorrat hätten.

Am Abend fand Reiner einen Brief und ein Päckchen mit Zigaretten und einem Kuchen von seinen Eltern vor.

An diesem Sonntagabend fand das letzte Konzert von Wallenborn statt, der Oslo bald darauf verlassen sollte. Er hatte noch einmal ein gutes Programm gewählt. Die Höhepunkte waren: Don Juan von Richard Strauß, Rienzis Ouvertüre von Richard Wagner und Vorspiel zu Aida von Verdi. Margarethe Mühlenbeck und Margarethe Hegge erfreuten ihre Zuhörer mit Arien von Délibes, Verdi und Puccini und die Pianistin Helga Schöne spielte sehr energisch und kraftvoll das Scherzo b-moll von Chopin. Alle ernteten reichen Beifall, am meisten aber Wallenborn, dem am Schluss des „Sonntagabends" noch ein Geschenk des Rundfunks überreicht wurde.

Am nächsten Tag las Reiner den zweiten Teil des „Faust" zu Ende, hatte ein interessantes Gespräch mit seinen Freunden, las anschließend noch etwas im Schopenhauer, stopfte und ging früh zu Bett.

Als Reiner am nächsten Morgen erwachte, tanzten weiße Flocken vom Himmel und hüllten die Fjordlandschaft ein. Alle freuten sich über den Schnee.

Am Dienstag dem 9.1. schrieb Reiner an seine Eltern: „Übrigens hat der Schopenhauer genügend vernünftige Ansichten, zum Beispiel: „Wenn ich ein Geheimnis verschweige, ist es mein Gefangener; lasse ich es entschlüpfen, bin ich sein Gefangener. Die Freunde nennen sich aufrichtig, die Feinde sind es: Daher man ihren Tadel zur Selbsterkenntnis benutzen sollte, als eine bittere Arznei."

Inzwischen ist ein alter Kamerad, den Reiners Mutter in Husum kennen gelernt hat, in Oslo eingetroffen. Er ist jetzt in Nordstrand Reiners „Haufen" zugeteilt. Reiner hat sich sehr gefreut, ihn wiederzutreffen. Von Michael hat Reiner nichts mehr gehört.

Weiter schreibt Reiner an diesem Abend des neunten Januar 1945 an seine geliebte Mutter: „Du bist immer so von Herzen besorgt um mich und das tut mir besonders wohl. Und wenn Du mich heute Abend hättest stopfen sehen, dann hättest Du mir sicher freundlich lächelnd die Arbeit aus der Hand genommen und gesagt: „Gib her, ich kann das ja doch besser." Aber wenn man die Sache einmal richtig betrachtet, schadet es vielleicht gar nichts, daß wir uns das allein machen müssen. Früher war einem das alles so selbstverständlich, daß das die Mutter machte. Und nun sehen wir, wieviel Mühe solche kleine

Arbeit oft macht und wieviel Zeit dabei verlorengeht und wir bekommen Achtung vor Eurer Leistung!"

Am Samstag den 13.1.1945 schriebt Reiner an seine Eltern: „Ab und an hat man in diesen wirren Kriegsläuften doch einmal eine ruhige Stunde voller Innerlichkeit und Besinnung und der Glanz dieser Stunden ist es dann auch, der sich über die folgenden Tage verbreitet und über alles einen lichten Schleier legt. Als ich am letzten Donnerstag Bereitschaft hatte, saßen wir zu viert um den Rundfunkapparat und hörten ein Sinfoniekonzert. Beethovens Fünfte erklang zu Anfang, die „Schicksalssinfonie". Es ist eine Sinfonie wie aus einem Guß – so zwingend und so packend; man muß es erleben. Das Brahms'sche Klavierkonzert (B-Dur) mit Helga Schöne am Klavier beschwor zunächst herbe Landschaftsbilder herauf – man hat die Vision einer grauen norddeutschen Stadt am Wasser – um dann über ein gefühlvolles Adagio zum munteren springlebendigen Allegro zu gleiten. Wo hat der verschlossene Norddeutsche nur die bezaubernden Melodien her? – Im Raume war es ganz still, alles hörte aufmerksam zu und „sog" die Musik förmlich in sich ein. Das war eine ganz tiefinnerliche Stunde! – Aber das Leben gleicht einem Kaleidoskop und ist eine dauernde Folge von Extremen."

An diesem Samstag schlenderte Reiner, nachdem er seine Besorgungen gemacht hatte, ziemlich ziel- und planlos durch die Stadt und landete schließlich im Nordland-Varieté und ließ das Programm über sich dahinplätschern. Es war eine ganz nette Entspannung. Besonders gefielen ihm die tänzerischen Darbietungen voller

Anmut und Eleganz. Reiner schreibt in seinem Brief vom 13.1. an seine Eltern dazu: „Ich glaube überhaupt, der Mensch braucht im Leben den steten Wechsel. Von ein und demselben wird er sehr schnell übersättigt."
Am Sonntag den 14.1.1945 war es empfindlich kühl, als Reiner und seine Freunde zu ihrem Spaziergang antraten. Sie wurden jedoch dafür reichlich entschädigt durch das bezaubernde Landschaftsbild, das sich ihren Augen bot. Die Bäume und Sträucher waren ganz mit Reif überzuckert. So wurden die Formen scharf hinausgehoben und gegen den hellblauen Himmel gestellt. Auf einem kleinen Hang brachte ein Vater seinem Sprössling das Schilaufen bei. Der kleine Hosenmatz konnte sich kaum auf den Beinen halten. Doch der Vater fasste ihn immer wieder an der Hand und glitt mit ihm den Hügel hinab. Dann wirbelte er die leichte Last durch die Luft, drehte sie um und es ging wieder bergauf. Am frühen Nachmittag dann las Reiner im Strindberg. Ihm fielen jedoch beim Lesen immer wieder die Augen zu. So legte er sich kurzerhand auf die Couch und schlief auch wirklich ein. Nach dem kleinen Nickerchen hatte er mehr von der Lektüre. Um neunzehn Uhr fuhr er dann mit Jens in die Stadt zum Konzert. Der neue Dirigent, Hehnar Kähler, führte sich an diesem Sonntagabend mit einem guten Programm ein, dessen Höhepunkte das Vorspiel zum dritten Akt der „Meistersinger" und die Slavischen Tänze von Dvorak waren. Helga Schöne spielte wie immer bravourös. Diesmal hatte sie sich „Liebestraum" und „die Jagd" von Franz Liszt ausgewählt. Da das Wetter besonders schön war, bekamen sie wieder einmal Besuch. So kamen sie ziemlich spät zu Bett.

Ein paar Tage später schneite es fast ununterbrochen und Reiner und seine Kameraden hatten Mühe, durch den Schnee zu waten, als sie nach dem Mittagessen zu dritt loszogen. Sie sogen die frische Winterluft in sich ein. In der Stadt angelangt, machten sie noch einige Besorgungen. Anschließend sah Reiner sich den Film „Schiller" an. Es ging Reiner dabei so, wie es ein Bekannter ein paar Tage zuvor von sich sagte: „Beim ersten Mal sah ich den Film, beim zweiten Mal ging ich mit." Es wurden da so viele interessante Fragen aufgeworfen, und die Handlung war derart mitreißend, dass man sich einfach nicht passiv verhalten konnte. Schon die Frage: „Werden Genies geboren, oder erzogen?", regte Reiner und seine Freunde zum Nachdenken an.

Am 27.1.1945 schreibt Reiner an seine Eltern: „Ich kann kaum hoffen, daß Euch diese Zeilen noch in G. erreichen. Nach den Ereignissen der letzten Tage und den Berichten über die entvölkerte „Frontstadt Breslau" ist es sehr wahrscheinlich, daß auch G. evakuiert wurde. Zum ersten Male in diesem Kriege sind wir ganz unmittelbar betroffen und weiß ich Euch in Gefahr. Das macht mir viel Sorge und sehnsüchtig warte ich auf Nachricht, wie es Euch geht und wo Ihr Euch befindet. Und wenn ich dann dabei noch an Mutti's schlechten Gesundheitszustand denke und von einer grimmigen Kälte höre, die in Schlesien herrschen soll, dann bin ich sehr unruhig hier in meinen noch immer gesicherten Verhältnissen und gäbe viel darum, Euch nahe sein zu können. Aber leider kann es nicht sein und so muß ich mich denn in Geduld fassen. In treuer Fürbitte stehe ich hinter Euch, Ihr Lieben. Wir wollen alles dem Herrn anheimstellen. Und

wenn es gegenwärtig noch so dunkel ist: Er wird die Finsternis vor uns her zum Licht machen. Vielleicht ist es auch so, wie P. Gerhardt, der große Dulder des Dreißigjährigen Krieges, singt: „Er wird zwar eine Weile mit seinem Trost herziehen und tun an seinem Teile, als hätt er in seinem Sinn er sich deiner begeben, als würdest du für und für in Angst und Nöten schweben, als fragt er nichts nach dir. Wird's aber sich finden, daß du ihm treu verbleibst, so wird er dich entbinden, da du's am mindsten glaubst. Er wird dein Herze lösen von der so schweren Last, die du zu keinem Bösen bisher getragen hast. Dessen wollen wir uns getrösten eingedenk der Verheißung und der Erkenntnis, daß denen, die Gott lieben, alle Dinge zum Besten dienen.
Nun geht alles seinen alten Gang. Es schneit fast jeden Tag. Gestern Morgen war ich beim Zahnarzt. Er hat mir eine Füllung gemacht und mich dann wegen meiner guten Zähne in Gnaden als geheilt entlassen. Ich stapfte dann noch etwas durch die Straßen der Stadt und aß seit langer Zeit im Soldatenheim auch wieder einmal Brötchen mit Butter und Honig. Auch für die Vitaminzufuhr ist wieder gesorgt, weil Eure Tabletten hier eintrafen, für deren Zusendung ich herzlich danke.-
In der Hoffnung, daß Euch diese Zeilen erreichen, und daß sie Euch gesund erreichen, schließe ich diesen Brief

Mit den allerherzlichsten Grüßen…"

Eines Tages erhielt Reiner Nachricht von seinem Vater, dass er seine Mutter in den letzten Zug, der die Stadt verließ, verfrachtet hat. Sie war nun

Richtung Görlitz unterwegs zu den Verwandten. Reiner bangte um sie und hoffte, dass sie dort bald ankommen und sich melden möge. Endlich kam der langersehnte Brief. Darin beschrieb sie die letzten Stunden und Tage in der geliebten Heimatstadt. Die Nachbarn waren einer nach dem anderen gegangen. Nur sie hatte noch ausgeharrt, konnte sich nicht trennen. Die Koffer standen schon gepackt im Flur. Sie ging von Zimmer zu Zimmer, strich über die Tasten von Reiners Klavier. Sie wusste, wenn sie ging, würde es für immer sein. Es würde keine Wiederkehr geben. Alles war verloren, wofür sie so lange gespart hatten. Sie würde Reiner nie mehr auf dem Klavier spielen hören. Ach, wo waren die schönen Stunden geblieben? Das letzte gemeinsam verbrachte Weihnachten tauchte aus dem Strom der Erinnerungen auf. Die Kerzen am Weihnachtsbaum flackerten im Luftzug und sie lauschten andächtig Reiners Spiel. Wachs tropfte von der Kerze auf die Noten wie Tränen des Abschieds. Würde sie ihn je lebend wiedersehen? Was geschah mit ihrem geliebten Sohn, ihrem einzigen Kind da draußen in diesem unseligen Krieg? Ihr Mann war am Nachmittag wieder da gewesen, um sie inständig zu beknien, doch die Stadt zu verlassen Er war inzwischen beim Volkssturm. Sie wusste mit einem Mal, dass er recht hatte.. Sie ging zum Fenster und öffnete die Gardine einen Spaltbreit, nachdem sie das Licht gelöscht hatte. Die Sirenen heulten – es war wieder einmal Fliegeralarm! Sollte sie in den Luftschutzkeller gehen? Sie zögerte. Trappelnde Schritte auf der Treppe zeigten ihr an, dass die wenigen noch verbliebenen Nachbarn hinuntereilten. Dann war es mucksmäuschenstill., als wenn die Welt den Atem anhielte. Sie wandte sich zögernd vom Fenster ab und wollte nach ihrem Notkoffer greifen. Doch da zerriss schon der Lärm der nahenden Bomber die unheimliche Stille, die auf einmal entstanden war. Sie kehrte zum Fenster zurück und blickte in die pechschwarze Nacht hinaus. Christbäume flammten über den dunklen Umrissen der Nachbarhäuser auf und schon prasselten die Brandbomben hernieder. Nur ihr Haus war davon ausgenommen. Flammen begannen in den Himmel zu züngeln und leckten aus den unheimlichen Fensterhöhlen heraus. Sie fraßen sich vom Dachstuhl bis zum Keller hinunter. Alle Nachbarhäuser brannten lichterloh. Nur ihr Haus blieb als Insel im Flammeninferno unversehrt übrig. Entsetzliche Schreie durchschnitten die gespenstische Stille nach dem Verebben des Dröhnens der schweren Bomber. Ein Ahnen von drohendem Unheil und dem unausweichlichen Untergang ihrer Heimatstadt erfasste sie. Was tat sie hier noch – es war längst eine Geisterstadt! Dieser Gedanke schoss ihr blitzschnell durch den Kopf. Nur noch wenige harrten aus wie sie. Warum eigentlich? In der irrigen Hoffnung, das Ende werde doch noch abgewendet? Sie wusste es nicht. Doch sie wusste nun schlagartig: Sie musste fort aus diesem Inferno! Mauern krachten polternd in sich zusammen, die Feuer brannten nieder. Eine unheimliche Stille herrschte auf einmal ringsherum. Eine namenlose Furcht beschlich ihr Herz. Was war geschehen? Sie lauschte. Keine trappelnden Schritte, die die Rückkehr der letzten Nachbarn ankündigte. Hoffentlich kam ihr Mann noch einmal, schoss es hier durch den Kopf. Jetzt war sie

77

bereit! Sie wollte nur noch fort aus dieser sterbenden Stadt. Ihre Lieben würden sie doch auch dort draußen finden. Schlagartig wurde ihr bewusst, dass sie doch gar nicht hierher zurückkonnten. Sie setzte sich zitternd vor Furcht in einen Sessel. Was war den Nachbarn geschehen? Nun war sie ganz allein! – Der Morgen graute zum Fenster herein. Sie musste wohl vor Erschöpfung eingenickt sein. Mit schleppenden Schritten ging sie zum Fenster hinüber und blickte hinaus. Die Nachbarhäuser ragten als Ruinen in den Morgenhimmel. Alles war totenstill. Nachdem sie eine Weile in das Grauen hinausgelauscht hatte, vernahm sie hallende Schritte auf der Treppe, die vor ihrer Wohnungstür innehielten. Furchtsam wie ein Kaninchen blickte sie zur Tür. Da wurde der Schlüssel ins Schloss gesteckt und umgedreht. Die Tür öffnete sich und die Gestalt ihres Mannes zeichnete sich im Türrahmen ab. „Werner!" Erleichtert eilte sie in seine ausgebreiteten Arme. „Christa, Gott sei Dank, dir ist nichts passiert! – Komm schnell, wir müssen zum Bahnhof! In einer Stunde verlässt der letzte Zug die Stadt! Du musst fort! Du kannst nicht mehr hier bleiben!" „ „Ich weiß, Werner. Das war eine schreckliche Nacht. Gut, dass du kommst. Alleine schaffe ich es nicht mit dem Gepäck. Ich gehe nach Görlitz zu Trude. Komm dorthin, wenn du kannst!" „Schreib mir, sobald du angekommen bist. Und jetzt schnell! Wir müssen uns beeilen, sonst fährt der Zug ohne dich! Ich gehe voran. Schau dich nicht um und folge mir, so rasch du kannst!" Werner nahm das große Gepäck auf und ging zur Treppe und Christa packte ihr Handgepäck und eilte ihm nach. „Mach nur die Tür zu. Ich gehe später noch einmal nach dem Rechten sehen." „Ja, Werner." Sie blieb stumm während ihres Abstiegs im Treppenhaus. Da blickte sie zum Keller hinunter und erschrak. Die Mauer war eingestürzt, die Tür in Trümmern, als wenn eine Riesenfaust hineingeschlagen hätte. Dahinter gähnte ein schwarzes Loch. „Das war die Druckwelle. Sieh nicht hin!" Doch unwillkürlich wurden ihre Blicke magisch davon angezogen. Aus den Trümmern ragten Leichenteile. Kaltes Grausen erfasste sie und schnürte ihr die Kehle zusammen. Wenn sie da unten gewesen wäre… Sie wagte nicht, den Gedanken zu Ende zu denken. „Ich bin froh, dass du oben geblieben bist, Christa. Diesmal war es gut, dass du nicht auf mich gehört hast." Christa wankte hinter Werner her, über Trümmer und Tote stolpernd. Endlich erreichten sie den Bahnhof. Auch andere mit Gepäck beladene Gestalten und auch ohne hasteten dem Bahnhof zu. Das Entsetzen war tief in ihre grauen Gesichter eingegraben. Einige hatten nur das nackte Leben gerettet nach dieser Schreckensnacht. Christa drückte ihr Handgepäck an sich. Werner kam mit dem großen Gepäck mit auf den Bahnsteig und setzte Christa in den Zug. Immer mehr Menschen drängten herein. Werner drückte Christa fest an sich und flüsterte ihr ins Ohr: „Pass auf dich auf und melde dich, sobald du angekommen bist." „Ja. Und pass du auch auf dich auf." Da hatte sich Werner schon von ihr gelöst und drängte sich durch die Menge nach draußen. Christa sah ihn bald darauf auf dem Bahnsteig auftauchen und die Abfahrt des Zuges abwarten. Der Zug war gerammelt voll, es ging kein Apfel mehr zur Erde und immer mehr Menschen hasteten heran und drängten hinein. Die

Abteile waren überfüllt und die Gänge heillos verstopft. Da wurden die Letzten vom Aufsichtspersonal rücksichts- und gnadenlos zurückgedrängt und die Türen geschlossen. Die Zurückbleibenden drängten mit angstverzerrten Gesichtern immer wieder heran und versuchten, die Türen wieder zu öffnen, um noch in den Zug zu gelangen. Sie wurden gewaltsam zurückgedrängt. Schließlich pfiff der Bahnwärter und die Räder setzten sich langsam in Bewegung. Unter den Zurückbleibenden brach ein Tumult aus. Einige versuchten, auf das Dach zu klettern und klammerten sich von außen an die Türen. Der Zug nahm Fahrt auf. Einige von diesen Unglücklichen konnte sich nicht mehr festhalten und stürzten auf die Gleise. Schreie gellten und Christa hielt krampfhaft ihr Handgepäck umklammert. Die größeren Koffer hatte Werner oben in der Gepäckablage verstaut. Die Räder stampften unermüdlich durch die frostklirrende Winternacht und der Zug rollte durch die graue Landschaft dahin, durch zerstörte Ortschaften, an zerbombten Bahnhofsgebäuden vorbei. Christa hielt sich krampfhaft wach und doch konnte sie es nicht verhindern, dass ihr ein Teil des Gepäcks gestohlen wurde. Endlich lief der Zug in den großen Bahnhof von Görlitz ein und sie musste sehen, wie sie mit dem verbliebenen Rest ihres Gepäcks aus dem Gedränge im Zug und der Menschenmenge auf dem Bahnsteig hinauskam und wie sie zu den Verwandten gelangen konnte. Endlich war sie erschöpft bei den Verwandten angekommen. Dort konnte sie sich erst einmal von den Strapazen ihrer Flucht erholen. Sobald wie möglich schrieb sie Werner und Reiner eine Nachricht mit der neuen Adresse.

Am 25. Februar 1945 schrieb Reiner an seine Mutter:

Liebe Mutti,
„Sonntag Reminiscere („Gedenke, Herr, an deine Barmherzigkeit"). Im sechsten Kriegsjahr gibt es keinen Unterschied mehr zwischen Sonn- und Wochentagen. Werktage sind sie alle. So auch hier bei uns. Und trotzdem: Hie und da leuchtet es einmal auf wie ein Licht, daß wir merken: Ruhetag des Menschen, Feiertag der Seele! Wir sollten heute ein Kirchenkonzert haben. Als ich eben in die Straßenbahn steigen will, gehen die Sirenen, Fliegeralarm! Recht unzufrieden mit mir und meinem Schicksal ging ich in den nächsten Luftschutzraum. Dort hatte sich schon eine riesige Menschenmasse versammelt. Doch wer beschreibt mein Erstaunen, als der Alarm schon gegen 20.10 Uhr vorbei ist. Was tun? Guter Rat ist teuer. Das Konzert findet ja nun bestimmt nicht mehr statt. Und trotzdem zieht es mich in die Richtung zur Kirche. Die Straßen sind beinahe menschenleer. Heller Mondschein liegt über der Stadt und ihren Türmen. Ich erreiche die Kirche. Natürlich alles finster. Doch halt! Sind das nicht Orgelklänge? Ganz leise – hingehaucht? Der Haupteingang ist verschlossen, doch ein Nebeneingang ist offen. Ich taste mich vor. Aus dem Kirchenschiff springt mich das Dunkel an. Nur auf der Orgelempore ein einziges Licht am Spieltisch. Als sich mein Auge an das Dunkel gewöhnt hat, erkenne ich auch hier und da in einer Bank eine menschliche Gestalt. Und dann braust es von oben herab wie aus Himmelshöhen hernieder in diese kleinliche, närrische Welt. Es ist ein Singen und Klingen,

daß einem das Herz darüber froh wird. Und ich denke an Euch und weiß mich eins mit Euch in dieser stillen Abendstunde. Das Spiel wird leiser, die Melodie inniger. Eine Seele schreit zu Gott, sie fragt und klagt: „Herr, warum?" Sie reißt sich wund. Und dann auf einmal in diesen Aufruhr des menschlichen Herzens hinein eine himmlische Melodie, wie „Fürchte dich nicht!" Sieh, da wurde es in meinem Herzen Sonntag. Und an dieser Sonntagsfreude sollst auch Du teilhaben. Deshalb schreibe ich Dir diesen Brief. Getrost ging ich durch die Mondnacht heim, stark in der Gewißheit: „Wir haben einen Gott, der uns hilft."

Wie geht es Dir? Ich hoffe, daß Du wohlauf bist. Du Gute hast mir schon wieder Plätzchen aus Görlitz geschickt. Ich danke Dir.

Es befiel Dich und Papa der Gnade Gottes

und grüßt Dich herzlichst,

Dein Dich innig liebender Sohn"

Am 2. März 1945 schrieb Reiner wieder an seine Mutter: „Schon heute schreibe ich Dir zu Deinem Geburtstag. Ich weiß allerdings nicht, ob Dich der Brief erreicht. Denn da ich keine andere Adresse habe, muß ich ihn nach Görlitz schicken. Aber Du wirst es auch so spüren, daß ich in Gedanken bei Dir bin. Mein Gebet wird nicht erlahmen. Fürbittend gedenke ich Eurer in dieser schweren Zeit.

Was wird das für ein trauriger Geburtstag werden, weit von der Heimat, weit von Mann und Kind. Wie schwer müßt Ihr Frauen und Kinder heute tragen und wie selbstverständlich nehmt ihr alle Lasten auf Euch! Da können wir uns nur immer wieder ein Beispiel daran nehmen.

Wie gern würde ich Dir etwas schenken, aber was? Nimm mein Herz, meine besten Empfindungen. Du hast sie mir eingepflanzt. O wie bin ich Gott so dankbar, für eine solche Mutter! Und Papa wird dankbar auf Euren gemeinsam zurückgelegten Lebensweg schauen, der zwar schwer, aber in der Gemeinsamkeit auch sehr schön war."

Beide hörten nichts mehr von Werner. Christa machte sich Vorwürfe, dass sie gegangen ist, statt bei ihm in der Heimat auszuharren. Reiner beruhigte sie in seinem nächsten Brief. Er wusste, ihre Wege hätten sich in diesen Kriegsläuften sowieso getrennt. Beide sorgten sich um Mann und Vater. Reiner mahnte seine Mutter, Görlitz wieder zu verlassen, weil es dort nicht mehr sicher war. Er machte ihr Vorschläge, wohin sie gehen solle.

Am 23.3.1945 schrieb Reiner an seine Mutter: „Endlich kam heute Post von Dir. So bin ich wenigstens von einer bangen Sorge befreit, die mir viel zu schaffen machte, da ich Dich nach den letzten unruhigen Wochen nun wenigstens einmal wieder sicher an einem Ort weiß. Gott sei Dank, der Dich so sichtbar beschützt und beschirmt hat. Er kann helfen! Er tut es zwar nicht immer so, wie wir es gerade wünschen, aber wie er es tut, so ist es gut und heilsam für uns. Diese Erfahrung berechtigt mich zu der felsenfesten Gewißheit, daß er auch Papa in seiner Vaterhand geborgen hält, aus der keine Macht und Gewalt dieser Welt ihn reißen kann. Ich mache mir genau solche Sorgen um ihn wie Du, liebe Mutti!

Aber es hieße an Gottes Macht zweifeln und seine Möglichkeiten beschränken, wollte man die Hoffnung verloren geben. Jetzt ist für uns Christen die große Stunde der Bewährung gekommen. „Es ist ein köstlich Ding, daß das Herz fest werde, welches geschieht durch Gnade. Ja, Gott schenke uns dies feste Herz, daß wir nicht nur mit unserem eigenen harten Schicksal fertig werden, sondern noch den anderen, die die starke Kraft des Christenglaubens entbehren müssen, Helfer, Rater und Tröster sein können. Mitten in die furchtbaren Schrecken dieser Zeit klingen die Osterglocken hinein, ruft Gott sein Auferstehungswort in die Welt. Das ist uns eine tröstliche Verheißung, daß über allem Schutt und allen Trümmern ein Morgenrot anbrechen wird, das einen schönen Tag einleiten wird. In diesem Glauben sind wir verbunden: Papa in der Festung Glogau, Du in Atzdorf und ich hier im Norden. Christus aber ist das Band, das uns umschlingt. Und wer es mit Christus wagt, der hat auf keine tote Sache gesetzt, denn: „Jesus lebt mit ihm, auch ich!" –

Wie strapaziös wird die Reise für Dich gewesen sein. Und dann die dauernde Ungewißheit. Ich hoffe, daß Du wohlauf und – den Umständen entsprechend – gut untergekommen bist. Da hat sich ja so ziemlich alles aus der Verwandtschaft dort versammelt. Wer hätte gedacht, daß man sich unter solchen Umständen einmal wiedersehen würde.

Mit dem Bild kann ich Dir dienlich sein. Ich schicke Dir gern ein neues mit...

Von hier gibt es nicht viel Neues zu berichten, außer einer Mitteilung, deren Inhalt mich tief geschmerzt hat:

Mein letzter Brief an Heinz ist zurückgekommen mit der Bemerkung: „Am 15.2.45 für Großdeutschland gefallen." Du wirst meinen Schmerz beim Erhalten der Nachricht mitfühlen können. Die Erinnerung an ihn, an sein frisches, glaubenserfülltes, strahlendes Wesen ist noch ganz frisch in mir. Er hatte noch so viel vor und er wollte seinem Gott draußen in der weiten Welt dienen. Nun hat ihn Gott frühzeitig heimgeholt. Wirklich frühzeitig? Wir wissen es ja nicht. Wir können ja gar nicht wissen, wann ein Menschenleben wirklich gelebt ist. Der eine erfüllt seine Aufgabe früh, der andere spät: Aber keiner geht von dannen, bis er nicht den Weg durchmessen hat, der ihm vom Schöpfer vorgezeichnet ist. Und wenn es nur seine Aufgabe gewesen wäre, andern Freude und Glaubenskraft zu geben, so wäre diese Aufgabe erfüllt und die Sinngebung des Lebens dokumentiert. Daß ich einen solchen Freund haben durfte, war eine besondere Gnade, für die ich sehr dankbar bin. –

Langsam wird es wieder Frühling. Die Sonne hat direkt schon wieder wärmende Kraft. Die erhabene Landschaft führt einen über manche kleinlichen Alltagssorgen und Zwistigkeiten hinaus. Noch schöner freilich ließe es sich in vollkommener Harmonie mit den Seinen leben. Aber das ist ja nun leider nicht möglich.

Der Geburtstagsbrief wird ja wohl nicht in Deine Hände gelangt sein. Ich danke Gott für den Segen der Liebe, den er mir durch Dich geschenkt hat. Ich bitte ihn, daß Du uns in voller körperlicher und geistiger Kraft erhalten bleiben mögest. Ich hoffe zu Gott, daß es Dir recht bald vergönnt sein mag, mit uns allen nach den Bildern des Grauens und der Zerstörung das Bild des

Friedens und eines langsam wiedererwachsenden Wohlstandes zu schauen."
Dann kommt noch der letzte Brief von Reiner aus Oslo, geschrieben am Palmsonntag, den 25.3.1945 an seine Mutter: „Palmsonntag! Mancherlei ging mir durch den Sinn, als ich heute Morgen zur Kirche ging: ich dachte an festlich gestimmte Konfirmanden, an dröhnende Kirchenglocken, ich dachte an Passionsgottesdienste und Abendmahlsfeiern und an gemeinsame Kirchgänge in Glogau. Und ich fragte mich zugleich, ob Du nicht auch um diese Zeit im Gotteshaus sein würdest, das Evangelium Jesu vom Einzug in Jerusalem zu hören und mit mir alle Sorgen – auch die um Papa - vor Gott zu tragen. Ja, Palmsonntag: Jesus zieht auch heute noch ein. Wer ist da, der ihn empfängt? Die einen, die gehen aus Überzeugung nicht hin, ihm entgegen. Sie haben ihn nie gesucht, sie suchen ihn auch heute nicht. Die anderen sind ihm früher freudig entgegengegangen, aber jetzt - unter dem wachsenden Druck der Kriegsnöte – haben sie den Glauben an einen gnädigen Gott verloren. Sie bleiben resigniert „zu Hause" Wieder andere wollen nun zu gern in das Hosianna einstimmen, aber sie sehen in Christus weniger den Heiland und den Herren, dessen Reich nicht von dieser Welt ist, als den Christus der Wunder, den Christus der sozialen Ordnung, den irdischen König Christus. Ihr Hosianna wird gar bald in ein Kreuzige umschlagen, denn Jesus wird sie, die nun Irdisch gesinnten, schwer enttäuschen. Und dann ist schließlich seine Gemeinde. Sie gibt sich keinen Illusionen hin. Sie weiß, daß der Weg Christi in dieser Welt kein Siegeszug, sondern ein Leidensweg ist. Sie weiß, daß Christsein heißt:

Kämpfer sein! Sie weiß, daß die christliche Kirche keine Lebensversicherung ist. Sie sieht in Christus den Aufgang aus der Höhe, den Gottessohn, der in sein Eigentum kommt, der in der Nachfolge uns stärkt, der Kraft zum Überwinden gibt und der dem Tode die Macht nimmt und die Seinen zum Siege führt. So gehen wir durch das Tor des Palmsonntags in die große stille Karwoche ein. - Ich sah heute morgen ein Bild: Jesus im Gebet im Garten Gethsemane. Eine Abendlandschaft, im Hintergrund palastartige Bauten. Ein steiniger Hügel im Vordergrund. Rechts am Abhang ganz außen die schlafenden Jünger. Vorn links ein Dorngestrüpp. Davor der Heiland. Schwer hat er mit Gott gerungen. In dieser Stunde ist er so ganz Mensch und betet, wie wir alle gerade in der jetzigen Zeit so oft beten: „Vater ist's möglich so gehe dieser Kelch an mir vorüber." Aber dann wurde er sich seines Auftrags gewiß. Er rang sich durch zum Gehorsam: „Nicht wie ich will, sondern wie Du willst." Da bricht ein helles Licht aus den Wolken (das ist die Situation des Bildes) und beleuchtet des Heilands Züge, die nach dem heißen Kampf voller Frieden sind; die gefalteten Hände sind demütig ausgestreckt. Er ist hindurch! Dazu helfe der Herr Dir und mir."

Kapitulation und Kriegsgefangenschaft

Am 8. Mai 1945 war die Kapitulation. Reiner und seine Kameraden wurden nach der Entwaffnung in ein großes Lager in Ski verbracht. Als er dort ankam, traf er Hans überraschend wieder. Trotz der ungewissen Zukunft, der sie entgegengingen, hat er sich sehr gefreut, seinen Freund wiederzutreffen. Es handelte sich in Ski um ein Internierungslager und sie wurden dort nur leger bewacht. Die Engländer überließen sie weitgehend sich selbst. Verlassen durften sie es nur dienstlich gegen Vorzeigen eines Ausweises. Verpflegen mussten sie sich selbst, erhielten dazu jedoch die Erlaubnis, die deutschen Wehrmachtslager zu leeren. Untergebracht waren sie in behelfsmäßigen Baracken. Der militärische Dienst wurde in etwa aufrechterhalten. Es gab auch Sonderrationen, die aus Fleisch- und Wurstkonserven, Fliegerschokolade, Likören, Alkohol und Fett, mit dem jede Menge Bratkartoffeln hergestellt wurden, bestanden. Manche Norweger haben sich sogar mit ihnen unterhalten. Es war ein warmer Sommer und sie saßen am Abend draußen im Freien. Auf den Stuben haben sie mit Kopfhörern Radio gehört. Reiner lauschte ganzen Symphonien. Es gab Literaturabende, die er sehr genossen hat. Außerdem wurden Kurse in Sprachen und Mathematik abgehalten. Mit gespendeten Instrumenten wurde eine recht passable Musikkapelle gebildet. Das ging so bis in den Herbst hinein. Dann haben die Amerikaner die Regie übernommen. Nun wurden Transporte zusammengestellt und die Kriegsgefangenen in Lager verbracht. Reiner hat Jochen im Durchgangslager getroffen, von dem aus die Österreicher nach Hause geschickt wurden. Reiner und seine Leidensgefährten wurden am 13. August auf einem kleinen Frachter eingeschifft. Mit diesem Schiff kamen sie am 17. August in Bremerhaven an, von wo es in die Rheingegend ging, wo sie entlassen werden sollten, wie es hieß. Die Entlassungspapiere sind immer mit dem Transport mitgegangen.

Am frühen Morgen des 19. August hielt der Zug plötzlich vor dem Bahnhof von Rüdesheim. Dort wurden sie von einer französischen Wachmannschaft übernommen. Spätestens auf der Pontonbrücke über den Rhein dämmerte es dem letzten, dass sie an die Franzosen „verkauft" worden waren. Die Amerikaner sollten den Franzosen noch eine gewisse Anzahl Kriegsgefangener liefern. So ging es im August/September 1945 nach Bretzenheim in der Nähe von Bad Kreuznach. Der Marsch endete in diesem Rheinwiesenlager, einem großen, von Stacheldraht umgebenen Feld. Dort vegetierten die Gefangenen bei Hitze, Kälte und Regen dahin. Vor Reiners Ankunft dort sind schon viele Kriegsgefangene krepiert. Als er ankam war die Todeswelle der ersten Zeit schon abgeebbt. Es war ein riesiges Kriegsgefangenenlager. Außen herum war es mit Stacheldraht gesichert, innen gab es Erdlöcher, die mit Zeltplanen zugedeckt waren. An der Wasserstelle, ein paar auf freiem Feld installierten Wasserhähnen, musste man immer Schlange stehen. Die Verpflegung war miserabel. Bei Regen hat sich das ganze Lager in einen riesigen Sumpf verwandelt. Die Verpflegung bestand bestenfalls aus einer durch ein paar Kartoffelschalen angereicherten Wassersuppe. Die schon länger in diesem Lager eingesperrten Gefangenen hatten Erdlöcher gebuddelt, in denen sie wenigstens einen gewissen Schutz fanden vor den Unbilden des Wetters. Reiner verbrachte einige Tage und Nächte in diesem Lager. Bei Dau-

erregen verwandelte es sich in eine einzige Morastwüste. Da froren die Gefangenen gottsjämmerlich, auf einem Stück Pappe im Uniformmantel zusammengekrümmt. Die Gefangenen aus Norwegen hatten bessere Chancen zu überleben, weil sie noch in guter körperlicher Verfassung waren.
Von dort sind immer wieder Transporte nach Frankreich zusammengestellt worden. Reiner war weniger als vierzehn Tage dort, da wurde er schon mit seinen Kameraden in Güterwagen verfrachtet zum Abtransport nach Frankreich.

Die Zeit der Kriegsgefangenschaft in Frankreich

Im ersten Lager in Frankreich in l'Ardoise

Es war eine langen Fahrt im Güterwaggon, wo sie auf aufgeschüttetem Stroh saßen oder sich zum Schlafen legten, mit dem freien Himmel über sich. Einmal brannte die noch warme Oktobersonne hernieder, dann wieder türmten sich Wolken am Himmel und öffneten ihre Schleusen. Die Gefangenen drückten sich frierend ins Stroh. In klaren Nächten blinkten Myriaden von Sternen am Himmel, der sich in weite Fernen öffnete. Der Mond zog seine stille Bahn am Himmel droben und warf ab und an sein silbriges Licht zu den Gefangenen in den Waggons hinunter. Reiner grübelte, wo sie wohl hingebracht würden. Mit jedem Kilometer ratterte der Zug weiter von der Heimat fort. Was erwartete sie wohl in Frankreich? Wann würden sie entlassen werden? Wo waren seine Lieben? Was war mit seinem Vater? Lebte er noch? Wenn ja, wo war er? Ihm war nicht wohl dabei, seine Mutter allein auf sich gestellt zu wissen. Sie würde sich sicher auch Sorgen um ihn machen. Ob sie wohl bald schreiben dürften, damit er sie beruhigen konnte? Er hoffte es. Durch das monotone Rattern der Räder war er schließlich eingeschlafen. Im Traum war er zu Hause bei seinen Lieben. Er fröstelte. Ohne die Augen zu öffnen, wurde ihm bewusst, wo er war. Er blieb noch eine Weile liegen und dachte an den in Ski in Norwegen verbrachten schönen sonnigen Sommer, der nur durch die bange Ungewissheit beeinträchtigt wurde. Am 30. August hatten sie Norwegen verlassen, waren über Bremerhaven in die Rheingegend verbracht worden. Reiner bemerkte schließlich, dass etwas anders war. Er hörte auf einmal kein Rattern der Räder mehr! Der Zug stand. Sie mussten angekommen sein. Vom 6.9. bis 17.9. waren sie im Lager Bretzenheim gewesen. Es war der 20.9. Nach drei Tagen beschwerlicher Zugfahrt waren sie angekommen. Stiefel trampelten draußen. Es rappelte an den Eingangstüren. Die Riegel wurden krachend zurückgeschoben, Sonnenlicht drang herein und blendete sie. Nach dem tagelangen Dämmer im Waggon, waren ihre Augen das Licht nicht mehr gewöhnt. Ein kleiner drahtiger Leutnant in französischer Uniform kam heran. „Sortez!", rief er mit Stentorstimme. Die Gefangenen rappelten sich hoch, streckten ihre steifen Glieder. „Allez!

Vite!", schrie er herüber. Eilig rafften die Gefangenen ihre Habseligkeiten zusammen, setzten ihre Käppis auf und drängten zu den Ausgängen. So auch Reiner. Sie mussten vor den Waggons zum Zählappell antreten. Danach marschierten sie Richtung Lagertor. Oben stand in großen Lettern „Ardoise". Ihre Bewacher trieben sie hastig hinein und krachend wurde das Tor hinter ihnen geschlossen. Es war Abend. Die Farben eines wunderschönen Sonnenuntergangs erhellten den Himmel im Westen. Scharf zeichneten sich die Konturen eines ehemaligen Pferdestalles und von ein paar Sanitätsbaracken gegen den flammendroten Abendhimmel ab. Ein Gefühl von tiefem Frieden vermittelte dieses Bild, obwohl der erste Eindruck täuschte. Als Reiner näher hinsah, konnte er im Dämmerlicht des herannahenden Abends viele bis zum Skelett abgemagerte Gestalten vor den Sanitätsbaracken ausmachen. Ein kaltes Grauen erfasste Reiner. Sie wurden eilig zum Pferdestall getrieben, in dem sie Quartier nehmen sollten. Ein undefinierbares Getränk wurde als Abendessen ausgeteilt. Dann sollten sie sich zur Nachtruhe niederlassen. Als sich ihre Augen an das diffuse Licht im Stall gewöhnt hatten, gewahrten sie, dass es nicht einmal Stroh gab, auf dem sie sich ein Nachtlager richten konnten. Sie mussten mit dem harten, kalten Boden fürlieb nehmen. Reiner legte seinen Rucksack ab, setzte sich auf den Boden, zog den Rucksack als Kopfkissen heran und streckte sich müde aus. Er fühlte sich ganz zerschlagen nach der langen Zugfahrt.

Gegen Morgen wachte er fröstelnd auf. Er schlug die Arme um sich und versuchte, noch einmal einzuschlafen, was ihm aber nicht gelingen wollte. Schon in aller Herrgottsfrühe wurden sie geweckt und mussten mit ihrem Gepäck antreten. Ihnen wurde befohlen, sich in langen, auseinandergezogenen Reihen aufzustellen und ihre Habseligkeiten auf einer Decke vor sich auszubreiten. Die Soldaten der Wachmannschaft kamen heran geschlendert, um die ausgebreiteten Sachen einer akribischen Kontrolle zu unterziehen. Reiner schwitzte Blut und Wasser und fürchtete um seine Schätze. Ein Soldat trat zu Reiners Nachbarn. Er besah sich alles genau und begann den Rucksack auszuschütteln, ob nicht noch etwas darin verborgen sei und begann dann alles durchzuwühlen. Schnell verschwand der eine oder andere Gegenstand in der Hand des Wachsoldaten. Seine Kollegen filzten die anderen Gefangenen. Reiners Herz klopfte bis zum Hals. Da lag sie, seine geliebte Dünndruckbibel, aus deren Lektüre er so viel Trost geschöpft hatte in den Tagen der Ungewissheit. Seine anderen Bücherschätze, deren Lektüre ihm so viele interessante Stunden beschert hatten. Die Fotos der Lieben, die er so sehr vermisste. Da trat einer der Wachsoldaten heran und just in dem Augenblick ließ ein Sonnenstrahl, der durch die aufgetürmten Wolken drang, Reiners goldene Armbanduhr, das Konfirmationsgeschenk seines Onkels, aufblitzen. Wie hypnotisiert starrte der Soldat darauf. Schon streckte er „Uhri, Uhri!", rufend fordernd seine Hand danach aus. Reiner zuckte erschrocken zusammen. Reflexartig bedeckte er seinen Schatz mit der Hand. Die Miene des Soldaten verfinsterte sich und seine Hand zuckte zur Waffe. Da löste Reiner eilig das Armband und streckte seine heißgeliebte Uhr dem

Wachsoldaten entgegen. Dieser ließ seine Hand von der gefährlichen Waffe fahren und griff hastig danach. Habgierig schlossen sich seine Finger um den begehrten Gegenstand und riss ihn an sich. Den Rest von Reiners Besitztümern ließ er unbeachtet liegen. Reiner schlotterten noch nachträglich die Knie ob des ausgestandenen Schreckens. Als er sich etwas erholt hatte von der ausgestandenen Angst, blickte er wehmütig auf sein beraubtes Handgelenk. So viele Erinnerungen hatten an seiner Uhr gehangen! Nun war sie fort – für immer verloren! Reiner blickte sich verstohlen um. Auch andere waren beraubt worden. Eingeschüchtert nach dieser durchlittenen Schikane und traurig über den Verlust liebgewordener Gegenstände trotteten sie schließlich in ihre karge Unterkunft zurück, nachdem sie ihre verbliebenen Sachen in ihre Rucksäcke, Tornister oder Seesäcke zurückgestopft hatten. Als sie wieder herauskamen, nahm Reiner aus den Augenwinkeln wahr, wie die in der Nacht Gestorbenen vor der Sanitätsbaracke aus dem Lager geschafft wurden, als sie zum Frühstückfassen gingen. Sie mussten sich in einer langen Reihe anstellen und jeder erhielt einen Pott mit einem undefinierbaren Gebräu, das Kaffee genannt wurde und etwas Brot. Sie setzten sich ins feuchte Gras und verzehrten ihr karges Mahl. Der Mistral begann zu wehen, eisig kalt und trocken. Das Thermometer sank in den Keller. Die Gefangenen zogen ihre Lumpen fester um ihre Körper zusammen. Vergeblich. Der Mistral pfiff unerbittlich. An solchen Tagen konnte man in der Ferne den Papstpalast von Avignon wahrnehmen. Reiners Augen begannen sich durch den scharfen Wind zu entzünden. Bevor es unerträglich wurde, ebbte der Wind plötzlich ab und Reiners Augen heilten wieder. Mittags gab es eine Wassersuppe mit Kraut und Tomatenscheiben. Witzbolde haben sich dort die schönsten Kochrezepte, die einem das Wasser im Munde zusammenlaufen ließen, erzählt. Reiner träumte von den Köstlichkeiten, die die Küche seiner Mutter an Festtagen zu bieten hatte. Sein Magen zog sich krampfhaft knurrend vor Hunger zusammen. Er schrieb aus diesen Tagen am 16. Oktober 1945 an seine Mutter: „Wieder – wie schon in den furchtbaren Tagen des Februar und März – erwies Gottes Wort seine Kraft an mir. Ich wusste Euch in seiner Hand. ‚Gott legt eine Last auf, aber er hilft uns auch.' Ihm vertraue ich auch jetzt und hier. Ich bin – Gott sei Dank – gesund, das Essen schmeckt gut und für geistige Anregung ist auch gesorgt. Ich hoffe, Dich recht bald wiedersehen zu können. Gott schütze Dich!...Mache Dir keine unnützen Sorgen, sei stark und voll Hoffnung."

In Vernet d'Ariège

Nach einigen Wochen wurde Reiner am 7. November mit anderen Mitgefangenen nach Vernet d'Ariège verlegt, wo sie am Tag darauf ankamen. Sie wohnten in Baracken und wurden untertags unter Bewachung truppweise zu Arbeitseinsätzen auf dem Feld oder in Fabriken gebracht und kehrten abends ins Lager zurück. Reiner schrieb in seinem nächsten Brief von dort an seine Eltern am 1.4.1946: „Ich bin von tiefem Dank gegen Gott erfüllt, der uns alle so wunderbar behütet hat. ...Im Lager hatte ich viel geistige Anregung durch Bücherei, Lagerchor und Orchester. Auch ein Lagerpfarrer ist da. Jetzt bin ich auf Straßenausbesserungskommando in der Gegend von Toulouse. Wir arbeiten acht Stunden täglich, außer sonntags. Die frische Luft tut mir gut. Ich denke oft an Euch...Über Entlassung ist noch nichts Positives bekannt. Wir wollen Gott walten lassen. Gesegnete Ostern."

Nun war Reiner bei einem Straßenbaukommando in Foix in den Pyrenäen. Sie waren in einer ehemaligen Gendarmerieschule untergebracht, einer Kaserne. Sie wurden dort mit Hacke und Schaufel ausgerüstet und erhielten als Fußbekleidung Holzkleppern. Ein Patron mit seinen Untergebenen, ehemaligen Maquisards, also Kämpfern aus der Résistance, von denen einige in deutscher Kriegsgefangenschaft gewesen waren, als Bewachern, leitete das Kommando. Einige von den Kameraden, die bei den Einheimischen arbeiteten, haben zugegeben, dass sie gut behandelt wurden. Alle wurden bei der Arbeit besser verpflegt: Es gab mehr Brot, die Suppe war nahrhafter und am Sonntag gab es ab und zu Fleisch. Statt Fett, das der Patron selbst abgestaubt hat, gab es Zucker. Von dort schrieb Reiner am 10.4.1946 an seine Eltern in Oschersleben in Sachsen: „Heute kann ich Euch viel berichten von warmen Sonnentagen, aromatischen Frühlingslüften und farbigster Baumblüte in Südfrankreich. Wenn ich dann abends am Fenster des Zimmers stehe (wir sind im 3. Stock einer Kaserne gut untergebracht, meine Gedanken in die Ferne zu Euch schweifen lasse, dann liegt unter mir in buntem Gewirr die Stadt – wie aus der Spielzeugschachtel hingestellt. Dann kommen die Gedanken...Wie mag es wohl in Deutschland sein? Viele haben überhaupt noch keine Nachrichten und wir werden glücklich gepriesen, weil wir wenigstens wissen, ‚woran' wir sind. Wie mag es wohl in Glogau aussehen? Noch habe ich viele Aufnahmen hier, die in unserm netten gemütlichen Wohnzimmer gemacht sind. Habt Ihr Euch dort etwas eingelebt? Sind Eure finanziellen Verhältnisse einigermaßen gesichert und habt Ihr genug zu essen?...Jeden Sonntag können wir hier duschen. Zum Essen (Braten) gibt es dann auch für jeden eine Flasche Bier. Ich wünsche mir immer, daß es Euch auch gesundheitlich gut geht – wie mir. – Wie sind die kirchlichen Verhältnisse? Ist Niemöller schon Bischof? – Nun für heute: Gott befohlen!"

Am 11.4.1946 erhielt Reiner von einem Vertreter der christlichen Vereinigung junger Männer einen anderen, größeren Briefbogen als bisher, auf dem folgendes zu lesen ist: „heute Abend war ein Vertreter der Young Men's Christian Association (zu deutsch: christlicher Verein junger Männer) hier, der uns neben Losungen, Bibellesen, Neuen Testamenten auch diese Briefformulare mitbrachte. Ich will gern die Gelegenheit nutzen, nun Euch etwas zu schreiben. - Ich will zunächst etwas zurückgreifen: als im Frühjahr 1945 auch die letzte Verbindung mit Mutti abriß, begann eine grauenhafte Zeit der Ungewißheit. Nicht nur, daß ich um Papa in großer Sorge war. Es kam noch hinzu ‚das Wissen' um Muttis Kranksein, zu dem sich noch die starke psychische Belastung, die die Trennung von Papa mit sich brachte, gesellte. Hinzu kam noch die starke Deprimierung durch das Kriegsgeschehen an sich und viel Ärger in der Kompanie.

Es ist hier heute noch, als liege das alles wie ein böser Traum hinter mir. Und es ist doch einmal furchtbarste Realität gewesen...Ich kann heute bekennen, daß das einzige, was mich in dieser Zeit der stärksten psychischen Belastung aufrecht gehalten hat, mein Glaube gewesen ist. Er wurde mir in jenen Zeiten das tägliche Brot, wo er vorher nur ein köstliches Kleinod gewesen war. - Dann kam das Ende. Das heißt das Ende des Krieges und der Anfang unserer Gefangenschaft, die zuerst nur wie eine Internierung aussah. Wir mußten aus unserem schönen Altersheim ausziehen, die deutschen Truppen wurden dezentralisiert, wir kamen in die Reservation Ski, etwa 30 Kilometer von Oslo entfernt. Wir nahmen so ziemlich alles mit, sodaß wir uns ganz bequem einrichten konnten. Sogar Radio war vorhanden. In diesen Wochen nach der Kapitulation sahen und bekamen wir dann auch Eßsachen, die wir bisher nur vom Hörensagen kannten. Ich will ganz offen sein: Wenn man unter Alkohol steht, dann sieht die graueste Wirklichkeit rosarot aus. Und wir wollten endlich einmal wieder das Rosarote...Ich nahm diese Zeit gründlich wahr, hörte viel gute Musik, las, führte anregende Debatten; am Sonntag gab es Kaffeestunden im kleinen Kreis; es wurde sogar musiziert. Engländer und Amerikaner traten uns sehr korrekt entgegen und die Norweger waren, bis auf hitzige Elemente, nach wie vor ziemlich zugänglich...Nach dieser feuchtfröhlichen Reservationszeit kam dann die kalte Dusche. Damit die Bäume nicht in den Himmel wachsen! Es wurde offenbar, daß der Mensch nicht nur vom Brot allein lebt. Es war ein Weg in die Tiefe. Der

Tiefpunkt war die Zeit von September bis November. Aber in dieser Zeit zeigte sich bei vielen, was der Glaube vermag. Da hat er nämlich buchstäblich Berge versetzt. Meine Bibel wurde mir vertrauter denn je. - Ab November ging es dann äußerlich bergauf. Ich war zunächst im Lagerchor und hatte viel Anregung und Abwechslung – nicht zuletzt durch die Bücher, die von der YMCA aus der Schweiz kamen. Mitte Januar ging ich dann auf ein Stadtkommando. Die Arbeit mit Pickel und Schaufel ist mir ja nicht mehr ganz neu, gesundheitlich geht es mir gut und auch ‚gewichtsmäßig' habe ich mich ziemlich ‚gehalten'. Ich habe auch hier einen Menschen, der gut mit mir harmonisiert. Ein Freudentag war es für mich, als ich Euren lieben Brief vom 1. Januar erhielt. Da erfuhr ich es, daß Gott Wunder tun kann. Er, der Euch so sichtbar gesegnet hat, bewahre Euch auch ferner gesund an Leib und Seele. Er wird uns auch zu Seiner Zeit die Wiedervereinigung schenken. Laßt mich schließen mit einem Vers: ‚Ein schwankend Schiff auf dem Weltenmeer – die Stürme toben, die Welle schäumt. Das Unwetter treibt uns hin und her auf dem wütenden, schaurigen Weltenmeer. Und glücklich ist der Mensch nur, wenn er träumt. Das Schiff, das bin ich, das Meer mein Geschick, der Sturm ist von Gott mir gesendet. Die Wellen, so sehr sie auch ängstigen mich, die Nebel und sind sie gleich noch so dick! Die Not hat zu Gott mich gewendet. Drum preise ich Weltmeer und Wellen und Sturm, das schwankende Schifflein so schicksalumdroht. Mein Herr Gott steht aufrecht auf dem Turm: er gebietet den Wellen, bedroht den Sturm. Durchs Nebelmeer schon das Leuchtfeuer loht: Jetzt endet die Not! Drum

danke ich Gott. Der Hafen ist nah, das Ziel ist da; der Kampf wird gekrönt, dann bin ich versöhnt.' (Foix 1.2.46).- Und nun: Gott befohlen, Ihr lieben Eltern."
Am 1.5.1946 schrieb Reiner folgendes an seine Eltern: „Ich freue mich zu hören, daß Ihr wohlauf seid. Ich kann mir auch mit der allergrausamsten Fantasie nicht ausmalen, wie arm Ihr jetzt wohl dort leben werdet. Wie gern würde ich Euer Los lindern, wenn es in meiner Macht stünde. Es ist ein unsagbares Unglück, in das uns der machtpolitische Wahnsinn eines Fantasten hineingerissen hat. Aber mit einer ‚Entnazifizierung' allein ist es nicht getan. Einer der letzten Päpste hat das Wort geprägt: ‚Bevor nicht alle Menschen in das Ehre sei Gott in der Höhe einstimmen, wird kein Friede werden auf Erden.' Vielleicht gibt Gott uns noch einmal eine Chance, die einzige: Christus! Nur, wer mit Gott in Ordnung ist, kann auch mit dem Nächsten in Frieden leben. Aus meiner Armut heraus rufe ich es in Eure Armut hinein: laßt Euch nicht irre machen! Wenn er auf so wunderbare Weise Leben erhält, dann gibt es auch alles andere. Trotzdem hoffe ich von Herzen, daß Ihr aus dieser materiellen Misere recht bald herauskommen mögt. Über alle Ländergrenzen hinweg aber sind wir verbunden im Glauben an unsern Herrn."
„Heute ist ein Ruhetag für uns; deshalb schreibe ich gleich beide Briefe auf einmal.
Karfreitag und Ostern gingen still vorüber – jedoch glücklicherweise nicht ohne Gottesdienst. Am Karfreitag war der evangelische, am Ostermontag der katholische Lagerpfarrer hier. An Euren beiden Geburtstagen war ich im Gebet und im Geist bei Euch. Einen Wunsch habe ich:

daß mir nämlich Gott die Möglichkeit gibt, Euch meine Liebe durch die Tat spüren zu lassen. - Wovon lebt Ihr denn eigentlich? Bekommt Ihr keine Unterstützung und warum wohnt Ihr nicht mehr bei ...?
Im Laufe der Zeit sind schon einige Transporte mit Dienstuntauglichen aus F. abgegangen – allerdings nicht nach der russischen Zone. Auch die Saarländer kehren jetzt zurück. Entlassungsgerüchte laufen zwar viele, aber es ist keines bestätigt. - ...und alle anderen „Norweger" habe ich leider aus den Augen verloren. Vielleicht habt Ihr unterdessen schon etwas erfahren? Sind schon viele Gefangene zurückgekehrt? – Ich bin mit einer der wenigen, die ziemlich regelmäßig Post erhalten. Dafür bin ich besonders dankbar. Viele wissen noch gar nichts von den Ihren. Ich bin wohlauf und hoffe das Gleiche von Euch...Gesegnete Pfingsten!"
Der nächste Brief Reiners trägt das Datum 26.5.1946. Darin schrieb er: „ein Kamerad aus Schlesien hat mir dieses Formular gegeben und mich gebeten, Euch zwei Anschriften mitzuteilen von seinen nächsten Angehörigen, die wahrscheinlich ausgesiedelt sind. Vielleicht habt Ihr die Möglichkeit, Euch bei der Zentralstelle der Ausgesiedelten einmal nach der neuen Anschrift zu erkundigen. Er hat bis jetzt noch keine Nachricht...Der Mai ist ziemlich kühl und regnerisch. Trotzdem blühen schon die Rosen. Hoffentlich bringt mir der Dolmetscher wieder einmal einen Brief von Euch aus dem Lager mit. Ihr dürft jetzt wohl nur noch auf die Formulare hin schreiben? Heute, am Muttertag, sind meine Gedanken ganz besonders bei Euch. Gott schenke Euch Gesundheit. Wie geht es Euch? Ich bin wohlauf.

Die Sonntage sind mir immer hoch willkommen. Habt Ihr eigentlich noch eine Bibel? Wie ist es jetzt mit religiösem Schrifttum in Deutschland? Schreibt doch mal etwas über Euren Tageslauf. Ihr wißt doch, daß mich alles interessiert. Wir wollen im Gebet nicht nachlassen, daß Gott uns diese Leidenszeit segne."

Am 30.5.1946, an Himmelfahrt, war wieder ein Tag, an dem Reiner einen Brief an seine fernen Eltern verfasste: „Den vergangenen Himmelfahrtstag verbrachten wir noch in Nordstrand. Wo werde ich wohl den nächsten feiern? Es ist merkwürdig, aber wahr: man gewöhnt sich allmählich an die Gefangenschaft, man trottet stets unter Begleitung umher; ist froh, wenn man am Sonntag hübsch gesittet „zu Hause" bleiben kann, wartet von einem Essen auf das andere, verrichtet die Arbeit beinahe mechanisch und freut sich auf den Feierabend, den man sich individuell gestalten kann. Vielleicht ist diese „Gewöhnung" ganz gut; man reibt sich nicht so auf und spart seine Kräfte für später. Der Mensch kann viel mehr vertragen, als er je zugestehen will. Das werdet ja auch Ihr schon gemerkt haben. Reiben wir uns nicht auf in verzehrendem Kleinkram, so sparen wir unsere Aktivität für ein gemeinsames Schaffen in der Heimat. Auf das freue ich mich schon heute. Ihr tragt in der Heimat zumindest genauso schwer wie wir. Das macht uns getrost und solidarisch mit Euch. Gott befohlen."

Eine Karte vom 9.6.1946, an Pfingsten, beschreibt Reiners Erlebnisse wie folgt: „Liebe Eltern, Pfingsten, das Fest der Gemeinde, verbindet mich mit Euch. Heute Nachmittag haben wir katholischen Gottesdienst. Auf unserm Zimmer sind mächtige Rosensträuße. Ich bin wohlauf und hoffe das gleiche auch von Euch. Ich bin nach wie vor beim Straßenbaukommando. Die andern wundern sich immer, wie gut ich aussehe. Was geht bei Euch vor? Ist Eure Dachstube wenigstens etwas möbliert? Kann man ungehindert von einer Zone in die andere? Gott befohlen!"

Einige Tage später, am 16.6.1946 schrieb Reiner an seine Eltern: „Liebe Eltern, gestern war ein Freudentag! Ich erhielt Eure lieben Briefe Nr. 1, 2 und Karte 3. Früher habe ich gedacht, daß uns nur der Glaube verbindet; jetzt weiß ich, daß auch die Not eine solche Brücke ist. Ja, mein Los erscheint mir erträglicher, seit ich weiß, daß auch Ihr schwere Lasten zu tragen habt. Wir wollen einander helfen durch gegenseitige treue und tägliche Fürbitte. – Welcher Gestalt ist denn Papa's Arbeit? Korrespondiert Ihr mit Leuten aus Glogau? Wenn Ihr Euch dort nicht einleben könnt, ist es Euch nicht möglich, woanders hinzugehen, beispielsweise nach Mildstedt? Unter primitiven Verhältnissen muß man doch überall leben können? Ist Eure Dachkammer wenigstens möbliert? Was für Kriegsgefangene kehren zurück? Ist es nicht möglich, andere Post über Mildstedt zu leiten? – Auf seiner nächsten Karte schreibt Reiner: „Ich gedenke Eures Hochzeitstages und bitte Gott, dass er uns gesund und munter erhalte und hoffe, daß Ihr wohlauf seid. Sonstige Neuigkeiten sind nicht zu berichten. Wir arbeiten jetzt in der Stadt (Rohrelegen, Wasserversorgung). Beim Zahnarzt habe ich mir Zähne plombieren lassen. Das Weißbrot tut ihnen auf die Dauer nicht gut. Pfingsten habe ich erträglich verlebt. Höhepunkt war der katholische Gottesdienst. Habt Ihr Niemöller wieder einmal gehört? – Ich befehle Euch der Gnade Gottes und grüße Euch herzlichst"

Am 26.6.1946 berichtete Reiner seinen Eltern auf seiner nächsten Karte: „letzten Freitag hörten wir Musik (Lagerorchester), Sonnabend war evangelischer Gottesdienst mit Abendmahl. Der Lagerpfarrer brachte mir theologische Literatur mit. – Ich hoffe, daß Ihr wohlauf seid. Ich bin gesund. Große Wärme hatten wir bisher nicht. Die Kirschenzeit ist beinahe vorüber. Wie ist es dort mit Arbeit und welche Berufe sind eigentlich gesucht? Kann Papa nicht in seinem Fach unterkommen? Dann kennt Ihr wohl keinen Sonntag mehr? Gott befohlen!"

Am 2.7.1946 schreibt Reiner auf seiner nächsten Karte: „Ich gedenke Eures Hochzeitstages und bitte Gott, daß er Eure Ehe fernerhin segne und Euch gesund erhalte. Ich bin wohlauf. Hier ist es gegenwärtig ziemlich heiß. Wie sind die Ernteaussichten in Deutschland? Ist in der demokratischen Einheitsschule Religion Pflichtfach? Ich lese gegenwärtig ein Buch aus der Zeit des deutschen Kirchenkampfes. Es sendet Euch die allerherzlichsten Grüße" Drei Tage später verfasste Reiner folgende Karte: ‚Gelobt sei der Herr täglich. Gott legt eine Last auf, aber Er hilft uns auch!' Gott loben das ist unser Amt! Ich lobe ihn auch, daß er mir Euch bisher erhalten hat. Sein Ende mit uns wird auch herrlich sein. Laßt uns standhalten. Ich bin wohlauf; hoffe das gleiche von Euch. Es geht das Gerücht, daß einige nach Nordfrankreich kommen sollen. Ob's mich auch betrifft? Gott befohlen!"

Zwei Tage später steht auf einer weiteren Karte zu lesen: „Ich freue mich Eures Gottvertrauens und daß Ihr etwas Anschluß gefunden habt. Wie

weit ist es nach Gottorf? Hoffentlich findet Papa eine Stelle bei einer der Landeskirchen. Wie sind dazu die Aussichten? Wie hoch war die gezahlte Unterstützung? ... Es ist schön, wenn man im Lager studieren kann. (Reiner hat über seine Eltern Nachricht von Hans bekommen)
Zwei Tage später hieß es: „Möglichkeit des Studiums ohne Abitur nicht gegeben, hier auch unmöglich. Werde mich aber trotzdem erkundigen. Habe mich in letzter Zeit viel theologisch beschäftigt. Säuberung der Kirche von D.C. (= Deutsche Christen)-Pfarrern kann man nur begrüßen. Es kommt nicht auf die Quantität der Christen, wohl aber auf deren Qualität an. – Bin wohlauf. Ihr hoffentlich auch. Bin noch beim Straßenkommando. Verpflegung gut. Sogar Kirschen! Nächsten Montag frei. Nationalfeiertag. Herzliche Grüße und Gott befohlen!"
Am 19.7.1946 schrieb Reiner: „Karte (8) mit Dank erhalten! Welchergestalt ist Papa's Arbeit? Wird denn überall auch sonntags gearbeitet? Wie geht es Euch? Ist Mutti noch immer magenkrank? Habe Betrachtung des Hiobbuches abgeschlossen. Nebenbei treibe ich französisch. Die Zeit vergeht rasch. Ich denke oft an Euch und bitte Gott, daß Ihr mir erhalten bleibt und ich Euch wiedersehen darf."
Ende Juli bekam Reiner von Hans einen ersten Brief, der ihn auch auf das Theologiestudium hingewiesen hat. Im Brief vom 31.7.1946 an seine Eltern steht: „Will morgen mit dem Pfarrer sprechen. Ergebnis teile ich Euch mit. Seid Ihr wohlauf? Ich bin es ... Wir haben eine Hitzeperiode. Die Ernte wird gut. Das Essen schmeckt

nicht recht bei der Hitze. Brief 9 erhalten. Kamerad hat Nachricht von Frau und dankt für Bemühungen. Fürbittend gedenkt Euer..."

Eines Tages wurde das Kommando von einem evangelischen Pfarrer, der selbst Kriegsgefangener war und zur Betreuung der deutschen Kriegsgefangenen abgestellt war, besucht. Reiner hat die Gelegenheit ergriffen und mit ihm gesprochen. Der Pfarrer hat ihn auf die theologische Schule in Montpellier aufmerksam gemacht. Reiner zeigte sich sehr interessiert und der Pfarrer wollte ihn dort anmelden. Er dachte am Abend noch lange über das Gespräch nach. Ob er wohl dort angenommen würde? Schön wäre es schon. Doch im Trott der Tage hatte er das Gespräch bald wieder vergessen.

Reiner schrieb in seinem Brief vom 11.8.1946 an seine Eltern: „Meinen herzlichen Dank für Karten 11 und 12. Hoffentlich wird nach guter Ernte die Ernährungslage in Deutschland besser. Hat Papa jetzt doch Büroarbeit? Ich wünsche von Herzen, daß er sie behält, denn die Arbeit „auf der Straße" ist doch nichts mehr für ihn. Was soll ich unter einer 50%igen Erwerbsminderung verstehen? Ist das im Bezug auf den Verdienst aufzufassen? Was verdient Papa im Monat und reicht das Geld aus, um den Lebensunterhalt zu bestreiten? - Der Lagerpfarrer hat mir die Aufnahmebedingungen für die theologische Fakultät Montpellier mitgeteilt: Altersgrenze 30 Jahre. Gefordert wird Reifezeugnis. Bei besonders Begabten werden jedoch Ausnahmen gemacht. Ich habe heute ein Aufnahmegesuch geschrieben, das der Pfarrer weiterleiten will. Die theologische Fakultät Montpellier soll mit 150, die (kath.) von Chartres mit 400 Studenten belegt sein. ... Ich

hoffe, daß Ihr wohlauf seid. Ich bin gesund und munter. Bei guten Gesprächen, Chorsingen und Lektüre vergeht die Zeit rasch. Und sonntags kochen wir uns dann Haferflocken mit Früchten. Ein leckeres Essen bei der Hitze. Hoffentlich bekommt Ihr auch Obst als Ausgleichsnahrung!? - Gott erhalte Euch gesund an Leib und Seele. Er stärke unsern schwachen Glauben und gebe uns Geduld."
Am 25.8.1946 folgte eine Karte an seine Eltern mit folgendem Wortlaut: „Auf mein Gesuch ist noch kein Bescheid da. Ich freue mich, daß Ihr wohlauf seid. Ich bin es auch. Haben sich die Lebensmöglichkeiten in Deutschland verteuert? Habt Ihr Euch wegen der anderweitigen Postzusendung einmal umgetan? Ist das örtlich so verschieden? Es kommen hier zum Teil auch Privatbriefe an. Kürzlich sahen wir einen französischen Film mit Wochenschau. Seid Ihr immer „zu Hause" – oder könnt Ihr Euch auch einige Zerstreuungen leisten? Gott befohlen!" Am 28.8.1946 heißt es auf einer Karte: „Der Lagerpfarrer war heute bei mir. Er hat das Gesuch weitergereicht und will sich auch noch persönlich für mich verwenden. Am 15.9. soll in M. das neue Semester beginnen. Wenn etwas daraus wird, dann will er mich auch mit Lehrbüchern versorgen. - ...Die größte Hitze ist jetzt vorüber. - ‚Die Schwachen sind ausgerüstet mit Stärke' (1.Sam. 2,4). Gott gibt uns Stärke. Er behüte Euch."
Im Brief vom 1.9.1946 ist folgendes zu lesen: „Die Post kommt jetzt ziemlich regelmäßig. Habt Ihr keine Bekannten in der französischen Zone? Dort gehen Privatbriefe an Kriegsgefan-

gene. Ich freue mich, daß Mutti's Magenkrankheit behoben ist. Hoffentlich geht es auch Papa gesundheitlich gut! Welche Gegenstände habt Ihr eigentlich aus G. gerettet? Habt Ihr warme Kleidung für den Winter? Ich bin mit Kleidung versehen." Im nächsten Brief an seine Eltern vom 1.9.1946 berichtete Reiner: „Zweimal ein 1. September und zweimal ein Lebensabschnitt. Den 1.9.1939 erlebte ich in Kraschnitz. Seinerzeit war der Krieg noch „harmlos". Und 6 Jahre später – am 1.9.1945 - verließ ich norwegischen Boden. Es war alles vorüber und begann die Fahrt ins Ungewisse, die in Frankreich enden sollte. Und der 1.9.1946 erscheint mir in der Gefangenschaft. Das Leben hat uns mächtig durcheinandergeschüttelt. Es ging nicht ohne Püffe und Stöße ab. Die Frage nach dem Warum ist nicht nur gefährlich-deprimierend, sie ist auch unfruchtbar. Wir müssen die Frage nach dem Wozu stellen. Die kann beantwortet werden: auf daß wir uns in jeder Situation als Christen erweisen. Der Krieg hört ja in der Gefangenschaft nicht auf, er beginnt erst richtig; der Kampf gegen die feinen, ach so verborgenen Sünden, die sich dann umso verhängnisvoller auswirken, je häufiger man sie übersieht. Es ist schwer, als Christ zu leben. Und wenn einem die äußere Wirksamkeit verwehrt ist, dann soll man sich tunlichst mit seinem Innern beschäftigen. Ich habe auch schon oft gemurrt, daß Gott uns noch nicht wieder zusammengeführt hat, daß so viele Jahre nutzlos vertan werden usw. Aber ich glaube, Gott hat etwas mit uns vor! Sollten wir, die wir gern die guten und friedlichen Tage hinnahmen, ihm in der Stunde der Prüfung und Bewährung aus der Schule laufen? Wir wollen lernen, wo wir lernen können: in Gottes Schule. Wir, die wir in einer Leidenssolidarität sind, wollen im Glauben solidarisch werden. In dieser Glaubenssolidarität bin ich eins mit Euch. Gott bewahre Euch."

Ein weiterer Brief folgte am 15.9.1946: „In Sachen Studium habe ich bis jetzt noch keinen Bescheid. Doch pflegt so etwas hier ziemlich lange zu dauern. Die größte Hitze ist jetzt vorüber. Diesen Sommer war es auch nicht so warm wie in vergangenen Jahren. Außerdem ist es im Pyrenäengebiet nicht so furchtbar heiß. Obst habe ich dieses Jahr gegessen wie schon lange nicht mehr. Während ich schreibe, tönt von der Straße herauf der Lärm des Vergnügungsparkes. Ab und zu hört man auch deutsche Melodien. Am letzten Sonntag und Montag war hier großes Stadtfest, an dem alt und jung, arm und reich teilnahm. Höhepunkte: Theateraufführung, Tanz im Freien, Feuerwerk. Das Feuerwerk war vom Fenster aus gut zu beobachten. – Wie geht es Euch? Ich bin wohlauf. Will Mutti nicht auch wieder einmal ein paar Zeilen schreiben? Ich freue mich, daß Papa Bürobeschäftigung hat. Bei meinem Kommando ist auch einer aus Glogau. – Er will am 12.2. vergangenen Jahres noch dort gewesen sein. Dank „Lagergemeinde" (redigiert in der Schweiz) wurden wir über kirchliche Verhältnisse informiert. Ich grüße Euch herzlichst."

An einem Sonntag, dem 22.9.1946 kann man lesen: „Heute ist ein schöner sonniger Sonntag. Wie mag es wohl in Deutschland aussehen? Hier wird es schon langsam herbstlich. Der Lagerpfarrer hat mir eine Kirchengeschichte sowie eine Zürcherbibel (moderne Übersetzung) geschickt. Ich habe meine Freizeit also vollkommen ausgefüllt. Meine Sache hängt noch immer in der Schwebe. – Zu einigem scheint die Gefangenschaft doch gut zu sein. Vor allem kann man seine Menschenkenntnisse erweitern. Ich habe schon mit vielen gesprochen, die es mir bestätigen: Nach der Kapitulation konnte man den deutschen Durchschnittsmenschen in seiner wahren „Größe" kennenlernen. Die kraftstrotzende Fassade, mit der der Nationalsozialist alles übertüncht hatte, fiel weg und es offenbarten sich krassester Egoismus und größte Charakterlosigkeit. Vor allem ist es gut, den Deutschen durch Deutsche bewachen zu lassen. Bessere Gefängniswärter gibt es gar nicht, als die eigenen Landsleute. Zur Demokratie ist der Deutsche unfähig. Er vergißt über dem Streiten ganz, sich auch wieder einmal zu einigen. Das deutsche Volk ist so dumm und durch Vernunftgründe so wenig zu überzeugen, daß es diktatorisch beherrscht werden muß. Vielleicht dünken Euch diese Überlegungen allzu hart. Doch ich habe jedenfalls im Kleinen die diesbezüglichen Erfahrungen gemacht. ... In Gottes Bewahrung seid Ihr sicher „aufgehoben" wie ich."

Am 29.9.1946 schrieb Reiner auf einer Karte weiter an seine Eltern: „Vom Kartoffelschälen zurückgekehrt, im Rundfunk Tannhäuserouvertüre (Wagner) gehört. – Mein „Sonntagsgottesdienst" liegt um 7 Uhr. Also: Frühgottesdienst. – Ich bin wohlauf und hoffe von Euch ein gleiches. Vergangene Woche habe ich einen Arbeitsanzug und vor einiger Zeit ein Paar Schuhe bekommen. – In einem während des Krieges entstandenen Gedicht heißt es: ‚Und kein Mächtiger ist stärker als der Herr: er ist gerecht und der wütigste Berserker seinen Plänen nur ein Knecht.' Das ist kraftvoll."

Anfang Oktober, am 6.10.1946 steht in seinem nächsten Brief an seine Eltern: „In normalen Zeiten oft nur schöner Brauch, Gott für seine Gaben – auch das tägliche Brot – zu danken, haben wir in diesen Notzeiten gelernt, auch das kleinste Stückchen Brot mit Danksagung zu empfangen. Am Erntedankfest 1946 darf ich mit Freude bekennen, daß der Herr mir in steigendem Maße in diesem vergangenen Jahr an materiellem und geistigem Gut aus seiner Fülle dargereicht hat. Und wenn der Herr mich heute fragen würde, wie Er einst seine Jünger fragte: ‚Habt Ihr bei mir je Mangel gehabt?', dann könnte ich freudig mit ihnen antworten. ‚Nein, Herr, nie keinen!' Ich hoffe von Herzen, daß auch Ihr auf Grund Eures Geschickes ein Halleluja unter Tränen anzustimmen vermögt und auf die Frage, die gestern Abend der Lagerpfarrer hier anschnitt: ‚Was dünket Euch um Christus' mit Martin Luther antworten könnt: ‚Ich glaube, Jesus Christus sei mein Herr!' Und der Herr sorgt nicht nur für unsere Seele, Er sorgt auch für unsern Körper (Matthäus 6, 25 – 34). Seiner Fürsorge befehle ich Euch an in allen Dingen. Wenn auch die Frage nach dem Wann der Entlassung immer drängender und ungeduldiger gestellt wird, so tritt sie doch bei mir zurück hinter der Bitte zu Gott, daß Er es mir schenken möge – wann es auch sei – mit Euch noch lange Zeit in Harmonie und Eintracht zusammenzuleben und mir die Möglichkeit zu geben, mich Euch als dankbarer Sohn zu zeigen, wo Ihr einst so viel Undank von mir erfahren habt, auf daß sich

mein Dank nicht in billigen Worten erschöpfe, sondern in Taten realisiert werde."
Am 13.10.1946 schrieb Reiner dann an seine Eltern: „heute schöner sonniger Sonntag. Der Ruhetag tut einem wohl. Gegenwärtig wird wegen Umorganisation niemand nach Montpellier einberufen. Endgültiges also noch nicht bekannt. Wahrscheinlich wird noch Diakonieschule angegliedert."
Am 20.10.1946 heißt es dann: „Heute morgen las ich einen Liedvers, den man sich öfters vergegenwärtigen sollte: ‚Und wollte alles wanken und alles bräche ein, so sollen dein Gedanken in Ihm verwurzelt sein. Wenn auch von deinen Wänden der letzte Pfeiler fällt. Er hat dich doch in Händen, der alle Himmel hält! - …Wetter noch immer angenehm warm."
Im Brief vom 17.10.1946 an seine Eltern steht zu lesen: „Am heutigen Sonntag denke ich wieder ganz besonders innig an Euch in der Ferne, die für mich Heimat ist – trotz allem, was geschah und noch geschehen wird. Es kann einen verbittern, wenn man liest, daß Menschen, die man als Kriegsverbrecher bezeichnete und die, da sie an verantwortlicher Stelle standen, bedeutend mehr Schuld am Kriege hatten als wir, sich heute in Freiheit befinden, während wir noch immer in der Fremde als Gefangene leben müssen. Aber während wir am Gerechtigkeitssinn der Menschen berechtigterweise zweifeln, dürfen wir Gottes Gerechtigkeit vertrauen. Und Er gibt einem jeden, was ihm im Augenblick nutzt – Euch in der Heimat äußere Freiheit, uns äußere Gefangenschaft. Wir müssen nur etwas daraus machen, aus dieser unserer Situation. – Diese Gottgebor-

genheit kommt auch in einem Gedicht zum Ausdruck, das betitelt ist: ‚Abendgebet eines Kriegsgefangenen': ‚Die Sonne sinkt von hinnen, still geht die Welt zur Ruh/Es eilen unsre Sinne dir, Herr und Helfer, zu./Sei du der Herzen Sonne, bleib du der Welten Hort!/Lass uns in Demut lauschen auf dein allmächtig Wort!/Die Lieben in der Ferne, die weit von uns getrennt,/befehlen wir im Glauben dir, der die Nöte kennt,/dir, der die Sorgen stillet, dir, der die Wunden heilt,/dir, der in alle Weiten den Gottessegen streut./Vergib uns unsre Sünden und tilge unsre Schuld,/Deck unsres Daseins Mängel und schenk uns deine Huld./Laß uns und unsre Lieben in dir geborgen sein/laß deine Strahlen leuchten in unsre Nacht hinein.'"
Eine Karte folgt vom 3.11.1946: „Vorgestern (Allerheiligen) hatten wir frei. Vergangenen Sonntag war der katholische Lagerpfarrer hier. Von dem „Pfarreraustausch" las ich neulich in der Zeitung. Mutti danke ich besonders für ihre Zeilen. Es freut mich, daß sie künftig mehr schreiben will ... Heute, am Reformationstag, bin ich in Gedanken bei Euch."
Am 10.11.1946 schrieb Reiner an seine Eltern: „Mit den Privatbriefen geht es ausgezeichnet. Ein Übel ist nur, daß <u>ich</u> so wenig schreiben kann. Ich mache Euch jedoch folgenden Vorschlag: wenn Ihr alles privat beantworten wollt, dann schreibe ich alle beide Seiten des Vordrucks voll. Schreibt mir bitte Eure Meinung. – Besonders herzlichen Dank für die Bilder. Ich habe sie zu dem Silberhochzeitsbild in den Rahmen gesteckt. Welche Ereignisse seit diesem Sommer 1944! Hat Papa einen neuen Anzug? Den Stoff

kenne ich jedenfalls nicht. Papa sieht noch immer recht schmal aus, aber – wie mir scheint – trotzdem besser als 44. Muttis sorgfältige Pflege macht sich eben bemerkbar! Von mir kann ich leider kein Bild schicken. Jedoch, ich habe mich nicht verändert und sehe noch genauso „wohlgenährt" aus. Neulich habe ich eine neue (Sonntags)Hose und diverse Unterwäsche erworben. Wenn ich mal nach Hause komme, wird sich schon ein Anzug finden. Darum braucht Ihr Euch nicht zu sorgen. Gestern sagte mir ein guter Bekannter das Wort: ‚Gefangenschaft bricht Charaktere!' Dies, lieber Papa, zur Illustration des von Dir Gesagten. Du hast wieder sehr gut beobachtet: ((Äußerlich sehen wir hier keinen Stacheldraht). Daß Niemöller am Ruder ist, läßt mich für die Zukunft der evangelischen Kirche unbesorgt sein. Wie können sich die D.C. rühren, wenn ihr Mäzen, der Nat. Soz. verendet ist? Päckchen kommen aus sämtlichen Zonen hier an – außer der russischen. Ihr braucht jedoch die Sachen dringender als ich. Arm sind wir alle. Unser Reichtum ist der Glaube, den Gott stärken und mehren wolle. Schreibt ruhig etwas mehr „Persönliches". Ich wünsche Euch eine gesegnete Adventszeit."
Am 17.11.1946 lässt Reiner diesem Brief eine Karte folgen: „Da heute Mittag der Lagerpfarrer kommen will, werde ich Euch einen Sonntagsgruß schreiben. Er kann dann die Post gleich zum Lager mitnehmen. Schon jetzt sind Weihnachtsvorbereitungen im Gange. Wir werden eine würdige Feier haben, wahrscheinlich auch Kuchen. Am schwersten ist noch der Weihnachtsbaum zu beschaffen. Ich bin wohlauf und hoffe von Euch das gleiche. Schreibt doch bitte

an folgende Adresse, grüßt von mir und teilt die Adresse mit (es ist ein Norwegenkämpfer)...Gott befohlen."
Am 24.11.1946 schrieb Reiner folgenden Brief an seine Eltern: „Der Herr ist nah, ihr Christenheit. Nicht ist er in Herodes' Saal. Er ist wie alters so auch heut bei armen Hirten allzumal./Es waren Jahre reich und groß. Da war sein Antlitz uns verhüllt. Nun da wir zagend sind und bloss, ist er uns freundlich, treu und mild./Wir waren lang der Krippe fern. Er macht uns arm, den Hirten gleich. Da geht uns auf sein heller Stern, wir glauben: Herr, es kommt dein Reich! – Liebe Eltern, mußten wir erst ganz arm werden, um Weihnachten recht feiern zu können? Christus ist zu den Elenden, Armen und Hungernden gekommen – aber nicht zu den Satten und Selbstgerechten, die seiner nicht bedürfen. Jetzt gehören wir auch zu den ersteren! So darf es bei uns – bei Euch in Eurem Dachstübchen, bei mir in der Gefangenschaft – Weihnachten werden. Und dann wird ein Wechsel geschehen, wie er schon in dem alten Weihnachtsliede angedeutet ist: daß nämlich Gott arm wird um uns Menschen reich zu machen! ‚Er (Jesus) wird ein Knecht und ich ein Herr, das mag im Wechsel sein! Wie konnt es werden freundlicher, das liebe Jesulein?' In diesem Sinne wünsche ich Euch von Herzen ein gesegnetes Christfest. In Gedanken und im Gebet werde ich bei Euch sein. ‚Das Kind erwartet uns' (R. Schneider). Wir wollen uns von ihm beschenken lassen. ... Ich weiß, daß Ihr mich nach Kräften beim Aufbau einer Existenz unterstützen werdet. Mit Gottes Hilfe werden wir die Schwierigkeiten schon überwinden. Es ist für uns immer tröstlich zu hören, daß Ihr in der Heimat an

uns denkt. Man kommt sich oft so „ausgestoßen" vor. Meine Gebete vereinigen sich mit den eurigen."

Auf der Karte vom 1.12.1946 steht folgendes zu lesen: „Heute beginnen wir die Adventszeit. Der grüne Kranz der Hoffnung hängt an der Zimmerdecke – auch hier im fernen Land. Und wenn wir heute das 1. Licht anzünden, dann wollen wir an Euch in der Heimat denken. Wir haben die zuversichtliche Hoffnung, daß Gott uns aus diesem Wirrsal wieder herausführen wird. – Die beiden Bildchen von Euch Lieben habe ich zu dem Silberhochzeitsbild in den Rahmen gesteckt, der durch prachtvolle Astern geschmückt wird. Es ist schön, so vertraute liebe Gesichter um sich zu haben. – Kürzlich erwarb ich ein praktisches Möbel: Bücherschrank und Koffer in einem!"

Im Brief vom 8.12.1946 steht geschrieben: „Die Weihnachtsüberraschung ist da! Als ich gestern von der Arbeitsstelle zurückkam, überraschte man mich mit der Nachricht, daß ich nach dem Lager zurückmüsse. Ich solle sofort meine Sachen packen etc. Das war vielleicht ein Wirbel! Der Schwarze wartete schon, um mich in Empfang zu nehmen. Nachdem alles notdürftigst verstaut war und ich viele Hände geschüttelt hatte, ging es zum Bahnhof. So kam ich ziemlich abgekämpft im Lager an. An das Leben hier muß man sich erst gewöhnen. Es wohnt sich nicht so bequem wie in F. Alte Bindungen sind zerrissen und neue noch nicht angeknüpft. Es geht mir immer so: wenn ich dabei bin, mich irgendwo zu ‚akklimatisieren', dann muß ich fort. Im Lager konnte mir zunächst niemand sagen, warum ich zurückgerufen worden sei. Bis ich heute nach dem Gottesdienst den Lagerpfarrer fragte. Der sagte mir, daß meine Sache mit Montpellier „spruchreif" geworden sei. Allerdings könne – erfahrungsgemäß – noch einige Zeit vergehen, bis ich von hier wegkomme. Ihr werdet denken, der freut sich ja gar nicht, wo er das Erstrebte erreicht? So ist das nun nicht. Aber ich liebe dieses Überstürzte nun einmal nicht. Mir ist es dann, als ob ich als Nichtschwimmer in einen großen See hineingestoßen würde. – Wir wollen gerade zu Weihnachten immer daran denken, daß durch allen Nebel – auch den der Ungewißheit und Sorge – Gottes Licht scheint. Dieses Licht wird Euren und meinen Lebensweg erhellen. Bleibt schön gesund. Gesegnete Weihnachten..."

« École de Théologie » in Montpellier

Am Abend des 11. Dezember 1946 war der Patron ganz aus dem Häuschen, als Reiner mit seiner Truppe heimkam. Er sagte zu Reiner, dass er nach Montpellier abkommandiert sei und sogleich seine Sachen zusammenpacken solle. Reiner hatte schon alles wieder vergessen und gar nicht so schnell damit gerechnet. Hastig schnürte er sein Bündel und verabschiedete sich von seinen Kameraden. Dann ging es zum Bahnhof, wo er mit seinem Bewacher einen Zug bestieg und mit ihm ein Abteil teilte. Der Bewacher sorgte dafür, dass sie allein blieben während der gesamten Fahrt und teilte sein casse-croute redlich mit dem Gefangenen. So wurde Reiner unter Bewachung ganz allein nach Montpellier verbracht und dort am Lagertor abgeliefert. Die « École de Théologie » der französisch-lutherischen Kirche, von dem Militärseelsorger Marcel Sturm ursprünglich in Marseille gegründet, wurde später nach Montpellier im Département Hérault verlegt. Ihr war auch eine Diakonieschule für diejenigen angegliedert, die kein Abitur besaßen. Dort erlebte Reiner erst einmal die Weihnachtsfeiertage, wo es besseres Essen gab. Sogar Fleisch kam die Feiertage auf den Tisch. Reiner besuchte die Gottesdienste und begann, seine neuen Kameraden kennen zu lernen. Nach den Feiertagen begann dann der Unterricht. Für eine Art von Unibetrieb waren die Gefangenen von der Arbeit freigestellt. Reiner bezog eine Pritsche in einer Baracke, die nur von Studenten und Diakonieschülern bewohnt war. Die Baracken waren in kleine Zimmer unterteilt. Jede Stube mussten sich vier Leute teilen. Morgens und abends wurde zum Appell angetreten. Dann folgten Morgen- und Abendandacht. Die Verpflegung war einigermaßen akzeptabel und wurde durch Spenden von der Ökumene über die Schweiz (YMCA) zum Beispiel mit Milchpulver, das zu Milchsuppen verarbeitet wurde, aufgebessert. Die Unterrichtsstunden gliederten sich in verschiedene Lehrfächer auf: Bibelkunde und Kirchengeschichte. Mit Spenden aus der Schweiz war eine Bibliothek aufgebaut worden und die Theologiestudenten und Diakonieschüler erhielten auch Büchergeschenke. Reiner hat alle Bücher, die er dort bekam, sorgfältig aufbewahrt bis zu seinem Tod und immer noch gern darin studiert. Das Studium hat ihm sehr viel Freude bereitet und er hat sich auch intensiv auf die Arbeiten, die geschrieben wurden, vorbereitet. Diese Zeit stellte für ihn die beste Zeit seiner Kriegsgefangenschaft dar. Jeden Sonntag fand ein Gottesdienst statt, den er regelmäßig besuchte und die Predigten aufmerksam verfolgte. Am Ende erhielt er eine Besuchsbescheinigung.

Am 5.12.1946 schrieb Reiner an seine Eltern: „Ganz schnell musste ich am 11. Vernet verlassen und traf am 12. morgens hier ein. Jetzt habe ich mich schon etwas eingerichtet und will Euch gleich schreiben, damit Ihr die Adresse habt. Ich wohne mit noch 5 Mann auf einem Stübchen. Kalt ist es hier – in der Nähe des Mittelmeeres - nicht. Auch die Verpflegung ist gut. Zur gleichen Zeit mit mir kamen noch eine Menge anderer an, die zum größten Teil auf die Diakonieschule wollen, die der theologischen Fakultät angegliedert war, die der theologischen Fakultät angegliedert ist. Mit Sprachen (Latein, Griechisch) werde ich Schwierigkeiten haben, da man hier schon zu weit fortgeschritten ist. Ich werde mich deshalb, solange wie noch kein Anfängerkurs in Griechisch läuft (und der wird vor den Weihnachtsferien wohl nicht mehr beginnen), in der Diakonieschule umsehen. Dort kann man auch allerlei lernen. Der Lagerpfarrer von V. hat mich nicht nur freundlichst bei sich aufgenommen, er hat mich auch mit einer Menge wertvoller Bücher ausgestattet (Einführung ins Alte und Neue Testament, Dogmengeschichte, Praktische Theologie etc.). Sprachwerke sind genügend vorhanden. Ich werde viel zu arbeiten haben. Aber das ist gut so und war ja schon lange mein Wunsch. So hat denn Gott die 3. Etappe meines Gefangenenlebens anbrechen lassen. Möge es die ertragreichste sein. Im Lager hat man mir versprochen, die Post umgehend nachzusenden. Schickt mir keine Pakete, wo Ihr alles so dringend selbst

braucht. Ich hoffe, daß Ihr wohlauf seid. Ich bin es. Für das neue Jahr wünsche ich Euch Gottes reichsten Segen. Er führt uns doch zum Ziele – auch durch die Nacht! Gott befohlen!"
Wenn es klar war, konnte Reiner die Silhouette des Papstpalastes in Avignon am fernen Horizont ausmachen, wenn der Tag sich neigte und er wie ein Scherenschnitt sich gegen den flammendroten Abendhimmel abzeichnete. Untertags las er in der Kirchengeschichte über die Gegenpäpste, die dort einst residierten. Und so ließ Reiner seine Gedanken schweifen, hinaus in den klar geschnittenen Abendhimmel. Er hatte viel nachzudenken über das, was er während der Vorlesungen und Seminare erfuhr und über das Wissen, das ihm seine Bücher, sein kostbarster Schatz, bis zuletzt gehütet, eröffneten. So waren seine Tage während der letzten Zeit seiner Gefangenschaft mit interessanten theologischen Studien ausgefüllt und er führte Diskussionen über den Unterrichtsstoff mit den unterschiedlichsten Leuten.
Am 22.12. ist auf einer Karte von Reiner an seine Eltern zu lesen: In der letzten Woche habe ich mich hier eingerichtet. Wohne auf einem kleinen Zimmer mit noch 5 Mann. Obwohl es hier kalt ist, brauchen wir nicht zu frieren. Gegenwärtig sind Ferien bis Anfang Januar. Täglich 2x Andacht. Sonnabend Abendmahl. Es sind sehr tüchtige Lehrkräfte hier. In der letzten Woche hatte ich Neues + A. Testament und Katechismus. Habe einen Kameraden aus Nordstrand getroffen, der mich, solange ich noch kein Geld habe, „finanziert"! Es sind noch viele Kompanie-Kameraden in Frankreich Leider werde ich zu Weihnachten ohne Post sein, da es mit dem

Nachsenden nicht so schnell geht. Ich wünsche Euch ein gesegnetes Neues Jahr. Gott wird Euch gesund erhalten und uns dem Tag des Wiedersehens näher bringen. Gott befohlen!"

In seinem Brief vom 29.12.1946 berichtet Reiner seinen Eltern: „Weihnachten ist vorüber und ich fühle mich gedrungen, Euch den Festverlauf zu schildern. Zunächst jedoch noch etwas anderes: mein Geburtstag verlief harmonisch mit Choralsingen, zahllosen Glückwünschen, vermehrtem Essen und einer netten Feier. Das einzige, was mich an diesem Tage des Dankes und der Freude betrübte war, daß ich – infolge des Lagerwechsels – ohne Post von Euch sein mußte. Aber es war mir eine Stärke zu wissen, daß Eure Gebete mich tragen. – Rückblickend muß ich sagen, dieses Fest war das schönste, das ich in Gefangenschaft verlebte. Es war eine Freude in diesem Kreis Weihnachten zu feiern. Bei allen Gottesdiensten umwehte uns das feierliche Glockengeläut der zahlreichen Kirchen. Die allgemeine Lagerweihnacht war gut musikalisch umrahmt. Während die Hälfte der Stube in der Christvesper war, bereiteten wir den Tisch: der selbstverfertigte Tannenbaum wurde aufgestellt, der Tisch gedeckt, mit den reichlichen Gaben geschmückt. Dann feierten wir im kleinen Kreise und im Gedenken an die Lieben daheim. Von jeder Stube aber tönten die Weihnachtslieder und vermischten sich zu einem vollen Chor. Um 23 Uhr gingen wir zum Gottesdienst, der liturgisch ausgestaltet war. Auch weihnachtliche Weisen erklangen. Am 1. Weihnachtstag waren 2 Gottesdienste und ein Krippenspiel, das uns die Weihnachtsbotschaft noch einmal nachdrücklich in Herz und Gewissen rief."

Weiter geht es auf dem nächsten Blatt: „Ich will in meinem Bericht fortfahren. Am 2. Feiertag hatten wir außer dem Gottesdienst noch eine Weihnachtsfeier. Auch „materiell" wurde ich reich entschädigt. Wir hatten so reichlich und gut zu essen, daß wir es kaum „schafften". (Und das will bei Kriegsgefangenen schon etwas heißen) Als besondere Überraschung aber gab es Pfefferkuchen, Streuselkuchen, Äpfel und Schokolade. Auch als Getränk Kakao. Ich habe also nichts entbehrt, obwohl Eure Pakete – die doch wohl zum Fest bestimmt waren – nicht eintrafen. Ja, wir sind hier der Überzeugung, viel besser „gelebt" zu haben als viele in der Heimat. Und ich wünschte mir, daß Ihr wenigstens das hattet, was ich hatte. Doch ich kann es nicht glauben. Aus diesem Grunde bitte ich Euch auch herzlich, das Paketeschicken einstellen zu wollen. 1. ist es eine reichlich unsichere Sache u. 2. kann ich es nicht verantworten, Euch in dieser Zeit Lebensnotwendiges zu entziehen. Ich nehme das Wollen bereits für die Tat! – Gestern kam noch eine „Nachbescherung" durch das Evangelische Generalpfarramt Paris: jeder erhielt 1 Paar Strümpfe, Waffeln mit Schokolade, 1 Taschenkalender, Rasierklingen etc. Wie Ihr wißt, haben wir gegenwärtig Ferien. Über alles andere schreibe ich demnächst mehr. Ich hoffe, daß Ihr wohlauf seid, was ich von mir berichten kann. Jedenfalls bin ich froh, hier sein zu dürfen. Man hat mannigfache Anregungen. Gott behüte Euch auch im Jahre 1947. Wir gehen an Seiner Hand und sind in seiner Hand!"
Auf einer Karte vom 5.1.1947 steht geschrieben: „Ich hoffe, daß Ihr gut ins neue Jahr gekommen seid, was ich von mir berichten kann. – An der

theologischen Fakultät wird folgendes gelehrt: Latein, Griechisch, Hebräisch, Philosophie, Kirchengeschichte, Wesen des Christentums, Exegese, kursorische Lektüre des NT. Belegt werden wenigstens 3 – 4 Fächer. Die seit Oktober angegliederte Diakonische Schule ist qualitativ ausgezeichnet. Über ihre Lehrfächer berichtete ich schon. Noch habe ich mich nicht entschieden. Aber da wir ins Semester, das schon im September begann, eingeschaltet werden sollen, werde ich wohl wegen der sprachlichen Schwierigkeiten das 2. wählen müssen."

Am 12.1.1947 berichtete Reiner in seinem Brief an seine Eltern folgendes: „Nachträglich erhaltet Ihr heute noch ein kleines Weihnachtsgeschenk. Leider wurde es nicht rechtzeitig fertig. Ihr werdet es aber trotzdem freundlich aufnehmen. Wir haben heute einen sehr schönen Sonntag mit richtiggehender Frühlingsluft. Wie wir durch den Rundfunk hören, ist der Winter dieses Jahr in Deutschland besonders hart. Man kann sich von den Nöten, die Euch alle bedrohen, von hier aus gar kein rechtes Bild machen. Es geht über Menschenkraft und Ihr könnt es nur tragen, wenn Gott Euch das Vermögen dazu darreicht. Darum bitten wir täglich; genauso wie wir wissen, daß Ihr uns durch Eure Fürbitte tragt und immer wieder auch öffentlich für unsere Entlassung einsetzt. Gott wird unser gemeinsames Flehen nicht unerhört lassen. – An Epiphanias, am 6.1., hatten wir eine Weihnachtsmusik (Harmonium, Solostimmen, Chor, Instrumente), die noch einmal die ganze Weihnachtsfreude aufklingen ließ. Auch einen deutschen Film sahen wir kürzlich („Edelweißkönig"). Jetzt sind Vortragsabende geplant über religiöse, wissenschaftliche und kulturelle Themen unter Mitwirkung von Orchester und Theatergruppe. Die Caritas schickte Weihnachtspakete in unser Lager, deren Inhalt zum Teil auch uns Ostflüchtlingen zugute kam. Die Post geht zur Zeit sehr schlecht. Transportschwierigkeiten? Für heute grüßt Euch herzlichst..."

Auf der nächsten Karte aus Montpellier steht geschrieben: „Ausser den Bildern und 3 Büchern, die mir dann der Lagerpfarrer nachsandte, habe ich in den reichlich 4 Wochen keinerlei Post erhalten. Das ist eine harte Geduldsprobe. Ich habe deshalb noch einmal ausdrücklich ans Lager geschrieben. Es ist erschütternd, jetzt in Buchform die Dokumente aus dem deutschen Kirchenkampf zu lesen. ‚Und ihr habt nicht gewollt' könnte man darüber schreiben. Ich hoffe, daß Ihr trotz der Schrecken des Winters wohlauf seid. Ich habe heute in der Sonne gesessen, die schön warm ist. Der Unterricht hat wieder begonnen."

Der nächste Brief ging privat an Reiners Eltern und datiert vom 21.1.1947: „Auf diesem Wege – und zwar durch einen Rückgeführten – will ich versuchen, Euch einmal einen ausführlicheren Brief zu schreiben. Ich will nur hoffen, daß er Euch auch wirklich erreicht. Ihr werdet ja nun inzwischen erfahren haben, daß ich seit dem 12.12. in Montpellier bin. Das ging alles in einem tollen Wirbel, sodaß man kaum Zeit zum Nachdenken fand. Als wir an einem Samstagabend (7.12.) von der Arbeit kamen, war in unserer Unterkunft ein Neger mit einem Schreiben da und hatte Ordre, mich zum Lager zurückzuholen. Das Packen ging Hals über Kopf und dreiviertel

Stunden später saß ich bereits in der Bahn. So ging denn diese 2. Periode meiner Gefangenschaft ganz überraschend zu Ende. Aus Vernet habe ich Euch ja geschrieben. Am 11.12. abends ging es dann Hals über Kopf weg – Richtung Montpellier! Ich war ziemlich bepackt. Der Lagerpfarrer hatte mir noch eine ganze Menge Bücher mitgegeben. Im Morgengrauen des 12. kam ich dann (in Begleitung des Postens) hier an. Viel konnte man natürlich noch nicht sehen; doch war es mir gleich klar, daß es sich um eine große, gut angelegte Stadt handelte. So war ich denn am Ziel. Das Lager ist wie andere Gefangenenlager auch. Untergebracht sind wir jedoch in hübschen kleinen Stuben. Es ist natürlich manchmal etwas eng, aber trotzdem besser als in einer großen ungeteilten Baracke. Das Essen ist qualitativ sehr gut. Nur uns Jüngeren reicht es natürlich quantitativ nicht ganz. Da wir jedoch in der Kantine für unser Geld Haferflocken, Mehl usw. kaufen können, so kommen wir aus, indem wir noch zusätzlich Suppen bzw. Puddings kochen. Da hier sämtlicher Zucker ausgegeben wird, können wir sie sogar süß machen. In den ersten Wochen, als ich noch kein Geld hatte, half es mir sehr, daß mein ehemaliger Kompaniekamerad, von dem ich ja schon schrieb, mich unterstützen konnte. – Es sind hier 5 Pfarrer, die im wesentlichen den Unterricht bestreiten. Über die einzelnen Fächer schrieb ich neulich schon. Die Diakonieschule, die der Fakultät angegliedert ist, ist von denen der Brüderhäuser etwa in Deutschland (ich verweise nur auf Kraschnitz) dadurch unterschieden, daß hier nur theoretisch gelehrt wird und dies in einer Qualität und Intensität, wie man es

anderswo nicht findet. Man kann beinahe von einem Theologiestudium ohne Sprachen sprechen. Ich habe lange geschwankt, was ich denn nun eigentlich tun solle; aber da es mir unmöglich ist, die Sprachen nachzuholen, habe ich mich für die Diakonieschule entschieden und es in keiner Weise bereut. Es stehen uns drei reichhaltige Büchereien zur Verfügung. Wir besitzen eine schöne stilvoll ausgemalte Kapelle mit einem Harmonium. Es existiert ein Chor, ein Orchester (im Lager sind nicht nur Theologiestudenten), eine Theatergruppe. Vergangenen Sonntag zum Beispiel hatten wir einen Beethovenabend! Außerdem werden jeden Mittwoch allgemeinbildende Vorträge gehalten. Ihr ersehT daraus, daß ich mit meinem Tausch zufrieden sein kann und es auch bin. Es macht mir Freude, endlich das tun zu können, was mir schon lange vorschwebte. Ich sehe darin die gnädige Führung Gottes, desselben Gottes, der auch Euch bisher so wunderbar behütet hat und dem ich Euch auch fernerhin anbefehle. Wir wollen an seiner Hand durch dieses neue Jahr gehen und getreu ausharren, bis Er uns wieder zusammenführt."
Am Sonnabend den 25.1.1947 schrieb Reiner: „Brief Nr. 1 habe ich soeben mit herzlichem Dank erhalten. Es ist dies die erste Post, die ich von Euch hierherbekomme. Die andere Post wurde bisher noch nicht nachgeschickt – vielleicht wird sie gesammelt. Ich danke Euch für Eure Wünsche zum neuen Jahr und erwidere sie aufs herzlichste. – Wir haben übrigens zu früh frohlockt: die warme Sonne brachte uns zu der Annahme, der Winter sei schon vorbei. Das war jedoch gefehlt. Wir haben jetzt den ersten

Schnee in diesem Jahre und einen ziemlich scharfen Wind. Doch der ist ja wohl gar nichts im Vergleich zu dem, was Ihr diesen Winter schon alles werdet durchgemacht haben. Ich hoffe, daß Ihr wohlauf seid, was ich von mir berichten kann. Heute hatten wir einen englischen Pfarrer zu Besuch, der in England die evangelisch-theologische Fakultät für die Kriegsgefangenen leitet. Er brachte uns die Grüße unserer Kameraden und erzählte uns viel Interessantes. Er macht einen vorzüglichen Eindruck, sehr lebendig und witzig. Letzten Mittwoch hatten wir wieder Kammermusik. Morgen Abend wollen wir wieder einmal eine kleine Feier machen. Ein Kamerad hat ein umfangreiches Paket bekommen. Neben den 4 Stunden Unterricht vormittags und den Hausaufgaben höre ich jetzt noch Bach-Vorlesungen, Deutsche Stillehre und arbeite in Kirchengeschichte, Dogmatik (hauptsächlich Karl Barth) und Französisch. Könnt Ihr nicht mal bei Eurem Pfarrer fragen, ob er irgendein altes, abgelegtes Lehrbuch für Latein hat? Eine Grammatik kann ich hier bekommen. Ich befehle Euch der Gnade Gottes."

Das nächste ist eine Postkarte vom 2.2.1947, wo geschrieben steht: „Brief 4 erhalten. Das Studium ist kostenlos. Ich benötige also weder Geld, noch könnt Ihr auf irgendeinem Wege welches schicken. Letzte Woche erhielt ich einen P.-Brief von ... Für Briefverkehr zwischen Dépôts bekommen wir ab und zu ein Formular zusätzlich. Der Lagerpfarrer schrieb mir, dass er mit der Poststelle gesprochen habe. Hoffentlich schicken sie jetzt die Post bald. Gestern hatten wir einen musikalisch reich ausgestalteten Bunten

Abend. Die Kältewelle, wegen der wir in der letzten Woche schulfrei hatten, scheint vorüber zu sein (jetzt Tauwetter). Ich hoffe, daß Ihr wohlauf seid. Ich bin gesund. Für heute: Gott befohlen!"
Im Brief vom 8.2.1947 erfahren wir: „Jetzt ist der Weihnachtsmann doch noch gekommen! Am Mittwoch erhielt ich Eure 2 großen Pakete (Hein hat die Päckchen darin untergebracht) mit den vielen schönen Sachen; dem wohlschmeckenden Kuchen, dem Konfekt (das ich natürlich noch immer gern esse), den Handschuhen, dem Schal, den Strümpfen (ich habe sie heute zum ersten Mal an; sie sind angenehm warm), der guten (und so teuren!) Fettcreme (auch schon ausprobiert nach dem Rasieren. Vorzüglich!) und den vielen anderen Sachen. Eine wie große Freude Ihr mir damit bereitet habt, brauche ich Euch wohl nicht erst zu schreiben. Ich danke Euch für alles von ganzem Herzen. Mit diesem Dank verbindet sich jedoch – verzeiht (ein unbehagliches Gefühl): Ihr, die Ihr selbst wahrscheinlich auch nicht mehr habt als ich – und wenn Ihr noch so viel habt! – macht mir solche vom Munde abgesparte friedensmäßige Geschenke. Wenn dann Mutti noch zu schreiben wagt (21.11.): „es ist nicht viel", so muß ich das mit Entrüstung zurückweisen und korrigieren, in: Es ist für Eure Verhältnisse zu viel! Im übrigen: siehe meine Zeilen von neulich zu diesem Thema. Gern würde ich Papa mal etwas Tabak schicken, aber leider geht es nicht. – Karte 3 habe ich erhalten. Wir stecken jetzt wieder im Unterricht drin. Interessant sind auch die Zeitungen. Hein hat ein paar kleine Bücher mitgeschickt. Soll ich ihm mal schreiben? Ich hoffe, daß Ihr wohlauf seid. Gott befohlen!"

Im Brief Reiners vom 13.2.1947 aus Montpellier steht folgendes geschrieben: „So sehr ich mich über die ausführlichen Nachrichten freue, die Ihr mir habt zukommen lassen (ich denke besonders an die P.Briefe) und so dankbar ich bin für die wunderbaren Führungen und Fügungen Gottes, die beinahe handgreiflich sichtbar werden, so bin ich doch ernstlich bewegt über die traurigen ja primitiven Zustände, in denen zu leben Ihr gezwungen seid. Es muß etwas Furchtbares und zutiefst Deprimierendes sein, wenn man so viele Jahrzehnte gearbeitet und geschuftet hat und dann plötzlich über Nacht um den Ertrag aller Arbeit gebracht wird und nicht viel mehr als das nackte Leben retten kann. Und zu der Besitzlosigkeit, der schneidenden Winterkälte und all den andern Übeln kommt dann noch die Herzlosigkeit der Mitmenschen, die sich in „glücklicheren" Zeiten als Volksgenossen bezeichneten und die man heute ohne die grelle Schminke nationalsozialistischer Phrasen in ihrer ganzen erbärmlichen Selbstsucht zu Gesicht bekommt. Ihr wollt, daß ich mir Mäßigung auferlege in meinem Schreiben. Ihr tut mir damit Gewalt an. Müßte man es doch viel mehr in alle Welt hinausschreien, die Wahrheit nämlich, daß wahre Menschlichkeit, das echte Menschentum, sich erst in der Not zeigt. O deutsches Volk, wie hast du versagt! Es ist ja sehr edel, daß man Euch wenigstens mit dem Allernotwendigsten versorgt hat. Ich kann mit Euch fühlen. Wie bitter ist es doch, wenn man auf die Gnade anderer Menschen angewiesen ist. Was mir große Freude macht, sind die Meldungen aus aller Welt, daß allüberall

Christen für die Deutschen, die ja wohl auch – wenigstens dem Namen nach – zum größten Teil Christen sind, sammeln und in einer Zeit, wo der Haß noch die Welt beherrscht, getreu dem Heilandswort Liebe üben. Wir haben dabei weniger an die artistische Höhe solcher Leistungen zu denken, als vielmehr auch Gesinnung, die dahintersteht. Ich glaube auch trotz allem Schutt und Gerümpel, die wegzuräumen sind, in der E.K.I.D Neuanfänge zu entdecken. Wenn wir auch leider selten genug davon hören – denn zu uns kommen keine Pfarrer aus Deutschland – so liest man doch ab und zu in den Zeitungen davon. Wir wollen uns doch keinen Illusionen hingeben. Auch eine Bekennende Kirche ist nicht unfehlbar und sobald sie etwa begönne, sich auf errungenen Lorbeeren auszuruhen, wäre es aus mit ihr. Jedenfalls dürfen wir für ihren Dienst von Herzen dankbar sein. Beim Lesen der „Dokumente aus dem deutschen Kirchenkampf" ist mir so recht wieder zum Bewußtsein gekommen, was für ein Wunder die Bekennende Kirche in diesem totalitären Staat war und mit welchem Mut nicht nur geredet, sondern auch gelitten wurde. Tief ergriffen hat es mich, als am Neujahrstage 1946 unser Lagerpfarrer in seiner Predigt von sich bekannte, auch er habe nicht laut genug das Evangelium verkündigt, sonst wäre er wohl gewiß ins Konzentrationslager gewandert. Und als ich neulich in einer Schrift las: ‚Ein jedes Volk hat die Regierung, die es verdient', da fiel es mir wie Schuppen von den Augen. Wie wäre es wohl in einem christlichen Volk möglich gewesen, daß eine solche Regierung ans Ruder gekommen wäre – beziehungsweise, daß sie sich so lange hätte halten können? Die sogenannte

„christliche Welt" wirft heute mit Steinen nach uns. Ich weiß es. Vielleicht nicht ganz zu unrecht. Aber vielleicht wäre es ihr doch ganz heilsam, sich nicht allzu viel auf ihre vermeintliche Christlichkeit einzubilden. Wer steht, mag wohl zusehen, daß er nicht falle! Schließlich vermeinten wir ja auch, ein christliches Volk zu sein und hatten gewiß eine lange christliche Geschichte hinter uns. Vielleicht ist es ein Segen der Gefangenschaft, daß man herzlich respektlos wird und von den Mächtigen dieser Welt nicht mehr allzu viel erwartet. Sie sind ja selbst Sklaven. – Aber ich will wieder zum Persönlichen zurückkommen. Ihr macht Euch Sorgen, daß Ihr für mich nicht mehr gerettet habt, und Papa will gar seine Sachen abgeben? Was soll ich wohl darauf schreiben? Machtmittel stehen mir ja wohl nicht zu Gebote, auch will ich wegen der Kleiderfrage nicht mit dem 4. Gebot in Konflikt kommen, aber ich rate Papa dringend, sich aller Sachen zu bedienen und sie zu gebrauchen, die ihm nur irgendwie passen. Und das Sorgen auf lange Sicht, das wollen wir schon ganz und gar lassen. Außerdem werden sie mich ja wohl nicht nackt nach Hause fahren lassen. Es wird schon zur rechten Zeit Rat werden. Der Gott, der so wunderbar uns allen das Leben erhalten hat, der kann und wird auch für das bißchen lumpige Kleider sorgen. – Es bedrückt mich hart, daß Papa wieder arbeitslos ist. Könnt Ihr denn von der Unterstützung überhaupt leben? Daß ich so gar nichts für Euch tun kann! Ich hoffe aber trotzdem, daß Papa in absehbarer Zeit wieder Arbeit (und zwar Büroarbeit) bekommt. Wollt Ihr Euch verändern"? Ich glaube wohl, daß das empfehlenswert wäre. Von den Landeskirchen sind überall abschlägige Bescheide eingegangen? Es ist merkwürdig, wie jetzt plötzlich alles in irgendeiner Form bei der Kirche unterzukommen versucht. D. h., wer die Menschen kennt, der findet das gar nicht merkwürdig. Ich glaube jedoch, , daß die Zeit der Konjunktur bald vorüber ist. Die Diakonenanstalten z. B. haben jetzt ihre Aufnahmebedingungen auch gewaltig hochgeschraubt. Ich kann mich noch der Zeiten erinnern, wo man froh war, überhaupt jemanden zu bekommen. Man wird wieder überall anspruchsvoll. Ihr habt mir jetzt schon so viel von Pfarrer ... bzw. dem Gottorfer Pfarrhaus geschrieben, daß ich direkt Lust bekomme, einmal selbst dort Besuch zu machen. Ich bitte Euch, von mir – unbekannterweise, was in diesem Falle nur halb wahr ist, denn im Geist des Glaubens sind wir uns alle bekannt – herzliche Grüße auszurichten. Wir als Glieder der Gemeinde hinter Stacheldraht „fühlen uns wunderbar gestärkt" durch die Macht der Fürbitte der Gemeinden in der Heimat. Wir sind uns ferner dessen bewußt, daß die Kirche die einzige Institution ist, die nicht müde wird, die Welt darauf hinzuweisen, daß allüberall in der Welt noch deutsche Kriegsgefangene sind, die ja auch schließlich gern einmal nach Hause möchten. Die Gemeinde in der Heimat kann dessen versichert sein, daß wir bei aller Schwachheit ihrer und unseres ganzen Volkes gedenken und fürbittend für unsere Brüder und Schwestern bei Gott eintreten. – Vielleicht interessiert es Euch, wie die Tage hier verlaufen. Am Vormittag haben wir vier Stunden Unterricht in den Euch ja nun inzwischen bekannt gewordenen Fächern. Wenn wir vom Unterricht (zu dem wir einen eigenen

Raum haben) zurückkommen, dann ist es Zeit zum Mittagessen. Nach dem Essen mache ich jetzt bei dem Sonnenschein zumeist einen kleinen Spaziergang, manchmal allein, meistens aber zu zweien. Dann habe ich die nötige „Bettschwere" und schlafe ½ bis 1 Stunde. Dann geht es mit der Dogmatik bewaffnet auf die Sonnenbank vor unserer Baracke und es wird eifrig im Karl Barth studiert und Auszüge gemacht. Wenn es dann etwas kühler wird, gehe ich ins Zimmer und fertige die schriftlichen Ausarbeitungen an. Schließlich vertiefe ich mich noch eine Stunde in die Kirchengeschichte und schon ist es wieder Zeit zum Essen. Um 19 Uhr ist Appell und im Anschluß daran Abendandacht. Ich warte noch den Postempfang ab. Wenn er mir nichts bringt, dann widme ich mich der Lektüre, wenn nicht an dem Abend gerade ein Vortrag gehalten wird oder eine musikalische bzw. theatralische Darbietung stattfindet, was ziemlich oft der Fall ist. Der Sonntag ist natürlich der Erholung gewidmet. Der Gottesdienst ist meist um 10^{15} Uhr und jeden Sonntagabend ist eine Abendmahlsfeier, deren Besuch natürlich jedem freigestellt ist. Im großen und ganzen kann jedoch gesagt werden, daß hier eine große Abendmahlsfreudigkeit besteht. – Wir sind jetzt über 200 Mann hier. Neulich hat eine lutherische Gemeinde in Amerika für uns die Patenschaft übernommen. Sie wird uns finanziell und materiell unterstützen.

Dies soll für heute genügen. Beiliegendes Blatt bitte ich Euch abzutrennen und an Heinz zu senden. Auf diese Weise brauche ich kein Formular zu opfern.

Wenn ich Euch nicht helfen kann, so ist dies mein großer Schmerz. Was ich aber habe, gebe ich Euch: meine Sohnesliebe, die Euch stets fürbittend vor Gott trägt mit all Euren Sorgen und Nöten. Und wenn ich dereinst heimkehre, dann wollen wir unsere jetzt leider noch räumlich getrennte Hausgemeinde wieder aufrichten und wollen als erstes dafür danken, daß der Herr so wunderbar geholfen hat. Ja, ‚Gelobt sei der Herr täglich. Gott legt uns eine große Last auf, aber Er hilft uns auch. Ihm befehle ich Euch an."

Auf Reiners nächster Karte vom 16.2.1947 steht: „Ich habe mir ja noch nie irgendwelche Illusionen gemacht, aber so hart hätte ich mir Euer Leben denn doch nicht vorgestellt. Da geht es uns ja bald besser als Euch! Die Ökumene hat wieder für uns gesorgt und uns einen größeren Betrag sowie Milchpulver für unsere Morgensuppen zur Verfügung gestellt. Wir haben schönes sonniges Wetter."

Am 3.2.1947 heißt es dann: „Herzlichen Dank für Karte 9. Auch Brief 39 kam gestern schon! Ein Zeichen dafür, wie rührig die Leute sind. Könnt Ihr mir nicht mal schreiben, wie die Berufsaussichten dort sind? Ich komme auf das Thema bei Gelegenheit zurück. Vielleicht könnt Ihr auch mal an die Kanzlei der EKD schreiben; ihr mitteilen, wo ich mich zur Zeit befinde und erfragen, was es außer dem Pfarrer- und Diakonenberuf noch für hauptamtliche Berufe gäbe. Nun wende ich mich noch besonders an Mutti, der ich das, was ich ihr zu sagen habe, gern mündlich gesagt hätte; doch leider soll es auch dieses Jahr nicht sein. Zu Deinem Geburtstag, liebe Mutti, meine herzlichen Glück- und Segenswünsche. Gott behüte Dich an Leib und Seele."

Im Brief vom 23.2.1947 steht zu lesen: „Herzlichen Dank für Briefe Nr. 8 und 5. Wenn möglich, werde ich mich nach G. entlassen lassen. Für die ausführlichen P.-Briefe herzlichen Dank. Es muß dies ja ein trauriges Weihnachten für Euch gewesen sein. Die einzige Weihnachtsfreude: ein warmer Ofen. Da haben wir ja geschlemmt. Papas Tätigkeit im Büro ist also auch schon wieder zu Ende? Sieht es denn so schlecht mit Arbeit aus? Ich hoffe nur immer, daß Papa wieder eine Bürotätigkeit bekommt. Geht Euer Allein-sein-wollen nicht etwas zu weit? Ich würde Euch raten, Euch nicht allzu sehr abzukapseln. Es freut mich, , daß Ihr in C. so schöne Stunden verbringen könnt. Den „Wink mit dem Zaunpfahl" habe ich verstanden. Ich werde mich bemühen, artig zu sein, obwohl einem manchmal bei so viel Liebe der Mitmenschen die Galle hochkommen kann. Ich weiß nun ganz genau, was ich noch besitze und bin angenehm überrascht. Wegen der Hosen etc. macht Euch nun keine Sorgen. Man wird mich ja schließlich auch nicht nackt nach Hause schicken. Vielleicht könnt Ihr mir aus meinem Bestand ein (buntes) Hemd für den Sommer schicken. Das wird uns als Privatwäsche eingetragen. Eine Turn-(Sport-)Hose besitze ich wohl nicht mehr? Die könnte mir in der heißen Jahreszeit hier gute Dienste leisten. Schreibt mir doch in einem P.Brief mal ausführlich über die „Deutschen Christen" von heute. Papa hat sich aber eine große Freundin ausgesucht. Das Wintersemester geht Anfang März zu Ende. Die Post, die nach Vernet ging, kann ich wohl abschreiben. Ich befehle Euch der Gnade Gottes."

Am 9.3.1947 schrieb Reiner an seine Eltern:
„Ein Sonntag mit warmem Frühlingssonnenschein. Das tut ordentlich gut nach der Schlechtwetterperiode. Morgenspaziergang, Gottesdienst, Mittagessen und Verdauungsspaziergang sind vorüber: jetzt geht es ans Schreiben. Ich habe heute zur Beantwortung Brief Nr. 10 sowie die Briefe nr. 30, 31 und Karte 34, die mir von Chartres zugesandt wurden. Mein Lagerpfarrer hat die Sache aufgeklärt und herausgebracht, daß ich als nach Chartres versetzt gemeldet war. Da kann man nur sagen: was lange währt, wird endlich gut. – Wegen des Lateinbuches macht Euch bitte keine Kosten. Wenn Pfarrer K. hingegen das Griechisch-Lehrbuch einstweilen entbehren kann, möge er es bitte schicken. Fragt ihn doch bitte auch einmal, ob er mir einen großen Katechismus und eine
deutsche Ausgabe der Confessio Augustana, die ich zum nächsten Semester dringend brauche und hier nicht erhalten kann, besorgen kann. – Vorigen Sonntag hatten wir eine Aufführung des „Zerbrochenen Kruges" von Kleist, die, obwohl von Laien gespielt, vorzüglich war. Zur Zeit hält Professor Zimmerli – Zürich bei uns Gastvorlesungen über die alttestamentlichen Schriftpropheten. Seit gestern haben wir Ferien, die bis nach Ostern dauern. Ich habe mir schon einen Plan entworfen. Jeden Vormittag werde ich einige Stunden konzentriert arbeiten, der Nachmittag wird der Erholung dienen. – Der Bericht über die Reformpredigt hat mich sehr interessiert. Niemöller genießt in Gefangenenkreisen wenig Sympathie. Er wühlt, wie einmal vor Monaten ein Pfarrer sagte, zu sehr in der Schuld

herum. Außerdem werden viele seiner Erklärungen auf die politische Ebene gezerrt. Meine Ansicht ist die, daß man nicht Gottes Gnade verkündigen kann, ohne zuvor von der Schuld gesprochen zu haben. Ich halte Niemöller für den Kirchenmann, der mit Gottes Hilfe Ordnung ins Chaos bringen kann. Es bedarf dazu – so viel von hier aus zu sehen – einer eisernen, gottesgesegneten Faust. Nun Gott befohlen. In Liebe"
Am 16.3.1947 stehen folgende Zeilen auf Reiners Karte an seine Eltern: „Siehe, das ist Gottes Sohn, der in Stall und Krippe lag. Nach der Marter, nach dem Hohn strahlt sein heller Freudentag. Alle Zeit, die wir noch leben, ist von seinem Glanz erfüllt. Die dem Sohn die Ehre geben, werden einst sein Ebenbild! Liebe Eltern! In dieser felsenfesten Zuversicht wollen wir Ostern feiern mitten in dieser Welt des Stacheldrahtes, der Not und der Tränen. Christus, der Auferstandene, wird uns die Kraft zum Überwinden geben. Er helfe Euch, er helfe mir, er helfe uns allen, daß die Not sich nicht zwischen uns und ihn stelle, sondern, daß wir siegen, wie er siegte. In diesem Sinne wünsche ich Euch gesegnete Ostern. – Karte 12 erhalten. Hoffentlich ist dieser furchtbar harte Winter bald vorbei. Ich hoffe, dass Ihr wohlauf seid – wie ich."
Reiner schrieb am 23.3.1947 aus Montpellier an seine Eltern: „Gestern, am Geburtstag Muttis, erreichte uns die Nachricht, daß wir repatriiert werden. Ich bin gleich bei dem ersten Teil mit dabei. Wir verlassen bereits morgen früh das Lager. Vorhin hatten wir eine Abschiedsfeier und heute Abend ist ein Abschiedsgottesdienst mit Abendmahlsfeier. Wir haben alle eine große Anzahl Bücher bekommen; hoffentlich bringen wir

sie durch. Wenn es irgend möglich ist, lasse ich mich nach Göppingen entlassen und setze mich umgehend mit Euch in Verbindung. Ihr werdet mir dann, bitte, Anweisungen geben. – Mit dem Packen meiner Habseligkeiten bin ich fertig. Jetzt wird nichts mehr getan als nur gegessen. Hoffentlich sind wir nicht allzu lange unterwegs. Nun hoffe ich, Euch in Kürze zu sehen und grüße Euch für heute herzlichst ... ‚Gelobt sei der Herr täglich; Gott legt eine Last auf, aber er hilft uns auch!'"

Der nächste Brief kam aus Sorgnes und trägt das Datum 25.3.1947: „Der erste Schritt zur Heimreise ist getan! Noch ist alles wie ein Traum. Sonntagmittag war ich endgültig mit dem Packen fertig. Am Nachmittag hatten wir eine Abschiedsfeier bei der der Schulleiter uns ermunterte, das hier gewonnene Wissen in der Heimat zu realisieren. Der gemeinsame Gesang des Liedes „Nun danket alle Gott" beschloß die Feier. Um 19 Uhr hatten wir schließlich einen Abschiedsgottesdienst mit Abendmahlsfeier. Es amtierten zwei Pfarrer. Auch der Chor sang für uns. Pfarrer B. predigte über Johannes 16,33. Montag morgen um 10 Uhr ging es dann zur Bahn. Gegen Abend kamen wir in Sorgnes, dem Durchgangslager für Südfrankreich, an – wo wir kürzere oder längere Zeit verbleiben werden, je nachdem, wann der nächste Transport geht. Einige ‚tippen' bereits auf nächste Woche, andere sagen, es ginge erst nach Ostern los. Ich bin gegenwärtig für die britische Zone gemeldet (als ich noch nicht wußte, wo Mutti sei, hatte ich sicherheitshalber Mildstedt angegeben, es dürfte aber keine Schwierigkeiten machen, sich nach der amerikanischen Zone umzumelden. Wenn ich länger hier bin, schreibe ich noch."

Im Brief vom 3.4.1947 aus Sorgnes heißt es: „Für heute nur einige Zeilen mit einem Heimkehrer. Eigentlich sollten wir ja schon mit diesem Transport mitgehen – aber es sind dann „Schwierigkeiten" aufgetreten (welchergestalt die Schwierigkeiten sind, läßt sich leider nicht ermitteln. Es heißt, daß man erst warten will, bis die gesamte Fakultät hier ist – ein zweiter Teil befindet sich nämlich noch in Montpellier). So müssen wir halt Ostern noch hier feiern. Die Unterkünfte sind einigermaßen, das Essen ist zureichend. Es ist eben alles nur für einen vorübergehenden Aufenthalt eingerichtet. Ich habe wieder angefangen zu arbeiten (Ethik von Brunner) und mache gute Fortschritte. E. F. mit dem ich zusammen wohne, hilft mir dabei. Wir haben jeden Tag – wie in Montpellier - unsere Morgen- und Abendandacht. Der Lagerpfarrer, der uns herzlich willkommen hieß, ist nicht oft hier; Er ist meistens auf den Kommandos draußen. Es gibt hier im Lager ein gutes Orchester, das meist klassische Musik bringt.

Über alle Neuigkeiten halte ich Euch auf dem Laufenden. Hoffentlich bekomme ich von Euch bald einmal wieder Post. In Montpellier hatte ich schon lange keine mehr bekommen. Die Post wird uns nachgeschickt. Ich hoffe, daß Ihr wohlauf seid, was ich von mir berichten kann.

Und nun Gott befohlen ... Papa meine herzlichsten Glückwünsche zum Geburtstag."

Im nächsten Brief vom 6.4. 1947 aus Sorgnes (Ostern) berichtete Reiner: „Gestern ist der Heimkehrertransport (amerikanische und britische Zone) abgefahren. Wir kamen mit diesem

Transport noch nicht mit. Es heißt, daß in dieser Woche unsere Dozenten aus Montpellier kommen sollen. Vielleicht bringen sie den Rest der Fakultät mit. Das war übrigens der erste Transport, mit dem nicht nur ausschließlich Kranke fuhren. Wir müssen uns eben noch gedulden. Hoffentlich können wir Pfingsten zusammen feiern. – Der erste Ostertag geht bei strahlendem Sonnenschein langsam zu Ende. Heute morgen hatten wir einen Festgottesdienst in der wunderbar geschmückten Kapelle, bei dem auch unser Chor sang. Nachdem wir uns etwas gesonnt hatten, gingen wir zu einem Chorkonzert im Freien. Und jetzt schreibe ich Euch diese Zeilen. Auch „nahrungsmäßig" geht es uns gut. Heute morgen gab es für jeden von uns ein Stück Kuchen und einen Pfannkuchen, mittags bekamen wir Kartoffeln, Nudeln, Braten und Soße, als kalte Verpflegung gab es Brot und zwei Eier – die Abendverpflegung steht noch aus. – Meine Gedanken gehen zu Euch. Ich grüße Euch herzlichst. Papa meine herzlichsten Glückwünsche zum Geburtstag."

Am 12.4.1947 schrieb Reiner an seine Eltern: „Wir sind noch immer hier. Vor Mitte Mai ist – nach den neuesten Meldungen – mit unserer Abfahrt nicht zu rechnen. Das war also ein verfrühter Startschuß! Die restlichen Fakultätsangehörigen sitzen in Montpellier und lassen es sich wohlgehen. – Von Euch habe ich schon wochenlang kein Lebenszeichen mehr, Postschwierigkeiten?! Ich hoffe, daß Ihr wohlauf seid. Ich bin gesund. Viel Arbeit – das macht das Warten erträglich."

Im nächsten Brief aus Sorgnes vom 19.4.1947 heißt es dann: „Mit besonderer Innigkeit gehen

meine Gedanken heute zu Euch, besonders zu Papa. Möge Euch Gott auch fernerhin beschützen und Euch vor allem Übel bewahren. – Gestern haben wir aus authentischer Quelle gehört, daß unser Start ein Fehlstart war (der verantwortliche französische Pfarrer war selbst hier und sagte es uns). Auch Chartres ist noch „am Ort" ... Sie hoffen jedoch, innerhalb des nächsten Vierteljahres wegzukommen. Beide Schulen werden wahrscheinlich zur selben Zeit zurückgeführt. Man war „höhernorts" nicht damit einverstanden, daß bei der Entlassung die Theologen an der Spitze marschieren sollten. Nächste Woche soll der Rest der Fakultät nachkommen. Es wird dann hier in bescheidenem Rahmen noch einmal Unterricht gemacht – bis zur Abreise. In Montpellier verbleiben lediglich 5 Mann („schwarze Schafe") und ein Dozent als Lagerpfarrer. – Seit langer Zeit erhielt ich gestern einen Brief von Euch (Nr. 13). Die Freude war groß. Jetzt ist ja wohl die Macht des Winters gebrochen!? Hier ist es sommerlich warm. Bei Familie H. habe ich mich „angemeldet". Herr H. schrieb mir unter dem 6.4. unter anderem: „Also können Sie zu uns, Sie sind herzlich eingeladen und nehmen Sie damit wenn noch nicht von der ganzen, so einstweilen von der halben Heimat Besitz." Sendet mir bitte schon jetzt nach Göppingen Instruktionen."
Weiter geht der Bericht am 26.4.1947 im letzten Brief aus Sorgnes: „Am 23. erhielt ich mit herzlichem Dank Euren lieben Brief Nr. 16. Die Post aus der russischen Zone kommt schon seit geraumer Zeit sehr spärlich an. P.-Briefe bekomme ich überhaupt nicht mehr. Vielleicht bekomme ich die Lehrbücher noch hier!? Wollt Ihr von H.

weg? Hoffentlich hat Papa mit der neuen Stelle Glück. – Vergangenen Mittwoch traf der Rest der Fakultät mit den Dozenten hier ein. Die aktiven Offiziere und die 6 politisch Belasteten sind schon nach anderen Lagern gekommen. Ab nächsten Montag wird noch einmal behelfsmäßiger Fakultätsbetrieb gemacht. In der Hauptsache werden Sprachen gelehrt, doch auch andere Fächer – z.b. die Bergpredigt und Karl Barths Schöpfungslehre, woran ich mich beteiligen werde. Auch mit der Ethik kommen wir jetzt langsam „zu Rande" Die Erholung kommt dabei nicht zu kurz. Wir liegen oft und gern in der Sonne und sind schon ganz schön braun. Der Abtransport erfolgt zonenweise. Demzufolge wären wir Ende Mai „dran". Doch das ist nicht bindend. Das Brot wird ab 1. Mai auch wieder einmal gekürzt (auf 250g). An meine Konfirmation dachte ich erst am Abend des betreffenden Tages, dafür an Muttis Geburtstag rechtzeitig. Papas Geburtstag haben wir nachträglich mit süßen Haferflocken, Kuchen und Biskuits gefeiert (E. hatte von seinem Lagerpfarrer ein Paket bekommen). Bleibt bitte in Zukunft ständig mit H.s in Verbindung ... Zum Muttertag kann ich leider noch nicht daheim sein. Deshalb noch einmal meine Grüße aus der Ferne."

Nun folgen nur noch zwei Karten aus Sorgnes. Die erste verfasste Reiner am 2.5.1947: „Herzlichen Dank für die Briefe 14, 17, 19. Unser Abtransport geht zonenweise. Gestern fuhr die russische Zone. Wir sind wahrscheinlich nach Pfingsten dran. Das Lager ist jetzt wieder ziemlich leer. Diese Woche wurde auch der Unterricht wieder aufgenommen. Ich höre Vorlesungen über die Bergpredigt und über Barths Schöpfungslehre. Hoffentlich erhalte ich die Pakete noch. Ich habe an Hein geschrieben für den Fall, daß er sie noch nicht abgeschickt hat. Er soll sie nach Göppingen umleiten. – Ich wünsche Euch von Herzen ein gesegnetes Pfingstfest. Ich werde wieder beziehungsweise noch einmal – im Geist bei Euch sein."

Auf Reiners letzter Karte an seine Eltern aus Sorgnes vom 12.5.1947 heißt es dann: „Sonnabend wurde bekannt, daß der Rest der Fakultät – also englische und amerikanische Zone – dem Transport nach dem Entlassungslager Tuttlingen am 13.5. angegliedert werden solle. Morgen geht also die Reise los. In Tuttlingen sollen wir von Vertretern der E.K.J.D. begrüßt werden. In der Hoffnung auf ein baldiges frohes Wiedersehen grüßt Euch herzlichst..."

Sein Freund Hans, so hatte Reiner brieflich erfahren, war noch in Chartres und sollte frühestens Ende Mai reisen. So würde er also eher als der eigene Sohn bei dessen Eltern anlangen, wenn alles klappte wie angekündigt. Reiner fieberte der Reise entgegen. Endlich frei. Endlich heim nach Deutschland. Kein Stacheldraht mehr! Es schlichen sich auch bange Gedanken ein: Wie würde es weitergehen? Würde er auch Arbeit finden? Wann würde er seine geliebten Eltern endlich wiedersehen? Die alte Heimat war ja endgültig verloren. Wie würde es werden im unbekannten Süddeutschland? Er kannte es nur aus den Erzählungen seines Freundes Hans. Wie würde er dort zurechtkommen? Was würde er beruflich machen? Ob er wohl auf seinen theologischen Studien aufbauen konnte? Er wusste es nicht. Schließlich überwog die Freude, den Lebensabschnitt der Kriegsgefangenschaft endlich abhaken und in ein neues Leben in Freiheit starten zu können. Es würde schon werden, dessen war er sich gewiss. Und mit Gottes Hilfe würde er sicher auch bald seine geliebten und so lange vermissten Eltern wiedersehen!

Auf der Fahrt zurück in die Heimat hielt Reiner noch einmal Rückschau auf die in Frankreich verbrachte Zeit seiner Kriegsgefangenschaft. So entnehme ich es seinem Tagebuch: „Noch ist viel zu sagen über die letzte und produktivste Zeit meiner Gefangenschaft. Kehren wir also noch einmal nach Frankreich zurück:

Auf dem Stadtkommando in Foix war ich in allem Trubel recht einsam. Ein Christ ist unter Mitchristen immer einsam. Die meiste Freizeit (viel blieb nach dem 8stündigen Arbeitstag allerdings nicht übrig) verwandte ich auf geistige Arbeit. Es gab einige wenige, die auch diese Passion hatten. Vor allem hatten wir einen „Faust"-Enthusiasten. Er las meine Faustausgabe so lange und gründlich, daß sie endlich aus dem Leim ging. Er war dann allerdings im Faust auch zu Hause wie in seiner Wohnung. Ihm verdanke ich manche anregende Stunde. Eines anderen erinnere ich mich, der sich mit all und jedem, besonders intensiv aber mit sich und seinem Erleben beschäftigte. Ein glühender Katholik, dabei nicht unduldsam. Leider spielte ihm seine vitale Lebenskraft manchen Streich. Er war bäuerlichderb, auch in seinen Ausdrücken. Von diesen beiden Menschen abgesehen, trat ich niemandem näher. Ich beschäftigte mich intensiv mit der Bibel und kommentierte einzelne Stellen unverdrossen und ziemlich unbekümmert. Der evang. Lagerpfarrer, der unser Kommando öfters besuchte und in der kleinen reformierten Kirche des Ortes Gottesdienst hielt, versorgte mich mit Lesestoff. Einen gewaltigen Eindruck machte auf mich das Buch von Otto Bruder „Das Dorf auf dem Berge", in dem das Schicksal eines Bekenntnispfarrers aufgezeichnet ist. So hatte ich's ja erlebt. Nur wurde dieser heroische Kampf selbst von kirchlicher Seite nicht anerkannt. Auch die „Lagergemeinde", eine evang. Zeitung für deutsche Kriegsgefangene, die in der Schweiz redigiert wurde, las ich sehr gern. Sie berichtete mit großem Freimut über kirchliche, politische und ökonomische Zustände in Deutschland und brachte viel Wertvolles über die ökumenische Bewegung. In ihrer Sachlichkeit und Nüchternheit imponierte sie sogar den Gegnern des Christenglaubens. Als ich „das Dorf auf dem Berge" unserem Kommandoführer, einem jungen Medizinstudenten geliehen hatte und er es mir zurückgab, meinte er kopfschüttelnd: „Das hat es auch in Deutschland gegeben? Davon wußte ich gar nichts. Ich habe den Nationalsozialismus immer für kirchenfreundlich gehalten." Über große Umwege hatte ich erfahren, daß im Gefangenenlager Montpellier eine theologische Schule für die Protestanten besteht (in Chartres befand sich eine solche für Katholiken, an der mein Freund" Hans „schon seit einiger Zeit studierte). Über den Lagerpfarrer reichte ich im Mai 1946 ein Gesuch an die Aumônérie générale in Paris ein mit der Bitte um Versetzung nach Montpellier. Monat um Monat verging, es kam keine Antwort. Endlich, nachdem ich schon alle Hoffnung aufgegeben und auf den Rat meines Lagerpfarrers hin bereits ein zweites Gesuch geschrieben hatte, erfolgte an einem Sonnabendabend im Dezember meine Rückberufung ins Dépôt und wenige Tage später meine Versetzung nach Montpellier. Es ging alles Hals über Kopf. Ich warf meine wenigen PG. (= Prisonnier de Guerre = Kriegsgefangener)-Habseligkeiten in eine Packtasche und einen Holzkoffer, steckte den Rest in einen Sack und auf gings. Mein Lagerpfarrer versah mich noch mit Büchern, sodaß ich ziemlich viel zu schleppen hatte. Nach ermüdender Bahnfahrt kam ich in M. an. Das Dépôt enttäuschte mich. Die theologische Schule war im Lager untergebracht. Wir wohnten in Baracken. Etwa 16 hatten ein sogenanntes „Appartement", das noch in kleine Zimmer unterteilt war. Daß ich nicht studieren konnte wurde mir klar, als ich mich beim Leiter der Schule ... anmeldete und er nein sagte, daß ich in die Sprachen hineinspringen müsse. Anfängerkurse liefen nicht. Das war eine große Enttäuschung für mich. ‚Also', sagte er „ich mache ein D hinter Ihren Namen. Pfarrer D. leitet nämlich die Diakonieschule. Sie können froh sein, dort einen so tüchtigen Mann zu finden. Sie können ja dort in den Unterricht hineinriechen und können sich dann immer noch entschließen." Darf ich es vorwegnehmen: Ich habe es nie bereut, zu Pfarrer D., beziehungsweise in die Diakonenschule gegangen zu sein. Bei ihm wurde nach Herzenslust theologisiert, philosophiert und katechisiert. Und das alles ohne Sprachen. In seinen Katechismusstunden fühlte ich mich wirklich wohl und in meinem Element (Theologie ist meine Schwäche). Ich habe ihm viel zu verdanken. Es ist mir nicht gelungen, viele seiner geistreichen

Gedanken schriftlich zu fixieren. Er war sehr lebhaft und sprach oft allzu schnell. Doch das wenige, was ich habe, hüte ich gut. Einmal sagte er uns: Ich muß euch immer wieder klarmachen, daß es noch immer Katholiken und Protestanten gibt. Ihr müßt euch immer wieder nach den Gewissensgründen fragen, die euch noch im evangelischen Bekenntnis gefangen halten. Sollten diese nicht mehr stichhaltig sein, d. h. drängte euch nicht mehr die hl. Schrift so zu glauben, wie ihr glaubt, dann dürftet ihr nicht mehr mit gutem Gewissen Protestanten sein." Seine ganze Sprachgewalt setzte Pfarrer D. für die Aufgabe ein uns das Ineinander von Gesetz und Evangelium klarzumachen. Wir dürfen die beiden nicht auseinanderreißen, eines vor dem andern betonen, obwohl wir sie nacheinander denken müssen und das eine von beiden manchmal vorherrscht. Über den Glauben gab er unter Zurückweisung alles menschlichen Verdienstes jedoch ohne den Willen zu leugnen folgende klassische Definition: ‚Daß ich glaube ist nicht mein Verdienst, daß ich nicht glaube ist meine Schuld.'
- Pfarrer D. verdeutlichte uns das Anliegen Karl Barths, daß alles von Gott und nicht vom Menschen her zu denken sei. Wenn uns in der Bibel gesagt wird, daß Gott unser Vater ist, dann haben wir nicht über den irdischen Vater, dessen Eigenschaften und Merkmale zu philosophieren, um dann allmählich zu Gott-Vater aufzusteigen, sondern wir haben gleich mit dem Begriff Gott-Vater zu beginnen. Von daher wird auch das irdische Vatertum durchleuchtet. Dieser geistreiche und streitbare Mann weitete unseren Blick aus. Er war überall zu Hause und keineswegs

engherzig. Auf den Stuben konnte er sehr anregend plaudern. – Eine stille Gelehrtennatur war Pfarrer D. kurz, ein Schwabe. Er führte uns in die Tiefen des AT und NT. Er ging ganz systematisch und kühl vor. Ab und zu aber leuchtete strahlend sein Glaube durch. Er deutelte nicht am Wort Gottes herum; sein Unterricht war eigentlich immer eine Stunde, in der wir eine Predigt hörten. Diese beiden Männer waren die Hauptpersonen unserer Diakonieschule. Wie wirkte das alles auf mich? Wie hatte ich mich nach diesem Milieu gesehnt. Wie hatte ich mich auf Gleichgesinnte gefreut. Mein Herz öffnete sich weit. Zuerst wurde ich von der Fülle des Stoffes geradezu erdrückt. Ich war der geistigen Arbeit entwöhnt. Doch allmählich ging es gut voran. Ich hatte Freude vor allem an der theologischen Arbeit. In meiner Freizeit lernte ich Karl Barth kennen, schätzen, ja lieben. Er imponierte mir in seiner Kompromißlosigkeit. Die Sektiererei und der pietistische Geist, der sich besonders bei den Diakonenschülern breit machte flößte mir ein Grauen vor allem religiösen Subjektivismus ein. Leute wie Schleiermacher waren mir ein Greuel. In meinem Appartement war ich einsam. Ich war als Barthianer verschrien. Besonders wild gebärdete sich einer, der später nach St. Krischma auf die Evangelistenschule gehen wollte. Er las fast nur den ganzen Tag Traktate. Wer seine Hoffnung auf die Wirksamkeit der Traktate setzt, der achtet die Wirkung des Wortes Gottes gering, der stellt das Menschenwort darüber. Die Sekten sind überall eifrig an der Arbeit. Sie haben im Schutz der Bekennenden Kirche den Krieg überdauert, jetzt wollen sie einen großen Fischzug tun. Die nach Mitgefühl schreienden Menschen finden bei ihnen gefühlsseligsten Subjektivismus. Deshalb machen sie große Beute. – Überall haben sich unter Theologen und Diakonen Gruppen und Grüppchen gebildet, alles drängt auseinander. Von einer Ökumene keine Spur. Zumal sind viele hier, die früher – unter ‚normalen' Umständen – nie daran gedacht hätten, sich mit der Bibel zu beschäftigen. Ganz besondere Typen sind die Offiziere. Sie sind vielfach nur deshalb da, weil sie hier Gelegenheit haben, für ihr Geld gut zu leben (dazu fehlen ihnen im Offizierslager die Möglichkeiten). Am Sonntag führen sie dann mit stolz geschwellter Brust ihre Orden spazieren. Die Morgen- und Abendandacht wird von vielen nur als lästiger Zwang empfunden. Auch ich bin nicht immer gleich andächtig, aber ich gehe doch meistens hin, schon um mich unter Gottes Wort zu stellen. Ob ich's auf der Stube aufschlage weiß ich nicht (oft komme ich vor lauter Theologie nicht dazu). Hier wird es mir gesagt und ich muß es hören. Der Choralgesang ist begeisternd. Solche Männergemeinden ist man in der Heimat nicht gewöhnt. Es klingt machtvoll. Dafür haben wir auch jeden Sonnabend Vormittag vor dem Duschen eine Stunde Choralsingen. Darüber sind die meisten sehr erbost. Leider darf die Liturgie nicht vom Harmonium begleitet werden. Ich halte das für einen Mangel. Apostolicum und Vaterunser werden stets gemeinsam gesprochen. Bei den Abendmahlsfeiern singt man sogar Luthers ‚Te deum'. Meist klappt es jedoch nicht richtig. Die Melodie ist aber auch zu schwer und klingt unsern Ohren fremd. Sonntags predigt immer der Schulleiter. Seine homiletischen Predigten sind sehr ermüdend. Es stürmt zu viel auf einen ein. Man sieht den Wald vor lauter Bäumen nicht. Man ist nachher zwar voll aber nicht satt. Für die abgehetzten Menschen unserer Zeit ist die Themapredigt eindringlicher (das finde jedenfalls ich). – Von systematischer geistiger Arbeit wissen die Leute auf meiner Stube nichts. Sie verzetteln sich, kommen nie zur Ruhe. Ich arbeite auch zu Zeiten, da sie nichts tun. Ich beschäftige mich – angeregt durch Pfarrer D. – intensiv mit der Abendmahlsfrage, sowohl exegetisch wie lehrmäßig. Je tiefer man eindringt, umso konfuser wird man. Das zieht einem schier den Boden unter den Füßen weg. Mir erscheint die röm.-kath. Abendmahlslehre konsequenter. Warum leugnet Luther eigentlich die Wandlung, wenn er doch an deren „Ergebnis" festhält? Gegen Ende der Zeit in Montpellier wird mir in einem jungen Westfalen E. noch ein treuer Gehilfe gegeben. Er wohnt auch auf meinem Appartement und ist auch geistig isoliert. Wir beschließen, in den Semesterferien eine Ethik von Brunner durchzuarbeiten. Die Arbeit beginnt. Trotz großer äußerer Schwierigkeiten arbeiten wir unverdrossen und merken freudig bewegt, daß Ethik ja auch ein Stück Dogmatik ist. Ursprünglich zusammengeführt durch eine gleiche Kritik an den pietistisch-engherzigen Zuständen vertiefte sich unser Verhältnis durch eine einhellige Auffassung theologischer Probleme. Obwohl E. nur eine Volksschulbildung besaß, war er sehr aufgeschlossen. Durch seine oft recht geschickten Fragen zwang er mich viele Dinge, die einem gemeinhin als „selbstverständlich" erscheinen noch einmal genau zu durchdenken. Dabei profitierte ich sehr viel. Man darf nicht zu faul dazu sein, Probleme immer und immer wieder neu zu durchdenken. Es zeugt von geistigem Dilettantismus, fertig fixierte Werturteile ein für allemal vorrätig zu haben. Auch darf man nicht davor zurückschrecken, Probleme bis zur letzten Konsequenz zu durchdenken. Allerdings gibt es da in der Theologie eine Grenze. Eines Mittags überraschte mich E. mit der verblüffenden Feststellung: ‚Alle Liebe, auch die der Mutter zu ihrem Kinde, ist letzten Endes Egoismus.' Es wehrte sich etwas in mir dagegen. Doch konnte ich seiner Logik nicht widersprechen. ‚Also ist auch Gottes Liebe zu den Menschen im tiefsten Grunde Egoismus?' Ich weiß nicht mehr, wer von uns beiden diese Frage aufwarf. Diese Frage beantworten zu wollen hieße Gott schulmeistern. Wir können immer nur theologisieren, in dem wir uns unter Gott stellen. Wir können immer nur nachstammeln, was er uns vorsagt. Wir dürfen aber nicht versuchen, uns über Gott zu stellen. – Ich muß rückschauend bemerken, daß diese Zeit in Montpellier für mich weniger eine Zeit des Glaubens als vielmehr eine Zeit der Wissensanhäufung gewesen ist. Ich las in jener Zeit viel weniger in der Bibel als in theologischen Werken. Ob dies ein Vor- oder ein Nachteil war, darüber vermag ich ein Werturteil noch nicht zu fällen.

Am Geburtstag meiner Mutter, am 22. März 1947, tauchte blitzartig das Gerücht der Repatriierung der theologischen Fakultät auf. Obwohl ihm viele mit Skepsis begegneten, hielt es sich dennoch hartnäckig. Das schier Unmögliche geschah: Am Montag, dem 24. März saßen wir – d.

h. 2/3 der Fakultät – bereits auf der Bahn und fuhren nach dem Durchgangslager Sorgnes in der Nähe von Avignon. Der Rest der Fakultät – die politisch Belasteten – blieben zurück. Es hieß, daß sie später fahren sollten. Doch leider hielt das rasende Tempo nicht vor. Von Paris aus wurde unsere Abfahrt gestoppt: Die nun kommenden 7 Wochen waren eine Nervenprobe sondergleichen. Dauernde Ungewißheit, optimistische und pessimistische Parolen, Schmutz, Enge, Hunger. Nachts Mäuse und Wanzen, am Tage Hitze und Schmutz. Wir konnten in dieser Zeit noch unsere Ethik mit Hangen und Bangen zu Ende führen. Wir litten gewaltig an Hunger. Einmal bekam E. ein Päckchen von seinem Lagerpfarrer. Das half uns wieder etwas auf die Beine. Schließlich bekam ich noch ein paar Franken (unglücklicherweise hatte ich mein Konto von 1400 frs. Vorzeitig an einen Kameraden in meinem Stammlager überschreiben lassen. Trotzdem ich ihn darum bat, mir etwas von dem Geld zu schicken, erhielt ich nichts), die wir in Keks anlegten. Das war ein recht trauriges Osterfest. Meinen Eltern hatte ich viel zu früh geschrieben. Unterdessen kam dann auch der Rest der Fakultät bis auf 6 Mann. Es wurde noch einmal ein Schulbetrieb im kleinen eröffneten. Vor allem wurden Sprachexamina gehalten. Pfarrer K. stand einer Arbeitsgemeinschaft über die Bergpredigt vor und Pfarrer D. dozierte über Karl Barths Schöpfungslehre. In der für uns viel zu kleinen aber schön geschmückten Lagerkapelle fand wie in Montpellier je eine Morgen- und Abendandacht täglich statt. Die Sonntagsgottesdienste mußten wir im Kantinensaal feiern. Auch unser Chor trat in Aktion, nicht nur bei kirchlichen, sondern auch bei den Konzertveranstaltungen des Lagers am Sonntagabend. „Der Singkreis der theologischen Schule zu Montpellier" wurde zu einem stehenden Begriff. Vor vollbesetztem Haus hielt Pfarrer B. einen geistvollen Vortrag über Amerika, das er während einer Reihe von Jahren ziemlich genau kennenlernte. Er sagte uns auch, was man billig von Amerika erwarten könne und daß man vor allem auf die Deutschen im Lande nicht allzu große Hoffnungen setzen dürfe. Und die Christen sind „drüben" sehr wenig einflussreich. So gingen denn die Tage und Wochen hin, bis endlich am 9.5. uns die Nachricht erreichte, daß der General in Paris den Befehl gegeben habe, daß der Rest der Fakultät (die 24 „Russen" waren schon am 1.5. gefahren) dem Transport am 13. Mai nach Tuttlingen angegliedert werden solle. Die Freude war unbeschreiblich. Jeder wusch noch seine Sachen, kaufte in der Kantine ein (soweit er Geld hatte) und konnte den Tag der Abreise kaum erwarten. Am 13. Mai gegen Mittag öffneten sich vor uns die Lagertore und der erste Schritt in die Freiheit war getan. Diesmal ging die „Reise" mit deutschen Personenwagen vonstatten. Wir fuhren zwar eng, aber trotzdem ganz annehmbar. Durch Frankreich fuhren wir im Schnellzugstempo. Trotz der großen Hitze bekamen wir dank der unermüdlichen Fürsorge des französischen Bewachungspersonals kaum einen Tropfen Wasser. Der Franzose zeigte sich bis zur letzten Minute der Gefangenschaft von seiner besten und humansten Seite. Wie froh waren wir, als wir um 10^{08} französischer d. h. um 12^{08} deutscher doppelter Sommerzeit bei Neuenburg-Baden am

14. Mai über die Grenze rollten. Die Bevölkerung lief zuhauf und überschüttete uns mit Blumen. Die Schwarzen mußten uns vor der allzu stürmischen Begrüßung unserer Landsleute „schützen". Am Abend des gleichen Tages kamen wir nach einer unvergeßlichen Schwarzwaldfahrt müde aber glücklich in Tuttlingen an. Noch in der gleichen Nacht wurden unsere Entlassungsscheine ausgeschrieben. Das war ein Gefühl sondergleichen. So gut wie diese Nacht habe ich selten in meinem Leben geschlafen. Am nächsten Morgen feierten wir das Himmelfahrtsfest in der beinahe prunkhaften Kapelle des Lagers. Vom Lagerpfarrer wurden wir herzlich begrüßt. Er sorgte auch in wirklich großzügiger Weise für unser leibliches Wohl. Am Nachmittag eilten dann die Vertreter der Evang. Kirche in Deutschland herbei, um uns auf deutschem Boden herzlich willkommen zu heißen. Noch ein letztes Mal sang unser Chor. Pfarrer B. gab in bewegten Worten einen Rechenschaftsbericht. Dann sprach der französische Feldbischof Oberst S. in fließendem Deutsch und sehr herzlich, als Christ zu Christen. Schließlich kamen die Vertreter der EKD zu Wort. Prälat S. aus Tübingen hatte es sich nicht nehmen lassen hier herzukommen. Auch Bischof W. und der Präsident der Kirchenkanzlei hatten Vertreter geschickt. Zum Schluß sprachen Männer vom Evang. Hilfswerk und versicherten uns der großzügigsten Hilfe. Die theologische Fakultät zu Montpellier hatte zu bestehen aufgehört.! Wir waren frei. Dann kam der Augenblick, als sich das Tor zur Freiheit weit öffnete. Der Entlassungsschein wirkte wie ein Zaubermittel. Der Posten gab uns den Weg frei. Ein tiefes Aufatmen und ein Dank

von Herzensgrund. Wir müssen erst ein wenig rasten. Das Übermaß des Glückes zersprengt einen ja schier. Überall freundliche Menschen. Sie fragen uns nach unserem Woher und Wohin. Manche sind auch leidbekümmert: „Unser Sohn, mein Mann ist auch noch in Gefangenschaft." Welche Not! Wir sind angewiesen, im evangelischen Vereinshaus in Tuttlingen zu erscheinen. Dort geht es wie in einem Taubenschlag zu. Jedermann bemüht sich um uns. Jeder Fakultätsangehörige erhält vom Hilfswerk 30 Mark und ein Weißbrot. Übernachten können wir bei Gliedern der Gemeinde, die sich in großen Scharen eingestellt haben. Wir gehen weg wie warme Semmeln. Unsere Pflegeeltern sind sehr liebenswürdig. Von ihren wenigen Vorräten geben sie uns zu essen. Am Abend machen wir einen Spaziergang, der uns auf eine Höhe führt. Am nächsten Mittag essen wir im Evang. Vereinshaus. Ich werde mit noch einigen anderen Ostflüchtlingen eingekleidet (1 Anzug, 1 Paar Unterwäsche, Schuhe). Als frischgebackener Zivilist verlasse ich Tuttlingen, nachdem ich meinen Eltern noch am Vormittag des 16. telegraphiert habe. Sie sollen teilhaben an meiner Freude."

Auf einem Extrablatt formulierte Reiner ein Fazit in einem Rückblick auf das Jahr 1946, das er unter den Ps. 68,20: „Gelobet sei der Herr täglich. Gott legt uns eine Last auf; aber er hilft uns auch!" stellt.

„Die Menschen mögen noch so verschieden leben und so unterschiedliche Wege gehen, sie mögen ein Jahr des Glückes oder eine Periode der Not hinter sich haben, an Silvester eines jeden Jahres da halten sie stille, da versuchen sie, ihre Blicke ins Dunkel der Zukunft zu bohren, nachdem sie zuerst Rückschau hielten auf das vergangene Jahr. Sie „addieren" die einzelnen Posten zusammen und dann ziehen sie das Fazit und wenn sie ehrlich sind, dann werden sie sagen müssen: Umsonst! Wieder einmal alles umsonst! Wie viel mehr Grund als alle die andern haben wohl die Gefangenen zu einer solchen resignierten Feststellung. Zentnerlasten drücken uns nieder. Viel größer als die physische Kraftprobe ist die seelische Not, das von-der-Welt-getrenntsein, das ständig nagende Heimweh, die Sorge um all das, was uns auf dieser Welt noch lieb und teuer ist, das Sehen der unheimlichen Not, die nach Männern und helfenden Händen schreit und das Nichthelfenkönnen. Der Stacheldraht als äußerliches Zeichen unserer Gefangenschaft, des Abgetrenntseins von der Außenwelt ist harmlos gegen die Stacheln, die sich Tag für Tag ärger und fester in unser Herz pressen und unser Sein ständig bedrohen. Gewiß, wir sind weithin gleichgültig geworden, haben uns immunisiert gegen solche seelischen Schmerzen und gewaltsam mit einem Panzer umgeben; aber dieser Panzer drückt uns schier die Luft ab werfen wir ihn von uns und dann bricht die Flut los, die mühsam aufgestaute Flut der Bitternis, des Hasses, des Neides. Es soll mir doch keiner mit der honigsüßen Heuchelei kommen und behaupten, daß er in solchen Momenten nicht schon die unchristlichsten, ja sadistischsten Gedanken gegen die Sieger, die uns als Unterdrücker erscheinen, gehabt hätte. Bleiben wir doch an diesem letzten Tage des Jahres, da wir vor einem Abgrund zu stehen meinen und da uns in etwa die Verlorenheit und Preisgegebenheit des Menschen auf-

geht, bei der Wahrheit. Diese Wahrheit aber verlangt von uns, daß wir uns so sehen, wie wir wirklich sind. Wir, die wir Christen sein und der Welt auch auf diesem Gebiet beispielhaft sein müssen, sollten uns gründlichst um die Konsequenz bemühen; wir sollten versuchen, uns so zu sehen, wie uns Gott wohl sehen wird und nicht, wie wir uns gern sehen möchten. – Doch damit ich nicht in die Gefahr komme, andern zu predigen und selbst verwerflich zu werden, will ich der Versuchung zum Pharisäismus, die hier lauert, dadurch Herr zu werden versuchen, daß ich auf mein Leben im vergangenen Jahre zurückblicke und mir selbst dann jene Frage stelle, die ein jeder ernsthafte Mensch – geschweige denn ein Christ – sich heute stellt: was war es um dein Leben, was war es um dein Tun und Handeln im vergangenen Jahr? Vielleicht, daß der eine oder der andere an gewissen Stellen sich selbst oder sein eigenes Herz wiederfindet; vielleicht auch, daß er mich einen müßigen Träumer oder einen törichten Schwätzer schilt, der seine Privatdinge nicht bei sich behalten kann. Ich will es trotzdem wagen und will mich bemühen, wenigstens einmal annähernd objektiv zu sein und will es vor allem schwarz auf weiß haben, daß ich es im kommenden Jahre wiederholt nachlesen und mich warnen lassen kann. Deshalb lege ich diesen Zettel auch in meine Bibel. –
Ich kann nicht behaupten, besonders gut ins neue Jahr gekommen zu sein. Der 31. Dez. 1946 war nicht nur äußerlich grau und in dem unbequemen Stalllager kaum zu ertragen, wir waren alle seelisch so deprimiert, daß der eine dem andern das Leben verbitterte. Das Gotteswort, das

ich an diesem Abend hörte, wurde einfach aufgesogen von Trübsal und Schwermut. Als am Neujahrsmorgen uns gleichsam als Parole der Name unseres Herrn zugerufen wurde, da wurde der Wille aktiviert, da wollte man mit Gottes Hilfe etwas leisten – trotz Not und Gefangenschaft. Das Lagerleben hatte bald ein Leben für mich. Mitte Januar ging ich auf Kommando, hatte plötzlich eine menschenwürdige warme und trockene Unterkunft, weitaus bessere Verpflegung und eine genau geregelte Arbeitszeit, die mir am Abend auch noch Muße zur Selbstbesinnung und zu geistiger Tätigkeit ließ. So dankbar ich in den ersten Tagen für diesen Wechsel war, sobald gewöhnte ich mich an die Verbesserungen; vergaß sie geflissentlich, murrte über die ungewohnte körperliche Arbeit und hatte bald an all und jedem etwas auszusetzen. Nicht, daß ich mehr geschimpft hätte als die andern, aber ich schimpfte eben auch und hob mich so gar nicht von den andern ab, auch dann nicht, als sie mich genauer unter die Lupe nahmen, denn sie hatten inzwischen bemerkt, daß ich regelmäßig in der Bibel las und begannen nun, mich auf mein Christentum zu examinieren. Das waren nun nicht etwa samt und sonders würdige und ehrenwerte Examinationen. Gewiß nicht! Sie hatten genauso ihre Fehler wie auch ich. Was ihnen aber die Berechtigung zum Prüfen und Untersuchen gab, das war mein Anspruch, ein Christ zu sein. Und dies hatten sie untrüglich herausgebracht: ein Christ müsste sich ja eigentlich von den Weltkindern unterscheiden. Und wie und worin er sich von ihnen unterscheiden müßte, das – man sollte es kaum glauben – wußten sie übergenau. Nicht, daß es an christlichen Redensarten gefehlt hätte (die sind ja verhältnismäßig billig), aber die Taten blieben so oft aus. Und das merkten sie stets sofort besser, als ich selbst es merkte. Nun könnte man es ja ablehnen, sich von Menschen richten zu lassen, noch dazu von ungläubigen, mit der Begründung, daß Gott unser Richter ist, vor dem wir uns schon verantworten werden. Wie aber, wenn diese Menschen gerade als Vollzugsorgane Gottes erscheinen und unser schlechtes Gewissen legitimiert sie ja geradewegs dazu!? – Doch damit nicht genug, die Undankbarkeit wurde noch auf die Spitze getrieben. Nach einem Jahr der Ungewißheit und der größten Sorge erhielt ich endlich Nachricht und zwar Nachricht von beiden Elternteilen – obwohl ich nicht hoffen durfte, von meinem Vater etwas zu hören. Mir fiel der Spruch ein, den meine Eltern zu ihrer Silberhochzeit bekommen hatten: „Gelobt sei der Herr täglich. Gott legt uns eine Last auf, aber er hilft uns auch" (Ps. 68,20). So groß meine Dankbarkeit war, so hielt doch das Gefühl nicht vor, auch hier wurde es unverschämt. Hatte ich früher nicht einmal zu hoffen gewagt, von meinen Eltern zu hören, so war mir jetzt der Gedanke daran unerträglich, sie in Armut und Heimatlosigkeit zu wissen. Ja später wurde ich sogar schon nervös, wenn ich eine Woche einmal keine Post erhielt. – Soll ich noch schildern, wie oft ich mich in religiöse Debatten hereinreißen ließ, die von vornherein nur die Aufgabe hatten, zu debattieren um des Debattierens willen, daß ich eben nicht imstande war, zu „überzeugen", da die andern bei mir die schreiende Disharmonie zwischen Reden und Tun heraushörten? Soll ich davon berichten, wie auch bei mir die Frage nach dem Wozu der Gefangenschaft durch das Warum der Vielen verdrängt wurde. Soll ich auf den Pharisäismus hinweisen, der auch mir so manchen Streich spielte? Genug der Einzelheiten. Das Fazit des vergangenen Jahres lautet bei mir wieder einmal: Umsonst! Was hier und da wie ein Lichtpünktchen aufleuchtet, ist Gottes Werk an mir und in meinem Leben. Illusionen will ich mir diesmal an Silvester nicht machen. Ich werde auch am Ende des nächsten Jahres wieder das Umsonst sagen müssen. Ja, ich werde es auch einmal am Ende meines Lebens lallen müssen. Das soll und darf mich jedoch nicht daran hindern, es mit Gottes Hilfe aufs Neue zu wagen. Ihn wollen wir ins Zentrum unseres Lebens rücken, Ihn, den menschgewordenen Gottessohn. Er gibt uns und unserem ganzen gequälten Volk Gnade um Gnade. Wir müssen nur die Hände aufhalten:

Nicht ich, o Herr!
Dein ist Macht und Gewalt,
Dein ist die Gnade, das Verstehen
und dass wir nicht zugrunde gehen
verdanken wir nur Deiner Huld
auf unsrer Seite türmt sich
auf zum Berg die Schuld.
Nicht ich, o Herr!
Du wirst vollbringen.
Du gabst den Anfang, gib das Ende,
   dass unser Schicksal sich noch einmal wende.
Du hast uns fest in Deiner Hand,
Du führst uns endlich ins gelobte Land."

Ankunft in der neuen Heimat

In Tuttlingen musste Reiner sich von E. verabschieden, den er in Montpellier kennen gelernt hatte, der nach Westfalen, in seine Heimat fuhr, der damaligen englischen Zone, wo er nicht Diakon, sondern Postbeamter wurde. Sie tauschten noch ihre Adressen aus, nachdem sie ihre Freifahrscheine erhalten hatten und mussten sich dann trennen.

Richards Eltern waren von Reiners Kommen unterrichtet, sie wussten nur nicht genau, wann er eintreffen würde. Richards Vater war in der Kirche gewesen, als er eintraf. Seine Mutter war zu Hause und empfing Reiner herzlich. Richards Eltern waren überrascht, dass im katholischen Frankreich die Evangelischen zuerst entlassen wurden.

1947 war ein schöner, heißer und trockener Sommer. Gleich nach seiner Ankunft wurde Reiner erst einmal ins Bad gesteckt und seine Sachen (die Bücherkiste und ein paar Kleidungsstücke) auf die „Bühne". Reiner blickte verdutzt drein. Sollte es in diesem Haus ein Theater geben? Mit diesem und ein paar anderen schwäbischen Ausdrücken hatte Reiner zu kämpfen. Ach, wie so schwer war doch die Sprache seiner Wahlheimat. Richards Eltern gehörte das Haus zur Hälfte. Sie bewohnten eine 4/5-Zimmer-Wohnung im 1. Stock. Richards Vater versuchte, Reiner bei karitativen Einrichtungen einzukleiden. Später war Reiner dann gemeldet und erhielt Bezugsscheine. Nun wollen wir weiter in Reiners Erinnerungen blättern, die er seinem Tagebuch über diese Zeit in Göppingen anvertraute:

„2.7.47

Die Fahrt ging nach Göppingen. Dort konnte ich bei den Eltern meines Freundes ... vorläufig unterkommen. Doch darauf komme ich später zurück. – Vorgestern und gestern war ich in Stuttgart wegen meiner Berufsangelegenheit. Dabei konnte ich gleich Michael besuchen, der als stud. art. (= Kunststudent) ein kleines Zimmerchen bewohnt. Er war herzlich erfreut mich zu sehen. Am Eindrucksvollsten sind die Zimmerwände, die mit Bildern verschiedener Kunstrichtungen (hart nebeneinander hängen die Wiedergabe einer griechischen Plastik u. ein abstraktes Bild) und Aktstudien geschmückt sind. Michael, der jetzt Zweiundzwanzigjährige, behauptet, er habe in Norwegen in unserem Circle erst denken gelernt (das war 44/46). Das ist natürlich maßlos übertrieben. Wenn ich ihm damals wirklich etwas geben konnte (es war eine glückhafte Zeit, denn H. ist der kultivierteste und sensibelste Mensch, der mir je begegnete), so gibt er es mir jetzt hundertfach zurück. An seiner Hand darf ich in das Reich der bildenden Künste treten. Ich kam mit einer großen Abneigung gegen alle Modernisten und ich ging tief beeindruckt. Noch habe ich nicht viel gesehen, noch hat mich vieles mehr abgestoßen als angezogen. Doch ich habe doch jetzt wenigstens etwas gesehen. Und ich sehe nun einmal so gern. Michael weiß genau, womit er mich auf andere Gedanken bringen kann. Und Ablenkung tut mir wahrlich Not, denn mit dem Beruf hat es wieder einmal nicht geklappt. Man merkt mir die Enttäuschung immer gleich auf zehn Schritt an. Mein seelisches Gleichgewicht ist allzuoft in Gefahr. Obwohl Michael selbst nicht auf Rosen gebettet ist, ist er dennoch Optimist. Er hat Freude an allem Schönen. Er sucht das Schöne auf. Er nimmt es wie einen Stab u. schwingt sich mit ihm über alle Nöte und Sorgen des Tages hoch hinaus. Er kennt mich als Pessimisten und will mir gern helfen. Seine Bemühungen haben etwas Beschwörendes. Ich komme ihm zu Hilfe und versuche, ihm (und mir) klarzumachen, daß mein Pessimismus in Wirklichkeit Realismus sei. Ich bin selbst nicht recht überzeugt davon. Und wie kann man einen Andern von einer Sache überzeugen, von der man selbst nicht überzeugt ist? Wir gehen also in die Kunstausstellung. Zuerst haste ich nur durch die Räume, um einen allgemeinen Eindruck zu bekommen. Ich bin erschlagen. Es „gefällt" mir eigentlich garnichts. Vieles finde ich geradezu abstoßend häßlich. Freilich Werke aus der „Nazizeit" nicht mehr vertreten (auch dies eine typische Extremwirkung. Oder sollten im 3. Reich überhaupt keine Kunstprodukte geschaffen worden sein?), aber auch die klassischen fehlen völlig. Man sieht zu 99 % Impressionisten und Expressionisten. H. führt mich von Bild zu Bild, erklärt mir dessen Komposition, Malweise, Absicht des Künstlers („die modernen Künstler können auch naturgetreu malen, aber sie wollen es nicht"). Ich lasse mir sagen, daß der Impressionismus die extremste Form des Naturalismus ist, indem diese Künstler nur wiedergeben, was sie wirklich mit den Augen sehen. Und das Licht löst die Formen auf. Es entsteht ein Farbengeflimmer. Der Expressionist scheint mir ein übertriebener Individualist zu sein. Er richtet sich nicht nach den Gegenständen, die er darstellen will, sondern die Gegenstände müssen sich nach ihm richten. Er läßt sich von der Natur nur anregen in seinen Gedanken, ja Fantasien. Ich frage H. über die modernste Malerei. Die gehe über diese Werke noch hinaus sagt er. Man könne sie abstrakte oder absolute Malerei nennen. Ich frage ihn, ob man das mit der absoluten Musik vergleichen könne. Ja, das könne man (ich kann mich der zynischen Bemerkung nicht enthalten, daß selbst die absolute Musik noch Melodie habe. Vielleicht vergleicht man es besser mit der atonalen Musik). Ich lasse mich darüber belehren, daß es nicht nur eine Luft- , sondern auch eine Farbperspektive gibt. Schließlich ist es auch nicht uninteressant zu erfahren, daß für den Hintergrund gern nach blau gebrochene Farben verwendet werden und für den Vordergrund nach rot gebrochene Farben. An der Plastik haßt man alles Eckige. „Eine Plastik muß so rund sein, daß man sie einen Berg herunterrollen kann. Ich stehe vor einer Zeichnung von Barlach, betitelt: „Der Krieg". Ein häßlicher brutaler fleischkloßartiger Kerl schwingt einen riesigen Hammer. Zu seinen Füßen ein Gewirr von Totenschädeln, Knochen, Waffen. Der Krieg à la brutaler Zerstörer, nicht der Vater aller Dinge. Vielleicht wäre es gut gewesen, das Bild den Machthabern zu zeigen, bevor sie den Krieg angezettelt haben. Freilich solche Bilder waren nicht beliebt. Schön ist es auch nicht, aber wahr! Dann die Masken von Hofer. Aber das sind ja Menschen ohne Maske, völlig rat- und witzlos, zutiefst deprimiert. Und schließlich die Rehe an der Quelle von Marc. Wunderbar der Schwung der Bögen, das schwarz-weiß so anheimelnd. Wie gesagt, mir ist das meiste noch allzu neu. Meine Maßstäbe fangen an zu wanken. Die Frage nach dem

Kriterium der Kunst springt auf: ist es die Schönheit, ist es die Wahrheit? Schönheit kann Lüge und Wahrheit kann häßlich sein. Ich bin ratlos, aber nicht ohne Hoffnung.

Frank Thieß sagt einmal: „Schönheit überlichtet alle Wirklichkeit; das ist ihr Weg, diese dem Menschen erträglich zu machen doch mit der Wahrheit hat sie nichts zu tun, denn diese ist jenseitig." Und weiterhin sagt er: „Wird die Wahrheit zum Angelpunkt einer Weltdeutung gemacht, muß die Schönheit als Dominante des Lebens erlöschen." Diese Sätze haben mich zutiefst aufgewühlt. Sollten sie etwa auch auf die bildende Kunst anwendbar sein? Und das hieße dann allerdings, daß das, was Lessing für die Malerei anstrebt eben nur eine von der Schönheit überlichtete Wirklichkeit ist, aber nicht die Wirklichkeit schlechthin. Ich war allerdings bisher der Meinung, daß die Kunst die Aufgabe habe, die Wirklichkeit zu verklären, den Menschen über das Gewimmel des Tages, über den dumpfen Druck der Not hinauszuheben. Hat die Kunst bedingungslos der Wahrheit zu dienen? Dann müßte sie allerdings nun eben dieser Wahrheit das Schöne schön und das Häßliche häßlich darstellen. D. h. wenn die Impressionisten meinen in der Farbe nur ein farbiges Geflimmer ohne feste Formen sehen zu können, dann müßten sie dieses Geflimmer um der Wahrheit willen malen. Diese Wahrheit wäre dann vielleicht abstoßend für uns (die Wahrheit ist den Zartbesaiteten, Sensiblen oft zu brutal u. nackt gewesen), aber wenn wir wirklich wahrheitssuchende Menschen sind (und wer wollte das wohl nicht sein?), dann müßten wir uns von der Wahrheit überwältigen lassen. Die Expressionisten – so scheint mir – finden die Wahrheit allein in sich selbst verkörpert. Deshalb treten sie der Natur so anmaßend gegenüber. Zweifelsohne steht der Mensch über der Natur. Infolgedessen ist die Natur Objekt des als Subjekt handelnden Menschen. Wie müßte sich der Christ zu einer Kunst verhalten, die als Kriterium nur die Wahrheit gelten ließe? Er müßte sie bereitwilligst anerkennen, ja er müßte sie freudig begrüßen. Christus ist die Wahrheit. Er nimmt den Menschen alle Illusionen. Wenn dem nur so ist, warum gestaltet diese moderne Kunst so gar keine christlichen Themen? Hier kann doch offenbar etwas nicht stimmen. Oder bin ich in eine Sackgasse geraten? Prof. Brunner schreibt in seiner protestantischen Ethik u. a.: „Die Kunst hat ihren Lebensgrund nicht so sehr in der gegebenen Welt als in etwas, das, ohne die Beziehung zu ihr zu verlieren, sie transzendiert. Wohl ist das Vermögen zur künstlerischen Gestaltung eine Schöpfergabe, wie alle andern Vermögen. Aber sie ist nicht wie die Wissenschaft der Schöpfung als solcher zugewandt, sondern einem Jenseits-von-ihr. Bloße Abbildung der Wirklichkeit ist keine Kunst, u. das Moment des Abbildens fehlt vollkommen derjenigen Kunst, an der das Wesen der Kunst wohl am offenbarsten wird: der (absoluten) Musik." Kunst hat es nach seiner Meinung mehr mit der Erlösung als mit der Schöpfung zu tun. Soll dies eine Glorifizierung der modernen Kunst sein? Wenn Prof. Brunner allerdings einleitend bemerkt, daß Kunst und Religion aufeinander hingewiesen zu sein scheinen, so drängt sich mir die

Frage auf: wo spürt man heute etwas von diesem Hinweis in der Kunst auf die Religion? Haben wir es nicht mit einer säkularisierten Kunst zu tun? Ich suche vergebens nach einem Sinn.

14.7.47

Gestern war ein sehr schöner und produktiver Sonntag. Was willst du mehr, liebe Seele? Der Schwester L. ist es gelungen, mich im Laufe der vergangenen Woche für die Kindergottesdienstarbeit in der Gemeinde Brückenstraße zu gewinnen. Hat sie damit einen großen Fang gemacht? Ich meine, den Buben am Sonntagmorgen etwas gegeben zu haben. Ich habe ihnen – dem Plan gemäß – von Paulus erzählt, dem Verhör unter Festus, dem Besuch des Königs Agrippa, der Überfahrt nach Rom u. seiner dortigen Wirksamkeit. Der Stoff war gewaltig. Die ersten beiden Kapitel erzählte ich ausführlich, die anderen konnte ich nur noch kurz streifen. Die Kinder sind z. T. geistig sehr rege. Der Spruch Röm. 8,31.32 wurde gelernt. Zwei größere Buben konnten ihn beinahe fehlerlos hersagen. Harmonium spielte ich vertretungsweise. Es ging ganz gut. Die Kinder sangen sehr rasch und furchtbar laut. Religiöse Inbrunst soll sich bei Kindern in besonders großer Lautstärke äußern. Ob es richtig ist, weiß ich nicht. Die Schwester ist schon 15 Jahre hier im Amt. Sie hat den Kindergarten über die gefährlichen Jahre des Nazismus glücklich hinübergerettet. Sie ist mir sehr dankbar, daß ich ihr half. Andere Helfer waren nicht da u. es wäre ihr schwer gefallen, mit den 71 Kindern allein auszukommen. Mit einem Gefühl der Befriedigung gehe ich heim. Ich habe etwas tun dürfen von dem, was mein Herz bewegt."

Im Sommer hat Reiner auf Vermittlung des zuständigen Diakons, der ein Bekannter von Richards Eltern war, in einem Waldheim nahe Göppingen gegen Verpflegung mitgearbeitet. Lesen wir, was Reiner in seinen Erinnerungen darüber festgehalten hat:

15.7.47

Ich erinnere mich noch ganz genau an den Abend des 16. Mai 1947. Einen Tag war ich erst entlassen, u. je näher ich Göppingen kam, desto beklommener wurde mir zumute. War ich nicht im Begriff, zu mir völlig fremden Menschen zu gehen? Gewiß, den Richard kannte ich ja gut. Aber würde er denn schon da sein? Und seine Eltern, wie würden sie mir begegnen? So schlich ich denn gegen 22 Uhr durch die Straßen Göppingens. Man schickte mich hin und her. Schließlich fand ich die Straße. Sie war ganz leer – wie abgefegt. Schlief etwa alles schon? Die Nummernschilder waren kaum noch zu erkennen. Doch vor einem Haus ziemlich weit oben standen noch zwei Männer im Gespräch. Neben ihnen ein junges Mädchen, beinahe noch ein Kind. Doch ansprechen wollte ich diese Gruppe nicht. Sie guckte mir aufmerksam nach, als ich an ihr vorbeischritt. Ich muß aber auch zu merkwürdig ausgesehen haben: ein Mann in einem hellen Straßenanzug, mit einem ehemaligen Luftwaffenmantel behangen, in der rechten Hand eine Packtasche u. ein Kleiderbündel, aus dem ein Brot neugierig herausschaut, in der linken Hand eine offenbar schwere Holzkiste. Doch weiter oben finde ich die Hausnummer nicht. Es muß doch weiter unten sein. Ich gehe noch einmal an der Gruppe vorbei, die mich jetzt mit unverhohlenem Interesse mustert. Doch weiter unten findet sich die Hausnummer auch nicht. Das wird doch nicht etwa das Haus sein, vor dem die Menschenansammlung statt hat? Aber da scheint überhaupt kein Nummernschild dran zu sein. Als ich zum dritten Mal an der noch immer sich unterhaltenden Gruppe vorbeiwill (die müssen eine tolle Ausdauer im Reden haben denke ich mir) spricht mich der kleinere der beiden Herren an. Er fragt mich, zu wem ich denn wolle. Ich sage mein Sprüchlein herunter. „Sie suchen Herrn H.? der steht vor Ihnen!" Ich bin etwas überrascht, in dem kleinen Herrn, den Vater des riesengroßen Richard, meines Freundes, erkennen zu müssen. Ich bin aber hinwiederum froh, nun doch endlich an Ort und Stelle zu sein. Ich werde in den ersten Stock geführt u. von Frau H. sehr herzlich und lebhaft begrüßt. Sie macht von der ersten Minute an einen bezwingenden Eindruck auf mich. Diese Herzlichkeit kann nicht geheuchelt sein – oder ich bin der schlechteste Menschenkenner, der je auf dieser Erde herumlief. Gleich wird mir etwas zu Essen bereitet, das Badewasser läuft ein, währenddessen muß ich erzählen. Das Mädchen von vorhin stellt sich als Tochter des Hauses heraus (heute weiß ich, daß sie 13 Jahre alt ist u. C. heißt). Der 16jährige G.

wird mir auch vorgestellt. Er ist sehr schweigsam, beinahe gedrückt (doch das wird sich schnell ändern). Richard ist noch nicht hier. Er wird erwartet. Ich kann wohlbegründete Hoffnungen machen, daß er bald kommen wird. Doch scheint man mir nicht so recht zu glauben. Als ich dann später ins weiche Federbett sinke, fühle ich mich wie zu Hause. Die Beklemmung weicht und löst sich in einem Gefühl der Dankbarkeit auf.

Das war am 16. Mai! Seither sind zwei Monate vergangen, zwei Monate, die angefüllt waren mit sehr vielen Schereien, dem Laufen von Behörde zu Behörde, Zukunftsplänen, Schreibereien und Reisen aber auch mit Erholung: mit Spaziergängen und -fahrten, mit tiefschürfenden Gesprächen, mit guter Lektüre, mit dem Hören klassischer Musik u. vielem anderen. Wie wohltuend habe ich es empfunden, daß katholische Christen mir wildfremdem Menschen (denn „legitimieren" konnte mich ja erst Richard, als er am 22. Mai kam) soviel Liebe und Fürsorge haben zuteil werden lassen. Das war das zweitemal, daß ich nach meiner Entlassung mit den warmen Strahlen der christlichen Liebe in Berührung kam. Wie hat Herr H. mir auf den Behörden die Wege geebnet, mir durch die Nothilfe, deren Kassierer er ist in überaus reichem Maße Sach- und Geldwerte besorgt, wie hat Frau H. um mein leibliches Wohl sich gemüht, mir Sachen geborgt, meine schmutzigen Stücke ausgewaschen, ausgebessert und gebügelt, wie hat sie gebangt um meine Gesundheit, als der Arzt Anzeichen für TB feststellte u. wie froh war sie, als sich der Verdacht als unbegründet herausstellte, wie hat sie mich auch noch durchgefüttert, obwohl sie für mich keine Kartoffeln kriegte. Und so könnte man in der Aufzählung fortfahren. Ich kann für all das gar nicht dankbar genug sein.

17.7.47

Ich muß schon wieder ab schweifen. Das Thema der modernen Malerei, einmal aufgeworfen, läßt mich nicht mehr los. Neulich hat mir Michael einen Brief geschrieben, in dem er mich förmlich beschwor, dieses Phänomen doch bloß nicht mehr gedanklich zu analysieren. Kunst müsse man erleben. Michael meint, daß die gleichen Leute, die heute fassungslos vor der modernen Kunst stünden auch die Werke der großen alten Meister nicht verstünden. Denn, so folgert er, wer diese verhältnismäßig kleinen Werke nicht versteht, dem müssen sich auch jene Großen entziehen. – Es erscheint mir als Wink des Schicksals, daß ich in den „Stimmen der Zeit" (Juni 1947) einen Artikel von Egbert Lammert fand, , betitelt: „Die Krise der bürgerlichen Kunst". Lammerts Ansatzpunkt ist der: der Künstler, so selbstherrlich er sich auch gebärdet, ist immer auch nur ein Kind seiner Zeit. Die Zeitströmungen wirken bewußt oder unbewußt, auch in seinem Werk fort. Der Künstler ist als leibseelisches verflochten in die physische und psychische Struktur seiner Zeit. Nach dieser wahrhaft erhellenden Einleitung, die allerdings dem Künstlerstolz einen argen Hieb versetzt, rollt der Autor das Thema „moderne Malerei" von der Weltanschauung her auf, wohl wissend, daß der Charakter einer Zeit weniger von den ökonomischen, politischen und sozialen Faktoren bestimmt wird als vielmehr von dem Glauben. Er präsidiert jegliche Werbeskala – ob man es wahrhaben will oder nicht. D. h. für unser Thema, daß die Kunst der letzten Zeit abhängig war vom individualistisch-bürgerlichen Weltbild, das ganz kurz folgendermaßen skizziert werden kann: Glaube an die Immanenz der Welt und an den freien, unabhängigen (bei Leugnung jeglicher Transzendenz) sich selbst das Gesetz gebenden Menschen. Im Zuge dieser „Verselbständigung" des Menschen wurde auch die Kunst von den „Fesseln" der Tradition befreit. Von Christentum und Antike rückte man ab. Der Naturalismus wurde geboren. Er entspricht in hohem Maße dem innerweltlichen Charakter der bürgerlichen Weltanschauung. Nachdem jedoch der Maler die Motive der sichtbaren Welt erschöpft hat, verzichtet er auf sie oder versucht – zunächst – sie subjektivisch aufzulösen. Der Impressionismus hat noch Beziehungen zur Natur. Sie lockern sich jedoch bereits gefährlich. Lammerts definiert treffend: „Das Klassische des Impressionismus liegt in der Verbindung von subjektivem Augenerlebnis, von Netzhautvision und Naturausschnitt." Doch die Entwicklung bleibt auf dieser Stufe nicht stehen. Bald wird die Natur völlig ignoriert. Es folgt ein Prinzip der Deformation. Alle Ordnungen werden gestürzt. Der Mensch mit seinem Ausdruckswillen allein, fällt dem Nihilismus anheim. Die Farbe – sie ist das einzige Ordnungsprinzip, das erhalten bleibt – wird zum Selbstzweck. Sie ist das einzige Ausdrucksmittel. In sie legt der

Künstler sein ganzes Leben, seine ganze Leidenschaft, aber auch seine ganze Leere und Auswegslosigkeit hinein. Wer Augen hat, zu sehen, der sehe! Wie brutal, nackt und ungeschminkt zeigt sich in diesen Werken der Kunst der Zeitgeist, jener Geist des Nihilismus nämlich, der das bittere Ende dieses mit so hohen Erwartungen auf den Menschen begonnenen Zeitabschnittes ist. Der Autor trifft auch hier wieder den Kern der Sache, wenn er schreibt: „Es ist eine Kunst der äußersten Gefährdung der menschlichen Existenz, und dadurch übte sie auf alle Mitlebenden (und dies in sich selbst Erlebenden) eine solche Anziehungskraft und eine so erschütternde Wirkung aus. Sie ist als Zeichen der heutigen Glaubenskrise eine einzigartige Erscheinung, die immer wieder studiert werden muß." Und ein bißchen weiter hinten heißt es: „Sie ist kein neuer Anfang, sie ist ein Ende." Daß wir uns das so gar nicht eingestehen wollen. Jawohl, wir sind am Ende. Nicht nur in der Kunst. Total am Ende! Entweder kommt etwas Neues oder nichts mehr. Aber Wahnsinn ist es, dem Greis Europa noch ein paar Spritzen zu geben, damit er sein kümmerliches Leben noch ein paar Jahre fristet. Entweder Tod oder Renaissance! Restauration bedeutet Verlängerung der Leiden u. langsames Dahinsiechen. Was heißt Renaissance auf dem Gebiet des Glaubens (und nur vom Glauben her kann eine wirksame Wiedergeburt ausgehen)? Weg von der Immanenz hin zur Transzendenz. Klarer: Weg vom Weltglauben zum Gottesglauben! Noch genauer: Weg vom Menschenkult, hin zur Christusanbetung. Was würde das für die Malerei bedeuten? Lammerts meint, daß nur eine Rückkehr zum christlichen Humanismus uns retten kann, unter dessen Zeichen wir dann christliche Liebe und klassische Schönheit als Grundkräfte unseres Daseins anerkennen. „Wenn die Maler", so sagt er wörtlich, „anstelle von Atheisten wieder Christen und vielleicht sogar Humanisten würden (mit dieser Steigerung gehe ich nicht konform, weil ich der Ansicht bin, daß ein Christ Humanist sein muß, während ein Humanist nicht unbedingt Christ zu sein braucht); wenn also die Maler wieder Christen bzw. Humanisten würden, welche Rolle könnte die Malerei in einem Zeitalter der Vergesellschaftung spielen!" Nachdem er etwas theologisiert hat, kommt er zu dem bemerkenswerten Schluß (die Entwicklung kann jeder einigermaßen bibelsichere Christ nachvollziehen): „Einzelfigur, Gruppe und Porträt sind die Grundlagen einer humanistischen Malerei." Das Wort „christlich" hat er in diesem Zusammenhang merkwürdigerweise vermieden, obwohl er den Malern eindringlich anempfiehlt, zum religiösen Thema zurückzukehren, denn: „Das Religiöse ist das Größte von allen Themen, darüber dürfen keine Zweifel bestehen." – Soweit dieser Artikel. Also sind die Kunstwerke schon „wahr" – wahr nämlich in dem Sinne, daß sie schreien von der Seelen- und Glaubensnot des Menschen, der am Ende des individualistisch-bürgerlichen Zeitalters auf den geistigen Trümmern des alten Europa steht (D.h. die Deutschen haben eine Vorzugsstellung: wir müssen auch an den Resten der materiellen Struktur Europas tagtäglich vorübergehen). Und die eine Wahrheit können die Künstler deshalb nicht darstellen, weil sie über dem Suchen nach Menschenwahrheit die göttliche Wahrheit zunächst geringgeschätzt und schließlich ganz aus den Augen verloren haben. Wahr ist für den heutigen Menschen nur eines. Das Nichts.

24.7.47

So leicht mir auch das Eingewöhnen gemacht wurde, mit wie großem Verständnis man mir auch entgegenkam, es blieb doch immer etwas „offen", es fehlte eben ein Letztes, Tiefstes, das nur die Eltern ihren Kindern zu geben imstande sind. Gewiß, ich lag auch im Interessenbereich dieser Menschen, die in wahrhaft christlicher Nächstenliebe an mir handelten, aber ich stand nicht im Zentrum – wie das zu Hause einst war -, sondern nur irgendwo an der Peripherie des Interessenkreises. Das machte sich besonders kraß bemerkbar, als eine Woche nach meinem Eintreffen der Richard ankam. Ich wäre ja ganz gewiß zu Hause auch so empfangen worden – auch jetzt noch, wo wir gar keine Heimat mehr haben: aber dieser Empfang brachte es mir schmerzlich zum Bewußtsein, was ich vermissen mußte. Ich glaube, das hat mich so verbittert, daß ich meinem Freunde gar nicht mehr unbefangen gegenübertreten konnte. Ja, ich vermied jede persönliche Berührung. Zwischen ihm u. mir stand etwas wie eine Mauer. Was war es nur? Etwa die Mutterliebe, die mich eifersüchtig u. neidisch machte? Gewiß hat Richard sich auch verändert. Er ist in seinem Auftreten bestimmter, in seinem Wesen aber viel unausgeglichener geworden. Er redet Fraktur(man redet hier überhaupt gern Fraktur). Bereits in den ersten Stunden seines Hierseins fiel das mühsam angelernte Hochdeutsch wie ein Lumpen von ihm ab u. er war wieder ein Schwabe unter Schwaben. Der Dialekt herrscht hier wie ein Diktator. Alle Volksschichten – auch die sog. Intelligenz – lassen sich gern von ihm knechten. Es nötigt mir oft ein Lächeln ab, wie die Pfarrer auf der Kanzel sich um eine gute hochdeutsche Aussprache bemühen u. wie sie dann doch immer wieder unter die Knute des Dialekts fallen. – Ich habe seither mit Richard auch schon einige Stunden erlebt, die einer Rekonstruktion vergangener Zeiten glichen. Aber dann mußten wir allein, also unter uns sein. Sobald ein Dritter dabei ist, gelingt das Experiment nicht. Und ein Experiment ist es immer. Es gleicht einer Geisterbeschwörung. Dabei weiß ich ganz genau, daß eine gegenseitige Zuneigung noch vorhanden ist. Das zeigt sich an manchen Kleinigkeiten. Doch zum großen Teil ist mir mein Freund entglitten. Er hat andere kennen und schätzen gelernt u. – vor allem – er hat seine Heimat wieder, ist wieder in seine Familie und Verwandtschaft zurückgekehrt. Die Verwandtschaft spielt hier eine sehr große Rolle. Immer gibt es Besuche, ermüdende weil viel zu laut geführte Gespräche und ständige Wiederholungen banalster Alltagsweisheiten. Ich kenne dann Richard oft nicht wieder. Wie kann er sich nur bei seinem Bildungsniveau mit solchen Plattheiten so lange u. intensiv beschäftigen? Schön war's, als wir zu zweit über Land fuhren und er mir in glühendem Eifer die Schönheiten der schwäbischen Landschaft zeigte. Freilich, lange brauchte es, bis es soweit war. Und vielleicht ist dies das Ergebnis oder zumindest mit das Ergebnis eines schwachen Anstoßes seiner Mutter gewesen, die es merkte, daß er mich offensichtlich vernachlässigte, auch nachdem er sich hier schon eingelebt hatte.

10.8.47

<u>Meine Eindrücke beim Ferientagheim</u> (Evangelisches Ferientagheim Göppingen im Oberholz für 6 – 14jährige Kinder vom 28.7. – 9.8.1947. Mittags- und Abendandacht, Referate über Liederdichter, Singen, Spielen. Zusätzliche Verpflegung. Es kamen jeden Nachmittag durchschnittlich 500 Kinder, die von Helfern betreut wurden.)
Der Kampf um die Jugend ist allerorten entbrannt. Gemäß der Parole: „Wer die Jugend hat, der hat die Zukunft des Volkes" bemühen sich alle Parteien und Weltanschauungsgruppen um die jungen Menschen und suchen sie für sich zu gewinnen und für ihre Ziele zu begeistern. Auch die Kirche ringt um die Seele der Jugend. Aber ringt sie aus den gleichen Motiven um sie wie die Parteien und Weltanschauungsgruppen? Der oberflächliche Betrachter wird dies bejahen. Ich sage, wehe, wenn dem so ist! Gewiß, wir Christen sollen nicht tatenlos zusehen, wie die Parteien und Organisationen uns die Jugend wegnehmen. Wir sollen um die Jugend kämpfen – aber (und das ist das Entscheidende!) nicht aus bloßen Nützlichkeitserwägungen (auch die Kirche bangt um ihre Zukunft und möchte sie gern sichern), auch nicht nur aus purer Opposition zu den Parteien und Organisationen und ihren Zielen, sondern primär aus dem Grunde, weil Christus die Kinder so geliebt hat, weil er sie ganz ernst und wichtig nahm, so ernst und wichtig, daß er vom Besitz ihres gläubigen Kindersinnes

den Eingang in das Reich Gottes abhängig machte.

Von diesen Erwägungen ausgehend, konnte ich den Plan eines evangelischen Ferientagheims nur begrüßen. Es boten sich ja hier ungeheure Möglichkeiten des missionarischen Dienstes, der direkten und indirekten Beeinflussung, nicht nur der Kinder, sondern auch der Eltern (Die Kinder erzählen ja doch alles, was sie erleben, ihren Eltern. Und wie begeistert und begeisternd wissen sie oft zu erzählen). Es wurde versucht, die Kinder zu einem christuszentrischen Leben zu erziehen. Das will schlicht und einfach folgendes besagen: Es ist versucht worden, den Kindern klar zu machen, daß wir Menschen irgendein Geschehen, irgendeinen Vorgang nur dann richtig werten können, wenn wir ihn von Christus her, zu Christus hin, also christusbezogen, sehen. Ob es nun das Beten, das Spielen oder das Essen sei: immer muß Christus mit dabei sein. Es gibt keine Eigengesetzlichkeit des Betens, des Spielens und des Essens. Es hat einen tiefen Eindruck auf mich gemacht, als ich die große Kinderschar unter dem Gesang eines Tischliedes am Schalter vorbeiziehen sah, an dem das Essen ausgegeben wurde. Freilich waren die Kinder beim Beten, beim Singen, beim Anhören der Biographien der Liederdichter nicht immer so aufmerksam, wie man es gewünscht hätte. Ist darum die Saat umsonst ausgestreut und mithin alle Mühe vergeblich gewesen? Nein! Ich weiß es aus eigener Erfahrung und so mancher hat es mir schon bestätigt. – Es geht nichts verloren; es versinkt zwar vieles ins Unterbewußtsein, aber wie durch ein Wunder kommt es eines Tages wieder an die

Oberfläche, oft gerade im entscheidenden Augenblick. Ein Bibelvers, der uns einmal in der Jugend „eingebleut" worden ist, hat – zur rechten Zeit vom Tode erstanden – uns oft schon vor schweren Sünden und groben Vergehen bewahrt. Gewiß ist es richtig, daß Kinder oft nicht nur der Sache, sondern einfach um des Lernens willen lernen. Das ist ein Tatbestand, ein factum, das wir nicht ändern können. Töricht wäre es, sie deshalb nichts lernen zu lassen, weil man den heiligen Gegenstand nicht „profanieren" will. Gott weiß, welche Verwandlung oft in der Seele eines Kindes vor sich gehen kann. Man braucht durchaus nicht alles zu „verstehen", was man lernt. Man frage einen reifen Christen, ob er das Wort der heiligen Schrift „versteht". Er wird über die Naivität des Fragens lächeln und vielleicht auf 1.Kor. 13 verweisen. Daß viele nur wegen des Essens kamen? Ich frage die Erwachsenen: „Wer unter euch ohne Sünde ist, der werfe den ersten Stein auf die Kinder!"

O, welche beglückende Stille! Die grausige Not, in der wir stehen, hat uns alle etwas zu Materialisten gemacht. Aber meint ihr, daß es Gott nun möglich sei, gerade durch die Gabe des irdischen Brotes das Kind an das Brot des Lebens zu gemahnen? Die Menschen sind nicht nur visuell, sie sind auch materiell angelegt. Wer das leugnet, der kommt mit der Wirklichkeit in Konflikt. Wahrscheinlich hat das Christus viel klarer und realistischer in Rechnung gestellt, als wir, seine Ausleger und Interpreten, das gewöhnlich tun, indem er die Sakramente stiftete.

Meine Kritik am Ferientagheim ist im wesentlichen Selbstkritik: In allem und bei allem, was wir mit den Kindern tun, müssen sie spüren, daß wir's als Christen tun. Ich glaube, daran hat es gefehlt. Lassen wir doch das unfruchtbare Wetteifern mit den säkularisierten Jugendorganisationen! Die Kinder müssen merken, daß alles andere – sei es nun Sport, Spiel, Erziehung, Essen – einem höchsten Wert untergeordnet sind, einem Wert, der unveräußerlich ist, weil er der Grundstein der Kirche ist: Christus. Diese „Tendenz" müssen wir allerdings haben. Sie preisgeben heißt: das Evangelium verwässern. Zwar proklamiert der Apostel Paulus in wahrhaft königlicher Freiheit die Unabhängigkeit des Christus: „alles ist einer", jedoch er fährt mit einem Aber fort: „Ihr aber seid Christi!" Laßt uns auf dieses Aber merken.

Zur Schlussfeier des Ferientagheims 1947

Das Ferientagheim geht zu End
Und mancher ringt deshalb die Händ
Und wäre froh jetzt hinterher,
wenn diese Zeit noch länger wär. –

Mit Vespertäschchen, ohne Schuh'
sah man dem Oberholze zu
der Kinder viele sich bewegen,
stets in der Sonne, kaum im Regen.
Bald standen viele junge Füsse
auf unserer Gemeindewiese.
Punkt zwei Uhr nehmen alle Platz
am Rednerpult erscheint Herr Schwarz.
Er sucht mit Stimme, Kopf und Händchen
die ganze Horde erst zu bänd'gen.
Die Tanten helfen ihm dabei
und Onkel, - leiser wird's Geschrei.
Wenn alles Platz genommen hat,

gibt's einen beinernen Salat.
Sobald es endlich stille ist,
wie es Herrn Schwarzens Wille ist,
wird nach dem Singen festgestellt,
was man im Kopfe noch behält
von Liedern und deren Dichtern,
die man versucht hat einzutrichtern
der Jugend in der Woche Lauf.
Die Mädchen passen besser auf;
fast scheint es, sie kapieren schneller!
Sind sie denn auch im Kopfe heller?
Auch viele Buben machen mit;
so lernt man weiter Schritt um Schritt
und kommt mit manchem dran und drum
in dem Gesangbuch hübsch herum.
Von Luther, Hermann, Rinkart, Zwick
prägt man sich ein manch Meisterstück;
wir lernten fröhlich miteinander
etwas von Gerhardt und Neander,
auch Rambach, Richter und Tersteegen
scheint uns nicht mehr so abgelegen;
wir sangen Lieder mit Genuss
von Zinzendorf und Claudius,
von Bengel selbst, Puchta und Gellert
uns manches Verslein gut gefällert.
Wir hörten aus der Dichter Leben,
was es an Freud und Leid gegeben,
von Hunger und von Kriegszeit,
was nicht viel besser war als heut. –
   So geht das erste Stündlein hin.
   Bald steht nach Spielen unser Sinn.
   Auch dazu hat man Zeit genommen
   Und ist drum nicht zu kurz gekommen.
   Am meisten aber hats pressiert,
   wenn's Vesper ausgegeben wird.
   Hat jedes eingeheimst sein Sach',

vergeht allmählich aller Krach:
es wird – vorübergehend – still;
o, welch erquickendes Gefühl!

Zum Schlusse sammeln sich noch mal
Um den Herrn Schwarz die Kinder all.
Man betet, singt das Abendlied,
worauf man fröhlich heimwärts zieht.

Ist nun das Ferientagheim aus,
so denket manchmal auch zu Haus
an das, was hier den rechten Ton
euch gab, und redet auch davon
zu denen, die dort um euch sind!
Vergesst nicht alles so geschwind!
Singt eure Verse öfters wieder,
und freuet euch der schönen Lieder,
die unverlierbar nur sind dann,
wenn man sie gut auswendig kann.

Vergesst auch nicht den guten Mann,
der hier so viel für euch getan,
der viel Geduld mit euch gehabt
und euch mit guten Sach' gelabt,
und grüsset dankbar, - ich erwart's –
wenn ihr ihn sehet, den Herrn Schwarz!
Auch eure Onkel sowie Tanten,
die manche Mühe an euch wandten,
verlieret nicht ganz aus dem Sinn!
Geht treu zur Kinderkirche hin!
Dort seht ihr sicher wieder viele,
Herrn Schwarz auch oder Fräulein Thiele,
und manche eurer Kameraden,
die hier sich mit euch tummeln taten.

Vergesst besonders ja nicht den,

den freilich wir nicht können sehn,
der aber doch zu jeder Frist,
wie er versprach, euch nahe ist.
ER mög die Jungen und die Alten
Stets fest in seinen Händen halten,
dass keines ihm verloren geht,
bis ER einst sichtbar vor uns steht!"

Durch die Kirchenkanzlei in Schwäbisch Gmünd wurde Reiner angeboten, sein Montpellierstudium durch eine Ausbildung zum Diakon auszuwerten. Das lehnte Reiner ab. Da wurde ihm der Posten eines Bezirksflüchtlingspflegers, eingerichtet vom Evangelischen Hilfswerk, angeboten. Reiner trat die Stelle am 1. September 1947 an. Die Bezirksstelle war im Keller der Volksschule untergebracht. Dort befanden sich das Warenlager und das Büro. Er musste den Besuchsdienst im Dekanatsbezirk Blaubeuren mit einem Dienstfahrrad übernehmen. Die anderen beiden Mitarbeiter waren ein noch nicht wieder zum Schuldienst zugelassener Lehrer und ein Arbeitsdienstleiter. Die meiste Arbeistzeit war Reiner mit seinem Fahrrad unterwegs, da die Flüchtlinge, darunter auch ein paar Schlesier, verstreut in den einzelnen Gemeinden wohnten. Alle wollten sich bei ihm über ihre Sorgen und Nöte ausquatschen – er diente sozusagen als seelischer Mülleimer. Außerdem durfte er Vorschläge für die Päckchenverteilung machen und hat manchmal etwas auf seinem Fahrrad mitgenommen. In der Blaubeurer Stadtkirche wurden Flüchtlingsgottesdienste veranstaltet. Da kaum Busse gingen, besuchten viele auch ihre jeweilige Ortskirche. Aber die Schlesier haben sich in der schwäbischen Gottesdienstordnung nur schwer zurechtgefunden. So hat Reiner die Liturgie, Leuchter und Kerzen vom katholischen Pfarrer besorgt und Sonntagnachmittag wurde Gottesdienst gehalten. Die Einheimischen dachten, es sei ein katholischer. Die schlesische Liturgie hatte sehr viel von der katholischen Messe – es handelte sich um die Kirche der altpreußischen Union. In Schlesien gab es Lutheraner und Reformierte, die im 18. Jahrhundert durch den König vereinigt wurden.

Am 26.8.1947 schließlich war es soweit: Reiner durfte sein Idol, von dem er schon viel gehört und gelesen hatte, persönlich in einem Vortrag erleben. Er vertraute folgendes hierüber seinem Tagebuch an:

„26.8.47

<u>Professor Karl Barth spricht in Göppingen</u>
Wann habe ich eigentlich zum ersten Male von dem berühmten Karl Barth gehört? Ich glaube, es war zur Zeit des deutschen Kirchenkampfes, als ich kaum 14 Jahre alt war. Er wurde im Zusammenhang mit der extremsten Richtung der Bekennenden Kirche genannt. Aus diesem Grunde merkte ich mir den Namen auch wahrscheinlich nur. Denn ich liebte damals alles Extreme leidenschaftlich. Ich glaube sogar damals bemerkt zu haben, daß einige Männer, die ich für die Spitzen der Bekennenden Kirche in unserem Ort hielt, bei Nennung des Namens Karl Barth mißbilligend den Kopf schüttelten. Vielleicht war er ihnen zu revolutionär? Mit seinem Werk wurde ich erst in Montpellier etwas bekannt. Ich las einige theologische Abhandlungen von ihm.

Der Mann packte mich einfach. Er redete eine ganz neue und kühne Sprache. Er forderte mit seiner Theologie die Wissenschaft, ja die Welt in die Schranken. Es schüttelte mich arg, als einer unserer Dozenten, ein begeisterter „Barthianer", uns sagte, daß der Beitrag Karl Barths zum Zeitgeschehen der gewesen sei, daß er ein dogmatisches Werk über die Trinität geschrieben habe. Der Mann scheint originell zu sein! Das imponierte mir ungeheuer. Als Pfarrer D. dann begann, Barths Schöpfungslehre zu entfalten (im Durchgangslager Sorgues), da war ich fasziniert. Das ist die Kost, die wir Menschen von heute brauchen. Barth wagt es wieder, ganz theo-, ganz christozentrisch zu denken. Er bittet nicht um Entschuldigung, daß er, der Theologe, es wagt, auch zu den Zeitproblemen zu sprechen, wozu nach Meinung der Welt doch höchstens Politiker, Wissenschaftler, Parteiführer und allenfalls Biertischpolitiker berufen sind. Wenn man Barth reden hört, dann hat man den zwingenden Eindruck: jetzt müßten eigentlich die anderen alle um Entschuldigung bitten, daß sie überhaupt noch zu schwätzen wagen. In einer Abhandlung hat Barth einmal geschrieben, daß uns eigentlich nur die analogia entis abhalte, römisch zu werden. So versöhnlich er in manchen anderen Punkten zu sein scheint, an dieser Stelle ist er stahlhart: für ihn gibt es keine Aufstiegsmöglichkeit für den Menschen zu Gott. Für ihn existiert nur der Weg Gottes zu den Menschen.

Kann man es mir verdenken, daß ich dem Vortrag von Professor Barth geradezu entgegenfieberte? Die Stadtkirche in Göppingen war voll bis auf den letzten Platz, trotzdem jetzt Ferienzeit ist. Mit dem Lied „Ach bleib' mit deiner Gnade" wurde die Stunde begonnen. Dann trat Professor Barth auf die Kanzel, im grauen Anzug mit schwarzem Schlips, eine hohe Gestalt, lebendig, jugendlich (man sieht ihm seine 61 Jahre nicht an), mit gütigen Gesichtszügen. Barth ist kein gewaltiger Kanzelredner: Er doziert mit etwas belegter, stellenweise klangloser, jedenfalls nie lauter Stimme. Sein Bemühen, alles möglichst volkstümlich zu sagen ist rührend. Mit den Händen formt er die Worte vor. Er ist kein Eiferer. Er muß ein tieffrömmiger Mensch sein. Das spürt man seinen Worten ab. Wie leuchtet sein ganzes Gesicht, wenn er von der Frohbotschaft, dem Evangelium, spricht. Diejenigen, die messerscharfe Polemik erwartet haben, kommen zu kurz. Er enttäuscht sie schon in der Einleitung. Sein Thema lautet: „Christus und wir Christen." Er spricht von einer Grundlegung, der christlichen Grundlegung, und Grundlegung ist immer etwas Positives. Er hält mit seiner Meinung nicht hinter dem Berge, daß nämlich diese Grundlegung die allervordringlichste ist und daß alle andern späteren Grundlegungen (sei es auf dem Gebiete der Politik oder der Wirtschaft) erst von daher ihren Sinn erhielten. „Christen sind nicht Gewordene, sondern Werdende." Nach dieser grundsätzlichen Feststellung entfaltet er sein Thema nach 7 Seiten, indem er immer erst einen Aussagesatz über Jesus bringt, dem ein zweiter Satz hinzugefügt ist, der sich mit uns Christen befaßt. In der Durchführung spricht er dann zunächst von uns Christen, um sich in der Schlußapotheose wieder Christus zuzuwenden und damit den Ring zu schließen. Indem wir Christen merken, daß wir garnicht anders sind als die anderen, fangen wir an, anders als sie zu werden.

Freilich führt uns Christus an die Grenzen. Er lehrt uns die Grenzen der Welt sehen. Denn hinter diesen Grenzen steht er. Die Wirksamkeit der Kirche erschöpft sich nicht im Kirchenraum. Sie muß nach außen dringen. Aber alles beides ist not, nicht eins auf Kosten des andern. Ein Privatchristentum, mit dem wir mit Gott allein sind und allein bleiben wollen, ist kein Christentum. Christus war auch für die Welt da. Zwei Wirkungen des Heiligen Geistes seien nur aufgezeigt. Der heilige Geist ist ein geschworener Feind aller Metaphysik. Sie bedeutet Vernebelung. Er ist aber ein ausgesprochener Freund des realen (eine Journalistin hat mich in Bonn gefragt, was ich denn in der Hauptsache dem deutschen Volke sagen möchte. Ich habe geantwortet: „daß zwei mal zwei vier ist und nicht fünf. Das haben nämlich noch längst nicht alle begriffen."). Christus ist unser Tröster. Wir brauchen ja nicht etwas auf lange Sicht, etwas für morgen, etwas für übermorgen. Wir brauchen vielmehr ein bißchen Kraft und ein bißchen Mut und etwas Humor, um mit den Schwierigkeiten des Heute fertig zu werden. Und das alles gibt er uns. Aber er ist nicht nur der Tröster, er ist auch der Sieger. Darum wird der, der die Hoffnung auf ihn setzt, nicht enttäuscht. Es ist ja schon alles vollbracht. Und mit gütigem Humor schließt Karl Barth seinen Vortrag mit einem Lutherzitat: „Ein Jeder lern seine Lektion, so wird es wohl im Hause stahn.""

Folgendes ist in Reiners Memoiren über die weitere Zeit in Blaubeuren zu lesen:

Die Göppinger Zeit ist nun schon seit langem vorbei und damit auch der letzte Rest von Beschaulichkeit und spießbürgerlicher Behaglichkeit. Die Beschaulichkeit aus dem Grunde, weil einem, der sich hauptberuflich mit der Flüchtlingsnot beschäftigt, alle Illusionen brutal zerstört werden und die spießbürgerliche Behaglichkeit, weil die eigene Wohnung und alles, was damit zusammenhängt, fehlt. Dies soll jedoch nicht mit einer Trauermiene gesagt werden. Freilich ist dies eine Wunde, die kaum vernarbt ist und immer wieder noch schmerzt. Doch überwiegt das Gefühl einer gewissen Überlegenheit über die Menschen, die sich noch in der Ungesichertheit (ich weiß, daß ich ein Paradox rede) ihrer irdischen Existenz befinden im Vergleich zu uns, die wir uns der einzigartigen und alleinigen göttlichen Sicherung erfreuen. Jesus wußte wohl, was er tat, als er seine Jünger mit leichtem Gepäck in die Welt hineinsandte. Allerdings ist diese Überlegenheit nicht etwas, worauf wir eingebildet und überheblich sein könnten. Sie entstammt nämlich nicht unserem Verdienst, sondern ist uns als reife Frucht von Gott in den Schoß geworfen worden. Freiwillig hätten wir uns ja nie in diese Ungesichertheit begeben, von der wir als Christen doch hätten wissen müssen, daß sie die einzig reale und ewige Sicherheit darstellt. Denn alle Sicherungen dieser Welt können in einer einzigen Bombennacht vergehen. Es hat den Anschein, als sei unser Verhältnis zu den Dingen erst jetzt ins rechte Licht gerückt. Da wohnt man in einer Stube, die einem bis zum letzten Nagel in der Wand nicht gehört, die man eben benutzen darf, solange man am Ort wohnt. Würde es einen eigentlich sonderlich treffen, wenn eine Stube, die einem nicht gehört und Möbel, die anderen zu eigen sind, weggenommen werden? So sollten wir Christen ja haben „als hätten wir nicht." Und so zwingt Gott uns Flüchtlinge zur Realisierung dieses Grundgesetzes im Reiche Gottes. Haben wir's deshalb nicht leichter Christen zu sein als die andern? Die andern sind ja bloß immer verpflichtet zu geben. Und wir sind die in Jesu Namen Bittenden. Freilich müssen wir recht vorsichtig sein, daß wir über dieser Situation nicht Pharisäer werden. Dann würde allerdings aus dem Segen des „leichten Gepäcks" ein Fluch. Dann hätten wir die Chance, die uns gegeben ist, versäumt. Wir werden es nie wieder so leicht haben, als Christen zu leben, wie jetzt."

„3.4.48

<u>Wiedervereinigung</u>

Reiner hatte kurze Zeit ein schön zentral auf der Karlstraße gelegenes Zimmer bei einem Mediziner. Allerdings konnte er sich dort kein Essen warm machen und er musste eine horrende Miete berappen (ungefähr 40 DM bei 180 DM Monatsverdienst). Nach intensiver Suche fand er in Gerhausen ein bescheideneres und günstigeres Zimmer (ungefähr 30 DM) im Erdgeschoss eines Einfamilienhauses bei einer Handwerkerswitwe, die sich mit Wäschewaschen und Bügeln etwas dazuverdiente. Dort durfte Reiner die Küche mitbenützen. Nun schrieb er an die Adresse seiner Tante mütterlicherseits. Er wusste, dass sich seine Eltern mehr schlecht als recht in Oschersleben bei Magdeburg durchschlugen, wo es ernährungsmäßig schlecht aussah. Sie mussten vorsichtig sein, da die Post überwacht wurde.

Am Morgen des 17. Dezember 1947, Reiners Geburtstag, klopfte es frühmorgens an sein Fenster. Reiner schlüpfte aus dem Bett, eilte zum Fenster und schob verschlafen den Vorhang zurück. Dort stand sein Vater. Was für eine Geburtstagsüberraschung. Sofort war alle Müdigkeit verflogen und Reiner eilte zur Haustür, um seinen Vater willkommen zu heißen. Als Reiner seinen Vater nach seiner Mutter fragte, erfuhr er, dass er sie am Gerhausener Bahnhof zurückgelassen habe. Er eilte zurück und holte sie nach. So zogen Reiners Eltern kurzerhand zum Leidwesen seiner Vermieterin bei ihm ein. Sie schrie und tobte, was daraus werden solle. Reiners Eltern waren bei Nacht und Nebel schwarz über die Grenze gekommen. Später mussten sie für eine endgültige Aufenthaltsgenehmigung doch noch nominenell ins Durchgangslager nach Kornwestheim, aber nur für ein paar Tage, weil sie schon ein Dach über dem Kopf hatten. Sie bekamen für die Hin- und Rückfahrt Freifahrtscheine. Die Vermieterin lamentierte: Zwei Männer und eine Frau im Zimmer, das ginge doch nicht! Reiners Mutter übernahm es, auf dem Kachelofen in der Küche warme Mahlzeiten für ihre Männer zuzubereiten. Es waren einfache aber schmackhafte Gerichte. An Heiligabend hat sie alle Bewohner des Hauses zum Mitessen eingeladen. Doch am nächsten Tag schon war alles wieder vergessen und das Lamentieren der Vermieterin ging weiter. Mit einer amtlichen Bescheinigung hatte man Anrecht auf Wohnräume. Die Wohnungsbehörden konnten Wohnraum beschlagnahmen und in Gerhausen mussten die

Flüchtlingsfamilien oft mit Polizeigewalt eingewiesen werden. Nach längerem Suchen fanden Reiner und seine Eltern schließlich eine andere Bleibe mit einem Wohnzimmer, einem kleinen Zimmer, das man nur vom Korridor aus betreten konnte und einem winzigen Schlafzimmer. Die Küche mussten sie sich mit weiteren Bewohnern des Hauses teilen. Immer, wenn Reiners Mutter kochen wollte, saßen die anderen gerade in der Küche. Reiner und seine Eltern erhielten ein Stück Garten, wo sie Erdbeeren und Bohnen anbauten. Doch der Hausbesitzer war neidisch darauf und hat es ihnen wieder weggenommen. Folgendes hat Reiner über die Wiedervereinigung mit seinen Eltern in einem seiner Tagebücher festgehalten:

„Wie froh war ich, als am 17. Dezember 1947 meine Eltern hier in Blaubeuren-Gerhausen eintrafen, stark verfroren zwar, aber arg glücklich. Alles war ungetrübte Harmonie. Und obwohl es nur ein Provisorium war – die Zuzugsgenehmigung war noch nicht erteilt, ja der Antrag war nicht einmal durch die erste Instanz gegangen -, so ließ sich doch zunächst alles ganz glatt an. Meine Eltern bekamen Lebensmittelkarten, zum Schlafen hatte ich sie über Weihnachten im Gasthaus untergebracht, andere Sorgen machte man sich einstweilen noch nicht. So verlief denn das Fest in Harmonie und Freude. Es zeigten sich lediglich ein paar Wölkchen am Horizont als offenbar wurde, daß mit Widerstand von meiner Wirtin zu rechnen war. Eine arge Verstimmung anläßlich eines „Diebstahls", dessen wir von ihr bezichtigt wurden, der sich aber als Mißverständnis aufklärte, war zu Weihnachten bereits überwunden. Ja unsere Wirtin lud uns am Heiligabend sogar zum Essen ein. Die ersten Sturmzeichen traten auf, als meine Eltern ihr Gasthauszimmer räumen mußten. Schlafgelegenheit hatte ich allerhöchstens für zwei (d.h. ein Bett). Wo sollte aber der Dritte unterkommen? Als wir auf ein (wahrscheinlich nur scherzhaft gemachtes) Angebot einer Hausmitbewohnerin eingehen wollten und meine Mutter sie fragte, ob sie bei ihr schlafen dürfe (die Frau ist alleinstehend und hat zweieinhalb Zimmer), begegnete sie eisiger Ablehnung. Ein Federbett, das meine Wirtin angeboten hatte, wurde jetzt unter fadenscheinigem Vorwand abgelehnt. Ein Vermittlungsversuch, den Stadtpfarrer E. machte (und zwar von sich aus, ohne sich vorher mit uns ins Benehmen zu setzen) scheiterte derart, daß er unsere Handlungsweise in ein völlig falsches Licht rückte und es so erschien, als hätten wir meine Wirtin überrumpelt. Tatsache ist einfach, daß ich die Details vorher gar nicht mit ihr besprechen konnte, da ich nicht wußte, ob und wann meine Eltern kommen würden. Wenn ich einen genauen Termin gewußt hätte, würde ich es wahrscheinlich dennoch nicht getan haben. Im Hinblick auf den konservativen württembergischen Volkscharakter schien es mir nicht ratsam, lange Erörterungen zu pflegen und mich einer Ablehnung (die kaum hätte auf sich warten lassen) auszusetzen. Selbst die Frage, ob wir in meinem Zimmer eine zweite Schlafgelegenheit (ein Feldbett, das uns inzwischen von einer Flüchtlingsfrau angeboten worden war) aufstellen dürften, wurde von meiner Wirtin negativ entschieden. Als die Situation unhaltbar geworden war, griffen wir einfach zur Selbsthilfe. D.h.

wir stellten über Nacht das Feldbett auf und schliefen so zu dritt in der 11 qm großen Stube. Damit war das Band mit meiner Wirtin zerschnitten. Die Atmosphäre gegenseitiger Begegnungen war kühl, sie spielte die Leidende und schwer Duldende, was uns (jedenfalls in ihren Augen) ins Unrecht setzen sollte. Unglücklicherweise hatte Stadtpfarrer E. meinem Vater gegenüber den Ausdruck fallen lassen, dass Frau S. doch eine gute Christin sei. Das brodelt bis heutigentags in meinem Vater. Er kann (und dies mit Recht) das Christsein dieser Frau mit ihrer an den Tag gelegten Handlungsweise nicht in Einklang bringen. – Inzwischen ging es mit der Zuzugsgenehmigung gar nicht voran. Als schließlich zu Anfang des Jahres endlich eine Sitzung des Wohnungsausschusses stattfand, wurde mein Antrag „zurückgestellt", d.h. aber praktisch: abgelehnt. Nach mühsamen, von Verbeugungen nach allen Seiten begleiteten Verhandlungen gelang es, den Antrag von einer Sitzung zur anderen durchzupauken. Und immer wieder Widerstände und immer wieder neue Bescheinigungen und Erklärungen. Vor einigen Wochen sah es dann endlich so aus, als würde dem Antrag wenigstens von Blaubeuren aus stattgegeben. Doch inzwischen bin ich schon wieder zu einer Rücksprache aufs Wohnungsamt bestellt worden. – Natürlich blieb dieses Programm des Indie-Länge-Ziehens auch nicht ohne Einfluß auf unsere finanzielle Situation. Zwar kann ich mich finanziell unabhängig erhalten und meinen Eltern auch noch ein paar Mark zuschustern, doch verschlang das Gasthauszimmer eine Unmasse Geld. Bald waren die geringen Geldreserven meiner Eltern erschöpft und es ging ans Borgen.

Mein Vater drängte stürmisch danach, endlich (nach drei Jahren!) wieder in einen Beruf zu kommen. Er schrieb Bewerbung um Bewerbung, manchmal ganze Nachmittage lang – alles vergebens. Wie die Bewerbungsschreiben in Massen hinausgingen, so trafen sie wieder ein. Alles Absagen...Große Hoffnungen setzte mein Vater auf die Westzonen-CDU. Nachdem er sich in der Ostzone so unerschrocken und überkonfessionell für die CDU eingesetzt hatte, wäre es ja wohl nicht mehr als recht und billig gewesen, daß sie ihn hier drüben in etwa die Wege geebnet hätte. Er fuhr dieserhalb bis nach Ulm und Stuttgart – aber nichts geschah. Der hiesige Geschäftsführer, der sich zunächst sehr für den Fall „interessierte und allerlei gute Ratschläge gab, verstummte völlig. Ich habe den Eindruck, dass hier konfessionelle Motive mitspielen. Die Führung der CDU liegt vorwiegend in katholischen Händen, in Blaubeuren wie überall anderswo auch. Die wenigen wirklich aktiven gutgläubigen Protestanten sind dem diplomatischen Ränkespiel der politisch geschulten Katholiken von vorneherein unterlegen. Wahrscheinlich hat Herr G. Kenntnis erhalten von meinem in meiner Eigenschaft als Bezirksflüchtlingspfleger geführten Kampf gegen die Umklammerung des Evangelischen Hilfswerks durch die „katholische Liga" und hat deshalb die Lust verloren (so viel diese überhaupt vorhanden war) sich für den Vater eines derart ungeratenen und mit praktischem Intrigenspiel vollkommen unvertrauten Sohnes einzusetzen. (Der Vollständigkeit halber muß leider hinzugefügt werden, daß dieser Kampf, der vollkommen sachlich geführt wurde, von evangelischer Seite nicht nur nicht unterstützt, sondern sogar sabotiert wurde. Und dies nicht nur von kirchlich vollkommen desinteressierten örtlichen „Mitarbeitern" des Hilfswerks, sondern auch und gerade vom Bezirksleiter selbst, der es mir förmlich verbot, in dieser Sache noch einen Finger zu rühren). – Diese Faktoren und noch etliche andere wirken zusammen, um das Leben zu dritt in einem 11 qm großen Raum allmählich unerträglich zu gestalten. Wird man postulieren müssen, daß die Umstände eben so widriger Natur sind, daß sie diese drei Menschenleben früher oder später vollständig zermürben, ja zerreiben müssen? Wenn nicht bald eine Änderung eintritt, dann fürchte ich es beinahe. Jeder dieser drei Menschen hat seine Last vollauf zu tragen. Jeder dieser drei Menschen hat seine Tage und Stunden, in denen er „genug" hat. Und jeder dieser drei Menschen explodiert dann einmal. Und das alles auf einem Raum von 11qm! „Ihr hättet euch ja nicht auf dieses Experiment einzulassen brauchen, von dem ich euch schon im voraus hätte sagen können, daß es schief geht", höre ich den einen oder anderen sagen. Den möchte ich dann nur ganz still bei der Hand nehmen und in meinen „Memoiren" lesen lassen von der jahrelangen Trennung und den Schicksalen dieser drei Menschen und dann würde er, wenn er noch ein Gramm Humanität in sich hat, entweder verstummen oder – helfen."

Weiter findet sich ein Bericht vom Besuch der Passionsfestspiele:

„17.5.48

Passions-Festspiele?

Jesus auf der Bühne? Das Passionsgeschehen als Theaterstück abrollend und wir als Zuschauer im Parkett? Fürwahr, ein für einen Christen schlechterdings unerträglicher Gedanke. Aber können nicht die Passionsfestspiele auf eine lange Tradition zurückblicken? Kann man schließlich auf diese Art der Verkündigung nicht viele erreichen, die in keine Kirche mehr gehen, denen das Evangelium lebensfern, fremd und farblos geworden ist? Ja, ist es nicht überhaupt ein Eingehen auf die Art des visuell veranlagten Menschen, wenn man ihm das Passionsgeschehen auf diese Art und Weise anschaulich macht? Neben all diesem Für und Wider ein paar Eindrücke, die ich bei der Aufführung der Rosenheimer Passionsfestspiele am Pfingstsonntag in Ulm hatte:

‚Das Unterfangen, die Passionsgeschichte Jesu auf der Bühne darzustellen, muß in eine große Verlegenheit führen: es fehlt einfach an Dialogen. Da kommt es dann dazu, daß man zur „Auspolsterung" allerlei andere Begebnisse in das Passionsgeschehen hineinmixt, die zeitlich viel früher spielen oder die frei erfunden sind. Ich kann mich des fatalen Eindrucks einer Kompromißlösung nicht erwehren: man hatte weder den Mut, eine eigenwillige Dichtung zu schaffen, noch wagte man es, das Passionsgeschehen so darzustellen, wie die Evangelien es uns überliefern. Daß die Mutter Maria nach katholischer Manier stark retuschiert war, kann man verzeihen, daß jedoch in der Ölbergszene ein Engel auftritt, der den leidenden Christus bedauert und ihn gern noch vom Leidensweg wegziehen

möchte ist dem Bibelleser schlechterdings unerträglich. Die undankbarste Aufgabe ist es wohl, den Herrn darzustellen, muß doch jeder Schauspieler von vornherein unter dem Bann des Unmöglichen stehen. Bestenfalls wird <u>ein</u> Zug immer etwas klarer herausgearbeitet werden. Hier war es der der Abgeklärtheit und der treuen Fürsorge. Von den Jüngern kamen am meisten Judas und Johannes zu Wort. Judas gestaltete seine dramatischen Höhepunkte – besonders den vor dem Hohen Rat – sehr realistisch. Pilatus und Kaiphas waren – jeder in seiner Art – ganz Würde und Amtsperson. Sympathischer wurden wir von dem römischen Prokurator berührt, der sich trotz all seiner Skepsis doch ein Gefühl für das Menschliche bewahrt hat, während der fanatische Hohepriester einfach stur seinen Weg geradeaus verfolgt ohne Hemmungen und Skrupel. Am Eibndrucksvollsten waren mir zwei Bilder: das des Abendmahls mit seinem beinahe unirdischen Glanz und seiner schlichten und doch so ergreifenden Feierlichkeit und das der Kreuzigung, dass trotz aller Grausamkeit des Geschehens bereits einen Dürerschen Christus zeigt.
Alles in allem: viel Anregung, besonders für die Kinder. Im übrigen sei man maßvoll mit aller Kritik und anerkenne den Mut einer solchen Aufführung."

Nachhaltig beeindruckt hat Reiner der Landesposaunentag:

„23.5.48

<u>Landesposaunentag:</u>

Solch eine festlich-bewegte Menschenmenge hatte die Münsterstadt schon lange nicht mehr gesehen. Außer einigen großen Kirchenfahnen war fast keine Ausschmückung vorhanden. Wie hätte man auch die Trümmer schmücken können? Aber auf diesen hässlichen Trümmern saßen Menschen, viele festlich-gekleidete Menschen als Schmuck. Im Münster nicht nur 3800 Posaunenchöre, sondern Menschenströme, die aneinander vorbeidrängten und doch stets in Kollision miteinander gerieten. Es wurde geschrien und gestoßen, brutal und rücksichtslos. Dann dröhnte es über ganz Ulm hin, das Geläut der Münsterglocken, in das sich das Bläservorspiel mischte. Durch die Lautsprecher draußen auf dem Platz klang es eintönig-blechern, wir gingen darum durch den Haupteingang in die Kirche hinein, wo die Menge endlich ruhiger geworden war. Die Posaunentöne brausten durch die hohe Wölbung, es war ein gewaltiger, an- und abschwellender Klang, der uns zutiefst durchschauerte. So wickelte sich ein langer und doch nicht eintöniger Festgottesdienst ab, dessen eindrucksvollster Prediger Pfarrer D. war, der ein Wort der Buße den „Mitläufern" beziehungsweise den Mitbläsern sagte und zur Entscheidung aufrief. Als die letzten Gäste aus dem Münster kamen, war der Münsterplatz mit Menschen übersät. Inmitten – in Kreisen um den Dirigenten angeordnet – die Posaunenschar. Doch dies war mehr ein Bild fürs Auge. Die Wucht und Fülle des Tons wurde hier im Freien nicht mehr erreicht. Hier wirkte auch das Münster nur noch als eine eindrucksvolle Kulisse.

Wenn es gelungen ist, einigen wenigen mit den begeisternden Tönen auch den Text „Gott rufet noch. Sollte ich nicht endlich kommen?" ‚einzublasen', dann ist dieses gewaltige Aufgebot nicht vergeblich gewesen, sondern zur Ehre dessen geschehen, in dessen Dienst auch die Posaunenbläser stehen, vielmehr stehen sollen."

In Reiners Tagebuchaufzeichnungen folgt unter dem 20.6.1948 das

„Tagebuchblatt eines hoffnungslosen Flüchtlings.

„Warum besuchen Sie uns eigentlich nicht? Wir haben Sie doch schon so oft eingeladen – und immer wieder ohne Erfolg." So etwa wurde ich neulich von einer Familie gefragt. Ich vermochte es nicht, eine bündige Antwort zu geben, habe jedoch der Sache am Abend noch einmal nachgedacht und bin zu folgendem vorläufigen Resultat gekommen: Wir Flüchtlinge sind ja samt und sonders vollkommen durcheinandergewürfelt worden, und das in der Totalität des Begriffs. Wir sind auch aus dem gesellschaftlichen Rahmen herausgefallen. Ja, wir sind garnicht mehr gesellschaftsfähig. Ein Beispiel: Kein Flüchtling besitzt eine geschlossene Wohnung. Viele Familien hausen in ein oder zwei Zimmern, in denen gewohnt, geschlafen, gekocht, gegessen, gearbeitet, gespielt, kurz: alles getan wird. Natürlich sind diese ein oder zwei Zimmer nie aufgeräumt, können es auch garnicht sein. Natürlich ist für einen Besuch garkein Platz. Meist fehlt überhaupt eine Sitzgelegenheit für den Gast. Wenn diese wider Erwarten vorhanden sein sollte, dann gibt es andere Schwierigkeiten die Menge.

Früher haben wir gern Besuch empfangen. Jetzt bekommen wir stets einen Schreck, wenn es an die Tür klopft. Gewöhnlich kommt der Gast zur Unzeit: am Sonnabend, wenn sich gerade jemand von uns wäscht. Oder er platzt in die Zeit des Essenkochens hinein, wenn alles drunter und drüber geht. Am Peinlichsten ist es, wenn jemand aus irgendwelchen Gründen tagsüber im Bett liegt. Nein, wir können wirklich niemanden einladen und müssen froh sein, wenn uns alle „ungeschoren" lassen. Wenn ich nun selbst einmal eingeladen werde, komme ich in große Verlegenheit. Nicht nur, daß ich die Einladung ja garnicht erwidern kann, so ist es mir einfach unmöglich, unbefangen und ohne Hemmungen aufzutreten. Je freundlicher die Leute sind und je mehr sie mich ihr Wohlwollen fühlen lassen, desto lauter steigt in mir der Verdacht auf: die wollen dich ja nur über deinen toten Punkt hinwegtäuschen, die bringen dir Mitleid entgegen von ihren wohlgesicherten Verhältnissen aus. Und dann zerspringt in mir jedes Mal eine Saite. Und dann sperre ich mich, werde holzig und bockig, bis mich die andern enttäuscht wieder beiseite stellen.

Das alles, was ich hier mitteile, ist im Grunde sehr uninteressant? Gewiß! Der Meinung bin ich auch. Minderwertigkeitskomplex? Zweifelsohne! Doch wie überwindet man ihn in diesem Falle? Wie? Ich hätte noch nie gehört, daß das bürgerliche Zeitalter sowieso zu Ende sei? Doch, aber vorerst nur für die Besitzlosen, die Habenichtse und das sind in der Hauptsache wir, die Vertriebenen. Für die andern haben die alten Gesetze noch ungeschwächt ihre Gültigkeit. Sie können es sich noch leisten, moralisch zu sein, d.h. ihre heranwachsenden Söhne und Töchter in getrennten Zimmern schlafen zu lassen. Sie können sich ruhig beim Kauf nach der Währungsreform vorerst zurückhalten, denn die notwendigsten Haushaltsgegenstände besitzen sie ja. Sie können es sich selbst erlauben, gefühlvoll zu sein und sich mal für einige Stunden (oder auch nur Minuten) bequem im Sessel sitzend in die hoffnungslose Situation der andern hineindenken. Sie haben - ich rede menschlich – einen Halt. Wir schweben beständig über dem Abgrund. Und wer sich ständig in dieser unbequemen Stellung befindet, der kann kaum ein amüsanter Gesellschafter und witziger Plauderer sein. Der wird stumpf, dumpf und interesselos. Ich will ja gar niemand anklagen. Ich bitte nur um eines: Ihr Verschonten – und wenn Ihr es noch so gut mit mir meint – ladet mich bitte nicht ein! Ich müßte Euch absagen, ganz rundheraus. Zwar begründen könnte ich diese Absage nicht in kurzen, treffenden Sätzen, ich würde sogar viel lieber und herzlich gern kommen; aber dann sind da meine Minderwertigkeitskomplexe! Die packen mich dann wieder, und Ihr habt nichts von mir und ich habe nichts von Euch. Also laßt mich, wo ich bin. Ich hab mich schon eingelebt. O ja, ganz leidlich! Ihr würdet diese Entwicklung nur wieder unterbrechen. Dann müßte ich wieder von vorne beginnen. Und das ist ein so qualvoller Prozeß...

Und ihr andern Vertriebenen: Was verbindet uns schon? Einzig doch wohl die Tatsache, daß wir alle aus unserer Heimat verjagt wurden. Meint ihr, daß dieser Kitt lange hält? Und vollends ihr „Volksdeutschen". Unglück für euch und für uns. Wir können einander nicht verstehen. Was gibt es schon an geistigen Berührungspunkten für uns?

Aber da sind Flüchtlinge aus meiner Heimat, ja sogar aus meiner Heimatstadt. Es ist ein eifriges Fragen hin und her, nach Land und Leuten. Doch bald ist das vorbei und es bleibt eine tiefe Leere.

Wo seid ihr, Gleichgesinnte? Wo finde ich euch? Daß ich doch meine Stimme ersticken, mein Herz versteinern könnte! Daß ich doch immer entschiedener das Nichts wollte und nicht auf ein Etwas hoffte! Daß ich nie eine Kindheit gehabt hätte, in der ich anders sah als jetzt, Schöneres und Lieblicheres hörte als heut!

Aber 11 qm sind auch eine Welt. Durch 3 geteilt ergeben sie nicht viel Raum für jeden. Aber menschenwürdig ist's ja wohl noch. Sonst hätten die weisen Behörden diesem unwürdigen Zustand ja schon längst ein Ende bereitet. Doch ob so oder so: die Minderwertigkeitskomplexe nehmen sie mir doch nicht. Vielleicht kommt doch einmal ein anderes Zeitalter, ein Flüchtlingszeitalter. Dann kann ich mich wieder mit anderen Gleichgesinnten zusammenfinden. Dann ist die Zeit des Ghettos für mich vorbei, Ja, dann...

26.6.48

Der Skizze liegt ein Vorfall zugrunde, der mich zwang, mich näher mit diesem Thema zu beschäftigen. Ich tat dies mit vollem Bewußtsein in nihilistischer Manier. Ich hätte es auch anders tun können. Doch diesmal wollte ich nicht."

Weiter berichtet Reiner dann von der Begrüßungsfeier des 100 000. Heimkehrers.

„Heimkehrer und Kirche.

Anläßlich der Heimkehr des 100 000. Heimkehrers, der durch die württembergischen Lager ging, fand vor dem Ulmer Münster eine Begrüßungsfeier statt. Zu dieser Begrüßungsfeier, die vor jedem Profanbau hätte stattfinden können, mußte eine Kirche – und sogar eine sehr „berühmte" – als Kulisse herhalten. Die Kirche als Kulisse: haben wir das nicht schon einmal erlebt? Freilich: vor einem solch gewaltig-einfachen, phrasenlosen Bauwerk werden alle volltönenden, aufgeblasenen Reden zunichte. Die Zuhörer hatten dafür ein viel besseres Gefühl als die Festredner, indem sie bei besonders blumigen, pathetischen Stellen lachten. Wenn ein Oberbürgermeister 1. Kor. 13,13 zitiert (natürlich nur dem Sinne nach, damit es nicht allzusehr auffällt), oder ein Minister die ehrenwerte Handlungsweise einer Besatzungsmacht lobt, die angeblich ihre Kriegsgefangenen schon vor einundeinhalb Jahren entlassen hat (wobei man wissen muß, daß eben diese Besatzungsmacht die „entlassenen" Kriegsgefangenen zum guten Teil an den Franzosen verschacherte), dann reizt das eben die Lachmuskeln. Demgegenüber fällt es schon weniger ins Gewicht, wenn der Amerikaner vom Aufbau der Demokratie in Deutschland spricht und ein Dekan allzu viel Kanzelpathos gebraucht. An beides ist man schon gewöhnt. Schade nur, daß die reizvolle Selbstbezeichnung eines Mannes als „Vater der Flüchtlinge" vielen vor lauter Blumenschwenken und Blitzlichtaufnahmen entging. Wie gesagt: fatal, höchst fatal! Man hatte eine falsche Kulisse ausgewählt. Vielleicht war es etwas mehr als ein Zufall, dass während dieser Begrüßungsfeierlichkeiten ein ausgiebiger Regen ununterbrochen herniederrauschte...

Wie gesagt: die Feier fand vor einem kirchlichen Gebäude statt. War diese Feier deshalb eine kirchliche Feier? Keineswegs! Die „Kirche" war lediglich daran beteiligt: sie stellte die Kulisse zur Verfügung. Und dies im weitesten Sinne des Wortes. Das Münster im Hintergrund war nur Symbol dafür. Glockengeläut, Festbeleuchtung, Posaunenchöre, Orgel und die Reden der Dekane füllen diesen Begriff. Diese Feststellung ist wichtig. Warum, das habe ich im ersten Absatz schon kurz angedeutet. Die Kirche ist wieder einmal Magd, die man herbeizitiert, wenn es gilt, einem festlichen Augenblick die nötige Weihe zu geben. Sie muß sich dann aber geschickt dem Rahmen einfügen und darf ja nicht aus der Reihe tanzen. Ist sie einem aber unbequem und will man „unter sich" sein, dann schickt man sie einfach fort.

Hatten nun die Heimkehrer von der Kirche etwas anderes erwartet? Wollten sie von der Kirche mehr als etwas weihevollen Glockenklang und ein bißchen feierliche Stimmung? Wollten sie ein Christuswort, ein Wort zur Lage hören? Das ist kaum anzunehmen. Jedenfalls die beiden kirchlichen Würdenträger haben es nicht vorausgesetzt und haben es deshalb peinlich vermieden, christozentrisch zu reden. Deshalb sind sie auch nicht aus dem Rahmen gefallen. Sollte – ich sage vorsichtigerweise: wider Erwarten – unter all den Heimkehrern, die anwesend waren, wirklich einer gewesen sein, dem in der Gefangenschaft in irgendeiner Gestalt der Eine begegnet ist, dann kann er als Einzelner natürlich nicht erwarten, daß ein Dekan, der im übrigen wohl ein Biblizist ist und um Christus sehr wohl weiß – sich seinetwegen vor einem solch sensiblen Auditorium exponiert. Das wäre entschieden zu viel verlangt.

Man hatte Wert darauf gelegt, das Spiel „Der Ackermann und der Tod" im Programm als Profanschauspiel zu kennzeichnen. Eine solch nüchterne Profanität hätte den vorangegangenen Reden sehr wohl angestanden. Hier jedenfalls ging es ums Letzte, um den Tod und seinen Anspruch an den Menschen. In einem leidenschaftlichen „Rechtsstreit" wird hier gehandelt. Der Mensch: heiß anklagend und viel Retuschierkünste anwendend, der Tod: leidenschaftslos kühl mit unerbittlicher Strenge, alle Masken und schützenden Hüllen niederreißend. Und während der Münsterturm durch die Scheinwerfer aus dem Dunkel der Nacht herausgestochen wird, ertönt aus großer Höhe das Urteil des ewigen Richters: den Verkläger verstehend, den Verklagten rechtfertigend. Bis sich dann der Mensch unter Gott beugt, sein Amen spricht und sein Weib der Erde übergibt. Als Gegenspieler Ackermann – Tod standen sich gegenüber Friedrich S. und Udo L. Jener trotz aller leidenschaftlich anklagenden Rede klar im Ausdruck, dieser sarkastisch – derb, überlegen und nur in eindrucksvollen Pointen voll verständlich. Die Masse des Volkes aber bewegt und als Unterstreichung dienend.

Das Münster griff mit seinem hellstrahlenden schlanken Turm noch immer in den nächtlich düsteren, regenschwarzen Himmel, als der festliche Trubel sich schon lange gelegt hatte und die

Männer vom Rundfunk ihre Kabel zusammenrollten. Die Gottesfrage wird nicht verstummen, so lange Menschen auf dieser Erde leben. Fraglich ist nur, ob wir imstande sind, die einmal gegebene Antwort zu vernehmen und daraufhin – vielleicht freudig, vielleicht aber auch mit Tränen in den Augen – unser Amen zu sagen."

Dann kommt noch ein Resumée über Reiners Zeit als Bezirksflüchtlingspfleger:

„Ein Jahr im Dienst des Hilfswerks.

Wenn eine Periode des Lebens vorüber ist und eine neue beginnt, dann tut man gut daran, einen Augenblick stille zu halten und sich zurückblickend zu besinnen.
Es ist nicht ganz leicht, das eine Jahr (1. September 47 – 30. September 48), währenddem ich als Bezirksflüchtlingspfleger im Dekanatbezirk Blaubeuren tätig war, zu überblicken. Es ergibt sich zunächst eine verwirrende Vielfalt. Wegen der Vereinfachung werde ich die Fülle des Stoffes in Problem-Abschnitte gliedern.
Wie die Amtsbezeichnung schon sagt, hatte mein Dienst in der Hauptsache an den Vertriebenen zu geschehen. Sie sind es ja auch, denen vom Krieg die größten und schmerzhaftesten Wunden geschlagen wurden. Darüber hinaus war ich selbstverständlich für alle da, die meine Hilfe irgendwie begehrten. Im großen und ganzen kam ich mit den Einheimischen wenig in Berührung. Wenn ich ihnen begegnete, dann geschah es zumeist auf den Behörden. Im großen und ganzen muß ich sagen, daß ich bei ihnen keinerlei Unterstützung fand – mit einer einzigen

Ausnahme. Auf dem Wohlfahtsamt, dessen Leiter ich persönlich kannte und der Ausgebombter ist, konnte ich in vielen Fällen für schnelle Hilfe sorgen. Ich habe dort manchem Flüchtling die Wege geebnet. Auf allen Bürgermeisterämtern stieß ich auf Granit. Zwar waren die Bürgermeister nach außen korrekt, oft sogar ausgesucht freundlich (natürlich gab es auch einige Grobiane, denen man nur mit gleicher Münze heimzahlen konnte), doch konnte man auf dem Verhandlungswege einfach nichts erreichen. Es wurden einem Versprechungen gemacht, die nie erfüllt wurden. Dabei bekam ich mehr und mehr den Eindruck, daß ein Bürgermeister heutzutage mit beinahe unbeschränkten Vollmachten ausgestattet sein muß. Er läßt sich auch meist durch übergeordnete Behörden nicht schrecken. Die Bürgermeister sind sämtlich Einheimische. – Auf dem Flüchtlingskommissariat habe ich selten etwas erreichen können. Bei dieser Institution, die ja eigentlich _für_ die Flüchtlinge da sein soll, kann man sich des befremdlichen Eindrucks kaum erwehren, daß hier nicht nur nicht viel _für_ die Flüchtlinge, sondern sogar häufig _gegen_ sie gearbeitet wird. Jedenfalls geht der Paragraph über das einzelne Menschenleben. – Mit dem Landratsamt hatte ich nur einmal in einer Wohnungsangelegenheit zu tun. Als es gegen den Bürgermeister ging, kippte man dort jedoch glatt um. – Die Flüchtlingsobleute sind von ganz besonderem Kaliber. Zumeist sind es ausgesprochen einfache Menschen, die den Schlichen und Intrigen garnicht gewachsen sind. Die Schärfe, die einige wenigstens noch im Anfang zeigen, schleift sich hinterher rasch ab. Durch persönliche Vorteile, die ihnen zugeschanzt werden und die sie annehmen, verscherzen sie sich das Recht zur Opposition. Hinzu kommt, daß sie von der Volksgruppe, der sie entstammen, poussiert und erpreßt werden. Die meisten verfallen dieser Dauersuggestion. Natürlich haben sie eine sehr undankbare Aufgabe. Wer dauernd zwischen Einheimischen und Flüchtlingen mittendrin steht, der muß ja irgendwann einmal zerquetscht werden. Die meisten werfen nach einiger Zeit der Reibung (und nachdem sie sich persönlich bereichert haben) den Krempel wieder hin.

Kommen wir jetzt zu den Vertriebenen selbst. Wir haben im Bezirken etwa 1500 evangelische Flüchtlinge, die aus allen Gebieten des deutschen Ostens kommen. Natürlich überwiegt das „volksdeutsche" Element. Doch soll man es sich keineswegs so denken, daß in einer Ortschaft nur Deutsche aus Bessarabien und im andern Ort nur Deutsche aus Ungarn untergebracht sind. Es ist vielmehr alles bunt durcheinander gewürfelt. Das bringt Zersplitterung und Uneinigkeit mit sich; eine Tatsache, die den Einheimischen wahrscheinlich sehr erwünscht ist. Nun könnte man freilich sagen: das Flüchtlingsschicksal müßte diese Leute doch einen. Es hat sich jedoch in der Praxis gezeigt, daß dieses gemeinsame Schicksal auf die Dauer kein brauchbarer Kitt ist und gegen ein landsmannschaftliches Zusammengehörigkeitsgefühl sich nicht behaupten kann. Hinzu kommen noch die konfessionellen Verschiedenheiten. Diese möchte ich hier nur andeuten, weil ich dieses Problem später gesondert behandle. Wie stellte sich nun die Lage der Flüchtlinge im Bezirk dar? Nun, recht verschieden! Ihr Ergehen richtete sich nach den Umständen. Natürlich wurde es bei vielen durch die Unterbringung stark beeinflußt. Die Unterbringung jedoch war meist der wunde Punkt. Gewiß, ich habe auch hübsche, gemütliche Flüchtlingswohnungen gesehen. Aber was sind diese wenigen Ausnahmefälle im Vergleich zu den tausend andern! Sehr häufig ist eine Familie in einem Raum zusammengepreßt, der sich oft unter dem Dach oder im Keller befindet. Wenn sie darüber hinaus noch eine kleine Schlafkammer haben, können sie froh sein. Wenn aber Menschen andauernd auf engstem Raum zusammengepreßt sind, dann wird man sich nicht nur über, sondern es entsteht allmählich eine unerträgliche Spannung, die zu dauernden Explosionen führen muß. Natürlich ist unter den Flüchtlingen allgemein bekannt, daß die Einheimischen samt und sonders über mehr Wohnraum verfügen. Ich wollte mal die einheimische Familie sehen, die nicht ihr Wohnzimmer, Schlafzimmer und Küche hat. Das hält man übrigens für vollkommen selbstverständlich und garnicht diskutabel. Umsomehr erbittert es dann die Vertriebenen, wenn sie von den Vertretern des Wohnungsamtes sowie vom Bürgermeister dauernd die Klage hören müssen: ‚Wir wollten euch ja gerne helfen, aber wir haben nun eben keinen Wohnraum mehr!' Wenn dann wirklich einmal eine Wohnungskommission durch die Häuser geht, dann ist das lediglich eine Farce. – Ähnlich ist es im Berufsleben. Viele Flüchtlinge, die für die harte Bauernarbeit völlig untauglich sind, sitzen auf dem Lande und sind als arbeitsscheu und faul verschrien, weil sie sich nicht beim Bauern verdingen wollen. Das Verkehrswesen wiederum steckt derartig in den Kinderschuhen, daß an einen Arbeitseinsatz in der

Stadt für viele garnicht zu denken ist. Und diejenigen, die sich in der Stadt befinden? Für sie ist es eigentlich eine ausgemachte Sache, daß sie als Hilfsarbeiter gehen müssen. Das scheint ein ungeschriebenes Gesetz zu sein. Jedenfalls in sogenannte „gehobene" Berufe kommen sie kaum hinein. Nicht verschwiegen soll allerdings werden, daß es in unserem Bezirk eine ganze Anzahl Flüchtlingslehrer und –lehrerinnen gibt, die allerdings unter erschwerten Verhältnissen und im Angestelltenverhältnis arbeiten müssen. Von den fünf Flüchtlingspfarrern, die in unserem Bezirk beschäftigt sind, wird nachher noch zu handeln sein. – Besonders schlimm sind natürlich die Familien dran, die ohne Ernährer sind. Dies äußert sich jetzt nach der Währungsreform noch krasser als vorher. Früher konnte man mit dem Geld nicht besonders viel anfangen. Wenn man große Ausgaben hatte, dann konnte man als Unterstützungsempfänger die Rechnung einreichen. Jetzt geht es den Flüchtlingsfamilien, in denen 1 oder 2 Verdiener sind, verhältnismäßig gut. Sie können sich endlich etwas anschaffen. Die Unterstützungsempfänger jedoch müssen von den paar Mark leben, die ihnen der Staat monatlich gibt. An Anschaffungen können sie garnicht denken, da die Lebensmittel inzwischen so teuer geworden sind, daß sie kaum ihre Lebensmittelkarten auskaufen können. Und einmalige Unterstützungen gibt es auch in den allergrößten Notfällen bis zur Stunde nicht. – Wie stehen nun die Einheimischen den Flüchtlingen gegenüber? Im Verlaufe der Gespräche, die ich tagtäglich mit Flüchtlingen hatte, habe ich immer gefragt: ‚Wie kommen Sie mit Ihren Wirtsleuten aus?' Oft wurde mir dann gesagt: ‚Die sind unausstehlich!'

Oder: ‚Sie schikanieren uns Tag und Nacht.' Manche meinten: ‚Wenn wir uns völlig unter- und einordnen, dann geht es ganz gut.' Und hier und da sagte sogar einer: ‚Ich kann absolut nicht klagen. Wir kommen sehr gut miteinander aus!' Die Mehrzahl der Flüchtlinge fühlt sich von den Einheimischen nicht nur unverstanden, sondern sogar gehaßt. Dabei pflegen die Einheimischen durchaus keinen Unterschied zwischen volks- und reichsdeutschen Flüchtlingen zu machen. Sie sprechen eben von <u>den</u> Flüchtlingen. Man kann sogar beobachten, daß ihnen eine volksdeutsche Familie, die sie vollkommen beherrschen und ihrem Willen gefügig machen können, lieber ist als Reichsdeutsche, die im allgemeinen sich nicht so leicht umbiegen lassen. Der Schwabe ist dem Reichsdeutschen aus den östlichen Gebieten im allgemeinen dadurch unterlegen, daß er geistig nicht so beweglich ist, keinen so ausgeprägten Ordnungssinn besitzt, kaum witzig ist, sondern im Gegenteil schwerfällig, konservativ und sparsam bis zum Geiz. Der Einheimische schüttelt über die faulen Flüchtlinge den Kopf. Wenn man dann allerdings der Sache auf den Grund geht, dann merkt man oft, daß der Vorwurf garnicht berechtigt ist. Viele Flüchtlinge arbeiten genauso viel wie die Einheimischen. Nun, wenn sie arbeiten, dann arbeiten sie auch und legen sich nicht diverse „Schwätzchen" ein. Und außerdem stürzen sie sich nicht blindlings auf die Arbeit, sondern überlegen sich vorher genau, was zu tun ist und wie es getan werden kann. So kommen sie wesentlich schneller vorwärts. – Ich glaube kaum, daß sich der Durchschnittsschwabe gelegentlich Gedanken darüber macht, wie die Flüchtlingsfamilie, die jetzt über oder unter ihm in denkbar primitiven Verhältnissen haust, eigentlich früher in ihrer Heimat gewohnt haben mag. Zumindest wird er dann mit einer gewissen Genugtuung konstatieren: Zumindest nicht so gut wie wir in Württemberg! Denn sein Schwabenländle geht ihm nun einmal über alles und darüber vergißt er häufig genug, daß anderswo auch Menschen leben, und sogar glücklich leben (Die Schlesier kommen bei ihm besonders schlecht weg. Einen Unterschied zwischen Nieder- und Oberschlesien macht er prinzipiell nicht. Er addiert die Schlesier glatt den Polen zu und hofft, daß sie ihrem Schicksal dankbar sind, weil sie jetzt nicht mehr in Lehmhütten hausen müssen. Es hat also gar keinen Zweck, einem Schwaben zu erzählen, wie man früher gewohnt und gelebt hat. Er glaubt es einem einfach nicht, weil er es für Aufschneiderei hält. Es gibt allerdings auch Flüchtlinge, die auffallend oft und in den höchsten Tönen davon reden, wie gut es ihnen früher gegangen sei und wie erbärmlich sie es hier getroffen haben. Wenn ich so etwas hörte, dann sah ich mir die Leute stets genau an, und häufig hatte ich den Verdacht: die geben aber an! Es rühmen sich auch auf diesem Gebiet meist die Unrechten. Diejenigen aber, die es mit vollem Recht tun könnten, schweigen. Und dieses Schweigen ist oft beredter als alles lose Geplapper. – Von einer Flüchtlings-Kategorie müssen wir jedoch noch unbedingt sprechen: Es gibt Flüchtlinge, die sich nicht mehr als Flüchtlinge fühlen beziehungsweise fühlen wollen. In Fachkreisen nennt man sie die „Verräter". Tatsache ist, daß sie der Sache der Flüchtlinge schaden. Sie fordern nicht mehr, weil sie bereits (wieder) genug haben. Sie wollen sich's um keinen Preis mit den Einheimischen „verderben", weil sie ihre Vorteile davon haben. Sie bemühen sich, schwäbisch zu sprechen, weil man nur so etwas erreichen kann. Ich könnte den Katalog fortsetzen. Es genügt dies jedoch, um die Richtung aufzuzeigen. Kein Gerechtdenkender wird diese Menschen etwa deshalb tadeln, weil sie zu den Einheimischen in einem positiven Verhältnis stehen. Äußerst tadelnswert ist aber ihre Charakterlosigkeit. Sie gleichen sich an – gewiß. Aber nicht um des Angleichens, sondern um der Vorteile willen, die für sie dabei herausspringen. Sie sabotieren die Forderungen der Flüchtlinge, nicht, weil sie ihren Schicksalsgenossen dazu helfen wollen, daß sie auch in ein positives und friedliches Verhältnis zu den Einheimischen kommen, sondern weil sie um ihre Vorteile fürchten. Vor dieser Kategorie von Menschen kann man nur ausspucken.

Wie wird man nun die Flüchtlinge, die im allgemeinen sehr verbittert sind, am besten behandeln? Das ist natürlich eine nicht ganz einfach zu beantwortende Frage. Ich möchte die Frage jedoch etwas einengen, indem ich sie so stelle: Wie wird man den Vertriebenen als Mitarbeiter des evangelischen Hilfswerks zu begegnen haben? Von vornherein ist es ganz ausgeschlossen, daß man ihnen „von oben herab" entgegentritt und sie zu Bittstellern und Almosenempfängern degradiert. Sie haben ein gutes Recht, sich gegen solche Behandlung zu sperren. Genauso unmöglich aber wird es sein (und wirken), sie mit ein paar – vielleicht sogar sehr gut gemeinten – Bibelzitaten abzuspeisen. So einfach dürfen wir es uns nicht machen. Eigentlich hätten die Flüchtlinge einen Anspruch darauf, daß wenigstens ein gut Teil der Leute, die sie zu betreuen haben, selber Flüchtlinge sind. Es mag dagegen eingewendet werden, was man einwenden will, eins ist jedoch sicher: Richtig verstehen und richtig „nehmen" kann die Flüchtlinge eben nur ein Flüchtling. Er wird – wenn er kein Mietling ist – seine Betreuungsaufgabe nicht korrekt und im übrigen kalt und unpersönlich wie ein Beamter erledigen, sondern ihm wird es ein Herzensanliegen sein. Dabei wird er nicht zu allem, was die Flüchtlinge tun und treiben, ja sagen dürfen. Er wird sich auch der Gefahr des Lokalpatriotismus zu erwehren haben. Er wird sich aber darüber hinaus mit Zähigkeit und Intensität der Vertretung und Durchsetzung gerechtfertigter Forderungen der Vertriebenen annehmen. Nun bot mir allerdings die Besetzung der Bezirksstelle Blaubeuren nicht die Gewähr dafür, daß dem Anliegen der Vertriebenen (denen ja unsere Hauptsorge zu gelten hatte) stattgegeben wurde. Der Bezirksleiter, der Geschäftsführer und der Sachbearbeiter waren Schwaben, ich als einziger war Flüchtling. (Die Ausgabefrauen zählen hier nicht mit, da sie in diesen Dingen ja keinerlei Einfluß hatten.) Es stand also von vornherein 3:1, und zwar zu Ungunsten der Flüchtlinge. Nun habe ich keineswegs die Stirn zu behaupten, diese drei Männer seien ausgesprochen flüchtlingsfeindlich eingestellt gewesen. (Dies könnte man allenfalls mit einiger Berechtigung von dem Geschäftsführer sagen. Aber selbst ihm kann man nicht nachsagen, daß er bei der Spendenverteilung die Flüchtlinge hintangesetzt hätte.) Vielleicht waren diese drei Männer sogar der Überzeugung, daß es notwendig sei, daß das Hilfswerk in erster Linie für

die Flüchtlinge arbeite (obwohl der Geschäftsführer häufig auf die „armen" Einheimischen hinwies); jedoch dafür, daß die Flüchtlinge Ansprüche zu stellen haben an das Volksganze und daß es vielleicht auch eine Aufgabe des Hilfswerks sein könne, die Verschonten darauf hinzuweisen, hatten sie kein Organ. Ihr Blick reichte über das Almosengeben nicht hinaus. Für die rechtliche Seite des Problems hatten sie keine Augen.
Ja, noch schlimmer: Wenn ich sie durch Wort oder Tat darauf hinwies, verschlossen sie sich eigensinnig allen Argumenten, und wenn ich es wagte, mich auf der rechtlichen Ebene für die Unterdrückten einzusetzen, ließen sie mich nicht nur allein, sondern beschworen mich, davon abzustehen, da wir uns bei den staatlichen Stellen dadurch nur Ungelegenheiten machen könnten. Daß in dieser Hinsicht von mir aus nicht viel mehr geschehen ist, geht auf das Konto der übrigen Mitarbeiter. Ich habe mich schon durch die wenigen Fälle, die ich „durchgebissen" habe, genug „stinkend" gemacht. Auf diese Wunde lege ich meinen Finger mit Nachdruck. Hier ist viel unterlassen worden. Hier scheint mir auch einer der Punkte zu sein, an dem notwendig die Entfremdung der Flüchtlinge von der Kirche einsetzen muß. Man macht heut mit Recht viel Aufhebens davon, daß die Kirche im „Dritten Reich" zu viel Ungerechtigkeit geschwiegen hat. Diese Selbstanklage verliert jedoch an Wahrheit und Glaubwürdigkeit, wenn man feststellen muß, daß die Kirche heute, wo es zur Ungerechtigkeit des Flüchtlingsschicksals recht viel zu sagen gäbe (und zwar gerade den deutschen Stellen, gerade auch der christlichen Gemeinde!), weithin auch

wieder schweigt. Zur Trübung des Verhältnisses zwischen Flüchtling und einheimischer Gemeinde tragen meines Erachtens entscheidend die sogenannten Flüchtlingspfarrer bei. Gewiß, sie sind in keiner beneidenswerten Lage, indem sie gleichsam zwischen zwei Stühlen sitzen müssen. Auch sehen sie das Flüchtlingsproblem mit ganz anderen Augen an, da sie selbst die aus der Masse Herausgehobenen sind, die kraft ihres Amtes Ansehen und Achtung genießen und daher manchen Vorteil haben. Sie raten ihren Schicksalsgenossen zur Mäßigung – wenn nicht zur bedingungslosen Kapitulation. Ob immer aus ganz uneigennützigen Gründen, mag füglich bezweifelt werden. Jedenfalls empfinden sie viele Vertriebene als „Verräter", indem sie sich meist sorgfältig hüten, das Flüchtlingsproblem auch nur zu berühren. Flüchtlingsgottesdiensten stehen sie samt und sonders kritisch gegenüber. Den Weg der Flüchtlingsvereinigungen verfolgen sie mit großer Skepsis. So werden sie für viele Flüchtlinge zum Stein des Anstoßes. – Vielleicht ist es jetzt, da ich auf meine Frage der rechten Behandlung der Flüchtlinge zwei negative Antworten gegeben habe, leichter, eine positive zu finden.

Im Grunde genommen ist es ganz einfach: sie wollen ernst genommen werden! Mit Phrasen erreicht man bei ihnen, die dem Leben bis auf den Grund gesehen haben, nichts! Man bemühe sich um Nüchternheit und um Achtung vor ihrem so verschiedenartigen Schicksal. Um dieser verschiedenartigen Schicksale willen nimmt man jeden tunlichst zunächst einmal besonders. Man muß ihnen Zeit lassen zum Erzählen. Wie vieles hat sich doch bei ihnen aufgestaut. Sticht man den Damm an, dann strömt es nur so. Wenn man allerdings meint, daß ihre Hauptnot die metaphysische ist, dann befindet man sich bei den meisten in einem grundlegenden Irrtum und wird von ihrer „Oberflächlichkeit" schwer enttäuscht sein. (Im übrigen verträgt sich diese vordergründige Feststellung durchaus mit der Tatsache, daß hinter all den vielen Nöten, Sorgen und Beschwernissen oft uneingestanden die große religiöse Not steckt, das Nicht-mehr-Glauben-können. Man wird jedoch gut tun, bei der Therapie nicht zu tief anzusetzen. Sonst könnte es sein, daß es zu einem Mißerfolg kommt.) Es ist wohl ganz einfach so, daß der Mensch, der kulturell und zivilisatorisch so weit zurückgeschleudert wird und nur noch ein klägliches Existenzminimum besitzt, religiös nicht mehr ansprechbar ist. Darüber kann man klagen. Das Argument kann man hinwegdiskutieren. Will man jedoch keine Vogel-Strauß-Politik treiben, dann wird man gut tun, diese Tatsache anzuerkennen. Daraus ergibt sich die Forderung: Zuerst Leibsorge! Und dies im umfassendsten Sinn. Darüber ist man sich in Hilfswerkskreisen grundsätzlich einig. Ich sage also damit nichts Neues. Verhängnisvoll wirkt sich jedoch in diesem Zusammenhang die oben schon näher beschriebene Begriffsverengung aus, die den Flüchtling zum Almosenempfänger degradiert und sich nicht zum Sprecher für seine rechtlich wohlfundierten Forderungen macht. Diese Inkonsequenz rächt sich bitter, wenn der Flüchtling Gegenstand unserer Seelsorge wird (ich drücke mich mit Absicht anfechtbar profan aus). Zwar wird der gute Pfarrer zu einem schwer Notleidenden kaum mit der Bibel allein gehen.

Er wird bestimmt noch ein Hemd, eine Unterhose oder ein paar Pfund Mehl mitnehmen; wenn der Flüchtling ihm dann aber erzählt, daß er meinetwegen zu wenig Wohnraum habe und er nach bestehendem Recht noch ein Zimmer mehr bekommen müsste und ihn dann so quasi bittet, sich doch als Amtsperson im Dorfe für ihn und sein Recht einzusetzen, dann zuckt der Pfarrer zurück und der Flüchtling spürt ganz deutlich: auch der Pfarrer sieht in mir nur das Wohlfahrts- und Fürsorgeobjekt! Was wunder, wenn er sich gegen den geistlichen Trost abschirmt? Ich will mit diesem Exkurs wiederum ein Positives sagen: Wer dem Flüchtling nicht nur als Armenpfleger, sondern auch als „Rechtsanwalt" entgegentritt, der wird die größte Chance haben, daß ihm auch die Frohe Botschaft abgenommen wird. Wohlgemerkt: Es kommt garnicht einmal so sehr darauf an, daß unser Bemühen, dem Flüchtling zu seinem Recht zu verhelfen erfolgsgekrönt ist (selbstverständlich wird es das erstrebenswerte Ziel sein; doch läßt es sich manchmal beim besten Willen nicht erreichen). Meist genügt dem Flüchtling schon das Bewußtsein, daß hier einer ist, der um sein Recht kämpft, um ihn ansprechbar und aufgeschlossen zu machen. Als Leitsatz für die Flüchtlingstherapie hat mir stets gegolten: von außen nach innen! (Müßig eigentlich, noch hinzuzufügen, daß man das Innen selbstverständlich von vornherein im Auge hat). – Schließlich noch etwas ganz Primitives (aber so primitiv es auch anmuten mag, es besteht reichlich Veranlassung – jedenfalls in Blaubeuren – darüber zu sprechen): Es heißt bekanntlich: „Lasset uns Gutes tun allenthalben, allermeist aber an des Glaubens Genossen", wobei der Akzent auf dem „allermeist" zu liegen scheint (jedenfalls wird das so empfunden). Es ist merkwürdig: Selbst der total, unkirchliche Flüchtling empört sich, wenn dieses „allermeist" nicht zu seinem Recht kommt. Nun könnte man ihm die Berechtigung zu solchem Urteil glatt absprechen. Damit würde man es sich jedoch sehr leicht machen. Vielleicht empfinden diese Menschen sogar sehr viel richtiger und „gesünder" als die überkirchlichen Kreise. Genauso wie der Katholik, wenn er zur Kommunion geht, seine Hostie vom katholischen Pfarrer empfängt, so sollte er aus dessen Hand auch in Zeiten der Not Kleider und Lebensmittel empfangen. Dies ist der natürliche und gerade Weg. Das Gleiche gilt natürlich sinngemäß für den Evangelischen. Nun ist aber dieser natürliche Brauch in einen unnatürlichen verwandelt. In unserm Blaubeurer Bezirk kommen die Katholiken <u>ganz selbstverständlich</u> zum evangelischen Hilfswerk und bekommen – <u>wiederum ganz selbstverständlich</u> – ihre Sachen, genau so viel beziehungsweise wenig wie die Evangelischen. Der Toleranz wird die Krone aufgesetzt, indem von 4 beim evangelischen Hilfswerk beschäftigten Ausgabefrauen 3 katholisch sind. Nun ließe sich ja gewiß allerlei über die recht merkwürdige katholische Haltung sagen (man zeiht uns der Häresie, nimmt aber unbedenklich Kleiderspenden von den Ketzern an; man hat selbst Mittel, benutzt sie jedoch nicht zur Flüchtlingsbetreuung, sondern verwendet sie zur Stärkung der katholischen Aktion in Diasporagebieten und so fort), es erscheint jedoch zweckdienlicher, auf das Ärgernis hinzuweisen, das durch solche Handlungsweise den evangelischen Glaubensgenossen bereitet wird. Nicht wahr: solange genug da ist, fällt es ja nicht so sehr ins Gewicht. Es ist aber schon einige Zeit nicht mehr genügend da, sodaß es jetzt wirklich vorkommen kann, daß evangelische Notleidende nichts oder nur ungenügend bekommen können, weil wir durch die unterschiedslose Ausgabe an Katholiken und Protestanten (im Verhältnis 8:2) vollkommen erschöpft sind. Hier aber setzt spätestens das Ärgernis ein! Aus dieser Erkenntnis heraus – und nicht aus religiöser Intoleranz – habe ich mich in erster Linie um die evangelischen Flüchtlinge gemüht und habe mit Nachdruck (allerdings nicht immer erfolgreich) ihre Ansprüche bei der Bezirksstelle vertreten. Ich bin darüber sehr verlästert worden (nicht nur von katholischer, sondern vielmehr von evangelischer Seite). Ich bin allerdings in dieser Sache keinen Schritt zurückgegangen und habe lieber die Existenz aufs Spiel gesetzt, als daß ich hier nachgegeben hätte. Hierzu wäre noch viel zu sagen. Es wären auch noch einige gegenkritische Argumente anzuführen und zu entkräften. Jedenfalls sehe ich in dieser überspitzten Toleranz, die mein Kollege in Ulm gelegentlich als Dummheit treffend bezeichnete, ein Hindernis bei der „Eingemeindung" der Flüchtlinge. In dieser Haltung prägt sich kein Gemeindebewußtsein aus. Das ist nicht die gebotene Nächsten-, sondern die Fernstenliebe! Die Katholiken können uns in diesem Punkte sehr beschämen.

Es wäre nun noch viel zu berichten von den örtlichen Verhältnissen, von Sprech- und Beratungsstunden, von Veranstaltungen und so weiter. Doch soll dies wenige zur Auffrischung der Erinnerung genügen.

Es soll unter die ganze Hilfswerksarbeit von mir ein Strich gezogen werden. Es war dies für mich ein Jahr bitterer Enttäuschungen, aber auch ein Jahr wachsender Erkenntnisse. Die Erfahrungen, die ich machen mußte, waren sehr dazu angetan, mir im Bezug auf die Kirche alle Illusionen zu nehmen. Es hat sich mir die Tatsache erhärtet, die der katholische Stadtpfarrer S. treffend in die Worte goß: „In der Kirche menschelt es bis hinauf zu Gott Vater!" Ich habe mich dennoch von dieser Kirche nicht geschieden und habe auch nicht die Absicht, es zu tun. Dies soll für diesmal einfach als Tatsache dastehen, ohne daß näher darüber gehandelt wird. Vielleicht geschieht das später einmal."

Schlesische Landsmannschaft

Reiner und seine Eltern haben sich hin und wieder mit anderen Schlesiern getroffen. So entstand der Wunsch, sich zu einer Landsmannschaft zusammenzuschließen, an deren Gründung Reiners Vater maßgeblich beteiligt war. Sie waren mit einem Lehrerehepaar befreundet. Der Mann wurde Kassierer in der neu gegründeten Landsmannschaft. Reiner hat sich um die kulturellen Veranstaltungen gekümmert. Er gestaltete das Programm für die Weihnachtsfeiern, inszenierte Theateraufführungen wie zum Beispiel „Hanneles Himmelfahrt" von Gerhart Hauptmann. Außerdem organisierte er Wanderungen im Sommer, unter anderem nach Schelklingen.

Die letzte Zeit in Gerhausen

Im August 1953 bekamen sie Besuch von einem alten Bekannten aus ihrer Heimatstadt in Schlesien mit seiner Frau. Er war von Beruf Lehrer gewesen. Reiners Vater war mit ihm zusammen beim Volkssturm gewesen, aber nicht mit in russischer Gefangenschaft, aus der Reiners Vater vorzeitig entlassen worden war, weil er „Wasser" hatte. Er war Ende 1945 zurückgekehrt und hat auf der Suche nach seiner Frau verschiedene Adressen abgeklappert. Bei ihrer Schwester wurde er schließlich fündig. Mit Hilfe des Bürgermeisters bekamen sie im Nachbarort zusammen ein Zimmer. Reiner, seine Eltern und der hochwillkommene Besuch schwelgten in Erinnerungen an die alte Heimat. So verging die Zeit wie im Fluge. Viel zu bald mussten sich die Gäste dann schon wieder verabschieden. Reiner ist der Besuch in bleibender Erinnerung geblieben, so dass er auch seiner Tochter viel später davon erzählt hat.

In einem weiteren Tagebuch fand Ingeborg folgendes Kapitel, das einen interessanten Rückblick auf Reiners Leben enthält:

<u>„Ich lebe, doch nun nicht ich, sondern Christus lebt in mir/Autobiographie</u>

Was soll ich wohl sagen von der Entstehung des christlichen Glaubens in mir? Der Geist weht, wo er will. Wir hören sein Sausen wohl, wir wissen aber nicht, woher er kommt und wohin er fährt. Was vom Geist gilt, das gilt auch vom Glauben, der durch ihn gewirkt wird. Mir sind christliche Gemeinschaftler, die ihre „Bekehrungsstunde" sorgfältig registriert und katalogisiert haben, stets ein Greuel gewesen. Ich weiß jedenfalls nicht zu sagen, wann ich zum Glauben kam. Schlagartig (etwa wie bei Paulus) ist es nicht gegangen. Da war es schon einem organischen Wachstum näher. Eine Pflanze braucht zu ihrem Wachstum nicht nur Sonnenschein, sie benötigt auch zeitweise Regen und auch etwas Wind schadet ihr nicht, der sie kräftig durcheinanderschüttelt. So ist es auch mit unserer Glaubenspflanze. Oft wird sie allzu sehr gehätschelt. Aber die Welt ist kein Kloster – und das ist gut so. Der Glaube bewährt sich in stürmischen Zeiten.

Mein Elternhaus war ein christliches. Der Name Gottes wurde heilig gehalten, meine Mutter lehrte mich beten und schickte mich später zum Kindergottesdienst, den ich jedoch nur sehr unregelmäßig besuchte. Besonders starke Eindrücke habe ich dort jedoch nicht empfangen. Das ganze Milieu, die Helfer und Helferinnen mit ihren Gruppen, das schulmäßige Frage- und Antwortspiel zwischen Kanzel und Kirchenschiff (sprich: zwischen Pfarrer und Kindern) ließ keine gottesdienstliche Regung in mir aufkommen. Lediglich das Orgelspiel und der gemeinschaftsstärkende Choralgesang übten eine positive Wirkung auf mich aus. So blieb ich bis etwa zu meinem 11. Lebensjahr ein unkirchlicher, ja unchristlicher Junge. Eines wichtigen, mich sehr fördernden Faktors will ich hier dankbar gedenken: der Predigten zweier Wehrmachtspfarrer, die an unserer Glogauer Garnisonskirche amtierten. Ihre einfachen, durchsichtigen, kräftigen, untheologischen Predigten gaben mir in diesen geistlichen Entwicklungsjahren mehr als die Predigten ihrer Amtsbrüder der Zivilgemeinde. Hier lernte ich zunächst einmal – wenn man so sagen darf – das Allerprimitivste kennen; hier wurde dem „Säugling", der noch keine schwere Kost vertragen konnte, Milch gereicht. Aber ich hörte die Predigten nicht nur, ich versuchte auch, sie mir inhaltlich anzueignen, indem ich sie – vom Gottesdienst heimgekehrt – nach dem Gedächtnis niederschrieb. Das verschaffte mir nicht nur allmählich eine gute Bibelkenntnis – ich schlug den Predigttext jedesmal nach -, es gab mir auch eine Fülle von christlichen Gedankenassoziationen. In diese Zeit fällt auch meine erste Bekanntschaft mit der „Bekennenden Kirche". Ich lernte sie zunächst durch allerlei Flugblätter kennen und einige Zeit später erzählte mein Vater, daß er die Mitgliedschaft in der B.K. erworben hätte. Den Übergriffen des Staates auf die Kirche, der angestrebten Gleichschaltung, der geistlichen Unterwerfung unter politische Ziele, der Zwangsherrschaft des „Reichsbischofs" Müller, der Verwässerung und der Verkürzung des Evangeliums trat ein Häuflein Pfarrer und mutiger Laien tapfer entgegen. Es entstand ein Notkirchenregiment, die Bekennende Kirche konstituierte sich. Eine Bekennende Gemeinde bestand seit kurzem auch in unserer Stadt. Sie wurde von einem Rechtsanwalt geleitet, einem Laien also. Sie war gezwungen, ein „Winkeldasein" zu führen, denn die Kirche war in Händen eines Superintendenten der „amtlichen", neutralen Kirche. Er war jedoch nicht lange im „Amt". Eines Tages wurde er – nachdem er schon mehrere Verhöre hatte über sich ergehen lassen müssen – in Haft genommen und später ins Konzentrationslager gebracht. Unsere Kirche lag direkt neben dem Gefängnis. Am Abend wurde bei offenen Kirchenfenstern ein Bekenntnisgottesdienst gehalten. Das Lieblingslied des Inhaftierten „Gib dich zufrieden und sei stille" wurde gesungen. Ein „neutraler" Pfarrer hielt die Predigt; einleitend betonte er, daß er von verschiedenen Seiten gewarnt worden sei, diesen Gottesdienst, den Bittgottesdienst für einen gefangenen Laien der Bekennenden Kirche zu halten, da dies als eine Protestation und einseitige Stellungnahme aufgefaßt werden könne. Er tue es aber trotzdem, so leiden alle andern mit. In der Folgezeit wurde die Bekennende Gemeinde, die durch diesen Druck, der große Empörung auslöste, ständig wuchs, von Vikaren der Bekennenden Kirche verwaltet. Da diese Vikare ihre theologische Prüfung bei den Prüfungsstellen der Bekennenden Kirche abgelegt hatten, wurden sie von ihren „amtlichen" Amtsbrüdern nicht anerkannt, ihnen Kirche und Kanzel verweigert. Auch finanziell standen sie sich sehr schlecht, da der Staat keinerlei Gehaltszuschüsse für sie zahlte. Ein Vikar zum Beispiel, der verheiratet war und privat wohnen mußte, erhielt ein monatliches Gehalt von Reichsmark 90,-. Es versteht sich von selbst, daß auch seine Frau arbeiten mußte, um noch etwas hinzuzuverdienen. Jeden Mittwochabend versammelte sich die Bekennende Gemeinde in dem kleinen Saal eines Gasthauses (!) zu einer Bittstunde, die in gottesdienstlicher Form abgewickelt wurde. Die Predigt nahm stets einen breiten Raum ein. Sie war am Bekenntnis ausgerichtet und auf die Gegenwart zugeschnitten, das heißt sie stellte alles ins Licht des Evangeliums. Dabei ergab sich natürlich, daß vieles, was „man" aus begreiflichen Gründen gern verborgen gehalten hätte, in den grellen Lichtkegel des Gotteswortes gezerrt wurde. Die Nachrichten aus dem kirchlichen Leben sowie die „Fürbittenliste" (die Namen der ausgewiesenen, eingesperrten und verfolgten Pfarrer und Laien enthaltend) heischten stets ungeteilte Aufmerksamkeit. Mit einem großen Fürbittengebet wurde die Bekenntnisstunde geschlossen. Es war immer ein Beamter der Gestapo anwesend, der einige Stellen mitstenographierte. – Konfirmandenunterricht nahm ich im benachbarten Beuthen, wo ich auch zur Schule ging und zwar bei einem Bekenntnispfarrer, der auch manchmal in unserer Glogauer Bekenntnisstunde sprach. In Beuthen waren die kirchlichen Verhältnisse bedeutend günstiger als in Glogau. Hier bestand eine große Bekenntnisgemeinde unter Leitung des Ortspfarrers. Ich habe im Konfirmandenunterricht rein wissensmäßig viel profitiert. Pastor F. hatte eine ganz eigene Art, selbst schwierige dogmatische Formeln auf eine allgemeinverständliche Art und Weise einprägsam darzustellen. Das wichtigste diktierte er uns in ein Heft. Sein persönlicher Glaubensmut erfüllte uns mit Bewunderung. Er war Deutscher mit ganzer Seele, aber er war Christ und in allen Verhören und bei allen Schikanen, denen er von Staats wegen immer ausgeliefert war, sagte er mutig das Wort: „Man muß Gott mehr gehorchen als den Menschen." Zweimal predigte in seiner Kirche auch Pastor D. D. Martin Niemöller, der führende und mutigste Mann der Bekennenden Kirche. Hier hörte ich seine berühmte Predigt über den 46. Psalm. Wir waren fasziniert und aufgerüttelt von der kühnen Deutung, die Niemöller diesem Psalm von der Kirche gab, der

Kirche nämlich, die verraten durch Leute in ihren eigenen Reihen, dennoch steht und fest bleibt, denn „der Herr ist bei ihr drinnen." – Meines Konfirmationstages gedenke ich mit großer Freude und tiefem Dank. Für diese Gemeinde war es ein Festtag, liebevoll vorbereitet; man fühlte sich getragen von ihrer Fürbitte, es wehte einem Heimatluft entgegen. Mein Konfirmationsspruch Josua 1,9 war mit feinem Verständnis für meine psychologische Lage von diesem Seelsorger ausgewählt worden. Ich kann jedoch nicht behaupten, daß mit der Konfirmation eine wesentliche Wandlung sich in mir vollzog. Ich denke vielmehr noch jetzt mit Beschämung daran, daß ich Hemmungen hatte, das Tischgebet zu sprechen und in einer der letzten Konfirmandenstunden nach dem Namen des folgenden Sonntags befragt, diesen nicht nennen konnte. Zur Konfirmation erhielt ich von meinen Eltern das Buch „Der Galiläer siegt doch" (Dibelius), das mich mit der Weltlage der christlichen Kirche vertraut machte und meinen Blick weitete. Ich muß ganz ehrlich sagen, daß mich Evangelium und Kirche in jener Zeit nur soweit interessierten und beeindruckten, soweit sie „zeitnah" waren, das heißt alles in Bezug zum gegenwärtigen Geschehen gesetzt wurde. Prediger, die zeitlos und allgemein predigten, verwarf ich als langweilig. Mein Oppositionsgeist wurde zu damaliger Zeit sehr angeregt und gefördert und es brachte mir beinahe ein Gruseln, wenn ich daran dachte, wie schön-gefährlich es doch eigentlich sei, es jetzt mit der Bekennenden Kirche zu halten. Ich erwähne dies deshalb, weil ich weiß, daß viele so dachten und in der Bekennenden Kirche eine radikale Oppositionspartei zum Nationalsozialismus sahen. Diese Elemente wurden allerdings rasch wieder abgestoßen, als sie merkten, daß hier nicht das rechte Feld für ihre agitatorische politische Tätigkeit sei. Man kann Gott seine Wege nicht vorschreiben. Und er führte mich wunderbarerweise von einer kirchlichen Gruppe zur Kirche und von der modernen zeitnahen Wortverkündigung zu seinen ewigen Heilswahrheiten. Die Berührung mit der Bekennenden Kirche hat mir jedenfalls viel gegeben: sie lehrte mich die Erkenntnis, daß die Bibel (auch und gerade das Alte Testament) ein hoch modernes und allzeit aktuelles Buch ist und sie zeigte mir ferner die Vor- und Nachteile der Apologetik und brachte mich zur mutigen Haltung und zum Widerstand in Glaubensdingen auch Autoritäten gegenüber. – Aus dieser Sphäre kam ich dann unversehens in die Diakonenanstalt nach Kraschnitz. Was ich dort suchte, weiß ich eigentlich heute noch nicht recht. Ich weiß nur, daß ich irgendeinen Beruf ergreifen wollte, darin ich Gott dienen konnte. Und da das Theologiestudium eine Fata morgana war, so schien sich mir hier eine Möglichkeit zu eröffnen; eine Möglichkeit der Seelsorge zwar in bescheidenem Rahmen, aber doch eben eine Möglichkeit. In Kraschnitz wehte eine muffige Luft. Der Kirchenkampf wurde hier als eine unliebsame Ruhestörung betrachtet und der Anstaltspfarrer, ein alter verkalkter unbedeutender Geistlicher, tat so, als sei gar nichts geschehen. Seine Predigten waren saft- und kraftlos. Und bei den Kaffeestunden am Sonntagnachmittag hielt dieser parteiabzeichengeschmückte „Gottesstreiter" lange politische Reden. Von geistiger Schulung war für uns „Jungbrüder" keine Rede. Wir erstickten beinahe in der Haus- und Gartenarbeit, die uns aufgetragen wurde. Eine Abend- und eine Morgenandacht (genauso saft- und kraftlos wie die „Predigten" des Anstaltspfarrers) und einmal wöchentlich eine Stunde Bibelkunde – das war alles, was uns an geistlicher Kost geboten wurde. Wie litt ich unter dieser geistigen Enge! Ich las fleißig meine Bibel und kam zu ganz anderen Erkenntnissen, als sie mir hier aufoktroyiert werden sollten. Wo war hier das reformatorische Christentum? Als ich Kraschnitz angeekelt im Dezember 1939 wieder verließ, war ich um eine Enttäuschung reicher und reif für – die Predigten unseres „neutralen amtlichen" Superintendenten! Durch Zufall einmal einem seiner Gottesdienste beiwohnend, zogen mich seine tiefsinnigen und ungewöhnlich theologisch-dogmatischen Gedankengänge magisch an. Er konnte über nur einen Satz so packend und so tiefschürfend predigen, daß einem ganz warm dabei wurde. Auch sah ich in seinen Predigten viele dogmatische Schwierigkeiten und Rätsel auf eine verblüffend einfache Weise gelöst. Genug, ich kam von seinen Predigten nicht mehr los, besuchte seinen Gottesdienst allsonntäglich und hatte die Freude, mich im Glauben wachsen und reifen zu sehen. Ich lernte auch allmählich seine schwierige Stellung erkennen, in die er durch die kirchenpolitischen Kämpfe gekommen war. Er stand jedenfalls der Bekennenden Kirche näher, als er es selbst wahrhaben wollte. Die ihm unterstellten Pfarrer machten ihm fast ausnahmslos Schwierigkeiten, es waren typische Leisetreter und Angsthasen, die sich um alles in der Welt nicht irgendwie „exponieren" wollten und die

Unkraut unter den Weizen säten und verwirrten statt aufzuklären. – In jener Zeit wandte ich mich der Kirchenmusik zu. Eine Vorliebe für Musik hatte ich ja schon immer gehabt, etwas Klavier spielen konnte ich auch und ein Lehrer, der mich in Orgelspiel und Harmonielehre unterrichtete war bald gefunden. So fuhr ich denn jeden zweiten Tag nach Fraustadt und konnte, nachdem ich meine Kenntnisse im Klavierspielen erweitert hatte, auch recht bald an die Orgel. Die ersten Versuche waren recht mühsam. Schwierigkeiten bereitete mir vor allen Dingen das Pedalspiel. Daß neben den Händen auch noch die Füße tätig sein sollen ist ja kaum einzusehen. Der Lehrer stieß jedes Mal einen kleinen Schreckensschrei aus, wenn eine schrille Dissonanz sekundenlang erklang. Ich hatte schon beinahe Angst davor, die Finger auf die Tasten zu legen. Doch auch diese Angstpsychose wurde überwunden, ich lernte Choräle und einfache Werke von Bach, Buxtehude, Schütz und so weiter spielen. Doch wenn mein Lehrer mir einmal ein Stück vorspielte, dann wurde ich ganz verzagt. Würde ich's jemals schaffen? Und dennoch machte ich später meine Aufnahmeprüfung an der Kirchenmusikschule. Doch mitten aus meinem Studium wurde ich zum Arbeitsdienst geholt – im Frühjahr 1941. Ich habe mich an alles gewöhnt – an die zunächst ungewohnte Arbeit, den Drill, die schlechten Unterkünfte, das feuchte Sumpfklima – aber an die weltanschauliche Schulung „gewöhnte" ich mich glücklicherweise nicht. Einen Sonntag gab es natürlich nicht; Kirchgang war ausgeschlossen, es wurde den ganzen Vormittag geschrubbt und geputzt. Bei der weltanschaulichen Schulung versuchte man mit plumpen und raffinierten

Mitteln, uns unsern christlichen Glauben zu verekeln. Was wurde da für Gift in die Seelen der jungen Menschen gespritzt. Was wunder, wenn die durch die HJ schon „vorgedrillten" sich willig öffneten und das Gift einströmen ließen. Ich habe meinen Glauben behalten, das heißt Gott hat ihn mir erhalten. Und wenn schon die Möglichkeit des Gottesdienstes nicht gegeben war, so konnte ich doch in meinem Losungsbüchlein lesen und außerdem schickten mir meine Eltern allwöchentlich die Predigten unseres Superintendenten.

Meine Wehrmachtszeit begann in Berlin-Döbenitz. Hier hatte ich Gelegenheit, jeden zweiten Sonntag dem Gottesdienst im Berliner Dom beizuwohnen. Die Predigten des Oberhofpredigers D. Döhring machten auf mich einen tiefen Eindruck. Döring „redete mit allen Zungen", das will besagen: er kannte sich auf allen Gebieten aus und durchdrang sie mit dem heiligen Gotteswort. Ob er mit Rosenberg abrechnete oder sich gegen die Rationalisten wandte, war er maßvoll und fair im Kampf. Die Domgottesdienste gehören mit Heitmanns meisterhaften Bach-Interpretationen und den Gesängen des Domchores (unter Professor Gittard) zu meinen schönsten Erlebnissen. Oft war ich auch zur Kirchenmusik im Dom am Sonntagnachmittag um fünf, wo in der halbdunklen Kirche erlesene Orgel- und Gesangswerke zum Vortrag kamen und D. Döring über Lutherthemen predigte. Das war ein Atemholen der Seele an einer Stätte des Friedens mitten im Gewühl der Weltstadt. Begreiflicherweise kam ich während der Rekrutenzeit in Berlin nicht häufig zum Bibellesen. Doch die Losungen und Lehrtexte der Brüdergemeine geleiteten mich durch die Zeit. – Dann kam vollkommen überraschend und „wie ein Schlag ins Gesicht" meine Versetzung nach Husum, das heißt in die nächste Nähe der Stadt auf die dortige Horchfunkstelle. Hier sollte ich einen Menschen treffen, der auf meine geistliche Entwicklung entschiedene Anregung und Einfluß nahm. Hans war gläubiger Katholik, aber forschender Geist. Wir widmeten uns in der Hauptsache dogmatischen Fragen. Durch ihn lernte ich einzudringen in die Wesenheiten der katholischen Lehre und im Gespräch mit ihm ging mir das Verständnis für das protestantische Dogma erst recht auf. Wir verglichen – und fanden uns trotz aller konfessionellen Unterschiede auf dem gleichen Grund und Boden: Christus, dem Herrn der Kirche. Er blieb überzeugter Katholik und ich blieb Protestant, aber wir schätzten uns beide als Christen. Das war der Gewinn meiner Husum-Mildstädter Zeit. Die kirchliche Lage in Husum war unentschieden; der alte Propst neigte zwar der Bekennenden Kirche zu, hatte aber nicht den Mut, sich offen zu ihr zu bekennen. Der Dorfpfarrer in Mildstadt war zwar von gutem Schlag, aber seine Landwirtschaft und die große Familie hielten ihn oft und gründlich von geistlichen Dingen ab. Besonders während der Ernte kam er meist abgehetzt und unvorbereitet zur Predigt, daß man förmlich merkte, wie er nach einer klaren Form suchte, die er eigentlich schon bei der Predigtvorbereitung hätte finden müssen. Die Liturgie wurde von ihm ganz willkürlich gestaltet; ein Glaubensbekenntnis habe ich in jedem Gottesdienst vermißt. – 1943 kam ich nach Oslo. Hier traf ich einerseits eine große Gleichgültigkeit gegen alles Christliche und andererseits ein tolles

Sektenwesen an. So nahe wohnen die beiden Extreme zusammen. Gesundes kirchliches Christentum kann man hier mit der Laterne suchen. Oslo hatte eine deutsche evangelische Zivil- und Militärgemeinde. Die Gottesdienste wurden in einer kleinen ehemaligen Missionskapelle abgehalten, einem schmucklosen, spartanisch einfachen Raum. Der Zivilpfarrer war ein hochgeistiger feinsinniger Mensch, ein Bücherwurm. Auf seine Predigten färbte das natürlich ab. Sie waren stets einwandfrei gegliedert und in sämtlichen Details exakt durchgeführt. Für die kleine Gemeinde waren seine Predigten vielleicht zu schade, sie hätten vor ein größeres Forum gehört. Die Militärgottesdienste waren zwar äußerlich prunkvoller (ein tüchtiger Organist umrahmte und durchdrang das gottesdienstliche Geschehen kirchenmusikalisch), aber den Predigten fehlte oft das Entscheidende. Es wurde gerade in der Militärseelsorge viel darum-herumgeredet. Es mußte vom militärpolitischen Standpunkt aus in den Predigten der Wehrmachtspfarrer vieles gut geheißen werden, was vom biblischen Standpunkt aus hätte verurteilt werden müssen. So kam der Wehrmachtspfarrer oft in eine sehr mißliche Lage. Viele erlagen – besonders bei vaterländischen Gedenktagen und Festen – der Versuchung und hielten eine politische Predigt statt einer biblischen. Außerdem hat die Gleichstellung der Wehrmachtspfarrer mit den Offizieren viele Nachteile gebracht. Es gab viele Wehrmachtspfarrer, die hatten sich den hochnäsigen Offizierston angewöhnt und waren für die Seelsorge verloren. Den evangelischen Feldbischof hörte ich einmal persönlich in Oslo. Er predigte ein vaterländisch gefärbtes Christentum. Wahrscheinlich war seine Stellung eine sehr schwierige. Interessant ist es, daß es unter den Wehrmachtspfarrern keine entschiedenen Bekenntnispfarrer, dafür aber umsomehr Deutsche Christen (am allermeisten unter den Marinepfarrern) gab. Mit der Kapitulation brach auch die Militärseelsorge äußerlich zusammen. Der Wehrmachtspfarrer war jetzt nicht mehr in erster Linie Offizier, sondern zunächst einmal Pfarrer. – Das letzte Kriegsjahr deprimierte auch uns in Norwegen. Mit „starken Herzen" wollte man den Krieg gewinnen, die politische Berieselung setzte keinen Augenblick aus. Es wurde die Phrase durch den Äther geplärrt, daß, wenn Deutschland den Krieg verlöre, die Göttin der Geschichte zur Hure würde. Ein Christ, der die Dinge vom biblischen Standort aus betrachtete, mußte gegen diese hochtrabenden Worte Front machen und konnte nicht zugeben – auch diese Version konnte man hören - , dass man Gott einen ungerechten Gott heißen wollte in dem Falle einer deutschen Niederlage. Es lag hier der Vergleich mit dem altjüdischen Größen- und Rassenwahn nahe, übrigens einem Größen- und Rassenwahn, der biblisch sich noch einigermaßen stützen kann. Hier tobte sich der Pharisäismus in höchster Potenz aus. Was ist denn überhaupt Gerechtigkeit? Wenn man das noch nicht einmal weiß, wie kann man dann vorgeben, für eine gerechte Sache zu kämpfen? Für eine deutsche Sache, gewiß; für eine politische auch – aber für eine rechtliche, die rechtliche schlechthin? Es muß auch verurteilt werden, daß Pfarrer aller beider kriegführender Parteien für den Sieg ihrer Waffen beten. Gott ist kein Parteiengott. Und oft, ja meist siegt auf dieser Welt die Ungerechtigkeit und nicht die Gerechtigkeit. Gott läßt sich ja sowieso nicht die Hände binden; wehe aber dem Menschen, der sie ihm binden will. – Eines abends – es war in der Passionszeit und ich hatte eine Passionsabhandlung neben mir auf dem Tisch liegen – betrat der Kompaniechef meine Stube. Wir standen stets miteinander auf Kriegsfuß. Doch heute schien er gnädig gestimmt. Zu meiner Meldung winkte er huldvoll ab. Er schnüffelte auf dem Tisch in meinen Sachen herum und warf auch einen Blick in die aufgeschlagene Passionsabhandlung. „Sie sind Protestant?" Er wußte es ganz genau; Außerdem suchte ich für jeden Sonntag um eine Stadtbescheinigung zum Gottesdienstbesuch nach. „Ich war schon viele Jahre nicht mehr in der Kirche." Das wollte ich ja garnicht wissen. „Aber ich glaube, das ist auch nicht die Hauptsache. Aber religiös bin ich auch. Und religiös muß wohl jeder Mensch sein." Wie kommt er nur dazu, mir das alles zu sagen – so dachte ich immer wieder krampfhaft nach. Er muß doch irgendeinen Zweck damit verfolgen. Und da ich ihn als 150%igen Nationalsozialisten und Kirchenfeind kannte, der, wo er nur konnte, für seine Meinung Reklame machte, so war ich von vornherein auf der Hut. Er fragte dann noch etwas über die Verbindlichkeit der Bibel für den gläubigen Christen und erkannte deren Wert nur im Sinne eines Lehr- und Geschichtsbuches an. Dem mußte ich natürlich widersprechen und demgegenüber den Totalitätsanspruch der Heiligen Schrift bekennen. Er lenkte dann ein, weil er sich auf ein Gebiet gewagt hatte, auf dem er nicht sicher war. „Einen Halt muß jeder Mensch haben." Das

konnte ich bestätigen, obwohl ich wußte, was er unter ‚Halt' verstand. Schließlich fragte er mich über die Stellung des Christen zur Autorität des Staates aus (er ging langsam aus seiner Reserve heraus, denn dahin wollte er ja das Gespräch wahrscheinlich schon lange lenken). Ich legte ihm den christlichen Staats- und Autoritätsbegriff klar. Die Antwort befriedigte ihn nicht recht. Hatte er Ausfälle gegen den Staat erwartet? Und dann – mit einem kühnen Sprung – kam ungeduldig-drängend die Kernfrage. „Meinen Sie nicht auch, daß Gott unserer gerechten Sache den Sieg geben muß? Das war also die Falle. Sagte ich ja, dann mußte ich den biblischen Geist verleugnen und den allmächtigen universalen Gott zum Rasse- und Volksgott degradieren. Sagte ich nein, dann war ich ein Staatsfeind und politisch höchst verdächtig. Ich sagte weder ja noch nein. Ich gestehe es ehrlich. Mein bißchen Mensch schreckte vor der Verantwortung zurück. Ich hätte vor mir selbst ausspeien können, als ich wieder allein war. Gellend schrie mir eine zornbebende Stimme in die Ohren: „O, dass du kalt oder warm wärst! Weil du aber lau bist und weder kalt noch warm, will ich dich ausspeien aus meinem Munde!" –
Jene Zeit, von Anfang Januar 1945 an, war eine Zeit, die die Zerreißprobe des Glaubens forderte. Die letzten Nachrichten aus Glogau, die Ungewißheit über das Schicksal meiner kranken Mutter, die auf der Flucht nach Sachsen war, die Sorge um meinen Vater, der in der Festung Glogau zurückblieb. Wie ein Schiff auf stürmischem Meer, so schwankte mein Glaube hin und her. Es gab Tiefst-, es gab aber – dank Gottes Hilfe – auch Höchstpunkte der Glaubenskraft.

Das Gebet wurde mir zu einer Waffe, mit der ich das Dunkel um mich her zerhauen konnte. Und dann brach immer wieder die schwarze Wolkenwand auseinander und Gottes Sonne leuchtete mir auf. Und dann kamen mir in Erinnerung die Worte des Psalmisten, die als Predigttext über der Silberhochzeitsfeier meiner Eltern am 5. Juli 1944 standen: „Gelobt sei der Herr täglich. Gott legt eine Last auf, aber er hilft uns auch" (Psalm 68,20). Ich war oft noch sehr verzagt, so verzagt und kleinmütig wie wir Menschen alle sind. Aber ich war trotzdem gehalten. Und gehalten, be-halten waren auch meine Eltern, aufbehalten in der Hand Gottes. Ja und unter Tränen stellte sich dann auch ein Stücklein jenes Dennoch-Glaubens ein, den Paul Gerhardt als schwer geprüfter Mann in so herrlichen Worten besingt:

>Meine Herze geht in Sprüngen und
>   Kann nicht traurig sein,
>ist voller Freud und Singen, sieht
>   lauter Sonnenschein.
>Die Sonne, die mir lachet, ist
>   Mein Herr Jesus Christ,
>das, was mich singen machet, ist,
>   was im Himmel ist. –

Als die deutschen Truppen in Norwegen nach der Kapitulation „dezentralisiert" wurden, kamen auch wir in eine Reservation. Das Leben und Treiben dort war in keiner Weise dazu geeignet, sich tiefere Gedanken zu machen. Ein neuer Lebenstrieb, eine vitale Lebenslust, eine hektische Fröhlichkeit brachen sich Bahn, angestachelt durch das gute Essen und die vielen alkoholischen Getränke. Das Treiben riß auch mich mit fort, obwohl ich gewisse Grenzen nicht überschritt, so lebte ich in diesen Wochen und Monaten doch in recht verantwortungsloser Weise in den Tag hinein. Meine Bibel nahm ich nur noch selten zur Hand. Man hatte zwar viel Zeit, aber dafür hatte man keine Zeit. Noch nie zuvor hatte bei mir ein äußeres Wohlleben in so scharfem Gegensatz zur inneren Haltung gestanden. Und was für die Welt gilt, das gilt in tieferer Bedeutung auch für den Christen: „Nichts ist schwerer zu ertragen, als eine Reihe von guten Tagen." Seelsorgerlich betreut wurden wir durch einen Zivilpfarrer, der als Obergefreiter eingezogen war. Jeden Sonntag war in der Reservation evangelischer Gottesdienst. Es wurde viel tauben Ohren gepredigt. An einem Sonntag waren wir vier Mann! Einer davon fiel noch in einen recht geräuschvollen Schlaf. Er hatte wahrscheinlich die Nacht durchgefeiert. Wir lebten mit Nachrichtenhelferinnen zusammen. Die erotischen Triebe züngelten zu steiler Flamme auf und was von den Helferinnen nicht „befriedigt" werden konnte, das hing sich an die Norwegerinnen, die über den Zaun „gereicht" wurden. Die Reservation entwickelte sich je länger je mehr zu einem moralischen Sumpf; alle Hemmungen wichen, die Gedanken kreisten nur um Weiber, Wein, Tanz. Diejenigen, die diesem Treiben skeptisch und angeekelt zusahen, wurden als Pessimisten und Störenfriede angeprangert. Oft klagte mir der Pfarrer sein Leid. Wo er konnte, versuchte er auf die Menschen einzuwirken, die ganz außer Rand und Band geraten waren, jedoch in der Regel vergeblich. Als ich aus der Reservation schied, war ein wüster Taumel zu Ende. Gerüstet mit dem heiligen Abendmahl fuhr ich ins Dunkel, in die Gefangenschaft, in die schwerste Periode meines Lebens. – Am 1. September wurden wir in Oslo eingeschifft. Nach einer recht stürmischen Überfahrt gingen wir in Bremerhaven an Land. Der Weg – beziehungsweise die Fahrt – durch Deutschland als Gefangener war bitter. Eines Tages kamen wir dann im französischen Lager Bretzenheim bei Bingen an. Für etwa zwei Wochen schliefen wir auf freiem Feld, den Unbilden des Wetters schutzlos preisgegeben. Viele gruben sich in die Erde ein und deckten die Löcher mit Decken ab. Als ein Dauerregen niederging, wurde der Boden grundlos, die Stimmung katastrophal. Man saß, dick vermummt, auf dem Tornister, ließ das Getröpfel des Regens resigniert über sich ergehen und wartete mit knurrendem Magen auf die Wassersuppe. In beziehungsweise vor den einzelnen Camps fanden zeitweilig Gottesdienste statt; auch Bibelstunden wurden gehalten Unter der verständigen und glaubenstiefen Anleitung des Pfarrers Alt drangen wir in den Philipperbrief, den Siegesbrief des Apostels Paulus ‚aus der Gefangenschaft' ein. Dieser Paulus, was redete er für eine kühne Sprache trotz der Nöte und Leiden. So grüßte, ermahnte und stärkte der gefangene Apostel Paulus seine gefangenen Brüder des Jahres 1945. „Freuet euch in dem Herrn allewege!" (Philipper 4,4). Die Freude an der Welt, an den menschlichen Institutionen, die Freude an den Lieben war mir genommen. Aber die Freude am Herrn strahlte auf, heller denn je, wie ein Stern in dunkler Nacht. Das ist keine haltlose, das ist eine ge-halt-volle Freude. Denn wir sind gehalten von Gott und er-halten und be-halten auf seinen Tag. Diese Freude aber kann niemand von uns nehmen. Sonntags fand dann der Gottesdienst unter dem großen schlichten Holzkreuz statt. An unangenehmen „Geräuschkulissen" fehlte es nicht, doch das machte uns nichts aus. Die Choräle wurden inbrünstig gesungen, der Predigt lauschte ein jeder aufmerksam. Und am Abendmahl nahmen 300 Mann teil, ¾ der gesamten Gottesdienstbesucher. Wein zu bekommen war dem Pfarrer in der weinreichsten Gegend Deutschlands nicht möglich, aber der Most tat es auch, ebenso wie die Brotstückchen statt der Hostien. Man hatte sich allgemein dem Parolehören und –weitersagen ergeben. Man wußte immer etwas und wußte alles ganz genau und aus erster Quelle. Man klammerte sich mit ganzer Inbrunst an das Positive und ignorierte das Negative. Ich habe die verheerende Wirkung, die die Parolen in widersprechendster Version auf die Dauer auslösen, an mir selbst erfahren. Sie entziehen einem den Boden unter den Füßen und machen einen zum Fatalisten. Der Christ baut nicht auf Parolen – weder auf die unwahrscheinlichen, noch auf die wahrscheinlichen -, er vertraut Gott. Und wer Gott vertraut, der weiß sich geborgen in Gottes Hand, der fragt nicht mehr „warum", sondern der fragt „wozu"? – Vor der rauhen Wirklichkeit erstarben den meisten sämtliche Parolen und Gerüchte in der Kehle. Von Entlassung keine Spur. Es ging nach Frankreich! Als wir im glühendheißen Güterwagen eingepfercht saßen, wurde die Stimmung immer gedrückter und als wir gar über den Rhein fuhren, da sank das Barometer auf Null. Und aller glühende Optimismus schlug um in dumpfen Pessimismus. Und doch nährten einige noch eine letzte verzweifelte holzige Hoffnung, der sie ab und an verschämt laut gaben. Aber vergeblich: der Zug fuhr nicht mehr zurück. Mir war auch sehr weh ums Herz. Gern wäre ich in Deutschland geblieben – auch unter den ungünstigsten Voraussetzungen. – Auch ich hatte Hoffnungen gehegt. Wer tut das wohl auch nicht? Aber ich fügte mich in mein Schicksal, oder war es zunächst nur eine Ablenkung, daß ich in der Bibel las? Ich kommentierte den Römerbrief und sah nur ab und zu in kurzen Pausen etwas aus der halbgeöffneten Tür. Vorher erschien mir alles so sinnlos, wie wir wie Menschenvieh zusammengetrieben und in die Waggons gesperrt wurden. Jetzt sah ich wieder einen Sinn, das heißt ich merkte und spürte, daß es einen Sinn gibt hinter allem Un-sinn und daß dieser Sinn weder von Menschen geschaffen, noch von ihnen zerstört werden kann. Alles aber, was uns an „Mächtigen und Gewaltigen" entgegentritt sind Marionettenfiguren, die von Gott an Schnüren gezogen werden. – Nach mehrtägiger anstrengender Fahrt – das Schlafen im Sitzen war besonders strapaziös – kamen wir ermüdet und zerschlagen in L'Ardoise im Département Alès an. L'Ardoise liegt in der Gegend von Avignon. Es ist dies eine wilde, steinige Gegend. Die Sonne brannte unbarmherzig. Der physische Zustand der Lagerinsassen war zum Teil furchterregend. Man sah völlig unterernährte Menschen, abgemagert zu Skeletten. Alle Neuankommenden beschlich die bange Frage: wie lange werde ich das aushalten? Als wir am ersten Sonntagmorgen zum Zählappell vor den Baracken angetreten waren, rief die Mitteilung, daß evangelischer und katholischer Gottesdienst in der Lagerkapelle stattfinden würde, Wut- und Entrüstungsschreie hervor: „Gibt es da auch Brot zu essen?" „Brot wollen wir haben!" So und ähnlich tönte es aus allen Ecken. Trotzdem strömte eine große Menschenmasse zum evangelischen Gottesdienst, der von einem Diakon gehalten wurde (ein Pfarrer war uns im Transport nach Bretzenheim leider nicht beigegeben worden). Die schlichte Kapelle, die von den Katholiken würdig hergerichtet worden war, war schier zu klein. In schlichten herzandringenden Worten sprach der Diakon. Ja, er predigte sich und uns allen Kummer vom Herzen und im Gebet brachte er alles – auch das kleinste Anliegen – vor Gott. Gestärkt und gekräftigt gingen wir zurück in unsere Baracken. In diesen Baracken lagen wir eingekeilt wie Heringe. Wir konnten kaum unsere Füße ausstrecken. Wir schliefen auf dem Erdboden. Erst später bekamen wir Matten. In den Nächten war es sehr kühl. Man schlief mit Ohrenschützern und Handschuhen. Am Tage sonnte sich alles. In der Lagerschule konnte man am Unterricht teilnehmen und sich auf verschiedenen Wissensgebieten vervollkommnen. – Jeden Nachmittag fand in der Lagerkapelle eine Bibelstunde statt. Diese Bibelstunden wurden abwechselnd von dem Diakon (landeskirchliche Richtung), einem Methodisten und einem Freikirchlichen gehalten. Man kann sich denken, daß die Betrachtungen dadurch einen sehr farbigen Anstrich erhielten. Der Diakon unterbaute seine Auslegungen theologisch, der Methodist „predigte" einen etwas süßlichen Pietismus und der Freikirchliche verschmähte das eine sowohl als auch das andere: seine Auslegungen waren vollkommen individuell (dabei nicht etwa originell!), unhistorisch, untheologisch und lediglich „Textangaben" mit häufigen Ausfällen gegen die Kirche wie auch gegen die sogenannte „christliche Welt". Dabei war seine Stimme süßlich. Manchmal wirkte er leicht hysterisch und war trotzdem von einer Herzandringlichkeit, die jedes naive Gemüt rühren mußte. Mit seinem Gebet, das er mit erhobenen, nebeneinandergelegten Händen und geschlossenen Augen verrichtete, riß er gleichsam die Himmelstür auf. Er nahm alle Sorgen und Lasten (von der schlechten Suppe, dem wenigen Brot bis hin zur Fürbitte für die Angehörigen) und warf sie getrosten Mutes Jesus zu Füßen. Und oft haben wir erlebt, daß seine Glaubenszuversicht und seine Kühnheit, Gott auch die kleinsten Dinge vorzutragen, belohnt wurde. Ich kann mich noch eines Sonntags erinnern. Gleich nach dem Mittagessen gab es kein Wasser mehr. Die Pumpe war entzwei. Unsere Abendsuppe, auf die wir so sehr angewiesen waren, mußte ausfallen, wenn es nicht gelang, die Pumpe bis fünf Uhr zu reparieren. Als die Bibelstunde um halb vier begann, kam noch kein Tropfen Wasser aus der Leitung. Am Schluß der Stunde betete der Freikirchler innig und gottandringlich um Wasser bis fünf Uhr. Als wir um halb fünf aus der Kapelle kamen, war von Wasser noch keine Spur. Alles schlich gedrückt und niedergeschlagen umher. Kurz vor fünf plötzlich ein Freudenschrei, der sich von Mund zu Mund fortpflanzte: das Wasser ist da! Und die Abendsuppe konnte gekocht werden. Wir waren heraus aus dem Dilemma. „Bittet, so wird euch gegeben; suchet, so werdet ihr finden; klopft an, so wird euch aufgetan" (Matthäus 7,7), spricht der Herr. Und Gott will gebeten sein – um alles. Am Sonnabend Abend war dann Betstunde. In der halbdunklen Kapelle versammelte man sich. Und jeder, der sich gedrungen fühlte zu beten, brachte sein Anliegen laut vor. Da hörte man Menschen beten, mit gepresster Stimme, bittend, beschwörend, flehend. Die verschiedensten Menschen und Charaktere offenbarten sich in diesen Gebeten; Menschen, die sich im Unrecht fühlten, erbaten Recht; Sündenbekenntnisse flossen von trockenen Lippen; Hilfeschreie gellten aus heiseren Kehlen. Und am Schluß jedes Einzelgebetes fiel die Gebetsgemeinde mit einem einstimmigen Amen ein. Die ganze Atmosphäre dieser Gebetsstunde übte eine seltsame Suggestivkraft aus; doch ich sah dies als eine Entblößung der Herzen und Gedanken eines Menschen vor den anderen an und konnte nur passiv an der Betstunde teilnehmen. Freilich, die gemeinschaftsbildende Macht eines solchen Betens ist nicht zu unterschätzen, aber Privatgebete sollten nicht vor das Gemeindeforum gezerrt werden. – Eines Tages sprach mich dann der Freikirchler an. Er fragte nach diesem und jenem und schließlich auch danach, ob ich der Landeskirche angehörte. Als ich dies bejahte, schien er etwas enttäuscht. In leidenschaftlichen Worten schilderte er mir dann, wie es bei ihm zum Bruch mit der Landeskirche gekommen sei. Die Landeskirchen haben Christus verraten, rief er mir zu. Und er dokumentierte und argumentierte diese Behauptung, indem er auf das „Sich-Drehen" und „Sich-Wenden", das Sich-Verneigen vor dem Nationalsozialismus, das diplomatische Ränkespiel, das doch immer wieder zum Verrat führte und dergleichen mehr hinwies. Eine kolossale Abneigung hatte er auch gegen den evangelischen Gottesdienst. Hier werde das Gotteswort zerredet, willkürlich gedeutet, entstellt, ja verraten durch allerlei Menschenwerk und Menschensatzung. Wahrhafte christliche Gemeinschaft gäbe es in den Landeskirchen sowieso nicht. Man sähe sich höchstens beim Gottesdienst, aber ansonsten gäbe es keinerlei Berührungspunkte. Wahre christliche Gemeinschaft habe er zum ersten Mal außerhalb der Landeskirche kennen gelernt. Jedes seiner Bekenntnisse münde ein in einen Lobpreis des Gotteswortes. So fremd und seltsam mir dieser Mensch auch vorkam, mich frappierte die Entschiedenheit, mit der er gegen überlieferte Tradition und Gewöhnung anging und nach dem Wahren, Klaren, Reinen suchte. – Ich lernte noch einen andern Menschen in L'Ardoise kennen, einen Marinemaat, einen gebürtigen Schlesier, Eisenbahnheizer, etwas jünger als ich. Ich hatte ihn schon während der Bahnfahrt beobachtet. Da war er noch recht munter und couragiert (um nicht zu sagen vorlaut), aber die Zustände im Lager deprimierten ihn sehr. Er sah mich öfters in der Bibel lesen und kommentieren. Er fragte mich dies und jenes und wir hatten bald das, was man ein „religiöses Gespräch" nennt. Sein geistlicher Entwicklungsprozeß war (allzu natürlich!) vom Nationalsozialismus beeinflußt und negativ belastet worden durch zersetzendes Gedankengut. Er war „kirchenfeindlich" – aber natürlich nicht aus eigener Überzeugung, sondern weil ihm das in der H. J. so „anerzogen" worden war. Und der Einfluß eines (zumindest) kirchenfreundlichen Elternhauses kam dagegen natürlich nicht auf. Er pflegte mit Nachdruck darauf hinzuweisen, daß er unter dem Eindruck von Not und Tod in vorderster Linie im Osteinsatz wieder zu Gott gekommen sei. 1. durch wunderbare Bewahrung mitten im ärgsten Feuern und 2. durch das Beispiel seiner Kameraden. Er besuchte fürderhin mit mir beinahe regelmäßig jeden Gottesdienst und jede Bibelstunde. Ich sprach das Gehörte oft mit ihm durch und merkte, daß er mit natürlichem Instinkt sehr wohl das Echte vom Unechten, den Schein von der Wahrheit zu unterscheiden vermochte. Mit aller Macht wollte er eine Bibel haben, damals in den Lagern eine große Seltenheit. Der Diakon bekam für das ganze Lager sechs oder sieben Exemplare geschickt. Bei der großen Nachfrage bedeutete das natürlich garnichts. Wie entrüstet war dann mein Bekannter, als er auf seine Frage, ob Bibeln angekommen seien, vom Diakon eine verneinende Antwort erhielt und dann später doch die Bibeln sah. Wie schwer verwinden solche Menschen, bei denen der Glaube gerade aufkeimt, eine solche Enttäuschung. Ganz abgesehen davon, daß der Durchschnittsmensch immer die Person mit der Sache verwechselt, so sollen die Christen (und zuvörderst natürlich die Diener der Kirche) kein Ärgernis geben. – Jede Woche einmal wurde im Krankenrevier eine Andacht gehalten, die durch gesungene (von einem kleinen Chor einstimmig vorgesungen) Choräle umrahmt wurde. Vielen Kranken war es eine geistige Labung, uns selbst ein freudiger Dienst. – Bei der Vorbereitung eines „Gemeindenachmittags" fragte der Diakon, wer bei dieser Gelegenheit ein „Zeugnis" ablegen wolle. Ich wußte ursprünglich garnicht, was das eigentlich ist: ein Zeugnis ablegen? Aus der Fortführung des Ge-

spräches erfuhr ich es schließlich: „Zeugnis ablegen" heißt: eine geistliche Autobiographie vor versammelter Gemeinde in möglichst schlichter und unkomplizierter Form zu halten. Ich gebe zu, daß das viel Mut erfordert. Und doch: es wird hier an Dinge gerührt, die so zerbrechlich und grazil sind, daß man sie schweigend ehren, aber nicht durch laute Worte zerreden sollte. Vor allen Dingen: mit welcher minutiösen Genauigkeit diese Leute von ihrer „Bekehrung" reden. Sollten sie wirklich alle eine „Stunde vor Damaskus" erlebt haben – oder besitzen sie die Unverfrorenheit, eine solche in ihre Biographie hineinzukomponieren? Der positive Teil dieses Zeugnisses ist der, daß man sich über sein Glaubensleben klar wird und es übersieht und darstellt. –
Alle physische und psychische Belastung – das kann ich heute dankbar bekennen habe ich ausgehalten, ja überwunden durch die Kraft, die Christus darreicht. Mein Glaube hat seine erste große Bewährungsprobe bestanden. Ich habe gelernt, alles aus Gottes Hand zu nehmen – auch das kleine Stückchen Brot, das er uns in L'Ardoise reichte (und so unregelmäßig reichte, daß es jedes Mal ein Geschenk im wahrsten Sinne des Wortes war) - ; das kleine Stückchen Brot, das mich am Erntedanktag 1945 zu folgenden Zeilen anregte:

> So haben wir noch nie gedankt wie dieses Jahr.
> Die Sorge wurde uns zu einem steten Wegbegleiter.
> Wo immer Deine Güte wurde offenbar,
> Da hat sie uns beschert so manches Jahr

Das täglich Brot; wir wurden darüber froh
und heiter.

Das täglich Brot – wie selbstverständlich war
uns dies.
Jetzt haben wir gelernt, darum zu bitten.
Und wenn wir argen Hunger litten,
dann mundet trocknes Brot uns wie ein Göttermahl,
das Du beschert vom hohen Himmelssaal:
der treue Gott, der uns noch nie verließ.

Doch ist's noch nicht genug der Gaben,
die wir von Dir empfangen haben.
Du gabst Dich selbst in Deinem Wort,
daß Brot wir haben hier und dort.
So baten wir Dich nicht vergebens:
Du bist und bleibst das Brot des Lebens. –

Ja, das Brot des Lebens! Im Kriegsgefangenenlager wurde mir zuteil, die Einheit in Jesu Wesen (bei dialektischer Grundtendenz) zu erahnen, zu erfühlen. Christus ist weder der materielle Brotkönig, als den ihn seine Zeitgenossen schon gern gesehen hätten, noch der vollkommen beziehungslos über der Welt thronende transzendente Weltenrichter. Er ist weder das eine noch das andere – er ist alles beides zu seiner Zeit. – Von L'Ardoise kam ich im November 1945 nach Lager Vernet (d'Arriège). Die größte Notzeit war überstanden und ich durfte aufatmen. Geistige Anregung gab es vor allem durch die Lagerbücherei. Durch die YMCA
(Young Men's Christian Association) kam vor allem gute Lektüre ins Lager, auch theologischer

Natur, die mich natürlich besonders interessierte. Es kamen auch die ersten Nachrichten über die Schweiz vom Aufbau der EKD, der Evangelischen Kirche in Deutschland. Die militärische und politische Niederlage des Nationalsozialismus brachte der Bekennenden Kirche in Deutschland den Sieg. Es war wieder einmal offenbar geworden (die Nationalsozialisten, die ja so große Geschichtskenner sein wollten und sich viel darauf zugute hielten, deren Mahnungen und Lehren zu beherzigen, hatten sich auf diesem Gebiet nicht belehren lassen); ich sage, es war wieder einmal offenbar geworden, daß die Pforten der Hölle die Kirche Christi nicht zu überwältigen vermögen. Man las viel von einem verheißungsvollen Neubeginn. Männer wie D. Wurm und Niemöller, der aus achtjähriger Haft endlich befreit wurde, bürgten dafür, daß auf den Ruinen der Deutschen Evangelischen Kirche von 1933 ein Neubau entstand: der, der Evangelischen Kirche in Deutschland von 1945. Diese EKD sprengt auch wieder die nationalen und völkischen Grenzen. Sie ist in erster Linie Kirche. Und ihr Herr ist Christus und nicht etwa ein deutscher Reichskirchenminister, ein Reichsbischof oder gar der Führer einer nationalen Partei. – Trotz allem ist von einem Neuerwachen wenig zu spüren. Viele laufen geistig im alten Trott und spielen die kirchenfeindliche Propagandaplatte des Nationalsozialismus (die inzwischen schon einen Sprung bekommen hat) noch immer unentwegt ab. Der Gottesdienstbesuch im Lager war echt schwach. Ich habe allerdings auch hie und da Menschen gefunden, die, aufgestört durch den Zusammenbruch, wirklich ernsthaft fragten nach Gott und seinen Wegen. – Eine besondere Freude war es mir, daß ich in dem Weihnachtsoratorium mitsingen konnte (von E. Margenburg), das eine Verkündigung der Weihnachtsbotschaft auf musikalische Weise war. – Mitte Januar 1946 kam ich auf Kommando nach Foix. Hier konnte ich die größte Freude erleben: ich hörte wieder von meinen Eltern, über deren Schicksal ich im Ungewissen war. Welch wunderbare göttliche Fügung! Und mir fiel der Trautext zur Silberhochzeit meiner Eltern am 5.7.1944 ein: „Gelobt sei der Herr täglich. Gott legt eine Last auf, aber er hilft uns auch." Ja, Gott hat geholfen! Und wenn der Glaube einer Beteiligung bedarf, so ist sie hier gegeben! Glaube ist zwar nach Luther der Sprung in den Abgrund. Selig, wer gesprungen ist. Mit Gott kann man über die Mauer springen, heißt es. Über die Mauer der Not, der Sünde, ja selbst des Todes. Und wenn ich auch jetzt vom öffentlichen Leben noch isoliert bin, so bin ich doch nicht allein. Als Glied der christlichen Kirche bin ich eingeweiht in die Ökumene, die weltweite und weltumfassende Schar derer, die Christus als ihren Herrn erkoren haben. Unser Glaube ist der Sieg, der die Welt überwunden hat. Die Welt überwinden aber kann man nur in der Gemeinschaft Christi: wer überwindet, der wird gekrönt."

Weiter geht es wie folgt in Reiners Tagebuchaufzeichnungen über die Nachkriegszeit:

„In memoriam Obernbeck 1950

In diesem Jahre habe ich meinen Urlaub in der Zeit vom 19. Juli bis 1. August bei Richard in Löhne verbracht, der mich nicht nur dieses Jahr

wieder einlud, sondern sogar die gesamten Reisekosten trug.
1. Ich bin mit solcher Liebe und Fürsorge von allen umgeben worden, daß ich eigentlich sehr beschämt bin und mich fragen muß: womit habe ich das verdient?
2. Richard hat weder Zeit noch Kosten gescheut, mir die nähere und weitere Umgebung bekannt und dadurch lieb und wert zu machen. Freilich ist er eben für mich mehr als nur der gutunterrichtete „Fremdenführer". Ich scheide ungern aus diesem Kreis und aus Westfalen, das mich viel heimatlicher anweht als zum Beispiel Württemberg. Ich könnte mir vorstellen, daß ich in Westfalen leichter Fuß fassen könnte.
3. Das größte Geschenk war für mich, daß Richard sich bereit erklärt hat, unsere Freundschaft zu legalisieren. Ich machte ihm dieses Angebot nach einer heftigen Kontroverse bezüglich meiner Stellung zu seiner zukünftigen Verlobten. Er akzeptierte es nicht nur, sondern zeigte sich sogar erfreut darüber; ein Beweis dafür, daß er mir meine vielfach geäußerte – nach gesellschaftlichen Spielregeln – verletzende Kritik nicht übel nahm. Welch eine Freundschaft, sich die Dinge in voller Offenheit sagen zu dürfen! Ich habe so etwas bisher noch nie erfahren. Das macht mich getrost, daß trotz der bestehenden Gefahren unsere Freundschaft bei der Verheiratung des Richard nicht in die Brüche zu gehen braucht. Ich habe Richard dringend gebeten, mir auch diesen Dienst der Kritik zu tun. Er ist viel

zu bescheiden und denkt gewiß zu hoch von mir.

4. Durch zwei Tatsachen (nämlich, dass Richard auf die turnusmäßigen Zusammenkünfte mit A. auch während meiner Anwesenheit nicht verzichten wollte und mich darüber hinaus zu einem Zusammensein zu dritt animierte) entstand ein gewisser Konfliktstoff. So kam es zu einem Kampf zweier Egoismen (dem meinigen und dem A.s), in dem ich natürlich unterlag, ja unterliegen mußte. Ich habe dies Richard ganz offen dargelegt und er hat mir zugestanden, daß er diese Dinge vorher nicht genug überlegt habe. Sonst hätte er's gewiß anders eingerichtet. Von den beiden ist zweifellos – wenn diese kühne Definition erlaubt ist – Richard der „wertvollere" Mensch. Mein Wunsch ist, daß er in der Ehe immer „führen" möge und sich einer eventuell versuchten Verwandtendiktatur (die von Seiten seiner Schwiegereltern droht) erfolgreich widersetzen möge. Er muß unbedingt sein Nur-Spielen mit A. in Kürze stark eindämmen, sonst sehe ich für seine Autorität sehr schwarz. A. ist ein durchaus angenehmer und sympathischer Mensch, wenn auch nicht das, was man eine „Schönheit" zu nennen pflegt. Allerdings ist sie im Vergleich zu Richard noch stark unterentwickelt und unselbständig, was im gewissen Sinne für Richard's „Bildnerarbeit" von Vorteil sein kann. Richard wäre eine größere Entschiedenheit (Härte) in der Verfolgung seiner Ziele zu wünschen: Die Alternative: entweder A. oder Bildungsstreben darf es

für ihn unter gar keinen Umständen geben. Er muß versuchen, A. in seinen jetzt erreichten Lebenskreis hineinzuziehen. Es wäre ein Akt traurigster Resignation, ja der Selbstwegwerfung, wenn er sich alles dessen, was er bis jetzt erworben hat an geistigem Wissen und Bildungsstand um des „Friedens" (übrigens eines faulen Friedens) um seiner Braut beziehungsweise deren Eltern willen entäußern wollte. Solange Richard das wünscht, werde ich als Außenstehender der, der bekanntlich klarer sieht (und in diesem Falle als wohlgeneigter Außenstehender), mich helfend und beratend einschalten. Mein herzlicher Wunsch ist, daß Richard das Glück findet, das man ihm aufgrund seiner guten Charaktereigenschaften und seiner hochherzigen Gesinnung nur immer wünschen kann; ein Glück, das sich nicht in einem spießbürgerlichen Milieu erschöpft, sondern das Weite genug hat, um auch Außenstehendes mit einzubeziehen.

5. Ich habe dankbar erkannt, wie geduldig und freundlich Menschen sein können, die durch Krankheit und Schicksalsschläge gingen und trotzdem nicht versanken. Es ist dies das Wunder der einfachen Herzen. Ich kann Richards Eltern nur ein dankbares Gedenken bewahren und hoffe, daß ich ihnen ein wenig von meiner Freude klarmachen konnte. Daß Richard selbst die ihm durch seine Eltern vielfach erwachsenden Aufgaben so freudig, tat- und entschlusskräftig erfüllt (und dies im Sinne des 4. Gebots) gereicht ihm zur Ehre.

6. Begabt mit dem Segen einer wahrhaften Freundschaft verlasse ich die gastliche Stätte und dass so schnell liebgewordene Westfalen. Ich darf mich Richard's Zusage erfreuen, daß er meinen Besuch erwidern wird und hoffe, daß er sich dieses Versprechens getreulich erinnert. Richard hat, um dieses Zusammensein zu ermöglichen, viele Opfer gebracht. Ich fühle mich ihm trotz seiner gegenteiligen Versicherungen verpflichtet und hoffe, daß ich auch ihm meine Freundschaft auf so „handgreifliche" Weise erneut versichern kann.

Obernbeck, 31. Juli 1950"

„Besuch in München (19. – 21.5.1951)

Abfahrt in Ulm bei strahlendem Sonnenschein – Ankunft in München bei strahlendem Sonnenschein. Mit der Linie 3 zur Leopoldstraße. Von dort zu Fuß auf Suche nach Königinstraße 105. Martin empfängt mich. „Programm" wird festgelegt, später wieder umgeworfen. Wohnung ist groß und vor allem hoch; es teilen sich jedoch zwei Familien drein. Zu Mittag in der Pension gespeist. Vater von Martin würdevoll, selbstbewußt – versucht jedoch, den „kleinen Mann" zu verstehen. Mutter zwar vornehm, doch herzlicher; am Nachmittag mit Martin Bummel durch die Stadt. Die Sonne hat sich verkrochen und blinzelt nur ab und zu. Englischer Garten: von großer Ausdehnung, herrlich ungepflegt. Wuchtiger weißer Steinklotz, in englischen Garten hineingebaut: Haus der Deutschen Kunst! Unversehrt! Amerikaner scheinen hier „Führerstil" gar

nicht so sehr abhold, da Mittelteil als Effigiusmesse eingerichtet. Führerbau (alles aus Marmor) ist als Amerikahaus eingerichtet. Odeonsplatz: Tauben wie eh und je. Taubenfutter gibt es am Erfrischungsstand zu kaufen. Feldherrnhalle verwahrlost (der Deutsche fällt bekanntlich stets von einem Extrem ins andere). Theatinerkirche in heiterstem, daseinsbejahenden Barock. Außen eindrucksvoller als innen. Rathaus, von Martin als Imitation des gotischen Stiles erklärt, macht trotzdem großen Eindruck auf mich. Hofbräuhaus ist enttäuschend – ebenso Platzl - , was Baulichkeit anbelangt. Die Preise sind entmutigend. Dauernd bieten Kellnerinnen etwas an. Maibock schmeckt jedoch vorzüglich. Im Hofgarten blühen Tausende von Stiefmütterchen. Viele Luxusgeschäfte. Autostrom reißt nicht ab. Viele Amerikaner. Am Abend „zu Hause" geblieben. Martin's Verlobte ist da.
Sonntag morgen mit Martin zum Gottesdienst in einem Vorort. Gottesdienst ist liturgisch reich ausgestaltet. Nachmittags allein mit Linie 3 zum Botanischen Garten (Martin hat Liebes-„Pflichten"). Großer Rummel! Tausende von Tulpen in leuchtenden Farben. Verschwiegene Wege zwischen Kiefern verschiedenster Arten. Blühende Bäume. Steingarten. Endlich die Gewächshäuser: innigzarte Orchideenblüten, Hortensien in allen Farben, Kakteen groß und klein, Riesenpalmen. Und dazu die feuchtwarme Luft. Man hört die Pflanzen direkt wachsen. Aus dem Botanischen Garten direkt in die Weite des Nymphenburger Schloßparkes, dessen englischer Stil streng, aber groß wirkt. Fontäne ist in Betrieb. An Führung durch das Schloß teilgenommen.

Noch nie so viele schöne Frauen auf einmal gesehen (Schönheitsbilder). Oder gibt es so etwas nur auf Bildern? Brachten die bayerischen Könige dies in ihrer Sommerresidenz zur „Auferbauung"? Und das Schreibzimmer mit den kostbaren japanischen Malereien! Es ist beinahe des Teuren zu viel! Dann: Run auf die Straßenbahn. Nach Abendbrot im Eiltempo (Martin's Vater macht dazu Konversation) ins Residenztheater. Mit den letzten Besuchern ins gut gefüllte Theater. Viel umstrittener Neubau, außen noch gar nicht fertig. Schlicht und doch vornehm. Viele Münchener können trotzdem ihr reizendes (und unrentables) Barocktheater nicht vergessen. Vom Geschehen auf der Bühne ist alles hingerissen. Das ist eine echte Shakespeare-Aufführung („„was ihr wollt"). Der Beifall prasselt in die Szenen hinein. Das Ensemble spielt hinreißend und Cembalomusik webt einen silbernen Rahmen um die Handlung. Späte Heimkehr.
Montag: Tag des Abschieds. Noch ein Höhepunkt: Besuch der Ausstellung „Deutsche Heimat im Osten" im Ostteil des „Hauses der Deutschen Kunst! Hier kann man stolz werden auf die Leistung der Menschen im deutschen Osten, sei es in Wissenschaft, Wirtschaft oder Kunst, sei es in Pommern, Ostpreußen oder Schlesien. Ganze Schulklassen werden durch die Ausstellung geschleust. Möge die Jugend erkennen, welche Kulturleistung der deutsche Osten hervorgebracht hat!
Schließlich geht es ans Abschiednehmen. Nach einem kleinen Imbiß, eingenommen im Restaurant des Hauses der Deutschen Kunst, und einem letzten Bummel durch die Stadt (diesmal bei

leichtem Regen) besteige ich um 14^{10} Uhr den Zug, der mich zurück ins Schwabenland bringt.

22.5.51"

„Urlaub 1951 mit meinem Freund Richard. (11. – 25. Juli)

Ein wahrer Freund ist ein Geschenk des Himmels
(Friedrich der Große).

Seit es in diesem Jahre Frühling wurde und die Macht des Winters endgültig gebrochen schien, dachte ich sehnsüchtig an den Sommer, der mir den Besuch meines Freundes Richard bringen sollte, dieses treuen Gefährten im letzten Abschnitt der Gefangenschaft und im Dunkel und der Einsamkeit der Nachkriegsjahre. Die bange Frage war nur immer wieder: wird alles klappen? Auch Richard selbst schien sich sehr auf das Wiedersehen zu freuen. Das machte mich getroster. Welch ein Zug von Schwierigkeiten zu überwinden war, erfuhr ich gottlob erst später. Genug: er kam! Auf dem Ulmer Hauptbahnhof konnte ich ihn empfangen. Er war ganz der Alte mit seiner ansteckenden Fröhlichkeit und seinem grüblerischen Ernst (Westfalenerbe). Meine Eltern mochten ihn sofort, meine Mutter lernte ihn wohl sogar lieben. Er brachte für vierzehn Tage Leben und Fröhlichkeit in unser sonst so „abgeklärtes" Milieu. Auf diese äußerlich zum Teil, innerlich immer sonnigen Tage fiel jedoch ein Schatten: der verkrampfte Egoismus einer Frau, die noch nicht eingesehen hat, daß ich nicht ihr Feind bin, der ihr „ihren" Richard entführen will und daß die Pflanze der Freundschaft in anderen Regionen wächst als die der Liebe. Sie konnte sich nicht enthalten, Richard in Form zweier Briefe zwei Giftspritzen zu verabreichen. Dies war der „Dank" dafür, daß er sie an der Entscheidung, daß er auch noch den zweiten Sonntag hier verbringen würde, mit beteiligte. Wir erwanderten und erkletterten uns die Gegend: Rusenschloß, Schillerstein, Blautopf, Weiler. Richard bewunderte den gotischen Münsterbau und nahm am Gottesdienst und Orgelkonzert in diesem hohen Bau teil. Wir fuhren bei schönem Sonnenwetter nach Stuttgart, besichtigten die Wilhelma und nahmen im Staatstheater an der Aufführung der Oper „Rigoletto" teil. Der zweite Höhepunkt war die Fahrt an den Bodensee zu viert. Im Sonderzug der Bundesbahn ging es unter flotter Musik am Sonntagmorgen los. Die „Pfütze" vermochte nicht nur Richard, sondern auch uns Respekt einzuflößen, als sich von Friedrichshafen das Motorschiff „Schwaben" (das modernste der Bodenseeflotte) in Bewegung setzte. Richard gab der Betrachtung der Weite des Sees den Vorzug, während für mich die Küste mit ihren stets wechselnden Eindrücken von Interesse war. Auf dem Promenadendeck musizierte während der Fahrt eine Bundesbahnkapelle. Das Mittagessen nahmen wir in dem romantischen Überlingen ein. Auch die Strandpromenade genossen wir. Der Besuch der

Insel Mainau gehörte trotz des furchtbaren Gedränges vor der Abfahrt zu den schönsten Erlebnissen des Tages. Leider war zuviel „Rummel" auf der Insel. An allen Ecken wurde fotografiert (wir beteiligten uns natürlich auch rege an dieser „Unsitte"). Rosarium, Orangerie und Schlosskapelle lösten besondere Eindrücke aus. Das Schloß wirkt einfach durch seine Schlichtheit und seine hohe Lage. Viel zu früh vergingen die schönen Stunden; um 19 Uhr mussten wir Friedrichshafen im Sonderzug verlassen. Vergessen habe ich noch, die Besichtigung des berühmten Hochaltars und den Besuch des Ulmer Museums zu erwähnen. Für Bilder hat Richard leider noch nicht viel Sinn. Er lehnt jedoch die „Modernen" und „Abstrakten" ab und hat darin meine volle Sympathie. Wir haben uns über die bildende Kunst anhand meines Tagebuches sehr tiefschürfend und anregend unterhalten. Überhaupt unsere Zwiegespräche! Sie waren wieder getragen von jener kompromißlosen Ehrlichkeit, die unsere Freundschaft schon immer ausgezeichnet hat und jener spitzbübisch-heiteren Neckerei, die Richard so besonders anziehend macht. Es wurden – neben allerlei Tagesfragen – folgende Probleme erörtert: Ist Niemöller ein Prophet? – Gottesherrschaft und Politik – Römerbrief Kapitel 1 (anhand des Römerbriefkommentares von Professor Karl Barth) –. Freundschaft und Liebe(in den verschiedenen Variationen) – Kultur und Kunst – Musik (unter Bevorzugung der Oper) – Sexualprobleme im Lichte der Bibel und so weiter. Wie fruchtbar für beide Teile waren doch wohl diese Gespräche! Ich möchte wünschen, daß sie auch praktische Auswirkungen haben. Schrecklich war nur Richards „Ge-ständnis", daß er, als er an einem Nachmittag (wieder) einmal gar nichts anzufangen wußte, A. zum Schaufensteransehen animierte. Ich versuchte ihm klar zu machen, welche Möglichkeiten er versäume, indem er nicht alle Möglichkeiten wahrnehme, seine Verlobte in das kulturelle Leben und Erleben einzuführen. Mir scheint, daß vieles ihrer Antipathie mir gegenüber in der Einbildung beruht, daß ich in einer anderen Welt behiematet bin und ihr Richard dorthin entführen will, während sie, wenn er sie mit geistigen Problemen vertraut machen und die Verliebtheit, die derartigen Gesprächen allerdings hindernd im Wege steht, in Liebe umwandeln würde, allmählich nicht nur für sein wahres Wesen Verständnis finden, sondern sich vielleicht auch die Spannung zwischen A. und mir lösen würde. Richard gab zu, das Problem von dieser Seite noch nicht betrachtet zu haben und versprach, auf diesem Gebiete zu wirken. – Eine mir besonders wichtige Beobachtung muß ich noch anführen: Daß Richard einen sehr guten Geschmack hat, war mir schon seit langem klar. Das brauchte er allerdings nicht erst durch die wunderhübsche Porzellanschale zu beweisen. Dieser gute Geschmack beschränkt sich jedoch nicht nur auf Dinge des täglichen Lebens, er erstreckt sich vielmehr auch auf das Gebiet Kultur und Kunst. Dafür nur zwei Beispiele: Wir bereiteten uns auf den Besuch der Oper vor. Ich gab Richard also das Textbuch zu „Rigoletto" zu lesen. Er fand es wenig erhebend, wenn nicht geschmacklos. Welch treffendes Urteil! – Obwohl er wohl zum ersten Male eine große Oper hörte, war er durchaus nicht von allem fasziniert (wie ich das einmal

bei Wagner war). Er konnte sich auch nicht für alle Solisten begeistern, obwohl deren stimmliche Qualitäten samt und sonders über dem Durchschnitt lagen. Besonders übte er an dem Gesang des Herzogs Kritik. So sehr ich mich nun bemühte, dessen Gesang zu verteidigen, ich tat es mit schlechtem Gewissen, denn seiner Stimme fehlte wahrhaftig der Schmelz. – Vielleicht wird sich Richard seine Enttäuschung merken, die er hatte, als die Darstellerin der Gilda, die auf der Bühne rührend und mit oft liebreizendem Stimmchen agierte, vor den Vorhang trat, um den donnernden Applaus des Publikums entgegenzunehmen. Jetzt auf einmal war sie stolz und eingebildet. Es ist dies – so will mir scheinen – eine durchaus heilsame Erschütterung. Sie vermag einen vor dem Starkult zu bewahren. – Welch ein phänomenales Fingerspitzengefühl bewies Richard erst beim Bedienen des Radioapparates! Und er besitzt zu Hause gar keinen. Welch eine Ironie! –
Ich muß aufhören, um zum Wesentlichen zu kommen. Sonst zerflattert mir alles in Einzelheiten, deren es noch viele zu erwähnen gäbe. Vom Wesen der Freundschaft steht in der Bibel zu lesen: Sprüche 17,17; 18, 24; 27,9. Friedrich, der große Spötter hatte sogar eine hohe Meinung von ihr. Und Goethe hat das geschrieben, was wie ein Hymnus auf <u>unsere</u> Freundschaft klingt:

> Denken die Himmlischen
> Einem der Erdgeborenen
> Viele Verwirrungen zu,
> Und bereiten sie ihm
> Von der Freude zu Schmerzen
> Und von Schmerzen zur Freude

Tief erschütternden Übergang
Dann erziehen sie ihm
In der Nähe der Stadt
Oder am fernen Gestade,
Daß in Stunden der Not
Auch die Hilfe bereit sei,
Einen ruhigen Freund.

Dieser Freund – allerdings leider „am fernen Gestade" – war mir Richard und wird es hoffentlich immer bleiben.

26./7. 51"

„Preußeninvasion in München (Bundestreffen der Schlesier im September 1951)

Es ist viel über die „Preußeninvasion" in München anläßlich des 2. Bundestreffens der Schlesier, dessen Höhepunkt am 15./16. September war, gewitzelt worden. Nun, jedenfalls haben die Bayern dabei profitiert – und zwar in finanzieller Hinsicht: Es blieb eine schöne Stange Geld in München. Die Stadt hatte keinen Schmuck angelegt, ganz vereinzelt sah man eine Fahne. Lediglich die 62 Heimatkreistrefflokale waren geschmückt – doch das gehörte mit zum Geschäft. Unmöglich, alle die Tagungen, Ausstellungen und Veranstaltungen zu besuchen. Die Schlauen sagten sich das von vornherein und blieben im Kreistrefflokal sitzen. Das heißt, sofern sie sitzen konnten. Stellenweise herrschte ein Gedränge, daß man kaum stehen konnte. Im großen „Wappenhof"-Zelt auf der Bayerstraße war das kein Wunder, musizierte doch dort die Waldenburger Bergknappenkapelle unter Musikdirektor Rudolf Horschler. Die Begeisterung kannte keine Grenzen; die Schlesier sangen nicht nur „ihre" Lieder mit, sondern klatschten im Takt in die Hände. Wen sollte man nach dem Weg fragen? Überall Schlesier, nichts als Schlesier! Und da fallen sich wieder zwei in die Arme und erzählen sich unter Lachen und Weinen „ihre" Geschichte. Ein Bild, das man immer und immer wieder sieht. Und dann der evangelische Festgottesdienst am Sonntagmorgen. Eine solch große und andächtige Gemeinde hat die Lukaskirche wohl selten beherbergt. So inbrünstig wurde wohl auch die „schlesische" Liturgie in der Heimat kaum gesungen. Der greise Landesbischof Meiser findet

herzliche Worte für die vielen Schlesier, die den Gemeinden im bayerischen Land nicht nur Not, sondern vor allem Bereicherung bedeuteten.
Die Großkundgebung auf dem Königsplatz rollt mit Präzision ab. Es gibt kein Gedränge, obwohl Abertausende den Platz füllen. Die vielen Trachtengruppen, die auf den Treppenstufen Aufstellung genommen haben, tragen wesentlich zur Verlebendigung des Bildes bei. Die Reden sind maßvoll ohne Ressentiments und Revanchegedanken. Es wird jedoch der unabdingbare Rechtsanspruch auf die Heimat betont.
Im Theater am Brunnenhof spielt man Alfons Teubers Volkskomödie: „Der Glückstopf". Eine gekonnte Aufführung. Auf einem Bild über der Bühne wird die „Verbrüderung" dargestellt, symbolisiert durch den bayerischen Löwen, der dem schlesischen Rübezahl freundlich die Tatze auf die Schulter legt. Im Zuschauerraum sitzen jedoch nur Schlesier. Theorie und Praxis.
In den späten Abendstunden des Sonntags klingt das Gewühl ab. Die Schlesier treten ab, die Bayern zeigen sich wieder. Das 2. Bundestreffen der Schlesier ist zu Ende. Wie wird es im nächsten Jahr in Hannover sein?

27./9.51"

„'Helden' auf dem Podium

Da gehören sie auch hin, solche Helden! Shaw hat sie gegeißelt, die Zuschauer lachen sie aus. Aber eigentlich ist es ja nur ein „Held", eben jener Sergius, der durch Versehen des Feindes zum Lokalhelden wird. Er ist hoffnungslos heldisch, selbst in seiner Liebe zu Raina, der Offizierstochter, die ihre Weltanschauung und also auch ihre Heldenverehrung vom Theater bezieht. Und in diese heldische Atmosphäre platzt staubig, verdreckt und müde der „Pralinésoldat herein, der schweizerische Berufssoldat Bluntschli, der kämpft, wenn er kämpfen muß, jedoch froh ist, wenn er nicht zu kämpfen braucht. Seine Leidenschaft ist: Schokolade essen! Helden? Es gibt – jedenfalls nach seiner Meinung – nur zwei Kategorien von Soldaten: die jungen und die alten. Die jungen Soldaten erkennt man daran, dass sie sich mit viel Munition abschleppen, die alten schleppen auch schwer an der Verpflegung. Bluntschli bringt das Podest auf dem die Helden stehen, ins Wanken. Raina wird von ihren Heldenidealen gründlich geheilt und folgt ihrem nicht unvermögenden Pralinésoldaten in die Schweiz, Sergius fällt der Raffinesse der Kammerzofe Louka zum Opfer.

In Annelene Reichert hat die Städtische Bühne eine Raina auf das Podium gestellt, die über alles Lob erhaben ist: ganz Dame, ganz Backfisch, ganz Weib. Und Peter Scheck gibt den Bluntschli so herzerfrischend, daß er selbst geschworene Militaristen zum Pralinéessen bekehrt. Die Max-Wieland-Galerie in Ulm ist wegen ihres intimen Charakters wie geschaffen für solche „Kammerspiele". Der Kontakt mit den Schauspielern, die in der Mitte der Zuschauer auf dem Podium agieren, ist hier wesentlich enger als im Theater.

1/11.51"

„Tagung evangelischer Laien aus Schlesien

Wer viel an Vertriebenen-Veranstaltungen teilnimmt, der wird etwas wissen um eine gereizte Atmosphäre, um hitzige und zum Teil unsachliche Kontroversen, um persönliches Geltungsbedürfnis und Rechthaberei. Einiges mag dabei entschuldbar sein und auf das Konto der Ausweisungsgreuel und der Nöte und Schwierigkeiten im Aufnahmegebiet geschrieben werden. Umso wohltuender wirkte die Zusammenkunft evangelischer Schlesier aus Württemberg-Baden, die am 10. und 11. November 1951 unter der Leitung von M. Hultrek stattfand. Es herrschte ein Zustand des Aufeinanderhörens; es war ein ernsthaftes Bemühen zu verspüren, Gründe und Gegengründe sachlich und sorgfältig gegeneinander abzuwägen, es fehlten Haßtiraden und Beschimpfungskampagnen. Es war alles maßvoll und dennoch deutlich. Leider konnten wir zwei (mein Vater und ich) am Sonnabend noch nicht dabei sein. Der Sonntag brachte zwei große Referate. Zunächst sprach Buchhändler K. Anders über die Verantwortung und Aufgabe des evangelischen Christen in Landsmannschaft und Flüchtlingsverbänden. Um es gleich vorwegzusagen: Anders widmete seine Ausführungen nur dem ersten Teil des Themas, was vom Tagungsleiter dann auch milde gerügt wurde. Er führte unter anderem aus: Die Menschen, die nur aus der Erinnerung leben, sehen die Heimat nur im rosigsten Licht, flüchten sich in eine Romantik hinein und sehen alles was jetzt ist, schwarz. So können sie untüchtig werden für den Lebenskampf. Wer sich jedoch im besten Sinne des Wortes „erinnert", der wird im Lebenskampf die besten Kräfte aufweisen. Wir haben die Heimat verloren, wir geben sie jedoch nicht auf. Es gibt

für sie keinen Ersatz. Das Unzerstörbare der Heimat wird gepflegt in Briefen, in Heimatblättern und in der schlesischen Kirche. Glaube und Heimat gehören zusammen. Wir sind in die Heimat und in die schlesische evangelische Kirche hineingeboren. Wir sind vor der Welt schuldig, daß wir als Christen uns verantwortlich fühlen und in unseren schlesischen Kreisen mitarbeiten. Unser Anliegen als Christen muß sein, daß sich unsere Veranstaltungen in keiner Weise von den Veranstaltungen eines Kegelklubs unterscheiden. In unseren Büchern haben wir wertvolle Hilfen zur Ausgestaltung schlesischer Abende (Anders führt zahlreiche Beispiele an). Wir müssen dahin arbeiten, daß Einheimische und Vertriebene sich gegenseitig achten und verstehen lernen. Wir müssen Mut haben zur kleinen Zahl, über die bloßen Repräsenta-tionsveranstaltungen hinauskommen. Nicht im Glück, sondern im Unglück offenbart sich der Wert oder Unwert eines Volkes beziehungsweise Volksstammes. Wir müssen uns untereinander besuchen, Singekreise bilden (Einwurf Dr. Hultsch: ‚Man kann sich die Heimat ersingen!'), Jugendarbeit treiben und da mitarbeiten, wo wir gebraucht werden. Die Zeit fordert Bewährung unseres schlesischen Erbes. Nehmen wir ruhig das Gestern in das Heute hinein. Heimat heißt Aufgabe!
In der Diskussion stellt Dr. Hultsch unter anderem fest, daß zum Schlesiertum die schlesische Mundart gehört. Zur Arbeit in der Landsmannschaft gehört Geduld; Enttäuschungen werden uns allen nicht erspart bleiben. Außerdem muß man sich mit dem schlesischen Schrifttum befassen. Im Göttinger Arbeitskreis ist entscheidende wissenschaftliche Arbeit geleistet worden. Dr.

Hultsch warnte davor, am Anfang gleich Teilgebiete zu behandeln. ‚Unseren Schlesiern muß Schlesien überhaupt erst einmal erarbeitet werden. Es muß ihnen Schlesien zunächst als eine Einheit vor Augen gestellt werden.' Wir dürften auch über den Dichtern (die Buchhändler Anders, seinem Metier entsprechend, besonders herausgestellt hatte, nicht die anderen großen Leute vergessen. Auch die Frage eines Pendants zur (katholischen) Eichendorffgilde, die kirchenjahrsmäßig zusammenkommt, wurde besprochen. Dr. Hultsch erinnerte daran, daß Schlesien im Jahre 1523 schon fast ganz evangelisch war. Schlesien war in erster Linie Aufnahmeland für Glaubensverfolgte (Hugenotten, böhmische Brüder, Zillertaler). Es war, so wurde weiter betont – in Schlesien aufgrund seiner besonders schweren kirchlichen Lage eine Art von Toleranz gewachsen, die man in anderen Gebieten so nicht findet. In unserer Landsmannschaft kommt es darauf an, daß Evangelische und Katholische einander gelten lassen. In unseren Heimatabend muß beides gebracht werden.

Dr. Hultsch hielt ‚in der Position eines einzelnen Christen' ein Referat ‚Der Christ und die Oder-Neiße-Linie', aus dem ich folgende Hauptpunkte entnehme:

1. Der Christ und die Geschichte.
2. Gott und die Heimat.
3. Das Recht.
4. Die Lage an Oder und Neiße (historisch betrachtet).
5. Die Ausweisung.
6. Der Christ in dieser Lage.

Geschichte ist etwas, was geschehen ist, was geschieht und weiter geschehen wird. Sie ist eine Bewegung im Auf und Ab. Sie hat kein festes Ziel (etwa pax Roma oder Weltfriede). Nur der Glaubende ist Schauplatz von Gottes Gericht und Gnade. Christus ist der Generalnenner, auf den alles im Himmel und auf Erden gebracht werden soll. Gott stellt nicht nur das Ziel auf; Sein Wille wirkt sich auch in der Geschichte aus. Die Herrschaft Gottes ragt in unsere Zeit hinein, aber sie ist verborgen. Es ist Torheit zu glauben, durch die Austreibung hätte Gott die Geschichte des deutschen Ostens beendet. Unsere Gerichte sind nicht das Endgericht. Was bedeuten fünf Jahre Heimatlosigkeit, so schmerzlich sie für uns sind, für Gottes Geschichte? –

In unserem Schicksal entwickelt sich Heimat. Sie wird ein anderes Gesicht haben als sie hatte. Heimat umfaßt das Land, den Dialekt, Stimmungen, ja Essen und Trinken. Ohne die schlesischen Menschen ist Schlesien keine Ganzheit – und umgekehrt. Die Menschen harren wie die Landschaft auf ihr altes Zusammengeordnetsein. Diese Ordnung fehlt den heutigen Polen in Schlesien, genau wie uns hier. Bei der Vertreibung haben widergöttliche Mächte unter Gottes Zulassung gehaust. Aber ein Mörder bleibt ein Mörder, auch wenn Gott einen Mord zuläßt. Heimat ist eine freie Gnade Gottes. Wo wir sie verloren haben, da ist weder müder Verzicht noch racheschreiendes Aufbegehren der Weg zu ihrer Wiedergewinnung. Buße ist der rechte Weg. Wir haben uns weit von dem Gott unserer Väter entfernt. Wir haben auch in Schlesien eine Säkularisierung gehabt mit leeren Kirchen. In diese Buße schließen wir ein das Unrecht, das

deutsche Landsleute Polen und Russen zugefügt haben. Das tut uns leid, ehrlich leid. Nicht, weil es töricht war, sondern weil es böse war. Diese Buße allein ermöglicht Gottes Freundlichkeit Wie das Gespräch mit unserm östlichen Nachbarn. Wir können nicht sagen, wir hätten ein natürliches Recht auf die Heimat; wir können sagen: Gott will das Recht und darum die Wiedergutmachung des Unrechts, das geschehen ist. Vor Gott haben wir keinen Rechtsanspruch. Vor Gott haben wir die Bitte um Güte und Hilfe. – Alles menschliche Recht ist – evangelisch gesehen – nur Notrecht, weil Recht allein in der Hand Gottes liegt. Dieses Notrecht dient dazu, dem Überhandnehmen des Bösen zu wehren und den Bruch der Gebote wenigstens äußerlich zu verhindern. Es ist, da es von sündigen Menschen geübt wird oft mit Macht und Machthunger verquickt. Wer eigene Fehler und Bosheiten leugnet, da wird allzurasch mit Gewalt das Recht durchzusetzen versucht. Wer eigene Fehler und Bosheiten nicht leugnet, da wird auf eine Gewaltlösung verzichtet. Da wir als Christen aus der Vergebung leben, müssen wir Vergebung üben.
(Der historische Rückblick ist ausgelassen). Unsere Ausweisung kennt keinen ähnlichen Vorgang in der Geschichte. Im Potsdamer Abkommen war von Ausweisung der Deutschen aus Polen die Rede. Ostdeutschland bildet jedoch bis zur endgültigen Grenzziehung deutsches Staatsgebiet. In Jalta wurde lediglich erklärt, daß Polen im Westen entschädigt werden solle. Polen hat lediglich einen Verwaltungsauftrag bekommen. – Mehr als 68 Millionen Menschen sind in Rumpfdeutschland zusammengepresst. Wir können als

Christen nur die Bitte aussprechen zu einem ehrlichen und vergebungsreichen Gespräch zu kommen. Deutsche und Polen haben sich nur ganz selten mit der Waffe in der Hand gegenübergestanden. Die Lage ist schwierig durch den starken Ausdehnungsdrang Rußlands. Rußland ist seit Anfang seiner Geschichte ein Vampyr gewesen. Notwendige Voraussetzung für ein deutsch-polnisches Gespräch ist die Klärung der Grenzfrage. Es muß eingesehen werden, daß ein deutsch-polnischer Ausgleich nicht durch einen Verzicht Deutschlands auf ¼ seines Staatsbesitzes gefunden werden kann. Es sind aber auch die ostpolnischen Verluste zu berücksichtigen. Ostdeutschland ist ein europäisches Problem geworden. Europa hört ja nicht am „eisernen Vorhang" auf, sondern hat dort seine Mitte.
Das Gespräch hat begonnen! Männer des Göttinger Arbeitskreises trafen sich in Paris mit jungen Polen zu einem Gespräch. Soweit der triefschürfende Vortrag des Dr. Hultsch.
Die Aussprache über das Referat wurde mit großer Offenheit und bemerkenswerter Sachlichkeit geführt. Trotz verschiedener Ansichten in vielen Einzelheiten ist man einhellig der Meinung: Es muß unbedingt alles getan werden, um für dieses Problem eine friedliche Lösung zu finden. Ein Krieg ist im Zeitalter der Atombomben gar keine Lösung mehr. Haben wir aber die Ruhe und die Geduld und können diese Dinge in so weiter Sicht sehen? (Unsere Kinder haben bereits eine andere Einstellung zu diesen Dingen). Immer wieder kam man auf das Thema „Krieg". Luther bejaht das „Notrecht". Man kann aber nicht mit der Notwehr Gebiete erobern. Gibt es heute überhaupt noch einen Krieg, der Notwehr sein

kann? Ist nicht der erste Schuß, der heute abgefeuert wird, der Beginn eines allgemeinen Mordens? Pfarrer C. stellt die Frage. Waren der Osten und der Westen im Hinblick auf unsere Aussiedlung wirklich verschiedener Ansicht? Es wurde von allen Besatzungsmächten und von den deutschen Regierungen gesagt: „Ihr aus den Ostgebieten Vertriebenen habt hier eine neue Heimat zu finden!" Wenn der Westen jetzt etwas von einer Revision der Oder-Neiße-Linie redet, dann nur, weil es in seine Politik hineinpaßt. Er hat gar kein Interesse an unserer Rückführung. Was bedeutet das, wenn einige Polen und einige Deutsche miteinander reden? Ich glaube nicht, daß wir zu einer friedlich-schiedlichen Lösung kommen. Die Menschen sind nicht bereit aufeinander einzugehen und aufeinander zu hören. Dadurch werden die Christen auf ihr eigentliches Gebiet zurückgeworfen: auf die Vergebung. Überall haben wir christliche Regierungen, und alle reden von Vergeltung und Rache. In der Politik werden die christlichen Grundsätze nicht beachtet. „Wir kommen nicht anders zurück (in die Heimat als durch einen Krieg. Wir wollen aber alles Kriegsschüren vermeiden. Die Sudetendeuschen tun es, weil sie Gefechtsvorposten von Rom und Washington sind."

Abschließend wendet sich Dr. Hultsch gegen den „Alles oder Nichts"-Standpunkt. Wir müssen gehorsam die Wege gehen, die Gott führt. Wenn er das Unrecht, das geschehen ist, gutmachen will, dann kann er es.

Im Anschluß an die Tagung fand in der Martin-Luther-Kirche in Ulm ein Vertriebenengottesdienst nach der Ordnung der Kirche der Altpreußischen Union statt.

24.3.52"

„Blaubeuren-Gerhausen, Kreis Ulm 1.1.1952

Evangelische Morgenfeier des Hessischen Rundfunks mit einer Ansprache des Kirchenpräsidenten D. Martin Niemöller über Jeremia 15,16. Sind die Drangsale und Anfechtungen, die Jeremia widerfuhren, nicht auch weitgehend diejenigen Niemöllers? –
Daheimgeblieben bei Lektüre und Unterhaltung im Familienkreise."

„3.1.1952

Wie sie lästern! Niemöller ist auf Einladung der russisch-orthodoxen Kirche nach Moskau gereist, begleitet von seiner Tochter als Dolmetscherin (Bischof Dibelius hatte sich angeboten, nach Moskau zu fahren, wurde aber nicht eingeladen). Und Niemöller ist nach einhelliger Meinung nicht der rechte Mann dafür (von kirchlicher Seite behauptet es vor allem Thielicke-Tübingen sehr laut). Niemöller wird in Moskau auch das Kriegsgefangenenproblem zur Sprache bringen."

„Sonntag 6.1.1952

Stadtpfarrer M. weist darauf hin, daß das Epiphanias-Fest das Weihnachtsfest der morgenländischen Kirche war, lange bevor das Abendland Weihnachten feierte. Epiphanias Domini = Erscheinung des Herrn heißt Weihnachten. Gegen Bezeichnung „Heilige drei Könige". Es waren (noch) keine Könige, die kamen, das Kind anzubeten, sondern Astrologen. Dem weit verbreiteten Irrtum ist auch D.L. Sayers verfallen, deren erstes Spiel aus der Hörspielfolge „Zum König geboren" heute vom Süddeutschen Rundfunk (Stuttgart) gesendet wurde. Die Sendung „Die Oder vom Kurländischen bis zum Stettiner Haff" (Bayerischer Rundfunk München) habe ich in Abwesenheit meiner Eltern, die eingeladen sind, angehört und alles auf der schönen Bildkarte Schlesiens verfolgt. Auch Glogau, ja sogar „Kuh"-Beuthen wurde erwähnt (Jochen Klepper ist übrigens in Beuthen geboren worden) – Ich bin bei der Ausarbeitung eines Spieles zum Stiftungsfest der Schlesischen Landsmannschaft Blaubeuren."

„Mittwoch, 9.1.1952

Mit Mutti in den „Kammerlichtspielen" in Ulm zum neuen Farbfilm „Hanna Amon" (Kristina Söderbaum; Buch und Regie: Veit Harlan) gewesen. Trotz gegenteiliger Rezension sind wir begeistert und erschüttert. – Abends zu dritt beim Schlesierabend in Ulm. Dr. Hultsch hält einen fesselnden Lichtbildervortrag „Rund um das Riesengebirge". Heimatlieder und Vorlesungen (Poesie und Prosa) bilden den Rahmen. Das alles (außer dem Lichtbildervortrag) können wir in Blaubeuren beinahe noch schöner machen."

„Sonntag, 13.1.1952

Evangelische Morgenfeier vom Hessischen Rundfunk (Frankfurt) gehört. Zuvor sprach ein

Pfarrer zum morgigen 60. Geburtstag Niemöllers (der inzwischen übrigens von der Moskau-Reise zurückgekehrt ist). Kurzer Spaziergang in die Stadt. Den Nachmittag mit meinen Eltern daheim verbracht (unter anderem Lektüre: „Französische Revolution", Radio gehört: Sinfonie-Konzert). Früh zu Bett."

Sonntag 20.1.1952

Nachmittags zu Hause. Besuch des Herrn Z. bei meinen Eltern. Abends in der städtischen Bühne Ulm: „Der fröhliche Weinberg". <u>Auch</u> von Carl Zuckmayer, schrieb der Rezensent. Und er hatte recht! Für dieses Klamaukstück hat Zuckmayer also in den zwanziger Jahren den Kleistpreis bekommen!? Es ist gut, daß ich „Des Teufels General" und „Der Gesang im Feuerofen" vorher gesehen habe. Nach diesem „fröhlichen Weinberg" (Suff, Brunst, Gegröle, Saalschlacht) hätte ich nichts anderes von Zuckmayer mehr sehen wollen. Und das wäre wirklich schade gewesen!"

„Dienstag, 22.1.1952

Endlich ein Bühnenstück von Gerhart Hauptmann erstanden! („Hanneles Himmelfahrt"). Der Buchhändler hat alle Kataloge durchsucht. Gerhart Hauptmann? Hierzulande nicht gefragt! Wenn einmal etwas ins Antiquariat kommt, liegt es monatelang herum... – Im Amerikahaus: Gerhart Hauptmann? Der gehörte nicht zu den Emigranten und lebte außerdem im russisch besetzten Gebiet...(Eichendorff ist durch Zufall da. War auch kein Emigrant. Amerika nie gesehen. Auswahl besorgte Hermann Hesse. Das gab wohl den Ausschlag). Überschrift: Umerziehung des deutschen Volkes!"

Montag, 28.1.1952

Als ich damals in Norwegen die Novelle „Ursula" von Börner las, da wußte ich nicht, daß ich diese verhalten-romantische Geschichte einer ersten Liebe noch einmal – eigentlich viel schöner – im Film sehen würde. Jetzt ist er da, der Film „Primanerinnen", und er hat den Zauber, der von diesem jugendlich-frischen Geschöpf, das kein „Käfer", sondern ein Mädchen ist und sich etwas dabei denken will, wenn es geküßt wird, auch auf mich ausübt. So beständig kann wohl nur eine Frau sein und so geduldig im Warten. Komisch, daß sie sich zu dem „Windhund" mehr hingezogen fühlt als zu dem Ernsten, Ausgeglichenen, mit stiller Kraft um sie Werbenden. Bei ihm fände sie Geborgenheit und Harmonie, bei jenem ist plötzliches Aufflammen und schnelles Vergessen. Wie merkwürdig bestellt ist es um das menschliche Herz! Wie suchen (und finden) sich gerade die Menschen, die nicht harmonisch zusammen leben können, die voller Gegensätze sind, auf daß sie sich ständig aufstacheln und aufpeitschen und nie zur Ruhe kommen. Doch ist Ruhe nicht Stillstand? - „C'est passé", sagt Regine, meint eine Liebschaft, aus der sie sich noch eben ohne Folgen retten konnte – und flirtet weiter. „Ich möchte wieder allein sein", sagt Ursula zu dem Manne, den sie allein liebt, auf den sie jahrelang gewartet hat und der nur durch einen „Zufall" wieder in ihre Nähe verschlagen wurde. Sie schickt ihn wieder weg, obwohl er gerade im Begriff ist zu entdecken, daß Ursula wirklich seine Liebe gehört." –

„Sonntag 3.2.1952

Mit meiner Mutter im Gottesdienst in der Martin-Luther-Kirche in Ulm. Pfarrer F. sagt in seiner Predigt, daß wir alle aus dem Worte Gottes leben und unsere Entscheidungen fällen müßten. Zu dritt nehmen wir in der „Scala" an einer gut besuchten Kundgebung der „Notgemeinschaft für den Frieden Europas" teil Es sprechen Bundesinnenminister a. D. Dr. Gustav Heinemann, die ehemalige Zentrumsvorsitzende und Bundestagsabgeordnete Helene Wessel sowie Industrieberater Scheu. Alle drei – besonders jedoch Heinemann – legen sehr sachlich und entschieden (bei aller Achtung der Meinung der Gegenseite) ihre Meinung dar, daß eine westdeutsche Aufrüstung zum gegenwärtigen Zeitpunkt abzulehnen sei. Es wird viel applaudiert, Gegenstimmen melden sich nicht. Die Zahl der Unterschriften unter der Petition an den Bundestagspräsidenten wächst. Hier ist keine Agitation, hier herrscht jedenfalls eine klare und saubere Atmosphäre. Man würde wünschen, daß auch die Befürworter der westdeutschen Aufrüstung ihre Gründe so sachlich und ohne Verunglimpfung und ohne Beschimpfung des „Gegners" vortragen würden. – Gestern haben wir mit den Proben zum Stiftungsfest der Schlesischen Landsmannschaft begonnen. Diesmal muß in zwei Abteilungen geprobt werden; mit den Kleinen und den Großen.

„Donnerstag, 7.2.1952

In einer völlig überhitzten Atmosphäre findet die sogenannte Verteidigungsdebatte des Bundestages statt. Sie erstreckt sich über 1 ½ und wird vom Rundfunk übertragen. Mancher Redner kann sich vor Tumult kaum verständlich machen. Man ist gar nicht gewillt, aufeinander zu hören. Die CDU-Sprecher sind bemüht, die SPD auf ihre Seite zu ziehen. KPD-Sprecher nennt das abgekartetes Spiel: im Grunde seien sich Regierungskoalition und Opposition einig. Über die „Notgemeinschaft für den Frieden Europas" wird verschiedentlich von CDU-Seite hergezogen. (Wie lange hat es gedauert, ehe diese Debatte überhaupt zustandekam! Kommt sie zu spät? Ist in Wirklichkeit schon alles abgemacht?). – Gestern ist der englische König Georg VI. gestorben Kronprinzessin Elisabeth wird als Elisabeth II. mit 25 Jahren den Thron besteigen." –

„Sonntag, 16.3.1952

Gestern „stieg" im Saal des Gasthofes zum „Grünen Baum" in Blaubeuren vor vielen Landsleuten, Gästen und Angehörigen anderer Landsmannschaften das Stiftungsfest der Schlesischen Landsmannschaft. 20 Programmpunkte! Es klappte alles wie am Schnürchen. Auch mein Spiel gefiel („Vergeßt die Heimat nicht"). Hörens- und sehenswert war die 15jährige M.A. in der schwierigen Mutterrolle. Das Schauspiel im 2. Teil „Es gibt keinen Rübezahl" erntete wahre Beifallsstürme und viel Gelächter. Papa wurde sehr gelobt und durch den schönen Gesang der Schweinfurter Bürgerwehr („O hängt ihn auf...") und Überreichung eines großen (künstlichen) Rosenstraußes geehrt."

„Sonnabend, 22.3.1952

Ich führe meine Eltern nach Ulm ins Theater zu „Zar und Zimmermann" (Lortzing) Eine mitreißende Aufführung! Mutti reagiert süß, Papa leider sauer. Er hätte einen Polsterstuhl nötig. Und Stillsitzen ist seine schwache Seite. Tempo, Tempo ist seine Devise (auch beim Essen!)."

"Zweites Bundestreffen der Schlesier in Hannover

Ende Juni wurde in Hannover das größte bisher dagewesene Vertriebenentreffen mit einer Gesamtteilnehmerzahl von 320 000 Menschen gefeiert: unser drittes großes Bundestreffen der Schlesier. 320 000 waren es – wir sagten es soeben – die an die Welt appellierten. 320 000 von über 2 Millionen Schlesiern, die in der Bundesrepublik leben. (Das Land Niedersachsen hat die höchste Anzahl mit 722 000).
Trotzdem auf unserer Reisekasse keine Einzahlungen eingingen und manche Landsleute mit Recht über den Fahrpreis stöhnten, nahm eine stattliche Anzahl Mitglieder unserer Landsmannschaft in Blaubeuren am Bundestreffen teil. Wenn uns auch – um es gleich vorweg zu sagen – der Wettergott nicht hold war, so störte das die frohe Stimmung während der drei Tage keineswegs. Wir bestiegen in Ulm am Freitagnachmittag (20. Juni) den Sonderzug, der uns über Giengen, Heidenheim, Aalen, Crailsheim, Bad Mergentheim, Würzburg, Gemünden, Fulda nach Hannover brachte. Unterwegs stiegen so viele Landsleute zu, daß der Zug überfüllt war. Von Wagen zu Wagen fanden hier bereits „Schlesiertreffen" statt. Es wurde geplaudert, gesungen und gescherzt. Auch die feilgebotenen Getränke (leider zu D-Zug-Preisen) gingen weg. Daß ich es hier gleich vorwegnehme: War die Ankunft in München im Vorjahr eine Enttäuschung, so war der Empfang in der niedersächsischen Landeshauptstadt wohl für alle

eine freudige Überraschung. Auf dem Hauptbahnhof wurden wir am Samstagmorgen um 3^{20} Uhr nicht nur durch Marschmusik, sondern auch in schlesischer Mundart begrüßt. Die Stadt war festlich geschmückt. Es hatten nicht nur alle staatlichen und städtischen Behörden geflaggt, es waren nicht nur Spruchbänder angebracht und von manchem Privatmann in oft rührender Weise mit kleinen weiß-gelben Papierfähnchen geschmückt worden: auch die Geschäfte wetteiferten miteinander, um nur ja viel Schlesisches zu zeigen: von schlesischen Trachten bis hin zur getreuen Nachbildung unseres Berggeistes Rübezahl. Polizisten und Straßenbahnpersonal bestand zum großen Teil aus Schlesiern. Nach der Ankunft in Hannover zerstreute sich die Reisegesellschaft. Des Morgens war auf dem mächtiggroßen Messegelände vor den Toren der Stadt, das wir bequem mit der Straßenbahn erreichten, noch wenig Betrieb. In Halle 8 guckten verschlafene Gesichter aus dem Stroh, die übrigen Hallen wurden aufgeräumt, durch die Straßen fuhr der Sprengwagen. Im übrigen war es kalt. Man traf sich gestärkt und angenehm erfrischt vor dem Opernhaus Schlag 9 Uhr zum Freikonzert des schlesischen Bergorchesters wieder. Eine schier unübersehbare Menschenmenge, aus der kaum die hohen Federbüsche der Musiker herausragten. Nach jedem schlesischen Liede spendete die Menge begeisterten Beifall. Um 11^{30} Uhr fand in der Niedersachsenhalle die „Festliche Stunde" statt, in der der Schirmherr des Treffens und „Patenonkel der Schlesier", Ministerpräsident Kopf, die Festrede hielt, das heißt halten wollte. Er kam nicht zu Ende, da er unterbrochen und durch den Gesang des Deutschlandliedes am Weitersprechen gehindert wurde. Die Rede, die Ministerpräsident Kopf halten wollte, ist in der neuesten Ausgabe der „Schlesischen Rundschau" abgedruckt. Es kann ein jeder sich selbst ein Urteil darüber bilden, ob es angebracht war, eine solche Störung zu arrangieren (denn daß sie arrangiert war ist ziemlich klar). Da man auf der Großkundgebung die politischen Ausführungen des Bundesministers Kaiser nicht unterbrach, hätte man wohl auch die Ausführungen Kopfs über den Lastenausgleich und EVG-Vertrag anhören können. Wir werden uns als Landsmannschaft davor zu hüten haben, uns für eine Partei einspannen zu lassen. Unser Dienst gilt allen Schlesiern. Am Samstagnachmittag trat dann die schlesische Jugend in einer Großveranstaltung hervor und legte ein Bekenntnis zur Heimat ab. Inzwischen war sowohl in der Stadt als auch auf dem Messegelände das Gedränge ständig gewachsen. Seinen Höhepunkt erreichte es allerdings erst am Sonntagvormittag, als auch die letzten der 110 Sonderzüge und zirka 12 000 Vertriebene in Hannover eingetroffen waren. Der Samstagabend brachte zwei repräsentative Veranstaltungen: einmal die Festaufführung des Dramas „Florian Geiger" von Gerhart Hauptmann im Staatstheater. Den Darstellern gelang eine überzeugende Wiedergabe dieses Stückes aus dem Bauernkrieg. Der Satz: „Der deutschen Zwietracht mitten ins Herz" erhielt prasselnden Beifall bei offener Szene. In der Europahalle auf dem Messegelände fand ungefähr zur gleichen Zeit unter dem Titel „Vom Annaberg zur Schneekoppe" ein großer Heimatabend statt, der vom Nordwestdeutschen Rundfunk übertragen wurde.

Wenn ich an den Sonntag denke, dann habe ich zunächst nur die Erinnerung an Menschenmassen. Von der Stadtmitte zum Messegelände brauchte ich mit der Straßenbahn eine reichliche halbe Stunde. Trotzdem kam ich zum evangelischen Festgottesdienst in Halle 7 noch zurecht. In Halle 4 fand zur gleichen Zeit eine Pontifikalmesse statt. Beide Konfessionen hielten übrigens Kirchentage ab, die ersten seit der Vertreibung ihrer Glaubensbrüder. Glocken schlesischer Kirchen riefen zur Großkundgebung auf dem Freigelände. Fahnen, Trachten, Transparente und Menschen – das war der Gesamteindruck auf den, der den weiten Platz betrat. Eine Episode: Reichstagspräsident P. Löbe bat darum, der Himmel möge ein Einsehen haben und doch die Sonne etwas hervorgucken lassen. Wie erbeten, so geschah es prompt. Leider blieb es nur bei einem Blinzeln. J. Kaiser, Minister für gesamtdeutsche Fragen, hielt eine großangelegte Ansprache, die inzwischen durch die Presse ausführlich bekannt geworden ist. Abschließend sprach Minister Rat Dr. W. Reiche, der übrigens seinen Vorsitz niederlegte. Zum Nachfolger wurde Dr. K. Hausdorff, bisher Vorsitzender der Landesgruppe Württemberg-Baden, gewählt. Soll ich noch alle Sondertagungen und -treffen aufzählen, die während dieser

Tage abgehalten wurden? Ich fürchte, Sie zu ermüden. Was sich in den Trefflokalen der Heimatkreise beziehungsweise in den Hallen an Wiedersehensszenen abspielte, war ergreifend. Warum wurden wir Überlebenden nur so schrecklich auseinandergerissen? Es wäre alles viel leichter zu ertragen, wenn wir hätten beisammen bleiben können. Den schlesischen Spezialitäten wurde tüchtig zugesprochen. Auch „Patenonkel" Kopf mischte sich in das frohe Treiben und soll – wie berichtet wird – manch Wiedersehen gefeiert haben. Der Kreisgruppe Glogau harrte noch eine besondere Überraschung: Im vollgestopften Saal des Döhrener Maschparkes übergab der Bürgermeister der Stadt Hannover die Urkunde, in der die Übernahme der Patenschaft über Stadt- und Landkreis Glogau verbrieft und versiegelt wird.

Mit Wehmut wurde zur Heimfahrt gerüstet. Als der Sonderzug am Montagmorgen um 10^{40} Uhr, verabschiedet von Schlesierlauten, aus der Bahnhofshalle rollte, da war wohl keiner, der gern zurückgefahren wäre. Alle rühmten die gute Gastfreundschaft der Hannoveraner und die mustergültige Organisation. Wenn auch die meisten von der Stadt nicht allzu viel gesehen haben, da sich der Haupttrubel im Messegelände abspielte, so kann doch gesagt werden, dass Hannover nicht nur eine schöne, sondern auch eine aufbaufreudige Stadt ist. Sie wird allen Teilnehmern am 3. Bundestreffen der Schlesier in guter Erinnerung bleiben.

320 000 Schlesier appellierten in Hannover an die Welt. Sie sprachen stellvertretend auch für

die vielen tausend Landsleute, die gern gekommen wären, aber nicht kommen konnten. Sie gedachten vor allem auch der Brüder und Schwestern, die oft unter den unwürdigsten Verhältnissen noch in der Heimat leben. Ihr Ziel ist: Wiedergewinnung Schlesiens mit friedlichen Mitteln. Keine Rache, sondern Neuaufbau mit allen aufbauwilligen Kräften. Möge das Weltgewissen endlich wachgerüttelt werden. „Vertrauen wir also", nun die Schlußworte der Ansprache des Ministerpräsidenten Kopf zu zitieren, „vertrauen wir also auf Gott und unser Recht. Schlesien war und ist deutsch und wird es bleiben jetzt und immerdar!"

10.7.52"

„20.8.1952

Die Lektüre des Monats steht im Zeichen Luthers: „Hier stehe ich" von R. H. Bainton. Ein sehr aufschlußreiches amerikanisches Lutherbuch. Es hat auch uns im Lande der Reformation viel zu sagen!"

„Die Frage der Beziehungen zwischen Kirche und Staat ist dadurch kompliziert, daß Luther zwei andere Größen einführte, die mit jenen nicht gleichgesetzt werden dürfen. Er nannte sie das Reich Christi und das Reich der Welt. Keines ist in voller Wirklichkeit auf Erden vorhanden...Das Reich Christi ist die Art und Weise, wie Menschen sich verhalten, die durch den Geist Christi bestimmt sind, - sie bedürfen keines Gesetzes noch Schwertes. Solch eine Gesellschaft aber ist nirgends

nachweisbar, auch nicht in der Kirche selbst, die Unkraut neben dem Weizen enthält. Und das Reich der Welt ist die Art, wie Menschen sich verhalten, wenn sie nicht durch Gesetz und Regiment zurückgehalten werden. Aber tatsächlich werden sie in Schranken gehalten. Kirche und Staat können also nicht mit dem Reiche Christi und dem Reiche der Welt gleichgesetzt werden, sondern Kirche und Staat sind beide zerrissen durch das Ringen der dämonischen und göttlichen Kräfte." –
„Unterwürfigkeit von Seiten der Kirche weist Luther zurück. Der Pfarrer ist bestallt, der treue Ratgeber der Fürsten zu sein. ‚Wir sollen ihnen den Pelz wohl waschen und den Mund redlich auftun und sagen, was sie nicht gern hören, und sollen gar nichts danach fragen, ob sie darum zürnen und die Klingen zücken wollten. Denn das Evangelium soll niemands schonen, sondern an jedermann das Unrecht strafen. Christus sagte zu Pilatus: „Es ist wahr, wie du sagst, du hast Gewalt. Aber die Gewalt hast du nicht von dir selbst, sondern sie ist dir von oben herab gegeben.' Damit straft er Pilatus in seiner Vermessenheit und in seinem Trotz. Also müssen wir auch tun. Wir lassen die Gewalt bleiben. Aber in ihrem Frevel und Trotz müssen wir unsere Pilatos getrost strafen. Da sprechen sie dann: ‚Du...lästerst die Majestät der hohen Oberheit'. Darauf antworten wir: ‚Wir wollen leiden, was sie uns tun. Aber daß wir sollten stille schweigen, das Unrecht an ihnen billigen und sagen ‚gnädiger Junker, du tust recht', das wollen wir nicht tun. Um der Wahrheit willen wollen wir auch sterben. Aber dazu stille

schweigen und sie lassen recht haben, wenn sie Unrecht tun, das können und sollen wir nicht tun. Denn die Wahrheit soll man bekennen und das Unrecht strafen. Ein Christ soll der Wahrheit Zeugnis geben und um der Wahrheit willen sterben. Soll er nun um der Wahrheit willen sterben, so muß er mit dem Munde die Wahrheit bekennen und die Lügen strafen. Also zeuget Christus, dass die Gewalt, so Pilatus hat, Gottes Ordnung sei, strafet ihn aber, daß er Unrecht tut.'"

„Bußtag 1952 (19. November)

Der Winter ist schon eingekehrt mit Schnee und Kälte. Endlich ist auch in Württemberg nach jahrelangem Kampf das erreicht worden, was in anderen Ländern eine Selbstverständlichkeit ist: der Buß- und Bettag ist staatlich anerkannter, also gesetzlicher Feiertag geworden.
Welch ein Unterschied: D. Ehlers schrieb eine Abhandlung über die säkularisierte Buße mit einem deutlichen Seitenhieb auf die totalitären Staaten (als wenn nicht heute jeder Staat in Gefahr wäre, sich absolut zu setzen. Wer da stehe, mag wohl zusehen, daß er nicht falle!). Kirchenpräsident M. Niemöller sprach im Hessischen Rundfunk über Römer 2,4. Er legte dar, daß die Buße – selbst beim besten Willen – keine menschliche Möglichkeit ist, daß aber Gott in seiner Güte uns die Möglichkeit zur Buße gibt. Wenn wir durch die enge Pforte der Vergebung hindurchgehen und damit Gottes Urteil über uns anerkennen, dann wandeln wir in einem neuen Leben.

Das Wort vom Bußprediger, der auf dem Jahrmarkt des Lebens zur komischen Figur gemacht wird, ist es nicht leider bittere Wahrheit?

19.11.52"

„<u>Weihnachten 1952</u>

Wieder wird allüberall das Christfest gefeiert. Wird es das wirklich? Ist's nicht weithin – auch in den Ländern der westlichen Hemisphäre, wo noch überwiegend Menschen wohnen, die auf Jesus Christus getauft sind -, ich sage ist's nicht weithin zu einem bloßen Weihnachtsrummel, bestenfalls noch zu einem schönen Kinder- und Familienfest degradiert?
Und was ist's bei denen, die innerlicher veranlagt sind? Stoßen sie wenigstens zum Kern vor?
Hermann Claudius gibt folgenden Ratschlag:

„Und hast du Weihnachten nicht mehr,
nimm einen Zweig von Tannengrün
und laß ein Lichtlein darauf glühn
und rück' nicht lange hin und her.

Von Gottes großer heiliger Ruh'
Gebraucht der Mensch sein heimlich Stück,
taucht in All-Ewigkeit zurück –
und dieses Stücklein brauchst auch du.

Horch, Kinderstimmen klingen fern!
Das Lichtlein zuckt im leisen Wind.

Du fühlst dich selber wie ein Kind.
Und wie auf einem seligen Stern."

Ist's nicht zum Zerfließen vor Rührung?
Aber, o Schreck, wir fühlen uns eben trotz Tannengrün und Licht nicht wie auf einem seligen Stern. Wir kommen von den Dingen des Alltags ja gar nicht mehr los. Wir haben die Schlagworte im Ohr, die uns aus Ost und West tagtäglich anfallen, wir haben die grausige Erinnerung an zwei gnadenlose Kriege und zittern bereits vor einem dritten, wir haben immer noch das Flüchtlings- und Gefangenenelend, mitten durch Deutschland geht noch immer der „Eiserne Vorhang" und die gegenseitige Abschnürung wird von Monat zu Monat brutaler, wir haben den lieblosen und brutalen Existenzkampf, wir sind umgellt von Schreien des Hasses und der Vergeltung.
Nein, wir fühlen uns wahrlich nicht wie auf einem seligen Stern. Wir fühlen und empfinden uns vielmehr nahe dem Abgrund.
Auch Rainer Maria Rilke kann uns da nicht helfen:

„Es treibt der Wind im Winterwalde
die Flockenherde wie ein Hirt,
und manche Tanne ahnt wie balde
sie fromm und lichterheilig wird
und lauscht hinaus, den weißen Wegen
streckt sie die Zweige hin, bereit –
und wehet dem Wind und wächst entgegen
der einen Macht der Herrlichkeit."

Freilich, ein schönes Gedicht, tief empfunden. Wir wollten's nicht wissen. Aber es lehrt uns nicht, recht von Herzen Christfest zu feiern.

Auch Joseph von Eichendorff läßt uns im Stich. Er malt als Romantiker die Weihnachtsstimmung bis hin zum Schlussvers, der mit einem Hymnus endigt:

„Sterne hoch die Kreise schlingen,
aus des Schnees Einsamkeit
steigt's wie wunderbares Singen –
O du gnadenreiche Zeit!"

Wenn wir lernen wollen, recht von Herzen Christfest zu feiern, dann müssen wir bei der Bibel anklopfen. Ihr Bericht ist wesentlich nüchterner. Alles Wortgeklingel ist vermieden, im Zeichen dessen, der arm ward um unsertwillen.
Im Evangelium des Johannes ist der Grund, der uns recht Christfest feiern heißt, kurz, knapp, aber ungeheuer einprägsam dargelegt. Dieser eine Satz (14. Vers 1. Kapitel) hat Gewicht, das spüren wir ihm an.
Johannes bezeugt: „Und das Wort ward Fleisch und wohnte unter uns, und wir sahen seine Herrlichkeit, eine Herrlichkeit als des eingeborenen Sohnes vom Vater, voller Gnade und Wahrheit." Diese frohe Botschaft darf auch und gerade im Jahre 1952 zum Christfest verkündigt werden.
Sie besagt: Gib dir keine Mühe, o Mensch, werde nicht sentimental an Weihnachten, schraube dich nicht in eine Stimmung empor, die spätestens am 3. Feiertag im Katzenjammer endet, ja enden muß.
Du darfst fröhlich und getrost sein in allem wirklichen und vermeintlichen Niedergang, in Tagen der Gesundheit wie in Tagen der Krankheit, als

Reicher und als Armer, als Einheimischer und als Vertriebener, als Junger und als Alter.
„Nun singet und seid froh,
jauchzt alle und sagt so:
Unsers Herzens Wonne
liegt in der Krippe bloß
und leuchtet als die Sonne
in seiner Mutter Schoß.
Du bist A und O."
Christus, das fleisch-, das menschgewordene Wort Gottes, ist Alpha und Omega, Anfang und Ende, Beginn und Ziel unseres Weihnachtfeierns, ja unserer Freude überhaupt.
Haben wir seine Herrlichkeit schon gesehen? Sie springt keineswegs so in die Augen wie das grelle Licht der Leuchtreklamen unserer Großstädte. Sie ist aber auch nicht so trügerisch wie diese, hinter denen sich in den Seitenstraßen noch immer tote Fassaden und Mauerstümpfe wie klagend gen Himmel heben. Die Herrlichkeit Gottes in Christus offenbart sich in dieser Weltzeit nur den Augen des Glaubens.
O möchten wir sie alle schauen seine Herrlichkeit des eingeborenen Sohnes.
Dazu müssen wir unsere Augen bereitmachen, besser, bereit machen lassen. Mit Recht heißt es im Adventslied:

„Ach mache du mich Armen
in dieser heil'gen Zeit
aus Güte und Erbarmen
Herr Jesu, selbst bereit.
Zieh in mein Herz hinein,
vom Stall und von der Krippen.
So werden Herz und Lippen
Dir allzeit dankbar sein."

Hier ist der Brunnen unserer Freude:
„Freude, Freude, über Freude,
Christus wehret allem Leide,
Wonne, Wonne über Wonne,
Christus ist die Gnadensonne!"

Was unterscheidet nun jene Gedichte, die wir am Anfang hörten von jenen letztvernommenen? Ist's nur der Unterschied zwischen Kunst- und Gebrauchslyrik, zwischen romantischer Poesie und schlichtem Gesangbuchvers? Der Hauptunterschied liegt in einem anderen.

Jene Gedichte von Hermann Claudius, Rainer Maria Rilke, Joseph von Eichendorff, sie gehen, so tief empfunden und innig-zart sie auch immer sein mögen, an der entscheidenden Tatsache vorüber, an der Tatsache nämlich, die das Weihnachtsfest erst zum Christfest macht.

Daniel Falk sagt es uns im Lied:
„Welt ging verloren, Christ ist geboren! Freue, freue dich, o Christenheit."

Mit ihm bezeugen dies in aller Vielfalt der Gaben und Begabungen Männer wie Paul Gerhardt, Martin Luther, Nikolaus Hermann und viele, viele andere.

Sie haben sich von Gott beschenken lassen; beschenken mit dem Kind in der Krippe, dem Heiland am Kreuz, dem Herrscher der Welt, der nicht nur unser Leben, sondern das Leben der Völker und Nationen, ja das Schicksal der ganzen Welt in Händen hält.

Geht uns diese Herrlichkeit heute auf, dann dürfen wir im getrost auch im Hinblick auf die großen Spannungen in der Welt, in deren Kräftefeld auch wir Christen – ob wir das wollen oder nicht

– immer wieder mit hineingerissen werden, freudig und erwartungsfroh sprechen.
Die Herren dieser Welt gehen, unser Herr aber kommt!
Professor Karl Barth hat im Jahre 1946 in einem Vortrag über das Thema „Die christliche Verkündigung im heutigen Europa" gesprochen. Er ist nicht wie Spengler zu dem Schluß gekommen, daß Europa am Untergehen ist. Er meint jedoch: „Daß so etwas wie ein Niedergang Europas vorläufig unaufhaltsam im Gange ist, das werden wir nicht leugnen können." Im zweigeteilten Deutschland spürt man das – so meine ich – besonders deutlich. Gerät nicht Westdeutschland immer mehr unter amerikanischen und das sogenannte Ostdeutschland immer mehr unter russischen Einfluß?
August Winnig hat es einmal so definiert: „Was Europa geworden ist, ist es unterm Kreuz geworden. Das Kreuz steht über Europa als das Zeichen, in dem allein es leben kann: Entweicht Europa dem Kreuz, so hört es auf, Europa zu sein."
Nun, was aus dem Osten in Europa eingedrungen ist, das ist zweifellos nicht das Kreuz, das sind die Symbole von Hammer und Sichel; und was von drüben her in Westeuropa immer mehr an Einfluß gewinnt, das ist ein vielfach verharmlostes Christentum, das ans Kreuz Christi nur höchst ungern erinnert wird.
Wir sind aber von Geburt Europäer, und wir sind zugleich durch die Taufe Christen. Und nun meint Karl Barth in dem vorhin zitierten Vortrag, daß wir im Blick auf Jesus Christus, dessen Geburtstag wir heute feiern, trotz allem immer ein wenig mehr ein Ja als ein Nein leben müßten,

ein wenig mehr in der Freude als in der Trauer, ein wenig mehr in der Geduld als in der Ungeduld.

Wir dürfen es, und wir können es kraft der großen Freude, die allem Volke widerfahren ist: „Das Wort ward Fleisch und wohnte unter uns. Und wir sahen seine Herrlichkeit, eine Herrlichkeit als des eingeborenen Sohnes vom Vater voller Gnade und Herrlichkeit."

Jochen Klepper hat diese Herrlichkeit wohl auch schauen dürfen. Seine Dichtung jedenfalls ist davon angerührt. In sein Wort wollen wir einstimmen, in das Wort des Dankes und des Lobpreises:

> „Noch manche Nacht wird fallen auf
> Menschenleid und Schuld,
> Doch wandert nun mit allen der Stern
> Der Gotteshuld.
> Beglänzt von seinem Lichte hält euch
> Kein Dunkel mehr.
> Von Gottes Angesichte kam euch die
> Rettung her."

Hier ist kein Wolkenkuckucksheim wie auf jenem seligen Stern des Hermann Claudius.

Hier ist Gott da mitten in der Not der Zeit, hier ist Gott geboren im Elend der Welt, hier reißt aber auch Christus uns heraus aus Angst und Tod und versetzt uns in sein Reich.

Für Christen müßte eigentlich jeder Tag ein Christtag sein, denn alle unsere Tage sind beschlossen in ihm.

> „Zuletzt müßt ihr doch haben recht, ihr seid nun worden Gotts Geschlecht. Des danket Gott in Ewigkeit geduldig, fröhlich allezeit."

Christfest 1952"

„Was bleibt?

Diese Frage ist nach allen Festen berechtigt. Denn es kommt ja wohl nicht entscheidend darauf an, daß wir ab und zu einmal ein paar Stunden „wie auf einem seligen Stern" verleben, auf die dann rasch und gründlich die Ernüchterung folgt; wichtig ist vielmehr, ob uns die Feste so viel an innerem Gehalt und bleibendem Wert geben, daß ihr Glanz auch den Alltag zu durchleuchten vermag.
Dieses Jahr (1952) schien es beinahe so, als könnte es gar nicht Weihnachten werden. Die Krankheit, die mich schon seit dem Hochsommer dieses Jahres gepackt hält (es sind wohl Kreislaufstörungen) wollte nicht weichen, im Verband gab es Streitigkeiten am laufenden Band (was wiederum die Stimmung innerhalb der Familiengemeinschaft beeinträchtigte), wir hatten sehr unter dem rauhen Klima und dem frühen Winter zu leiden und dergleichen mehr.

Die positiven Dinge (daß Papa nun endlich doch Übergangsbezüge bekommt und daß wir vor Weihnachten durch Anschaffung eines Büfetts unser Wohnzimmer noch besser ausmöblieren konnten) schienen dagegen kaum ins Gewicht zu fallen.

Und dennoch vermochte die Christboschaft unsere Herzen zu beeindrucken.

Am Heiligen Abend feierten wir Christfest im Familienkreis. Ich hielt dabei die vorstehende Ansprache („Weihnachten 1952").

Am 1. Feiertag war ich mit Mutti zum Gottesdienst in Blaubeuren. Stadtpfarrer Nething predigte über Lukas 2, 1-14. Besonders hatte es ihm die Friedensbotschaft angetan. Er wies darauf hin daß alle Bemühungen um den irdischen Frieden letzten Endes erfolglos bleiben müßten, solange die Menschen nicht Gott die Ehre gäben und dadurch mit ihm in Frieden lebten.

Den Rundfunkgottesdienst aus Frankfurt hörten wir am 2. Feiertag zu dritt an. Bischof Wüstemann-Kassel, der über Lukas 2,15-20 sprach, räumte energisch den Irrtum aus, daß der Mensch aus eigener Kraft zum Glauben kommen könne. Zunächst ist's immer Furcht vor Gott und dann Gehorsam seinem Wort gegenüber. So kommt es zum Glauben.

Am Sonntag nach dem Christfest hielt im Anschluß an Lukas 1,46-55 Stadtpfarrer Nething keine „Marienpredigt". Er wies vielmehr daraufhin, daß es sich nur darum handeln könne, wie Maria, die selbst an ihrer Niedrigkeit vor Gott nie gezweifelt habe, Gott zu loben. Sie tat es schon auf die bloße Ankündigung des Geschehens; wie viel mehr Grund hätten wir dann zum Loben.

Was wird nun bleiben?
Gewiß auch die Erinnerung an schön verbrachte Feiertage, etwa an die Aufführung der Märchenoper „Hänsel und Gretel" in Ulm oder die gemütlichen Stunden daheim. Doch das wird hoffentlich nicht alles sein.

Wenn doch der Friede in unserem Herzen bliebe und Einfluß gewönne auf unser ganzes Wesen! Bei Gott ist kein Ding unmöglich.

28/12. 1952"

"Flüchtlingskinder.

Ein schreckliches Wort allein verbirgt nur mühsam eine Unmenge von Belastungen (oft gerade im aufnahmefähigen Alter), von Not, Entbehrung, schlechtem Beispiel. Wo sie das Herausreißen aus allen Bindungen gut überstanden haben, da springen bereits wieder neue Probleme auf. Werden sie sich akklimatisieren? Wenn ja: was dann?
Ordnen sie sich wirklich „spielend" in die oft so ganz anders geratenen Verhältnisse des Aufnahmelandes ein? Viele beantworten diese Frage – etwas leichtfertig, will mir scheinen – mit einem rückhaltlosen ja. Diejenigen freilich, die keine lebendige Erinnerung mehr an die Heimat haben, fühlen sich – falls dieser Prozeß nicht von außen in guter oder böser Absicht gestört wird – „wie zu Hause." Ja, sie kennen das Aufnahmeland schlechthin als die Heimat.
Viele aber haben eben – zumal, wenn sie bereits verständiger waren – noch eine recht lebendige Vorstellung von Schlesien, Pommern, Ostpreußen und so weiter. Sie vergleichen dann auch wohl von Zeit zu Zeit zwischen früher und heute. Manchmal kommt das Aufnahmeland dabei schlecht weg. (So sagte mir gestern die Martha A.: „Bei uns in Schlesien sahen die Dörfer viel sauberer aus als hier. Da waren nicht gleich vor oder neben dem Haus die Misthaufen.

Auch das Holz wurde nicht draußen aufgestapelt." Das sagt ein Mädchen, das beim Zusammenbruch 7 – 8 Jahre alt gewesen ist! Von Älteren will ich hier bewußt schweigen.) Andererseits drängt alles auf Anpassung. Man wird ja geradezu „geschnitten", in der Schule vielleicht sogar verlacht, wenn man hochdeutsch spricht. (Dieselbe Martha A., die, wie sich in den von mir einstudierten Theaterstücken gezeigt hat, ein einwandfreies Hochdeutsch sprechen kann, hat mir einmal gestanden, daß dies ihr große Mühe mache, weil es eben – wie ich hinzusetzen möchte – gegen die Gewohnheit geht. Wenn Schulkinder in der Bahn oder sonst wo hochdeutsch sprechen, dann weiß man nicht nur sofort, daß es Kinder von Vertriebenen sind, sondern dann wird es sofort still, alles wird aufmerksam, bestaunt die Mutigen wie ein Weltwunder oder macht abfällige Bemerkungen.) Ja, in krassen Fällen kommt es sogar zur ordinärsten Beschimpfung der Flüchtlingskinder mit Ausdrücken, die von den Erwachsenen aufgeschnappt wurden.

Im Schulunterricht selbst wird trotz allen Drängens und Mahnens der Vertriebenenverbände und Landsmannschaften Ostdeutschland ein viel zu kleiner Raum und ein völlig untergeordneter Platz im Lehrplan eingeräumt. Um so leuchtender werden hingegen die Vorzüge und Leistungen des Aufnahmelandes ausgemalt.

Nimmt man hinzu, daß es vielen Eltern am Willen fehlt, ihre Kinder mit dem Heimatland vertraut zu machen und darauf zu halten, daß die Kinder nicht einseitig beeinflußt werden, so ist ein düsteres Bild gezeichnet.

Was soll man nur tun?

Diese Frage, so entscheidend sie ist, läßt sich nicht eindeutig beantworten. Sie wird außerdem von so vielen Faktoren mitentschieden, die unserer Beeinflussung nicht oder nur sehr mittelbar unterworfen sind, daß nur die Zukunft zeigen wird, welcher Weg der richtige war.

Das entbindet uns jedoch nicht davon, nach Mitteln und Wegen zu suchen, um aus dem Dilemma herauszukommen.

Ich möchte nur einiges andeuten, was vielleicht weiterhelfen kann! Zunächst eine grundsätzliche Feststellung:

Man meine doch ja nicht, weltweite und aufgeschlossene Menschen erziehen zu können, indem man die Kinder einer einseitigen „Stammes-Dressur" unterwirft. Das will konkret folgendes besagen: Das Schwimmen mit dem Strom ist leicht – auch in der Erziehung der Kinder. Es hat nur einen gewaltigen Nachteil: es schafft Dutzendmenschen.

Da in Südwestdeutschland die Neigung besteht, den eigenen Kulturbestand sehr wichtig zu nehmen und besonders alles ostdeutsche gering zu schätzen oder gar zu negieren, muß bei den Kindern – auch bei den „Flüchtlingskindern" – notwendig ein schiefes Bild entstehen. Hier müssen die verantwortungsbewußten Eltern und Erzieher regulierend und korrigierend einwirken. Und dies nun nicht etwa so, daß ihr eigenes Volkstum jetzt in den Himmel gehoben wird (dadurch würde wieder ein schiefes Bild entstehen, allerdings nach der anderen Seite), sondern vielmehr so, daß alles in das rechte Verhältnis zueinander gebracht wird. Dies ist keine leichte Aufgabe. Es ist aber eine schöne und notwendige Aufgabe, die wahrlich des Schweißes der Edlen wert ist.

Da die Schule in dieser Aufgabe bisher weithin versagt, sehe ich hier eine große Möglichkeit für die Landsmannschaften.

Dieses Thema erwähnen, heißt – dessen bin ich mir wohl bewußt – ein heißes Eisen anfassen. Freilich, eine Landsmannschaft, die sich in nichts von einem Kaninchenzüchterverein oder einem Amüsierklub unterscheidet, wird dieser großen Forderung nicht gerecht werden können, - es sei denn, sie mache zuvor eine Reformation an Haupt und Gliedern durch.

Doch hier wird bereits wieder ein scheinbar gewichtiges Gegenargument vorgebracht:

„Die Jugend bekommt man nicht durch kulturelle Veranstaltungen, man kann sie nur durch Vergnügen und Tanz ködern." Ist das wahr? Zunächst sei einmal folgendes gesagt: Es wird ja gar nicht möglich sein, in jeder landsmannschaftlichen Veranstaltung jedem gerade das zu bringen, was ihm genehm ist. Wir kommen sonst in einen Rummel hinein und verlieren das Niveau. Es gibt auch Veranstaltungen, die man schon um des guten Geschmacks willen nicht mit Tanz beschließen sollte, wie zum Beispiel Gedenk- und Gedächtnisfeiern. Hier soll man sich nicht majorisieren lassen.

Demokratie in Ehren – sie darf jedoch in unserer landsmannschaftlichen Arbeit nicht dazu führen, daß – ich will es einmal so ausdrücken – die Qualität von der Quantität terrorisiert wird.

Was man tun kann und worin wir uns mit Erfolg in Blaubeuren versucht haben ist dies: Innerhalb eines gewissen Zeitraumes, sagen wir eines Jahres, kann man alle oder zumindest die wichtigsten Register ziehen, kann jeder Geschmack einmal befriedigt werden. Unter der Devise: wer die

Jugend hat, der hat die Zukunft eines Volkes ist früher viel drauflosgesündigt worden. Wir wollen deshalb diesem Gemeinplatz nicht über Gebühr Beachtung schenken. Eines sei jedoch angemerkt. Die Kinder (und dieser Begriff einmal nach der Obergrenze ganz weit gefaßt) können sehr gut ins Leben der Landsmannschaft hineinwachsen, indem man sie nämlich nicht nur Zuhörer und Zuschauer sein läßt, sondern sich vielmehr ihr Lernbedürfnis, ihren Spieltrieb, ihren Ehrgeiz und so weiter zunutze macht. Es gibt da so viele Möglichkeiten. Wir waren in Blaubeuren gut im Zuge und hätten noch wahre Wunderdinge erleben können. Freilich, es gehören Geduld und Idealismus dazu. Aber strahlt nicht ein großer Teil der Freude, die die Kinder haben, auf die Erwachsenen zurück? Ich habe es jedenfalls so empfunden. Die Kinder lernen dadurch „spielend" und lernen vieles, was ihnen die Schule (und oft auch das Elternhaus) so nicht gibt. Die Eltern hingegen, denen wirklich darum zu tun ist, ihre Kinder zu gesamtdeutschdenkenden Menschen zu erziehen, können da wunderbar anknüpfen. Diese Kinder aber werden sich im Raume der Landsmannschaft nicht als Fremdlinge fühlen, und ich möchte bezweifeln, daß sie, zu Jugendlichen herangewachsen, die gleiche unmögliche Figur machen werden wie diejenigen, die, obwohl sie Landsleute sind, nur dann erscheinen, wenn Tanz oder Amüsement an dominierender Stelle des Programms stehen. Doch selbst bei dieser Kategorie Jugend könnten die Älteren erziehend eingreifen: freilich mehr durch das, was sie sind, als durch das, was sie reden. Ein gutes Bespiel hat noch immer Wirkungen.

Die Forderung, die Kinder zu den landsmannschaftlichen Veranstaltungen mitzubringen, ist sehr am Platze. Freilich sollte man die Kinder nicht zu allen Veranstaltungen mitschleppen (aufs Faschingskränzchen zum Beispiel gehören sie bestimmt nicht). Und dann muß ein absolut sauberer Ton herrschen. Sonst wird mehr Schaden angerichtet als Nutzen gestiftet. (Ausgesprochene Zoten gehören überhaupt nicht zu landsmannschaftlichen Veranstaltungen Man lasse sich auch hier nicht terrorisieren.)
Freilich, der Mensch ist zu allem Hochstehenden und Wertvollen von Natur aus träge. Doch soll man schon gleich vor der ersten Schwierigkeit kapitulieren? Die Arbeit in Blaubeuren hat mir gezeigt, daß auch das, was nicht gleich jeden ansprach, zumindest zur Stellungnahme reizte; und wenn wir nur dazu kämen, nach Schenke auch Gerhart Hauptmann wenigstens anhören zu können, ohne sofort wieder zur nächsten Faschingsveranstaltung abzuschweifen, dann wäre für uns ganz persönlich, ja dann wäre sogar für unsere Landsmannschaft viel gewonnen. Die Landschaft, die uns hier umgibt, ist einer Ausdehnung feindlich. Lassen wir uns aber dadurch nur nicht auch den Gesichtskreis einengen. Mit Wortspielen ist hier nichts getan. Wir sind kein Verein, gewiß nicht. Wir sind aber auch kein Klub. Werden wollen wir eine Landsmannschaft, die Raum hat für alle – nicht zuletzt auch für die Kinder und Jugendlichen. Das erfordert Mühe. Ehe wir die Jugend schelten, daß sie selten oder gar nicht den Weg zu unseren Veranstaltungen findet, wollen wir uns erst einmal prüfen, was wir ihr denn so besonderes zu bieten haben. Etwas Besonderes aber wird geboten werden müssen.

Das erwartet sie auch von uns – besonders sofern wir den Anspruch erheben, eine Landsmannschaft zu sein.
<u>Dieter Rosen:</u>
Die Verantwortung der geistig Schaffenden vollzieht sich in vier Stufen:
1. ringen um Erkenntnis der Wahrheit
2. Bezeugen der Wahrheit
3. Verbreiten der Wahrheit
4. Handeln in der Wahrheit.

5/3.53"

<u>„Von der Vielfalt zur Einheit?</u>

Das ist seit Jahren die Frage für die Heimatvertriebenen.
Das landsmannschaftliche Prinzip, wenn es überspitzt wird (und gerade die süddeutsche Landsmannschaft ist ein beredtes Zeugnis dafür), ist der Einheit hinderlich.
Wir waren uns in Baden-Württemberg einiger, als es zwar einen „Hilfsverband der unbelehrbaren Neubürger", jedoch keine Landsmannschaften gab (jedenfalls nicht im jetzigen Sinne des Wortes und als starres Prinzip). Solange die Landsmannschaften sich auf ihr kulturelles Gebiet beschränkten, ging alles gut. Doch sie wollten mehr sein und begannen sich Aufgaben zu widmen, die nur von einer allumfassenden überlandsmannschaftlichen Organisation zweck- und wirkungsvoll gelöst werden können. So entstand ein Neben- und recht bald auch ein Gegeneinander. Wem zum Nutzen? Der Phalanx der „Einheimischen", die nun geschickt die eine Gruppe gegen die andere ausspielt. Dabei

kann es dann geschehen, daß diejenigen, die zu schieben meinen, in Wahrheit selbst geschoben werden.

Man kann ja die Vertriebenen nicht nur nach Reichs- und Volksdeutschen klassifizieren, wir sind ja tatsächlich aus allen nur erdenklichen Gegenden willkürlich zusammengewürfelt.
Was hat ein Sudetendeutscher beispielsweise für geistige Beziehungspunkte mit einem Ungarndeutschen?
Das gleiche Schicksal, die Vertreibung, ist kein so starker Kitt, daß er diese Unterschiede auf die Dauer „zukleistern" könnte.
Das Feld behalten die Demagogen! Sie schlagen aus der Not Kapital. Es sind die Besten nicht, die allzulaut ihren Idealismus, ihre Selbstaufopferung preisen. Doch die Masse fällt auf derlei Phrasen herein. Die stille Kleinarbeit jedoch ist wenig geachtet."

„Englische Königskrönung

Warum hat die englische Königskrönung auch und gerade diesmal wieder so eine große Anziehungskraft? Ist's wirklich nur der beispiellose Pomp, die Würde der kirchlich-weltlichen Feier, die Bewahrung der alten Traditionen oder der Zauber einer jungen, strahlenden Frau?
Ich glaube, es ist bei vielen eine ganze Portion Sehnsucht mit dabei, Sehnsucht nach solch einem einigenden Band, wie es die Krone nun einmal ist, nach einem höchsten Repräsentanten, der über den Parteien und so weiter steht, Sehnsucht schließlich auch nach einem Menschen, zu dem man wirklich aufschauen kann. Mich hat's

jedenfalls diesmal richtig mitgenommen, noch ganz anders als 1937.
(Königin Elisabeth II. wurde am 2. Juni 1953 gegen 12.30 MEZ in der Westminster-Abtei zu London gekrönt.)

4.6.53

Der Krönungsfarbfilm von Rank (abendfüllend) war eine Symphonie in Farben."

„Hannoversche Impressionen

I. *Maschsee* Freitag, 25.Sept.1953

„Hundemüde" kamen wir nach einer strapaziösen 13stündigen Nachtfahrt pünktlich um 5.47 Uhr in Hannover an. Nur gut, dass wir uns bei Tante B. erst einmal ordentlich „restaurieren" konnten. Da die 700-Jahr-Feier Glogaus offiziell erst am Sonnabend, also morgen, beginnt, der Sonnenschein jedoch in den Nachmittagsstunden unwiderstehlich ins Freie lockt, bummeln wir über den Ägidienplatz, am Landesmuseum vorbei (der imposante Rathausbau bleibt rechts liegen) zum Maschsee.
Natur ist zum Teil noch das, was ihn am Ufer umgibt, er selbst wurde künstlich angelegt. Doch er passt zu der „Stadt im Grünen". Das Motorboot, das uns rund um den See bringt, zeigt uns stets wechselnde Bilder: bemannte (oder beweibte) Ruder- und Segelboote, Bootshäuser, überdimensionale Badeanstalt, Quelle, Anlegeplätze, Parks, Uferpromenade. Und das alles von der Herbstsonne übergoldet...Doch bleiben wir noch bei der Uferpromenade. Die

Autos müssen hier auf Katzenpfoten schleichen, damit die Spaziergänger nicht gestört werden. Eine besondere Sehenswürdigkeit bietet die überlebensgroße Doppelplastik „Zwei Menschen" von Kolbe. Der Fackelträger hoch auf der Steinsäule ist wohl auch von ihm. Die Plastiken (es gibt ihrer noch mehrere) passen irgendwie besonders gut hierher. Zur Linken der Uferpromenade bemerken wir die große Waldorfschule, ganz mit Grün umgeben, und den modernen Bau des Funkhauses. In Hannover scheint überhaupt eine seltene Harmonie zwischen alten und neuen Bauten zu herrschen. Das Neue paßt sich jedenfalls harmonisch ein. Allein nur des Maschsees willen und um der Beruhigung, die von einer spiegelglatten Fläche ausgeht, wäre es schön, in Hannover zu leben.

II. *Herrenhausen* Sonnabend, 26. Sept. 1953

Heute wurde es fast turbulent. Das Wetter ist gleich bleibend freundlich und mild. Mit der Straßenbahn ging's vorbei am Anzeiger-Hochhaus und dem ehemaligen Welfenschloß (Wappentier) zum ehemaligen Standesamt. Hier fand – noch im kleinen Kreise – die Übergabe der Glogauer Heimatstube statt.
Alles, was mit der Glogau-Feier zusammenhängt, wird hier nur gestreift, mit „Schlaglichtern" versehen werden, da die Ereignisse bereits in Presseberichten ihren Niederschlag fanden. Und Journalisten soll man nun mal nicht ins Handwerk pfuschen, auch dann nicht, wenn man die ketzerische Meinung hat, daß man selbst es wenigstens zehnmal besser gemacht hätte.
Die Intimität der Feier in der Herrenhäuserstr. 10 steht fest. Nur wenige Glogauer waren schon anwesend. Es fehlte die musikalische Umrahmung. Ein großes Bild vom Glogauer Markt (Theater und Rathaustüren), mehrere kleine sowie eine Stadt- und eine Vereinsfahne schmückten den Raum, der noch weiter ausgestattet werden soll. Es sollte im Anschluß an die Feierstunde eine Führung durch den „Großen Garten stattfinden. Ob sie jemals durchgeführt wurde, weiß ich nicht. Nachdem wir lange genug vergeblich gewartet hatten und der Rundfunkmann längst seine „Strippe" wieder eingerollt hatte, beschlossen wir, uns unter Tante B.s Führung selbstständig zu machen. Mit von der Partie waren G.s mit ihrer Enkeltochter. Der Große Garten gehört zu den berühmten Herrenhäuser Königsgärten. Dieselben waren freilich in früheren Zeiten dem Volke nicht zugänglich. Im Schloß

(Galeriegebäude) finden jetzt Theateraufführungen statt. Freilich gibt es auch ein Gartentheater. Die „Bühne" ist reich mit (Bronze-)Statuen geschmückt. Hier finden an schönen Sommerabenden noch heute Freilichtaufführungen statt. Wenn der Große Garten auch im Sommer viel schöner sein muß als jetzt im Herbst, so läßt sich doch manches ahnen. Die arithmetische Form der Anlage muß das Herz aller Mathematiker höher schlagen lassen. Doch nicht nur ihres! Leider fällt die große Fontäne zur Zeit aus. Die Kaskaden sind ziemlich ramponiert. Auch hier plätschert kein Wasser. Sehr schön die Rosenstube mit den Holzpavillons! Die Plastiken sind – jedenfalls für meinen Geschmack – reichlich altmodisch. Die Säulenverzierungen sprechen mich in ihrer Vielfalt und Einfallsfreudigkeit mehr an. Am Abend findet dann im „Döhrener Maschpark" die Veranstaltung statt, die sich Heimatabend betitelt. Die Organisation ist denkbar schlecht (wie konnte man wieder dieses schon im Vorjahre als zu klein befundene Lokal nehmen?), das Programm ein Konglomerat aus pathetischem Ernst und marktschreierischer Heiterkeit und dann das Wettbrüllen zwischen Lautsprecher und „Publikum"! Muß denn die Wiedersehensfreude derart tumultuarische Formen annehmen? (An unserem Nebentisch zum Beispiel begrüßt einer mit Lautstärke 10 jeden seiner ehemaligen „Regimentskameraden". Dem Anschein nach hat halb Glogau ausgerechnet in seinem Regiment gedient.) Die beiden Eichendorff-Lieder, von unserem Musikdirektor Anders am Klavier begleitet, gehen im Lärm einfach unter.

III. *Niedersachsenhalle* Sonntag, 27.Sept.1953

Daß ich nach dem Trubel den Sonntag noch erlebte, ist beinahe wie ein Wunder. Das Wetter ist unverändert sonnig.
Beim evangelischen Festgottesdienst in der Dreifaltigkeitskirche werden viele liebe Erinnerungen wach. Unser Pastor Juhnke hat sich in seiner schlichten, aber doch treffenden Predigtart nicht verändert. Äußerlich scheint er irgendwie „würdiger" geworden zu sein. Als wir dann nach dem übrigens erstaunlich gut besuchten Gottesdienst vor dem Kirchenportal noch mit ihm sprechen bricht wieder sein „altes" strahlendes Lächeln durch. Seine Frau ist, auf den ersten Blick wiederzuerkennen als eine Pastorenfrau, vor allem für pietistische Begriffe zu ungezwungen, ja kapriziös. – Der Predigt lag Jeremia 29,11 zugrunde: „Denn ich weiß wohl, was ich für Gedanken über euch habe, spricht der Herr: Gedanken des Friedens und nicht des Leides." Als unser höchstes Ziel bezeichnet es Juhnke, daß wir nicht nur Frieden bekommen, sondern selbst auch Friedensbringer werden. Über der irdischen Heimat, die – so Gott will – uns im Frieden wieder geschenkt werden kann, dürften wir jener ewigen und eigentlichen Heimat nicht vergessen, zu der wir unterwegs sind. Ich habe selten eine solch bewegte Gemeinde gesehen. Obwohl Pastor J. – wahrscheinlich mit voller Absicht – völlig unsentimental sprach, wurden viele Tränen vergossen. Pastor Fiedler hatte einen Brief geschrieben, der von P. J. verlesen wurde. Dadurch wurde neben der Garnisonkirche auch das „Schifflein Christi" und sein Gemeindeleben vor unser aller Augen lebendig.

Die Niedersachsenhalle ist durch die Eilenriede zu erreichen, jenen großen Stadtwald Hannovers, der, wie Hannovers Oberbürgermeister treffend bemerkte, die Glogauer an ihren Stadtforst erinnern kann. An diesem Morgen fuhren wir das kurze Stück leider mit der Straßenbahn. Überall herrschte Hochbetrieb, nicht zuletzt wegen des Eilenriederennens, das an diesem Sonntag wieder einmal stattfand. Um ihre Stadthalle kann man die Hannoveraner wirklich beneiden. Ein eindrucksvoller Bau, kuppelgekrönt, von ferne an unsere schöne Breslauer Jahrhunderthalle gemahnend. Der Saal, der mehrere tausend Personen faßt, ist an der Stirnwand festlich geschmückt: rechts und links weiß-gelbe Schlesierfahnen, in der Mitte das Glogauer Stadtwappen und darunter ein eindrucksvolles Bild: die Stadt mit ihren Türmen, im Vordergrund die Hindenburgbrücke. Ferner dezenter Grün- und Blumenschmuck (die Blumen sinnigerweise wieder in den Farben weiß-gelb). Das Kammerorchester musiziert vorbildlich. Diesmal herrscht sogar fast Ruhe im Saal. Die Feierstunde, die knapp eineinhalb Stunden dauert, verläuft in würdiger Form. Besonders interessant ist der geschichtliche Vortrag von Lieutenant.

Das Restaurant, das sich im gleichen Gebäude befindet und einen schönen Ausblick auf den Teich mit der Fontäne bietet, ist dem Ansturm der Gäste kaum gewachsen. Die Kellner verzweifeln schier.

In der Mittagspause wird dann noch der zoologische Garten besichtigt, der in unmittelbarer Nähe der Niedersachsenhalle sich befindet. Auch hier herrscht lebhafter Betrieb. Der Tierbestand ist erstaunlich groß. Ich bin etwas verwundert, als ich sehe, daß die Affen den Hauptanziehungspunkt bilden. Warum wohl eigentlich? Ich für mein Teil finde sie gar nicht so sonderlich anziehend, mir gefällt der majestätische Löwe, der etwas träge Elefant, der ständig bettelnde Eisbär viel mehr. Was finden nur die meisten Menschen so hübsch an diesen relativ häßlichen, vernaschten, einander jagenden und lausenden Affen? Sollte Darwin tatsächlich solch eine „Durchschlagskraft" mit seinen Ideen besitzen? Oder ahnt der menschliche Instinkt Zusammenhänge, die der Verstand gern leugnen möchte? Ich gestehe, daß ich von dem Affenkäfig ganz melancholisch wurde.

Papa wurde dieses „Affentheater" zu viel. Er entschwand in die Zoogaststätte und genehmigte sich ein Bier. Recht hat er: solch einen peinlichen Eindruck muß man hinunterspülen.

Zur Stadthalle zurückgekehrt, widmen sich meine Eltern noch ein bißchen den Wiedersehensfreuden, während ich mich mit Tante B. im Stadtgarten ergehe. Ich lasse mir erklären, daß dies so quasi die Reste der Bundesgartenschau seien, ungepflegter zwar, doch jetzt zu durchwandern, ohne daß man Eintrittsgeld entrichten muß. Nun, ich muß gestehen, es ist alles auch jetzt noch schön genug, die vielen Blumen (leider duften die Rosen kaum noch), die seltenen Pflanzen, die verschlungenen Pfade, die Teiche mit Wasserrosen und vielen sattgefütterten Goldfischen, die Pavillons in verschiedener Größe und Form, die Ruheplätze und auch hier die Plastiken. Ja, der „Führer durch Hannover" preist seine Stadt mit vollem Recht als „Großstadt im Grünen"...

IV. *Landesmuseum* Montag, 28. Sept.1953

Der letzte Tag unseres diesjährigen Aufenthaltes in Hannover war einem Besuch im Landesmuseum gewidmet. Auf dem Wege dorthin besichtigte ich noch die wiedererrichtete Marktkirche (evangelisch-lutherisch), die außer einem Schnitzaltar kaum Sehenswertes birgt. Zur Zeit wird gerade eine Orgel montiert. Der Turm der alten gotischen Kirche ist seit Jahrhunderten das Wahrzeichen Hannovers. Das alte Rathaus gleich daneben kann wohl als repräsentativer Bau angesprochen werden, muß jedoch vor der Majestät des neuen, das auf der Farbfotografie gut zur Geltung kommt (es steht – wie sollte es in Hannover anders sein? – am Rande des Maschparks), verblassen. Die Nebentürme und –türmchen gliedern den Bau harmonisch auf, so daß er von dem klotzigen Hauptturm, der übrigens eine vergoldete Spitze trägt, nicht erdrückt wird.
Wollte man alle Abteilungen allein des Landesmuseums auch nur flüchtig besuchen, so müßte man zumindest einen Tag dafür aufwenden. Es ist – das muß ich besonders bemerken – in den Räumen ein reger Betrieb. Man sieht auch viele Jugendliche. Ist das nur deswegen, weil der Eintritt frei ist?
Ich beschränke mich von vornherein auf einen Gang durch die Gemäldegalerie. Ehe man diese Räume betritt, muß man an den Plastiken vorbei. Besonderen Eindruck machte mir der „Zweifler" von Barlach (leider war die betreffende Fotografie ausverkauft, und ich konnte daher meiner Sammlung nur das nach meiner Auffassung

unbedeutendere, jedoch auch für Barlachs Schaffen charakteristische „sitzende Mädchen" einverleiben): mit hängenden Schultern zerwühltem Gesicht und verkrampften Fingern. Die „Große Sitzende" von Kolbe, die einen guten Mittelplatz innehat, beinhaltet die Form von sublimiertem Naturalismus, den eine gewisse Kunstrichtung, die glücklicherweise im Landesmuseum wenig in Erscheinung tritt (dafür beispielsweise im „Paris des Südweststaates" umsomehr), mit Stumpf und Stiel ausrotten möchte, die jedoch noch immer zahlreiche Anhänger hat. Die kleinen Arbeiten des Schlesiers Sintgenis (Kleinplastiken), sind sehr ansprechend und lebendig. Man findet bei ihm hauptsächlich Tierdarstellungen.

Schließlich pflücke ich mir auch aus der Gemäldegalerie einige Blüten heraus. Es sind viel Niederländer vertreten. Fabelhaft gemalte Landschaften. Von Lucas Cranach dem Älteren sehe ich ein mir bisher unbekanntes Bild: Luther auf dem Sterbebett. Feuerbach ist auch vertreten, nicht nur mit seiner rassigen „Mama", sondern unter anderem auch mit einer gewaltigen italienischen Meerlandschaft. Thomas' „Gesang im Grünen" wirkt dagegen sehr gemütvoll, ebenso der „Wanderer im Schwarzwald". Und das geht dann so weiter über Lovis Corinth bis hin zu einigen ultramodernen Exemplaren.

Am Nachmittag unternehme ich bei schlechter werdendem Wetter mit Mutti noch einen kleinen Spaziergang durch die Eilerriede mit einem Rundgang durch den Stadtgarten, dann ist auch dieser Tag absolviert.

Nachwort

Soweit die Hannoverschen Impressionen, mir zur Freude und meinen Eltern zum Dank niedergeschrieben.
Von viel Erlebtem blieb nur wenig haften. Doch das wenige ist mir dennoch teuer.
Es ist wieder ein Steinchen zu dem Weltbild, das sich in jedem Menschen anders formt.

7.10.53"

„Evangelische Kirche zwischen Ost und West (Pfarrer aus der „Ostzone" predigte)

Die beiden Teile Deutschlands, Ost- (besser Mittel-) und Westdeutschland, leben sich auf allen Gebieten immer mehr und ständig weiter auseinander. Ja, man hat fast den Eindruck, daß zwei verschiedene Sprachen gesprochen werden. Durch diese Entwicklung wird auch die evangelische Kirche betroffen, allerdings glücklicherweise nicht in dem Maße, wie es eventuell geschehen sein könnte.
Es gibt hüben und drüben eine Anzahl von Pfarrern und Laien, die diesen West- beziehungsweise Ostkurs ziemlich unkritisch mitmachen; diejenigen jedenfalls, die es nicht tun, haben gute Gründe dafür, das hindert jedoch nicht, daß sie den Machthabern der westlichen beziehungsweise östlichen Hemisphäre unbequem und ärgerlich sind.
Selbstverständlich besteht zwischen der Lage der Christen in der sowjetischen Besatzungszone und den Westzonen ein großer Unterschied. Was man hier in Westdeutschland noch sagen und vertreten kann, ohne daß man mit ernsthaften

Konsequenzen rechnen muß (freilich ohne Verdächtigungen, Beschimpfungen, Entstellungen und Drohungen geht es auch in Westdeutschland in solchen Fällen meistens nicht ab. Siehe Niemöller!), kann „drüben" existenz- ja lebensbedrohlich sein.

Und trotzdem – oder gerade deswegen – scheint der Glaubensstand unserer evangelischen Schwestern und Brüder in der „Deutschen Demokratischen Republik" ein ungleich größerer und erprobter zu sein als der unsrige. Das ist freilich kein Novum in der Geschichte der Kirche, sondern eine alte Erfahrungstatsache, daß nichts der Kirche schlecht bekommt (und das kann man natürlich auch auf den einzelnen Christen übertragen), als wenn sie relativ unangefochten und sicher ist. Von der Glaubenskraft der Gemeinde „hinter dem Eisernen Vorhang" ist schon viel Zeugnis gegeben worden – nicht zuletzt auf dem diesjährigen Kirchentag in Hamburg.

Nun hatte auch ich heute zum ersten Male Gelegenheit, in der Blaubeurer Stadtkirche einen Pfarrer aus der „Ostzone" sprechen (predigen) zu hören. Es war Pfarrer M. aus Sachsen.

Vor einem vollbesetzten Gotteshaus predigte er über Hosea 2,16.

Hier einige Gedanken aus seiner Predigt:

Wir sind als Kirche in die Wüste geführt und werden nicht eher aus dieser Lage entlassen werden, bis wir nicht unsere Schuld erkannt und bekannt haben.

Als ich neulich in München mit einem Architekten sprach, sagte mir dieser: „Sehen Sie sich bei uns nur gut um, und Sie werden erfahren, daß

wir den Krieg gewonnen haben und ihr dort drüben ihn verloren habt." Das Wort hat mich sehr geschmerzt. Darüber hinaus aber hat es mir gezeigt, daß dieser Mann nicht begriffen hat, weshalb uns Gott zwei Kriege verlieren ließ.
Wir sehen uns einem totalitären Staat gegenüber, der uns allenfalls erlaubt, am Sonntag von 9 bis ½ 11 im Kirchenraum zu sprechen, der Rest des Tages und die ganze Woche aber soll einer anderen Weltanschauung gehören. Als wir immer enger zusammengedrängt und unsere Wirksamkeit immer mehr eingeschränkt wurde, da haben wir gefragt, ob wir denn so überhaupt noch weiterleben und –wirken könnten. Allein diese Frage war schon eine Sünde. Als wir das erkannten und bekannten und dann das Wort und wirklich nur noch das Wort Gottes verkündigten, da erlebten wir es, wie der Hunger nach diesem Wort und nach ihm allein viele – auch bisher Fernstehende – ergriff und wie Gott in der Wüste freundlich mit uns redete, so daß wir zu einer lobenden und dankenden Gemeinde wurden.
Jeder hat seine „Wüste". Vielleicht ist es für euch hier das Tempo, das Nicht-mehr-Zeit haben, der rasante Aufbau?

Soweit die Gedanken aus der inhaltsreichen Themapredigt, die hoffentlich ermunternd und anspornend gewirkt hat.

11/10.53"

„Unser König kommt!
(Betrachtung zum Christfest 1953)

Sacharja 9,9: „Aber du Tochter Zion, freue dich sehr, und du Tochter Jerusalem jauchze; siehe, dein König kommt zu dir, ein Gerechter und ein Helfer, arm, und reitet auf einem Esel und auf einem jungen Füllen der Eselin."

Wir haben neulich die interessante Feststellung gelesen, daß an der Königskrönung in England die deutsche Öffentlichkeit einen fast ebenso großen Anteil nahm wie die britische. Diese Krönung, die selbst die so nüchternen und prosaischen Amerikaner auf die Beine brachte und in Entzücken versetzte, wurde mit einem märchenhaften Prunk begangen. Der Farbfilm spiegelte ihn in vielen Details wider. Das Volk, das stundenlang im Regen und Sturm ausharrte, brach in Begeisterungsstürme aus, wenn die traumhafte goldblitzende Königskutsche mit der strahlendjungen Königin erschien. Und gerade in den letzten Wochen erleben wir es wieder von ferne mit, wie ein ganzes Weltreich wegen einer Königin in Bewegung gerät.

Wir Christen haben uns nun hoffentlich durch mehrere Wochen hindurch auf die Ankunft „unseres" Königs vorbereitet. Wir haben dies nicht nur getan, indem wir äußerlich alles schön herrichteten und herausputzten, sondern indem wir auch unsere Herzen seinem Wort öffneten und unsere Hände in Gebet und Flehen er-hoben: „Komm, o mein Heiland Jesu Christ!"
Und nun kommt er! Ein vielstimmiger Chor aus allen Völkern und Nationen, aus allen Jahrhunderten klingt auf: „Tochter Zion, freue dich, jauchze laut, Jerusalem! Sieh, dein König kommt

zu dir; siehe, er kommt, der Friedefürst. Tochter Zion, freue dich, jauchze laut, Jerusalem!"

Wer sollte inbrünstiger singen und jauchzen, wenn nicht wir, die Gemeinde, die Christenheit? Vieles, was in diesen Tagen gesagt und gesungen wird, geschieht rein mechanisch, lediglich der Sitte entsprechend und um ein bißchen in Stimmung zu kommen. Man denkt sich nichts dabei. Freilich, wer sich nichts von Gott erwartet, der tut besser daran, Weihnachten als das „Fest der hohen Sterne" zu feiern, wie es ja auch schon geschehen ist, oder es als Kinderfest zu verniedlichen.
Du aber, Tochter Zion, freue dich sehr, und du, Tochter Jerusalem, jauchze.

Im Neuen Testament wird der Einzug Jesu in Jerusalem beschrieben. Er hat so gar nichts gemein mit dem Triumphzug der Königin Elisabeth durch London. Er hat überhaupt nur den Namen gemein mit dem Einzug irdischer Machthaber.
Da kam ein schlichter, einfacher Mann, auf einem Esel angeritten. Die Jünger, die ihn begleiteten, waren gleichfalls recht unscheinbare Leute aus den ärmeren Schichten der Bevölkerung. Die Volksmenge, die ihr Hosianna rief, haben wir uns gleichfalls vorzustellen als die Vertreter der ärmeren bis mittleren Schichten. Die Hautevolee, die Elite des Volkes war unbewegt, stand vornehm gelangweilt abseits und trat erst in Erscheinung, als es galt, diesen unliebsamen Mahner zu beseitigen.

Und machen wir uns doch an Weihnachten keine Illusionen: So ist es im wesentlichen geblieben bis auf den heutigen Tag.

Das Ärgernis ist da! So ist auch die Kirche, soweit und sofern sie ihrem Herrn in Knechtsgestalt nachfolgt, nicht herrschen sondern dienen, nicht fluchen sondern segnen, nicht hinrichten sondern aufrichten will der Welt genauso ärgerlich und anstößig wie dieser Herrscher der Welt, der auf einem Esel (man bedenke: ausgerechnet auf einem geduldigen Esel!) in Jerusalem einzieht. Daß wir bei Bachs Weihnachtsoratorium in Entzücken fallen, daß wir am lichtergeschmückten Tannenbaum das Weihnachtsevangelium in frommem Pathos lesen, daß wir einmal im Jahre Choräle singen, das sagt noch gar nichts aus darüber, in welch einer Beziehung wir zu diesem neugeborenen König stehen, dessen Reich freilich nicht von dieser Welt ist, dem aber (wer es fassen kann, der fasse es) alle Gewalt gegeben ist im Himmel und auf Erden.

„So bist du dennoch ein König?"

„Du sagst es, ich bin ein König. Ich bin dazu geboren und in die Welt gekommen, daß ich für die Wahrheit zeugen soll. Wer aus der Wahrheit ist, der höre meine Stimme."

Und nun seien wir doch einmal ganz ehrlich: Wer von uns braucht diesen Helfer und Gerechten nicht, von dem es heißt: Kein Zepter, keine Krone sucht er auf dieser Welt. Im hohen Himmelsthrone ist ihm sein Reich bestellt. Er will hier seine Macht und Majestät verhüllen, bis er des Vaters Willen in Leiden hat vollbracht."

„Also hat Gott die Welt geliebt, daß er seinen eingeborenen Sohn gab, auf daß alle, die an ihn glauben, nicht verloren werden, sondern das ewige Leben haben."

Die ganze Welt braucht diesen Jesus Christus. Die ganze Menschheit seufzt mit aller Kreatur nach einem Helfer und Erlöser. Hier ist er! Jesus Christus heißt er, und selig, wer sich an seiner Niedrigkeit, an seiner Armut nicht ärgert, sondern sich ihm ausliefert, so wie er ist und bittet: „Ach mache du mich Armen in dieser heilgen Zeit aus Güte und Erbarmen, Herr Jesu, selbst bereit! Zieh in mein Herz hinein vom Stall und von der Krippen, so werden Herz und Lippen, dir allzeit dankbar sein."

Wir geben uns auch hier keinen Illusionen hin: Wir werden das „Paradies auf Erden" nicht schaffen. Denn es ist gar nicht zu schaffen. Es ist uns verschlossen, von Gott verschlossen. Die Erlösung der Welt und ihre Verwandlung wird geschehen, aber von oben, von Gott her.

Doch wenn wir diesen König aufnähmen, ihn in unser Leben hineinnähmen, so müßte es menschlicher und friedlicher werden auf dieser Erde. Davon muß die Kirche Zeugnis ablegen, wenn sie den Geist ihres Herrn nicht verleugnen will. Denn Christus ist der Friede! Sie muß das bezeugen, was Michael Schirmer so ausgedrückt hat: „Ihr Mächtigen auf Erden, nehmt diesen König an; soll euch geraten werden, so geht die rechte Bahn, die zu dem Himmel führt; sonst, wo ihr ihn verachtet und nur nach Hoheit trachtet, des Herrn Zorn euch rührt.".

Wahres König- und Führertum hat erkannt, daß ihm die Macht „von Gottes Gnaden" gegeben ist, zu regieren und zu leiten und das Beste der

ihm anvertrauten Menschen zu suchen im Gehorsam vor Gott. Nur, wer demnach lebt, wird die Gewalt nicht mißbrauchen ...
Laßt uns auch als Volk diesem Machtdenken und Machtstreben absagen. Es führt zu nichts Gutem, wie die Geschichte lehrt.
Freilich, es bleibt immer der große Unterschied, den wir sehen müssen und sehen sollen. Martin Niemöller drückt das so aus: „Der Machthaber, auch wenn er die Menschen beglücken will – kann immer nur fordern und fordern; der Heiland Gottes – auch wenn die Menschen ihn quälen und töten – kann immer nur schenken und schenken." Wir müssen nur eines tun: das Geschenk annehmen.
Darum auch ist der Sinn des Christgeburtsfestes nicht mit äußerer Aktivität zu füllen. Wir werden ihm nur gerecht, wenn wir leere Hände zu Gott ausstrecken und sie uns von ihm füllen lassen.

Es ist letztlich bedeutungslos, ob wir an der englischen Königskrönung, an dem festlichen Ein- und Umzug der Königin Elisabeth direkt oder indirekt teilgenommen haben. Es ist auch höchst unwichtig, ob wir handelnde Teilnehmer oder Statisten bei den Umzügen, Festen und Heerschauen der Mächtigen dieser Welt gewesen sind oder sein werden. Eins aber ist uns allen Not: daß wir dem Einzug dessen beiwohnen, der arm ward, auf daß wir reich würden, der nichts hatte, auf daß wir alles hätten, der starb, auf daß wir leben und daß wir diesen König, dessen Macht hier auf Erden noch verhüllt ist, begrüßen als unsern Herrn, Heiland und Seligmacher: „Gelobt sei, der da kommt im Namen des Herrn. Hosianna in der Höhe."

Unsere Weihnachtsbitte aber fassen wir zusammen in dem Gebet:
„O Herr von großer Huld und Treue, o komme du auch jetzt aufs neue zu uns, die wir sind schwer verstört! Not ist es, daß du selbst hienieden kommst, zu erneuern deinen Frieden, dagegen sich die Welt empört.
O laß dein Licht auf Erden siegen, die Macht der Finsternis erliegen, und lösch der Zwietracht Glimmen aus, daß wir, die Völker und die Thronen, vereint als Brüder wieder wohnen in deines großen Vaters Haus! Amen.

20.12.53"

„6 Jahre auf einem schwäbischen Dorf.

Man preist das angeblich so gesunde Landleben in den höchsten Tönen. Ganz abgesehen davon, daß die Geräusche und Einflüsse des modernen Verkehrs (mit seinem Lärm) und der Zivilisation die Dorfidylle – soweit es eine solche überhaupt einmal gab – weitgehend zerstört haben, so ist es für den Städter einfach eine „Strafe", eine so lange Zeit auf dem Dorfe zubringen zu müssen.

Seit dem Spätherbst 1947 wohne ich nun schon in Gerhausen, dem „Vorort" von Blaubeuren. (Übrigens eine größenwahnsinnige Bezeichnung. Bei uns pflegten logischerweise nur Großstädte Vororte zu haben.) Seit Mitte Dezember 1947 mit meinen Eltern zusammen. Was das bedeutet, zu dritt in einem einzigen, etwas über 10 qm großen Raum zu leben, kann nur der ermessen, der es einmal selbst durchgemacht hat. Und

dann sogar noch im gleichen Zimmer hocken. Dazu die ständigen Gehässigkeiten und Anfeindungen der Wirtin. Meine Eltern waren überhaupt „übrig". Ich hätte sie nach der Meinung dieser „ehrsamen Witwe" wohl gar nicht hierherholen dürfen. Es schlug dem Faß den Boden aus, als sie uns als „Holzdiebe" anschwärzte. Obwohl sie sie sofort überführten, soll sie sich heute noch für die Verleumdung entschuldigen. Als die Währungsreform kam, wurde sie hysterisch. Nur dem tatkräftigen Einsatz ihres Hausarztes ist es wohl zu verdanken, daß sie heute noch „Krägeles" plätten kann. Daß sie sich das winzige Zimmer gut bezahlen ließ von den Flüchtlingen sei nur zur Abrundung des Bildes erwähnt. DM 20.- waren damals für uns allerhand Geld.
Wie atmeten wir auf, als wir im Juni 1949 eine 2-Zimmer-Wohnung angeboten bekamen. Mit Küchenbenutzung!
Außer der 4köpfigen Familie befand sich damals noch eine junge Kriegerwitwe mit ihrem Sprössling im Hause. Diese hatte im gleichen Stockwerk ein Zimmer (neben unserem Wohnzimmer) und ein Schlafzimmer im Dachgeschoß. Diese Frau, die sich dann bald wieder verheiratete war ein ausgesprochen tyrannischer, selbstsüchtiger, eigensinniger und leichtlebiger Typ. Als wir ihr weder Einblick in unsere Wohnung noch in unsere sonstigen Verhältnisse gestatteten, ließ diese Frau, die von der Hauswirtin, einer klatsch- und zanksüchtigen Person, als „arg nett" bezeichnet wurde, alle Minen springen. Sie, die die Tochter meiner Mutter hätte sein können (allerdings nur dem Alter nach), benahm sich derart gemein und anmaßend gegen meine Mutter, daß

deren Gesundheitszustand – besonders in psychischer Hinsicht - ständig reduziert wurde. Dabei gingen wir den Leuten (meist hielten sie zu dritt die Küche belagert, manchmal schlossen sie sogar die Tür ab, so daß man warten mußte, bis sie ihre „große Wäsche" beendet hatten, nach der es in der Küche meist wie in einer Sauna nach Schweiß stank) direkt aus dem Wege. Den übrigen Hausbewohnern übrigens auch. Der Hausbesitzer, kleiner Vorarbeiter in einer Zementfabrik, ist derart nervös (wovon eigentlich?), daß man gar nicht in Ruhe mit ihm sprechen kann. Er scheint auf dem Standpunkt zu stehen, daß Mieter nur das Recht haben, pünktlich Miete zu zahlen. Dabei soll er sich solch ruhige Mieter noch einmal suchen. Aber wir hätten über den Boden fliegen sollen. Er selbst mit seiner Sippschaft kann jedoch so viel Krach machen wie er will. Was muß man alles „schluk-ken". Anständigkeit scheint hierzulande überhaupt mit Schwäche verwechselt zu werden. Meine Mutter und ich haben ihm, als er gleich im ersten Winter Streit vom Zaune brechen wollte, richtig die Meinung gesagt. Daraufhin hat er sich mit uns nie wieder eingelassen. Wir beide waren aber auch von der ganzen Familie gehaßt, während mein Vater, der leider zu vielem schwieg, beinahe hofiert wurde. Allzugern hätte man einen Keil in die Familie getrieben.
Seit dann der Sohn heiratete und eine fremde Frau ins Haus kam, war der Teufel los. Das änderte sich auch nicht, als die wiederverheiratete Kriegerwitwe, die sich mit Verwandten ein eigenes Haus baute, endlich auszog. Ich bekam dann zwar (allerdings nur auf Zeit) mein eigenes Zimmer. Doch was nützte das? Zunächst war es

ohne Ofen. (Das ist hierzulande so üblich, daß meist nur ein, höchstens jedoch zwei Zimmer heizbar sind.) Außerdem betrug sich das frischgebackene Ehepaar derart laut, daß an Einschlafen oft nicht zu denken war. Wehe jedoch, wenn man etwas sagte. Dann wurde es gerade „zum Fleiß" gemacht. –
Gerhausen heißt im Volksmund „das sündige Dorf" Wohlgemerkt, der Ausspruch wurde nicht von uns, den „Reingeschmeckten" geprägt. Sittenreinheit scheint überhaupt kein Charakteristikum der Albbevölkerung zu sein. Die Inzucht rast wie eine Seuche. Die Kinder wurden statt mit der Milchflasche mit dem „Moscht"-Glas aufgezogen, einem sauren Getränk, fast wie Essig schmeckend und keinen Vergleich mit unserem Süßmost duldend. (Im Herbst wird hier überall gemostet.)
Die Pietisterei, hier ganz groß im Schwange, ist nun ein schwacher Firnis über all der Geilheit.
Bleiben wir ein Weilchen beim Pietismus. Er erzieht scheint's gar sehr zur Heuchelei. Ist darum der Unterschied im Charakter zwischen Protestanten und Katholiken hierzulande nur sehr gering? Und wie sich diese „guten Christen" zum großen Teil gegen die Heimatvertriebenen betragen! Es ist eine Schande.
In der Kirche: welch ein Gegaffe und Geflüster! Man kommt sich direkt „ausgestellt" vor. Der Pfarrer kann den schwäbischen Dialekt nicht einmal verleugnen, das heißt er will es wohl auch gar nicht. „Kernige" Choräle aus der Reformationszeit, werden kaum gesungen. Beliebt sind Lieder mit süßlichem „Geschmäckle". –
Unten auf der Hauptstraße flutet der Verkehr. Lastkraftwagen um Lastkraftwagen, die meisten

mit Spohnschem Zement beladen, dazu ein reger Touristenverkehr. Denn Blaubeuren ist so eine Art „Nationalheiligtum" der Schwaben.

Du liebe Zeit, es liegt ja einigermaßen idyllisch. Es hat auch den Blautopf, den Hochaltar (den die Katholiken gern wieder in Besitz nehmen würden, darum: Wählt S., dann bleibt der Hochaltar evangelisch!") und sogar ein Freischwimmbad. Rechtfertigt das jedoch diesen riesigen Besucherstrom?

Am schönsten ist es in der „Saison" auf den schattigen Waldwegen, sei es zu Füßen des „Rusenschlosses" oder sonst wo; an Spaziergängen ist man überhaupt nie verlegen. Wir sind viel gewandert und gekraxelt (klettern muß man hier überall) und trotzdem in den ganzen Jahren auch nicht annähernd „herumgekommen".

Beruflich war die Gerhausener Zeit „Ebbe" - sowohl für meinen Vater als für mich. Papa schrieb sich die Finger wund – alles ohne Erfolg. Arbeit hatte er zwar genug, Arbeit für die Vertriebenen, die nicht nur nichts einbrachte, sondern sogar noch allerlei Unannehmlichkeiten, Ärger und Verdruß mit sich brachte. (Wer sich bei Behörden und sonstigen Institutionen für Recht und Gerechtigkeit einsetzt, ist gar schnell als „Kommunist" verschrien, und das ist ja wohl hierzulande das Schlimmste, was man einem anhängen kann.) Meine Eltern mußten von Fürsorge und später von „Soforthilfe"-Unterstützung leben. Wie sauer kam sie das an. Mein Verdienst beim Kreisverband des Landesverbandes der vertriebenen Deutschen stieg zwar von 130 auf 180 Mark, doch was war das bei der zunehmenden Teuerung? Trotzdem sparte Mutti „eisern", und so wurde Stück um Stück erst Bekleidung und dann Hausrat angeschafft. Mutti war überhaupt von bewundernswerter Tatkraft! Als mein Vater endlich im Fe-bruar 1953 als Sachbearbeiter beim Ausgleichsamt der Stadt Ulm eingestellt wurde, neigte sich die Gerhausener Zeit ihrem Ende zu. 8 Jahre war mein Vater ohne Arbeitsstelle. Was das für einen geistig regen, arbeitswilligen Menschen bedeutet, vermag nur der zu empfinden, der ähnliches durchlebt hat.

Das Los der „Pendler" haben wir tüchtig ausgekostet. Immer mit der Bahn nach Ulm, sommers wie winters, jahraus, jahrein. Bei mir waren es sage und schreibe über 5 Jahre, bei meinem Vater, der als Kreisvorsitzender des LVD auch täglich nach Ulm mußte, etwas weniger. Und diese alten ausgedienten Wagen! Wie wurde man jedes Mal durcheinandergerüttelt und -geschüttelt! Der Besuch von irgendwelchen Abendveranstaltungen war teils völlig unmöglich, teils mit solchen Strapazen und Geldausgaben verbunden, daß man meist darauf verzichtete. – Das Klima am Fuße der „rauhen Alb" ist uns allen sehr unzuträglich. Nicht nur, daß es kaum Zeiten des Übergangs gibt (der Sommer bricht unversehens aus beinahe winterlichen Temperaturen hervor, und auf den Sommer folgt fast ohne Übergang der Winter), es ist auch sehr oft neblig und naßkalt. Kalte, trockene Winter gibt es hierzulande gar nicht. Beständiges Wetter sucht man vergeblich. So launisch wie das Wetter sind auch die Menschen.

31.1.54"

<u>Umzug nach Ulm</u>

Reiners Vater hat endlich eine Stelle beim Ausgleichsamt in Ulm gefunden, wo sie Schlesier nehmen mussten. Es handelte sich um das Lastenausgleichsamt, wo Wohnungsdarlehen bewilligt und der soziale Wohnungsbau mitfinanziert wurde. Zunächst ist Reiners Vater mit der Bahn hin- und hergefahren. Schließlich fand er für sich und seine Familie eine Wohnung im Lehrertalweg von der Bau- und Siedlungsgenossenschaft. Nun ging es ans Zusammenpacken und den Umzug vorbereiten. Am 7.2.1954 war es dann soweit. Das Haus war noch nicht einmal verputzt, als sie einzogen. Die Wohnung lag im Parterre. Es gab drei Zimmer, eine eigene Küche und ein Bad. Reiner hatte schon zuvor seine schlecht bezahlte Stelle gekündigt. Außerdem hatten sich die Flüchtlinge allmählich integriert. Zuletzt war er Leiter der Geschäftsstelle des Hilfsverbandes für Neubürger, später Bund der Vertriebenen genannt. Finanziell hat es ihm nicht viel gebracht. So war Reiner kurzzeitig arbeitslos. Sein Vater bekam eine Busmonatskarte bewilligt. Er musste um halb acht Uhr anfangen. Sie hatten nun zwar eine eigene Küche und mussten bei der Küchenbenutzung auf niemanden Rücksicht nehmen und wurden von niemandem gegängelt, allerdings fühlten sie sich trotzdem nicht wohl in der neuen Wohnung. Autos wurden vor ihren Fenstern geparkt. Der Lärm wurde mit der Zeit unerträglich. Außerdem wurde vor ihren Fenstern bis in die Nacht hinein Federball gespielt. Da kam es ihnen zustatten, dass Reiners Vater dienstlich mit Baufirmen zu tun hatte, die Anträge auf günstige Darlehen stellten. Bedingung für die Bewilligung war, dass sie Wohnraum für Flüchtlinge zur Verfügung stellten. So kam er mit einem Bauherrn ins Gespräch und bekam eine Wohnung am Kuhberg angeboten. Diesmal kam für ihn nur das oberste Stockwerk in Frage. Es klappte 1956 mit der Wunschwohnung. Sie hatten nun ein schönes großes Wohnzimmer, wo man abends den Ausblick auf wunderschöne Sonnenuntergänge genießen konnte. Daneben lag ein großes Schlafzimmer. Neben der Küche lag Reiners kleines Reich, spartanisch mit Schreibtisch, Bett und Schrank eingerichtet. Er hatte 1954 in der Industrie im Büro angefangen zu arbeiten. Sein Vater hatte bei seiner Arbeit erfahren, dass die Firma expandierte und sein Sohn doch eine Bewerbung schicken solle. Mit der Einstellung hat es dann ziemlich rasch geklappt. Reiner wurde der Nachkalkulationsgruppe zugeteilt und blieb sein ganzes weiteres Berufsleben in dieser Abteilung, die später in Betriebsmittelabrechnung umbenannt wurde. Seine Aufgabe war es, die tatsächlich entstandenen Kosten sowohl arbeits- als auch materialmäßig zu kalkulieren. Mit einigen Kollegen entstand eine lebenslange Freundschaft.

„Pfingsten 1954

Pfingsten, das „liebliche Fest", war gekommen und – es regnete in Strömen. Birkengrün (eine Seltenheit hierzulande) haben wir in der Vase; es stimmt etwas heimatlich, wie die Briefe aus dem letzten Kriegsjahr und der Gefangenschaft, die ich heute wieder in der Hand hielt, Bilder der Heimat aufsteigen ließen. Aber nicht nur das, sondern auch eine gewisse Wehmut. Es waren härtere Zeiten damals, aber das Gottvertrauen wat viel größer.

Der Morgengottesdienst im Chor des Münsters war „stimmungsvoll". Die farbigen Glasfenster ließen jedoch so wenig Licht durch, daß Scheinwerfer nachhelfen mußten. Sie ließen das Gold des Altarschreines aufleuchten. Merkwürdig mutete es an, Menschen des technischen Zeitalters, Massenmenschen – wenn man so will – im gotischen Chorgestühl sitzen zu sehen.

Im Rundfunk (Frankfurt) hielt Kirchenpräsident D. Niemöller uns eine Pfingstpredigt.

Text: 1. Korinther 12,3: „Niemand kann Jesum einen Herrn heißen ohne durch den heiligen Geist."

Hier einige bemerkenswerte Formulierungen:

Die große Mehrzahl der 7 – 800 Millionen Christenmenschen würde sehr ratlos und sehr erstaunt sein, wenn man die Frage, die Paulus an die Gemeinde zu Ephesus stellte, an sie richten würde: : „Habt ihr den heiligen Geist empfangen, als ihr gläubig wurdet?" Die Antwort lautete damals: „wir haben noch nie gehört, ob ein heiliger Geist sei." Heute würde man ein wenig anders antworten. Daß es den heiligen Geist gibt, das hat jeder gehört, aber daß man diesen heiligen Geist empfangen kann, daß es ohne diesen heiligen Geist gar nicht geht, wer mag davon schon einmal gehört haben, daß er es vernommen hat?

Was geht uns das Pfingstfest eigentlich an? Das Christentum ist doch eine alte Angelegenheit, eine Religion, die sich seit zweitausend Jahren von einer Generation auf die andere fortpflanzt. Wir betrachten es so. Wir leben ja doch in einer christlichen Welt!? Braucht es denn noch mehr?

Jawohl, es braucht mehr! Mehr hat die Pfingstbotschaft zu tun. Es geht nicht darum, daß es bei uns Christentum gibt, es geht nicht darum, daß wir christliche Ordnungen und christliche Grundsätze haben; es geht vielmehr darum, daß Jesus Christus selber wahrhaftig und wirklich bei uns Anerkennung findet als unser Herr und als unser Helfer. Und das ist nicht dasselbe: Christentum und daß Jesus Christus mein Herr, unser Herr ist. Wenn wir Christentum sagen, dann bestimmen wir letztlich selbst darüber, was wir darunter verstehen wollen. Und wir verstehen unter Christentum immer nur einen Teil von dem, was Jesus meint und was Jesus will. Wir lassen uns in mancherlei Dingen von ihm raten, uns mancherlei von ihm sagen, aber wir setzen auch selber die Grenze, über die wir nicht hinausgehen wollen. Daß wir unsere Feinde lieben, daß wir Böses gerade mit Gutem bezahlen sollen, nicht wahr, das nehmen wir dem Herrn nicht ab, das nehmen wir nicht mehr hinein in unser Christentum, denn das geht gegen unseren Geist, gegen den gesunden Menschenverstand". Es ist uns tatsächlich unmöglich, ihn einfach und ohne Vorbehalt als Herrn anzuerkennen, als die Autorität, die uns verpflichtet, denn unsere Vernunft rebelliert ja dagegen. Die sagen es zwar nicht, aber wir denken es: Dieser Mann von Nazareth, der Jesus heißt, der treibt es uns doch ein bißchen zu weit. Im Grunde ist er ja doch ein Schwärmer. Und deshalb halten es viele Leute und wir selber mit dem Christentum statt mit dem Herrn Christus. Was machen wir mit diesem Jesus? Wir sind doch weder bereit noch imstande mehr zuzugestehen, als ein Christentum aber ohne Christus, wo wir das eine oder andere zwar annehmen, aber selber Herren bleiben.. Niemand kann Jesum einen Herrn heißen – du kannst es nicht, und ich kann es nicht. So sieht die Welt, so sieht auch die christliche Welt ohne Pfingsten aus. So lange wir keinen heiligen Geist haben, steht es so mit uns. Da bleibt trotz allem Christentum alles beim alten. Da sind wir Menschen uns selbst überlassen. Es ist unser Geist, der Herr bleibt in diesem Christentum, unser Geist, der sehr wohl weiß, daß er selber sich nicht trauen kann. Ob Christentum oder kein Christentum – schließlich macht das keinen Unterschied, solange wir selber Herr sein müssen, so lange wir alle den Weg alles Fleisches gehen, Fromme wie Gottlose.

Pfingsten, das heißt: hier fängt etwas Neues an! Pfingsten, das ist nicht Christentum. Christentum gibt es nur ohne den heiligen Geist. Pfingsten, das ist die Gemeinde Jesu Christi, die Schar derer, die ein und demselben Herrn zugehören, die ihn ihren Herrn heißen.

Die dort (damals) versammelten Jünger handeln ja nicht auf Verabredung, die handeln überhaupt nicht, sondern es geschieht etwas mit ihnen. Jemand anders handelt. Wenn die Jünger von dem sprechen, was da geschehen ist, dann sprechen sie von jemand, der ihnen zu stark geworden ist, dann sprechen sie von seinem Handeln, das tötet und wieder lebendig macht. Und all ihr Sprechen mündet aus in ein einstimmiges Bekenntnis und Zeugnis, das lautet: Jawohl, Jesus ist der Herr! So predigt der heilige Geist.

Das ist die frohmachende Botschaft, auf die wir hören sollen. Wir sollen erlöst werden von allen fremden Tyrannen. Der heilige Geist redet ein sehr klares, ein sehr eindeutiges Wort. Er spricht:

Jesus ist der Herr! Er macht es klar, daß er heute und hier, für dich und für mich der Herr ist. Wir möchten aus Christus immer gerne wenigstens an einer bestimmten Stelle einen Schwärmer machen, damit wir uns seinem Anspruch hier und da entziehen können. Der heilige Geist (aber) stellt Jesus Christus hin als den ganz gehorsamen, Gott ganz wohlgefälligen Sohn des himmlischen Vaters. Wir sind es, die auf krumme Wege denken, um ihm auszuweichen. Wenn wir dem Zeugnis des heiligen Gei-stes Recht geben, dann kommen wir nicht daran vorbei, diesen Jesus als den wahren Herrn gelten zu lassen. Das ist, wo wir es ernst nehmen, eine tief demütigende Sache. Dann stehen wir vor unserem Richter, der unseren Ungehorsam als Verirrung und als Schuld aufdeckt. Das ist auch Zeugnis des heiligen Geistes, daß wir Sünder sind, unnütze Knechte. Wird das weniger demütigend dadurch, dass dieser Herr sich nicht von uns wegwendet? Diese peinliche Angelegenheit wird noch peinlicher dadurch, daß das Jesu letztes Wort für uns bleibt (die Bitte um Vergebung) in der Stunde seines Sterbens, an dem wir auch mit beteiligt sind, weil wir auch nicht wollen, daß dieser über uns herrsche.

Jesus heißt mit Recht der Herr. Gott hat ihn mit Fug und Recht zum lebendigen Herrn gemacht. Die entscheidende Frage, die Frage, ob wir, denen das alles gesagt und bezeugt wird, ob wir das als die frohe Botschaft für uns hören, ob wir Jesus immer Herr heißen können. Es geht darum, daß bei uns, die wir hören, etwas passiert, daß bei uns das geschieht, was Paulus in die Worte faßt: : „Derselbe Geist gibt Zeugnis unserem Geist,

daß wir Gottes Kinder sind." in unserem Zusammenhang kann man auch so sagen: Derselbe Geist gibt Zeugnis unserem Geist, daß der Herr Jesus unser Herr ist, der für uns gestorben und für uns auferstanden ist und der bei uns gegenwärtig ist als der, der unser Leben trägt und regiert. Das heißt, wir selber brauchen den heiligen Geist, um glauben zu können, um Christen sein zu können, um Gemeinde sein zu können. Da langt das Christentum nicht, da braucht es den heiligen Geist.
Darum geht es immer im Christenleben. Darum gehört immer zum Hören der Botschaft das Gebet, jenes Gebet, dem Gott seine Erhörung bestimmt zugesagt hat, das Gebet um diesen heiligen Geist, der das Wunder des Glaubens tut. – Diese Predigt mußte jeden „Christentümler" mitten ins Herz treffen. Und wer ist von uns kein „Christentümler"? Die meisten sind es mehr, als sie wissen oder wahrhaben wollen. –
Und dann kam noch etwas an, am 4.6. in Kassel zur Post gegeben: die Hochzeitsanzeige von Hans. (Die Hochzeit fand am 5. Juni statt.) Warum so förmlich? Nun, trotz aller Restaurierungswünsche hat sich die Freundschaft dem (streng-)katholischen Schwaben und dem evangelischen Preußen nur als Fiktion aufrechterhalten lassen. Seit Hans aus der Gefangenschaft kam, ist er mir zusehends immer mehr entglitten. Seit einer ziemlich scharfen brieflichen Kontroverse auf politischem Gebiet, bei der sich offenbarte, daß Hans kritiklos und entschlossen, der Adenauerschen romhörigen Westkonzeption huldigt, liegt die Freundschaft in den letzten Zü-

gen. Sie war offenbar nicht stark genug, um gegenteilige Ansichten durch ein Gemeinsames überbrücken zu können.

6./7.6.54"

„Schwanengesänge deutscher Soldaten

Nun habe ich das kleine Bertelsmann-Bändchen endlich, das immer wieder vergriffen war: „Letzte Briefe aus Stalingrad". Ich habe das schmale Bändchen trotz des Grauens, das mich auf jeder Seite ansprang, in einem Zug zu Ende gelesen. Um es schneller hinter mich zu bringen? Aber es läßt sich nicht so einfach hinter sich bringen – und das hat hoffentlich bei vielen, die es in die Hand bekommen, eine nachhaltige Wirkung. Alle Briefe sind erschütternd, ganz gleich, ob sie Banales oder Letztes aussagen, ob sie von einem Schauspieler oder von einem Pfarrerssohn geschrieben wurden, ob von einem Hoffnungslosen oder von einem, der noch immer an den „Endsieg" zu glauben versucht oder der doch zumindest hofft, daß der Führer" sein Versprechen wahr machen und „seine Soldaten" aus dem mörderischen Kessel herausholen wird. Irgendwie scheinen diese Briefe, auch die zynisch und frivol klingenden, mit Herzblut geschrieben worden zu sein. Eine besondere Tragik ist es, daß sie ihre Empfänger nie erreicht haben, ja nicht erreichen konnten, weil sie auf „höchsten Befehl" „ausgewertet" werden sollten und wohl auch wurden.

Sollte Stalingrad (hier ein Name für viele) nicht ein Wahrzeichen sein für alle die, die noch Menschen sind, ihre ganze Kraft dafür einzusetzen, daß sich ein solches Völkermorden nicht wiederholt? Und dies umsomehr, als in den reichlich zehn Jahren, die inzwischen verflossen sind, hüben und drüben „mit Erfolg" noch viel furchtbarere Vernichtungsmittel erforscht und hergestellt worden sind.

Man braucht wirklich nicht Christ zu sein, um zu wünschen und dafür zu wirken, daß irgendwo auf der Welt keine solchen „Schwanengesänge" Hingeopferter mehr zu ertönen brauchen.

16.7.54"

„Regen über Hermannsborn – Erinnerungen eines Kurgastes

Samstagnachmittag! Eigentlich ein Grund zur Freude, denn die Arbeit der Woche liegt hinter uns. Draußen strömt der Regen, monoton und nervenaufreibend, der Garten trieft vor Nässe. So recht ein Wetter zum Träumen.
Vor mir liegt ein Album mit grünem Einband. Hoffnung – worauf? Auf Erinnerungen lassen sich keine Hoffnungen aufbauen. Oder doch? Das Album birgt in der Tat Erinnerungen an Hermannsborn. Wo das liegt? Gemach, ich wußte das auch nicht so genau. Ehrlich gesagt: ich wußte es überhaupt nicht. Und doch knüpfen sich an das im Städteverzeichnis nicht aufgeführte Bad Hermannsborn schöne Erinnerungen, Erinnerungen nicht nur eines verregneten Sommers. Ob es dort immer noch regnet? Oder

schon wieder? Bald wird man sich fein machen zum Tanzabend. Das ist die einzige Unterhaltung dort am Wochenende. Wer nicht mitmachte, galt in gewissem Sinne als Außenseiter. Ich auch. Doch davon später.
Ich blättere das Album durch. Die Aufnahmen sind gut geworden, sogar die Regenbilder.
Und da ist noch etwas. Ein Brief aus Köln am Rhein. Energische Schriftzüge. Mit eiliger Feder geschrieben und dennoch klug und pointiert. Kurze Milieuschilderung und dann jener zum Grübeln anreizende Satz: „Ein Menschenherz ist eben das harmonischste Ding auf der Welt." Sagte nicht so etwas ähnliches der Kirchenvater Augustin? Er drückte es vielleicht ein wenig „frömmer" aus. Aber gemeint ist wohl das gleiche.
Vielleicht ist dieses Unterfangen, etwas von dem, was sich in Hermannsborn „ergab", aufzuzeichnen, auch einem solch komischen Ding wie Menschenherz entsprungen. Es wird keine Allgemeingültigkeit haben. Soll es auch gar nicht! Es wird falsche Werturteile enthalten. Wer urteilt, begibt sich stets in die Gefahr des Irrens. Soll Beurteilung darum unterbleiben? Es wird vieles nachträglich idealisiert werden. Mag es! Ein kitschiger Kalendervers kommt mir in den Sinn (oder war es gar ein Stammbuchvers). Und selbst in diesem süßlichen Kitsch steckt ein Körnchen Wahrheit. Wenn mir bei dem nervenzermürbenden Wetter kein Bonmot einfällt, sei er zitiert: „was vergangen kehrt nicht wieder, ging es aber leuchtend wieder, leuchtet's lange noch zurück."

Also wo liegt's denn nun, dieses Hermannsborn? Irgendwo in Westfalen! Das ist so ziemlich alles, was man erfahren konnte. Wenn einen die Krankenkasse dorthin zur Kur schickt, dann nimmt sie wohl als selbstverständlich an, daß man mit der geographischen Lage bestens vertraut ist. Eine Ansichtskarte half. „Hermannsborn über Bad Driburg" lautete der Stempel. Bad Driburg ließ sich zur Not finden. Ja, es war ein weiter Weg für mich nach Hermannsborn. Diejenigen, die aus Nord- und Westdeutschland kamen – und das war die Mehrzahl – hatten es leichter.

Der Himmel weinte, als der Zug, von Altenbeken kommend, in Bad Driburg anlangte. Dieses Bad Driburg, eigentlich mehr ein Dorf, auf Stadt (Kurstadt) poliert, sollte in gewissem Sinne mein Schicksal werden - nämlich als Kulturzentrum. Es besaß das, was Hermannsborn leider fehlte: ein Kurorchester; kein sehr großes zwar, aber immerhin ein Orchester, dessen Repertoire von Händel bis Kalman reichte. Doch das sind Erfahrungen, die ich erst später machte. Vorerst war ich froh, fast am Ziel zu sein. Der Omnibus, der nach Hermannsborn fahren sollte, würde laut Fahrplan noch 1 ½ Stunden auf sich warten lassen. Ich beschloß daher, in einer Regenpause einen kurzen Erkundungsgang in die Stadt zu machen, die schnurgerade Hauptstraße entlang. Auf dem Rückweg zur Bahn regnete ich bereits wieder leicht ein.
Und dann kam der schmucke gelbe Omnibus, an dessen Anblick wir uns noch so gewöhnen sollten, tatsächlich. Und fort ging's in die Einsamkeit. Denn Hermannsborn bedeutet Einsamkeit. Außer dem Kurhaus und den Verwaltungsgebäuden eins, zwei Pensionen, ein paar Privathäuser, sonst nichts. Ringsum Wald und Stille. Wir

kamen zur Kaffeestunde an. In der pompösen Halle der marionettenhaft lächelnde Hausverwalter, der zur Begrüßung gleich Formulare und die Hausordnung bereithielt. Unser Einzug vollzog sich mithin mit echt deutscher Gewissenhaftigkeit. Nachdem wir ge- und unterschrieben hatten, wies man uns ein.

Jetzt müßte eigentlich jene Tischepisode folgen. Ich habe bereits versucht, sie in Versform zu bringen. Ob's gelungen ist, darüber kann ich mir kein Urteil anmaßen. Ich wurde jedenfalls in der Veranda an einen Tisch geführt, an dem ich der einzige Neuling war. Und das bei meinem schüchternen Naturell. Ich war heilfroh, als die erste gemeinsame Mahlzeit vorbei war. Es war für mich eine Tortur. Übrigens verliefen wir Neulinge uns ab und zu einmal. Die Ober mußten dann, nachsichtig lächelnd, uns an den richtigen Tisch hinjonglieren. Warum waren die Tische aber auch nicht nummeriert, wo man doch Ordnung hier so zu lieben schien?

Und dann brach die Sonne durch! Die Parkwege belebten sich, Ausflüge in die nähere und weitere Umgebung wurden unternommen; am Abend saß man auf der Terrasse. Die Gemeinschaftsräume jedoch, Spiel- und Lesezimmer, leerten sich. Allerdings nur für wenige Tage, dann war aus Hermannsborn wieder „Regenborn" geworden.
Aber vorerst herrschte die Sonne. Sie „beherrschte" in schier unerträglicher Weise auch Veranda und Speisesaal. Wir Männer wissen davon ein Lied zu singen. Es wurde mit Anstand

und – Sakkos geschwitzt. Sich im Sport- oder gar im Polohemd sehen zu lassen, war verpönt.
Und die Sonne ging noch im übertragenen Sinne auf. Meine Tischnachbarin, die mir bei verstohlener Betrachtung schon angenehm aufgefallen war (wodurch? wird man fragen. Nun vielleicht einfach dadurch, daß sie anders zu sein schien als die anderen), meine Tischnachbarin also zeigte sich besorgt um mein leibliches Wohl. (Sah ich so schlecht aus?) Sie bestellte beim Ober Essen nach, erkundigte sich, ob ich im Haus Kaffee trinken würde und wickelte für uns Männer das Kaffeegebäck in Servietten ein. Es dauerte indessen noch einige Tage, bis wir in unseren Gesprächen über Belanglosigkeiten hinauskamen. Dann allerdings merkte ich – und ich mußte ein Vorurteil korrigieren, was ich gern tat - , daß sich mit ihr trefflich plaudern ließ, daß sie auf den verschiedenen Wissensgebieten eine eigene Meinung hatte, die sie gut zu vertreten wußte. Allmählich begann ich mich – man messe daran die Totalität der Umwandlung – auf die gemeinsamen Mahlzeiten zu freuen und vergaß darüber fast die beiden anderen Tischgenossen.

Was diese beiden andern anlangt, so waren sie die denkbar größten Gegensätze. Der eine, von Beruf Musiker, einsiedlerisch, krankhaft-verschlossen, ja mimosenhaft. Alle Versuche, ihn in Gesellschaft zu ziehen, lehnte er störrisch ab. Nicht einmal auf seinem Cello wollte er uns etwas vormusizieren. Er tat dies nur einmal vor seinem Zimmergenossen und bei geschlossenem Fenster.
Der andere vital und brutal, Casanovatyp übelster Sorte. Er aß nicht, nein er fraß – und zwar

in der unappetitlichsten Form. Der Herr „Chefchemiker" (die Eingeweihten – und wer war nicht eingeweiht? – nannten ihn Kommissar) war wegen seiner galanten Abenteuer der Schrecken von Hermannsborn. Als er endlich in flagranti ertappt wurde und in hohem Bogen flog, sah man lauter zufriedene Gesichter. Und das Gelärm in der Brunnenschenke legte sich etwas.

Die Brunnenschenke! Nach dem meist scharf gewürzten Abendessen mußte man unbedingt etwas trinken. Man konnte das im Kurhaus tun – zu Kurpreisen. In der „Brunnenschenke", die am Ausgang des Parks lag, hatte man's billiger. Der Wirt, im Volksmund Anton genannt, war ein Typ für sich. Er paßte sehr gut zu dem monotonen Schallplattengedudel. Das Programm war jeden Abend dasselbe. Kam man zum Beispiel um neun Uhr, dann wurde man mit dem freundlichen Hinweis begrüßt, daß wir alle, alle, alle in den Himmel kommen. Was gibt es Tröstlicheres – beim Betreten einer Gaststätte? Einige „Dauertänzer" trieben ihre Exerzitien in der exklusiven Weinstube, auf der Kegelbahn tummelten sich die Kegelbrüder. Zwischen zehn und halb elf erfolgte dann der Auszug und kurze Heimweg. Die B.s unten, die zu dieser Zeit schon der Nachtruhe pflegen wollten, konnten den Weg der Kolonne genau verfolgen, und zwar akustisch. Optische Ergänzung fand der, der zu dieser Zeit noch „auf Deck" war. Manchmal war der „Abschied" herzzerreißend.

Wir begannen bald, die Umgebung zu erobern. Es war nicht nur Eroberungsdrang, was uns trieb, es war auch Appetit auf etwas „Nahrhaftes" oder „Schleckiges" mit im Spiel. Man konnte ohne Magenbeschwerden zu bekommen das Stückchen Kuchen nach dem Mittagessen „verdrücken" und sich dann auf das Schinkenbrot freuen, das man in Alhausen, Schönenberg oder Pömbsen essen wollte. Appetit darauf bekam ich eigentlich erst, als ich nette Gesellschaft gefunden hatte, woraus erhellt, wie gut auch für die Appetitanregung ein guter Umgang ist. (Daß wir nach dem Kegeln, zu dem uns Fräulein A. „verführte", einen Imbiß nehmen mußten, versteht sich wohl von selbst. Der Muskelkater war übrigens nicht „ohne", und das Treppensteigen fiel uns merklich schwer. Aber schön war es, einmalig schön, wie mir alle Teilnehmer gern bestätigen werden. Genau wie das Schaukeln, natürlich nur auf ärztliches Rezept und zur Anregung der Verdauung.) Um wieder aus den Klamotten herauszukommen: Wir kamen tatsächlich in den Regenpausen viel herum. Einsiedler gehen gern allein durch den Wald. Das kann nervenstärkend sein, birgt jedoch den Keim zur Melancholie in sich. Wir töteten diesen Keim, indem wir stets wenigstens zu zweit unsere Waldspaziergänge unternahmen. In angenehmer Gesellschaft kommt einem selbst die Luft viel würziger vor. Und erst die Heimkehr von Driburg, im Banne des Kunstgenusses (einmal wehten uns die Klänge der „Tannhäuser"-Ouvertüre bis auf die Höhe, die es zu ersteigen galt, nach). Es war schon ein Erlebnis – ungeachtet des meist aufgeweichten und glitschigen Weges. (Kunstgenüsse wollen „erkauft" sein.)

Driburg ist bestimmt kein Weltbad. Es ist nicht einmal Staatsbad, sondern befindet sich in Privatbesitz. Trotzdem hat es seine Reize (keine aufreizenden bitte). Von Kurorchester sprach ich schon. Wir mußten uns die Zeit förmlich abstehlen, um dem Konzert wenigstens am Nachmittag beiwohnen zu können. Da es bis 18 Uhr dauerte, wir jedoch in Hermannsborn bereits um 18.30 Uhr speisten, mußten wir vorzeitig aufbrechen. Im Freien konnte man das Konzert leider selten hören. Meist fand es wegen des unbeständigen Wetters im Theatersaal statt. Zweimal konnte ich es bis zu Ende anhören. Einmal an meinem ersten Sonntag, als wir zu fünft in Driburg weilten. Da man sich in angenehmer Damengesellschaft befand, wirkte das Kurorchester nur als Geräuschkulisse. (Bekanntlich kann niemand zwei Herren dienen.) Das zweite Mal geschah es, als unsere Reihen bereits gelichtet waren und es an das große Abschiednehmen ging. (Über den Kreis, den wir uns „zusammenbauten", wird nachher noch zu sprechen sein). Da es mitten in der Woche war, bedurfte es umfangreicher Verhandlungen mit dem Oberober (oder Chefober), um uns das Abendessen zu sichern. In dieser heiklen Situation erwies sich wieder einmal, daß Frauen doch bessere Diplomaten sind. Mit viel Charme setzten sie die Sache in Szene. Der Clou kam jedoch erst am Abend – und das danke ich noch heute unseren beiden Damen, die mir das Essen brachten: sie hatten nicht nur den Chefober günstig gestimmt, er ließ uns sogar statt der Kartoffelpuffer eine Wurstplatte von ungeheuren Ausmaßen verabreichen. Schade, daß wir sie nicht gemeinsam verspeisen konnten. Doch das hätte laut Hausordnung nur im Speisesaal geschehen können und dann hätte jeder „Wind" von der Sache bekommen.

Wenn ich daran denke, wie einsam es hätte sein können, wenn nicht unser „Kreis" gewesen wäre, dann packt mich noch nachträglich ein Grauen. Da ich prädestinationsgläubig bin meine ich, daß wohl alles so vorherbestimmt war. „Eingeführt" wurde ich am ersten Sonntagvormittag. Wir waren gerade aus Nieheim von der Kirche gekommen. Das dort Gehörte klang noch in uns nach. Die Predigt bildete tatsächlich noch tage- ja wochenlang Gesprächsstoff in Hermannsborn. Der Pfarrer hatte konkret wie selten einer gesprochen, unter anderem auch von der Mitschuld, die die Kirche stets am Kriege trage. (Ein wahrhaft mutiges Wort!) Das Wort Gottes sei dem Schwarzbrot vergleichbar. Es nährt – mehr als Kuchen und Gebäck. Doch man müsse sich an diese kräftige Speise erst gewöhnen.
Wir saßen in der Halle und studierten unsere Post: eine Westfälin, eine Rheinländerin, ein Herr, der mir noch unbekannt war, der jedoch die beiden Damen zu kennen schien und ich, der Stammeszugehörigkeit nach ein Schlesier. Nach einer respektvollen Kunstpause fing der mir Unbekannte ein Gespräch an, aus dem ich entnehmen mußte, daß Fräulein A., meine Tischnachbarin, geplaudert haben mußte. Er legte mich gleich auf den Schlesier fest und fiel fast vom Sessel, als er hörte, daß ich <u>auch</u> Glogauer sei. Alles andere ergab sich dann fast von selbst. Man hatte eine Tour nach Driburg verabredet, an der teilzunehmen ich eingeladen wurde. Um die Gesellschaft noch „internationaler" zu machen, schloß sich uns noch ein Badenser an, der bereits

zu diesem Kreis gehörte. Wir drei Männer gingen zu Fuß, das zarte Geschlecht vertraute sich dem Omnibus an. Wir haben auf dem Wege nicht nur über Glogau gesprochen, sondern viele Probleme, vor allem religiöse Probleme, gewälzt. Daß wir sie nur theoretisch erörterten, jedoch keine Lehre daraus zogen (wie so oft im Leben) bewies der Ausgang dieses so schön begonnen Tages. Doch: Schwamm drüber! Landsmannschaftliche „Spannungen" gab es bei uns erfreulicherweise gar nicht. Die Vertreter einer orthodoxen Volkstumstheorie hätten „Bauklötzer gestaunt", wenn sie uns gesehen hätten: friedlich und lu-stig.

Darf ich auf die Ausflüge, zunächst auf die Spaziergänge in die nähere Umgebung, zurückkommen? Sie erfolgten gewiß nicht um der Schinkenbrote wegen. So besuchten wir unter anderem das Geburtshaus von Friedrich Wilhelm Webers in Alhausen und statteten seiner Taufkirche in Pömbsen einen Besuch ab. Mein Weg führte mich am letzten Tage, eines Versprechens eingedenk, noch einmal in diesen Barockraum, und ich notierte mir zum Entsetzen der Putzfrau die letzten Strophen des Gedichtes, das neben der Eingangstür hängt. Darf ich es zitieren? Es hat, meine ich, uns allen, Katholischen wie Protestanten (ja sogar Atheisten würde ich ausdrücklich einschließen, ob sie's wahrhaben wollen oder nicht) viel zu sagen:

„Wer du auch seist, auch dich ruft Gott einst ab,
und dunkel schließt sich über dir das Grab.
Wie du gelebt in deiner Erdenzeit,
wirst du gerichtet für die Ewigkeit.
Drum sei bereit, verschließ die Seele nicht,

wenn zu dir Fr. W. Weber spricht:
„Was giftge Jungen dir auch zischelnd künden,
was eitle Blätter dir auch rauschen mögen.,
einst musst du tief und treu im Herzen tragen,
daß nirgends Heil als nur im Kreuz zu finden.
Trau du den Weisen nicht, die Torheit lehren,
nicht falschen Worten, die das Wort verkehren.
Und schlafe ich längst schon unter Friedhofslinden,
das sollst du stets bewahren im Gedächtnis
als meiner Liebe teuerstes Vermächtnis:
Es ist kein Heil als nur im Kreuz zu finden."
Das ich das noch sage (eigentlich müsste man jetzt einige Minuten schweigen): Der katholische Pfarrer, der gerade im Brevier las, als wir kamen, ist sehr stolz auf „seine" schöne Kirche, deren Bau er uns erläuterte.

Natürlich waren wir begierig, auch die weitere Umgebung kennen zu lernen. Über zwei Fahrten kann ich berichten: die erste ging zu historischer Stätte, und zwar zum Hermannsdenkmal, die zweite führte uns an die Weser. Mit einem 8-Personen-Bus reisten wir bequem und waren unter uns.
Historische Reminiszenzen an das Hermannsdenkmal zu knüpfen, sei mir in diesen persönlichen Erinnerungen erlassen. Es ist ein erhebender Anblick, wenn man nach steiler Auffahrt durch den Teutoburger Wald (die Dörfer bleiben tief unten zurück) in die letzte Kurve einbiegt und das Denkmal zum Greifen nahe majestätisch vor einem liegt. Wir hatten gewiß kein ideales Wetter (in der Ferne rollte der Donner, die Sonne beleuchtete nur ab und zu einmal wie ein Scheinwerfer einen Ausschnitt der Landschaft),

trotzdem konnten wir uns dem faszinierenden Anblick nicht entziehen und bestiegen, nachdem unsere „Kaffeeschwestern" sich bergab davongestohlen hatten, noch die - allerdings sehr zugige Plattform. Auf der Rundfahrt wurde den Externsteinen ein Besuch abgestattet. Die Jugend erstürmte sie im Nu und schoß in schwindelnder Höhe einige nette Fotos zur Erinnerung, die Bedächtigeren (ich sage mit Absicht nicht: die Älteren) schauten von unten zu. Die Stimmung auf der Heimfahrt war famos, allerdings für die vorn Sitzenden (ich gehörte zu jenen Unglücklichen) etwas zu laut.

Die Weserfahrt wurde leider etwas wässerig. Bis Corvey, von dem wir nur das Schloß besichtigten, ging es an. Als wir in Beverungen uns in dem idyllisch gelegenen Café gestärkt hatten, fing es jedoch zu regnen an. Karlshafen wurde dann unter Regenschirmen „begangen". Das gab wiederum Anregung zu einigen ergötzlichen Aufnahmen. Die beiden Unzertrennlichen wurden zu „Hauptdarstellern", natürlich ohne Gage. Diesmal kamen wir auch tatsächlich zu spät zum Abendbrot, und zwar nicht nur wegen der regennassen Straßen. An meinem Tisch wurde das sehr gerügt, und der Ober legte allen obrigkeitlichen Zynismus in seine Frage: „Sind Sie auch schon da?" Wir bekamen jedoch nachserviert, ohne 50 Pfennig entrichten zu müssen, wie es für solche „Exzesse" die Hausordnung eigentlich vorschreibt.

Fotografiert wurde bei all und jedem Wetter. Die „Fotografen" erfreuten sich überhaupt ziemlicher Beliebtheit. Kein Wunder, denn jeder wollte doch auch ein paar persönliche Erinnerungen mit heimnehmen. An Motiven fehlte es wahrlich nicht, auch nicht an Hilfsbereiten, die gern einmal „abdrückten", wenn man selbst mit aufs Bild wollte. Noch am letzten Tag meines Aufenthaltes wurde ich von einer älteren Dame gebeten, mit ihrem Apparat (anno 1928) von ihr Aufnahmen zu machen, im Sitzen, im Stehen, nein – nicht im Liegen, aber mit Brunnenglas und mit Herrn R., der zufällig vorbeikam. Sobald der Regen einmal nachließ, ging's im Laufschritt durch den Park; sie vorneweg auf der Suche nach dem geeigneten Motiv, ich mit Apparat, Stativ und halb gefülltem Brunnenglas hinterher.

Daß ich auf die Kinder nicht vergesse. Frau F. erhielt in der letzten Woche Besuch; es kamen ihr Mann und ihre beiden Kinder. Wir hatten viel Freude mit ihnen. Und Fräulein A. konnte ich als „Kinderfräulein" bewundern. An Schlagfertigkeit fehlte es ihr nie.
Sitzen wir am Nachmittag kurz vor dem Abschied in einer Gaststätte in Bad Driburg. Fräulein A. und ich rauchen, Ulrich und Heidi tun so „als ob" mit Schokoladenzigaretten, von denen sie ab und zu die „Asche" abstreifen. Ein ergötzlicher Anblick – nicht nur für uns, sondern auch für die andern Gäste. Heidi kann sich von ihrer Zigarelle gar nicht mehr trennen, behält sie gleich im Mund. Darauf sagt tadelnd die Mutti: „Heidi, du bist eben doch noch keine Dame!"
„Was ist das, eine Dame?" Das Stichwort für Fräulein A. ist damit gefallen, ihr Geist sprüht bereits Funken: „Eine Dame, das ist eine Frau, die ganz allein in einem stockdunklen Keller sich befindet, gähnen muß und sich die Hand vor den

Mund hält" (ich füge hinzu: obwohl sie von niemandem gesehen wird). Ist das kein Bonmot?

Dem „Spielteufel" sind wir gewiß nicht verfallen, aber ab und zu wurde doch gespielt. Das Roulettespiel war sehr kurzweilig. Fräulein A. meinte anfangs partout, den Kreisel nicht in Schwung bringen zu können, ja sie suggerierte es sich förmlich auf – und es kam tatsächlich so. Selbst eine Zigarette (der Schatz wurde von „Mutti" streng gehütet) wirkte nicht immer als „Beruhigungsfaktor". Die Damen zählten bereits die Punkte, während noch alles „rollte". Es war beängstigend aufregend. Und erst das Stäbchenspiel! (Mikado) Wer dabei die sicherste Hand zeigte, dem pflegte man zu attestieren, daß der Kurerfolg bereits eingetreten sei. Wehe, wenn ein Stäbchen wackelte, dann war's mit dem „Raffen" vorbei. Die Mitspieler wachten mit Argusaugen darüber, daß nicht „gemogelt" wurde.

Zum Entsetzen braver Spießbürger gibt es Menschen, die abends erst richtig in Schwung kommen, und zwar dann, wenn jene sich schon zur Ruhe begeben wollen. Bei dieser Spezies Mensch handelt es sich nicht etwa nur um Nachtschwärmer par excellence, obwohl nicht abzustreiten ist, daß ein abendlicher Spaziergang auch sehr reizvoll sein kann; dem Menschentyp, den ich vor allem im Auge habe, eignet am späten Abend eine besondere geistige Frische. Mit ihm lassen sich zur Nachtzeit schwerste Probleme wälzen. Er ist imstande, noch nach 22 Uhr in einem Zug einen bis ins Detail ausgefeilten Brief zu schreiben, der wie ein Pfeil trifft. Ich bewundere diese

Menschen, und möchte für mich ganz bescheiden einräumen, daß ich auch gern wollte, wenn ich könnte. Nun, in Hermannsborn konnte man nur bis zu einem gewissen Grade. Trotzdem gab es manch schönen Abend und – wie gesagt – jenen wunderbaren Brief.

Bedürfen diese Menschen einer besonderen Rechtfertigung? Sollen sie sich etwa bei den braven Spießbürgern dafür entschuldigen, daß sie auch auf der Welt sind? Nein! Dennoch ist es gut zu wissen, daß man zum Beispiel Goethe als Zeugen anführen kann. Was bei Phileros uns in eingeschränktem und eingeengtem Sinne gilt, mag hier für alle stehen: „Das Herz es ist munter, es regt sich, es lebt den lebendigsten Tag in der Nacht." Das Sprichwort aber: „Morgenstund hat Gold im Mund" hat entweder ein Spießbürger oder aber ein Materialist erfunden. (Ein Verwandter von mir hat ein gutes Rezept, daß ich ihnen gern verraten will: Wenn der Wecker morgens zu laut schrillt, dann zerstört er ihn am Boden oder ersäuft ihn. Das hilft immer. Die Unkosten darf man allerdings nicht scheuen.)

Über Schönheitsideale kann man streiten. Geschminkt haben sich die Frauen seit grauer Vorzeit. Einige gingen immer „ohne", entweder weil sie es tatsächlich nicht nötig hatten, oder weil sie es verpönten. Ich will zu diesem delikaten Thema nicht Stellung beziehen, lediglich eine kleine Hermannsborner Episode erzählen. Es gab da zwei Herren, die besonders gegen die Anwendung von Lippenstiften waren und ihrer Meinung überlaut und recht orthodox Ausdruck gaben. Das war in diesem Falle gar nicht nötig. Daß es jedoch einen durchschlagenden „Trotz-

Effekt" hatte wurde den beiden an einem schönen Sommerabend überraschend klar, als die Damen tatsächlich in „voller Kriegsbemalung" erschienen. Wie gesagt, ich hatte mich nicht exponiert und konnte mich nur an der Verblüffung der beiden beleidigten Tugendbolde weiden. Und die Moral von der Geschichte: überspitzte Kritik fordert oft das erst heraus, was sie bekämpft!

„Zudulden ist! Sei's tätig oder leidend auch!" Nein, ich habe nicht vergessen, weshalb wir nach Hermannsborn gekommen sind. Natürlich in erster Linie wegen der Befreiung von unseren mannigfachen Leiden. Die Kurverordnungen waren vielseitig. Der eine erhielt Stahl-, der andere Salz-, der dritte Moorbäder; gefürchtet war die Tortur der Wechselduschen (o, was verbarg sich hinter diesem harmlosen Wort); manche mußten sich von innen besehen, was man autogenes Training nannte. (Einer soll in der Übungsstunde sogar einmal eingeschlafen sein!) Wir duldeten also – auch die ärztliche „Behandlung", die sehr oberflächlich geschah, wir lagen unsere Stunden ab und sehnten uns nach der Sonne, der wir unsere Körper gern etwas ausgesetzt hätten. (Arme Frau S.! Sie hatte zwei Badeanzüge und einen Luftanzug mit. Die Badeanzüge benötigte sie gar nicht, im Luftanzug ist sie beim zweiten Versuch fast erfroren.)

Von entscheidender Bedeutung für den „Kurerfolg" war die Zimmerfrage. Einzelzimmer gab es sehr wenig. In den Zweibettzimmern fanden sich wie ich hörte oft grundverschiedene Temperamente zusammen. Außerdem war, bedingt durch den Backbetrieb, ein ständiges Gehen und Kommen. Im Anfang hatte ich sogar das Unglück, in einem Zweibettzimmer zu landen, das über ein Einzelzimmer zu erreichen war. Es befanden sich also drei Personen in zwei Räumen. Gemeinsame Interessen gab es nur zwischen den beiden anderen. Sie erstreckten sich lediglich auf amouröses Gebiet. Es fiel mir daher ein Stein vom Herzen, als ich durch eine „Umdisposition" zu Herrn G. aufs Zimmer kam. Wir hatten schon vorher – da er „Mitglied ,, unseres Kreises war, gute Beziehungen zueinander unterhalten. Dieselben wurden nun „ausgebaut". Wir hatten nie irgendeine Meinungsverschiedenheit miteinander, besser gesagt: wir ließen – soweit unsere Meinungen tatsächlich einmal voneinander abwichen – einen jeden bei seiner Auffassung, ohne den Versuch zu machen, einander zu „bekehren". Diese Toleranz hatte sich vornehmlich auf Glaubensdinge zu erstrecken. Herr G. ist überzeugter Katholik, jedoch auf eine unaufdringliche Weise. Wir trafen in wesentlichen Dingen immer wieder zusammen. Ich machte jedoch kein Hehl daraus, daß mir insbesondere die Prachtentfaltung des Papsttums sehr im Widerspruch zu Christi Lehre und Leben zu stehen scheine (wobei allerdings anzunehmen ist, das in gewissen evangelischen „Führungskreisen" auch eine Neigung zum Herrschen besteht, die die ganze protestantische Lehre ad absurdum führt. Man setze dagegen die Armut Luthers). Es war sehr schade, daß Herr G. früher abreisen mußte als ich. Zu dem neuen Zimmergenossen knüpfte ich keine Beziehungen mehr an. Wir lebten friedlich nebeneinander her.

Wie gesagt, das Kulturzentrum – soweit man von einem solchen überhaupt sprechen konnte – befand sich in Driburg. Außer dem Kurkonzert wurden dort laufend Sonderveranstaltungen durchgeführt, die zu besuchen wir leider keine Gelegenheit hatten. Lediglich am Samstagabend fand in Hermannsborn ein Tanzabend statt. bereits nach dem Mittagessen machte sich eine gewisse Unruhe bemerkbar, die sich abends zu einer Art Fieber entwickelte. Ob dieses Fieber nur deshalb regelmäßig ausbrach, weil die Herren hoffnungslos in der Minderzahl waren und zum Teil auf eine aktive Teilnahme am Geschehen keinen Wert legten? Es wurde einem geradezu übel genommen, wenn man erklärte, an diesem „kulturellen Ereignis" nicht teilnehmen zu wollen. Und wenn sich dann auch noch herausstellte, daß man das Tanzen gar nicht erlernt hatte, dann kam man leicht in den Verdacht, völlig rückständig zu sein oder ein Pietist. Nun, ich finde, daß ich keines von beiden bin. Mir fehlte zum Erlernen dieser umstrittenen „Kunst" bisher lediglich die Lust. Und lustlos sollte man so etwas nicht tun. Sollte sich jedoch herausstellen, daß meine „Zukünftige" einmal Wert darauf legt, einen Mann zu heiraten, der wenigstens „in etwa" tanzen kann, so würde ich mich ihr zuliebe dieser Tortur vielleicht noch unterziehen. Allerdings, das „Neueste vom Neuen" würde von mir schon aus ästhetischen Gründen (andere will ich hier noch gar nicht anführen) radikal negiert werden. Das könnte eine gewaltige Liebe nicht ändern.

Meine drei Tischdamen (ich habe mich nach der „Neubesetzung" oft schrecklich gelangweilt) wollten mich übrigens gar zu gern rasch verheiratet wissen. Ich habe mich über ihren Eifer köstlich amüsiert und mich im Stillen damit getröstet, daß es einer „Leidensgenossin" – allerdings mit umgekehrten Vorzeichen – fast genauso erging.

Und dann ging die Zeit mit der „Mutti" und dem „Liebchen" auch zu Ende. An einem regennassen Samstagnachmittag gings ans Abschiednehmen. In Driburg sah ich die vertrauten Gesichter zum letzten Mal. Es wurde noch gewinkt, als der Zug bereits in der Kurve nach Strelsen lag.
Was zurückblieb war Einsamkeit und – Regen. Er war unser treuer Gefährte, das einzig Beständige in diesem Sommer. Nachdem ich mich noch übers verregnete Wochenende gequält hatte, schlug auch meine Abschiedsstunde. Einige Getreue kamen zum Omnibus und winkten uns das Lebewohl zu. Wie oft hatten wir diese Zeremonie des Abschiednehmens beobachtet! Der gelbe Omnibus brauchte lange, ehe er sich auf der verschlungenen Straße zum Parkausgang durchgeschlängelt hatte. Vor dem Portal des Kurhauses aber standen die Getreuen und winkten (mit der Hand, mit Taschentüchern, ja sogar mit Badetüchern), bis er ihren Blicken entschwand. Und dann ging für sie das Kurleben weiter, bis auch ihre Abschiedsstunde schlug.

Was blieb? Nur Fotografien und einige nette Briefe?
„Ach! Warum, ihr Götter, ist unendlich alles, alles, endlich unser Glück nur?" Geht's nach dieser Melodie? Aber sind wir nicht meistens erst in der Erinnerung recht glücklich? Ansonsten sind

wir doch oft reichlich undankbar. Hand aufs Herz! Wer mag sich ausnehmen? Ich jedenfalls nicht. Jetzt habe ich's schwarz auf weiß von vielen bekommen, daß es doch „eigentlich" recht schön war in Hermannsborn. Und wie oft haben wir gestöhnt, geseufzt und gekrittelt!

Und doch muß ich uns allen Gerechtigkeit widerfahren lassen: Ganz tief drinnen sind wir doch ab und zu in einer besinnlichen Stunde ganz froh darüber gewesen, wie lieblich uns das Los gefallen war. Es hat sich doch gelohnt – nicht nur zum Zwecke der Erweiterung der Menschenkenntnis im positiven wie im negativen Sinne.

Darf ich einen Wunsch äußern – ganz am Ende? Denn jetzt ist wirklich nichts mehr zu tun, als allen im Geiste noch einmal kräftig die Hand zu drücken (aber wirklich kräftig, weil man angeblich am Händedruck bereits den Charakter eines Menschen feststellen kann). Ich möchte ihn – indem ich mich mit einschließe – in Worte fassen, die einer unserer Großen seinem Prometheus in den Mund gelegt hat:

„Neues freut mich nicht, und ausgestattet
ist genügsam dies Geschlecht zur Erde. Freilich frönt es um den heutigen Tage,
Gestrigen Ereignens denkts nur selten;
was es litt, genoß, ihm ists verloren.
Selbst im Augenblicke greift es roh zu;
Faßt, was ihm begegnet, eignet's an sich,
wirft es weg, nicht sinnend, nicht bedenkend,
wie mans bilden möge höhren Nutzen.
Dieses tadt ich; aber Lehr und Rede,
Selbst ein Beispiel, wenig will es frommen.
Also schreiten sie mit Kinderleichtsinn
Und mit rohem Tasten in den Tag hin.

Möchten sie Vergangnes mehr beherzgen,
Gegenwärtges, formend mehr sich eignen,
wär es gut für alle; solches wünsch ich."
Ich meine, wir, denen selbst in „Regenborn" der Humor nicht ausging, sind bereits auf dem besten Wege, uns dem Ziele anzunähern. Daß wir es doch alle erreichen möchten!

28.9.54"

„Theaterfrühling?

Ich habe das Theater wieder entdeckt. Nicht, daß ich es nicht immer geliebt hätte, aber mein Kranksein machte mir den Theaterbesuch zu einer Tortur. Außerdem spielt man in Ulm noch immer in einer ehemaligen Turnhalle.
Mit „La Traviata" fing es an. Am Sonntag bevor wir in Urlaub fuhren, sah ich sie: die Elisabeth Roon als Violetta, ich hörte sie auch und war begeistert, so begeistert, daß ich ihr schrieb, wie begeistert ich bin (was für eine Stimme, was für eine Frau!) Es folgte ein netter Antwortbrief mit Bild und Widmung.
Und dann der „neue Zuckmayer" („Atom"-Schauspiel „Das helle Licht"). Mit langem wieder einmal die blut- und lebensvolle Annelene Reichert. Ihre Glanzrollen (Amalia, Raina, Michele, Solveig) habe ich noch in bester Erinnerung. Als Hjördis brilliert sie jetzt – leider nur als Gast. Nobel, verhalten, ohne billige Effekthascherei, wirkungsvolle Zitate nur hingehaucht (aber <u>wie</u> beseelt gehaucht!), herb selbst in den Liebesszenen – A. Reichert noch besser als früher. Auch sie bekommt ein Brieflein von mir.

Künstler sollen spüren, daß mit dem Applaus nicht alles zu Ende ist.

19/11.55"

Erste große Liebe

Es war der 24. Dezember 1955, der Heilige Abend. Reiner kam beim Rasieren aus irgendeinem Grunde dem Fenster zu nahe und schlug sich heftig den Kopf an. Es blutete, er war ganz benommen und hatte auf einmal hämmernde Kopfschmerzen. So ging er dann mit seinen Eltern zur Christvesper. Als sie die Kirche wieder verließen, standen sie auf einmal vor der Familie F. Komisch, fuhr es Reiner durch den Kopf, schon seit August wohnten sie in nächster Nähe, Haus an Haus, und trotzdem lernten sie sich erst jetzt kennen. Renates Mutter kannte er ja schon seit Jahren. Renate sah er an diesem Tag zum ersten Mal bewusst. Sie hat auf ihn vom ersten Augenblick an einen, ja den entscheidenden Eindruck gemacht. Er wusste selbst nicht, warum. Sie gefiel ihm nicht nur rein äußerlich, sondern er empfand, dass von Anfang an so etwas wie eine Seelenverwandtschaft zwischen ihnen da war. Der Heimweg erschien ihm viel zu kurz. Renate und Reiner hatten sich auf ihren Heimwegen und Spaziergängen in der folgenden Zeit immer so viel zu erzählen, dass ihm die Zeit viel zu kurz erschien, die sie zusammen waren. Sie hörte ihm konzentriert und Anteil nehmend zu und antwortete dann in wenigen Sätzen und zeigte dabei Sinn und Verstand. Er bewunderte ihre Bildung. Reiner war 33 Jahre alt und sie 20. Er fühlte sich zu alt für sie und wünschte sich, wenigstens fünf bis acht Jahre jünger zu sein. Daher befürchtete er, dass ihre Freundschaft „von Anfang an den Keim des Todes in sich trägt". Ihm fiel angenehm auf, dass sie ein gepflegtes Hochdeutsch sprach, was er als „eine Wohltat für meine durch den süddeutschen Dialekt strapazierten Ohren!" bezeichnete. Er wünschte sich eine Freundschaft mit ihr „und Freundschaft ist mehr, viel mehr, als das, was man heute gemeinhin „Liebe" nennt.

Ab dem Januar 1956 ging Reiner mit ihr ins Theater oder ins Konzert, seltener auch ins Kino. In den Pausen plauderten sie angeregt zusammen und tauschten ihre Ansichten aus. Sie besuchten sich auch gegenseitig. Doch waren da jeweils die anderen Familienmitglieder anwesend und wollten auch unterhalten sein. So war Reiner froh, als der Winter vorüber war und sie auf Spaziergängen über Dinge sprechen konnten, die für ein „öffentliches Gespräch" nicht geeignet waren.

Reiner schreibt über seine Kindheit und Jugend in seinen Tagebüchern, als er sich an seine verflossene Liebe erinnert: „Nun, ich bin in gewissem Sinne als ein „outsider" erzogen worden. Ich mußte immer ein artiger Junge sein, geschaffen zum „Herumzeigen" bei Onkeln, Tanten und Bekannten, prädestiniert zum Gedichtaufsagen, kurzum ein Muster an Anstand und Würde. So wuchs ich als ein „wohlbehüteter Junge" auf. Später regte sich mein Widerspruchsgeist gewaltig. Jedoch zu Exzessen irgendwelcher Art kam es bei mir nicht. Richtige Freunde hatte ich kaum, für falsche kann ich mich nicht begeistern.

Renate musste viel arbeiten und die Verantwortung für die Familie lastete auf ihr. Nebenher besuchte sie noch einen Englischkurs. Sie hatte wenig Zeit für Reiner und ihre Mutter schien anderweitige Pläne für sie zu haben. Am Pfingstsonntag wagte Reiner es, sie um das freundschaftliche „Du" zu bitten, doch sie schlug ihm diese Bitte rundweg ab. Noch einen Versuch hat Reiner unternommen. Er wollte ihr eine Freude machen und bestellte gute Karten für die Aufführung des „Don Pasquale", den Renate schon seit Wochen sehen wollte, lud sie ein und erhielt eine Absage. Als sie nach den Gründen gefragt wurde, erwiderte sie, die könne sie nicht sagen, vielleicht später einmal. Einen schrecklichen Abend und eine furchtbare Nacht verbrachte Reiner, bevor er am Morgen des 23.5.56 mit seinem Herzblut einen Abschiedsbrief verfasste. Er fragte sich: „Wann habe ich je einen solch selbstmörderischen Entschluß fassen müssen?...Es hat mich nie ein Verlust so geschmerzt, nicht einmal der Verlust der Heimat."

„Lebenslied in Moll

Wenn ein Stern fällt in der Nacht,
Wünsch dir etwas, es wird Glück dir bringen.
Einstmals habe ich den Spruch verlacht.
Heute möchte ich das Glück erzwingen.

Tiefe Einsamkeit kann Wohltat sein,
Lenkt zum Quell zurück des Geistes Streben.
Doch jahrzehntelang ins Ich gebannt; zu Stein
Wird dir alles, selbst das innigste Erleben.

Wenn dir dann die Elfe doch sich naht,

Ist zu spät es meist, du bist des Wartens müde.
Viel zu rasch geht jetzt des Lebensschiffes Fahrt.
Deinem Werben fehlt Geduld und Güte.

Und so zieht sie wieder weiter,
Meidet deines Weges Bahn.
Du stehst einsam ohn' Begleiter,
Es zerrinnt ein schöner Wahn.

Wenn ein Stern fällt in der Nacht,
Wünsch' dir etwas, es wird Glück dir bringen.
Mir hat es kein Glück gebracht,
Muß mein Lebenslied in Moll nun singen.

9.6.56"

„Gnadenfrist

Der Abschiedsbrief von Reiner bewirkte ein umfassendes Gespräch, das zu einer Freundschaft, wenn auch auf Distanz, für einige schöne, wenn auch nicht ungetrübte Wochen, führte. Ein Höhepunkt war noch das Fest vom 5. Juli, das Reiner anlässlich des Hochzeitstages seiner Eltern organisierte. Er wollte einmal Gastgeber spielen und räumt ein, dass dieses Ereignisses ohne Renates Unterstützung ein Fiasko geworden wäre. Sie gab ihm nicht nur gute Ratschläge, sondern hat auch an der Gestaltung und Durchführung des Programms aktiv teilgenommen. Von ihren Rezitationen schwärmte er in seinem Tagebuch. Besonders das Gedicht von Kästner auf die Mutter. Sie trug die letzten Worte besonders seelenvoll und innig vor: „Gott, hab ich sie lieb!"
Am 11.7.1956 kam dann das endgültige Aus. Reiner hatte ihr einen Klagebrief geschrieben, dass

er sich von ihr vernachlässigt fühle. Auf einmal kam das Gespräch darauf, dass da irgendwo noch ein Mensch sei, dem sie in vorbehaltloser Freundschaft zugetan sei. Für Reiner war nur wesentlich, ob es sich um eine Freundin oder einen Freund handelte. Aufs Geratewohl und noch nichts „Böses" ahnend legte er ihr dann die Bezeichnung „Freund" in den Mund und zu seinem Entsetzen erfolgte kein Widerspruch. In diesem Augenblick stürzte eine Welt für Reiner zusammen. Später ließ er sich dann noch den Verdacht bestätigen: „Kein Dementi ist eine Zustimmung." Worauf Renate erwiderte: „Da kann ich nichts dementieren." Die Frage, ob diese andere Freundschaft schon bestanden habe, als sie sich kennen lernten, verneinte sie. Reiner war tief getroffen. Er schrieb in sein Tagebuch: „Welcher Mann wird die Beweggründe, die wirklichen Beweggründe einer Frau jemals verstehen?

22.7.56"

Am Montag den 23.7.56, an einem schönen lauen Sommerabend, lud Reiner Renate noch einmal zu einem Spaziergang ein. Gegen den Willen ihrer Mutter setzte Renate durch, dass sie mitgehen durfte. Es wurde ein wunderbarer Spaziergang. Obwohl Reiner zur Umkehr mahnte, gingen sie flott weiter, bis der Mond aufging und die Landschaft verzauberte. In dieser Stimmung wurde es ihm auch leicht, ihr seine Fehler zu beichten. Schließlich kehrten sie zurück nach Hause. Reiner blieb noch eine Weile draußen stehen, nachdem er Renate abgeliefert hatte und schaute zum Mond hinauf, der sein silbriges Licht herunterschickte auf die Erde. Endlich kehrte er sich ab und ging nach oben. Er spürte, dass etwas endgültig zu Ende gegangen war, was so viel versprechend begonnen und nie richtig weitergegangen war.

Renate erschien nicht mehr zu Spaziergängen. So machte sich Reiner schließlich allein auf, kehrte aber wegen einer aufziehenden Gewitterwand bald wieder zurück. Schließlich hatte Reiner genug von Renates Hinhaltetaktik und ließ seine Mutter einen endgültigen Abschiedsbrief überbringen. Noch lange quälte ihn seine unerwiderte Liebe zu Renate. Als Fazit formulierte er in seinem Tagebuch:

„Freundschaft und Liebe sind zarte Pflänzchen. Setzt man sie während des Wachstumsprozesses dem grellen Scheinwerferlicht der Öffentlichkeit aus, verkümmern sie.

31./7.56"

Zweite Chance

Einige einsame Jahre gingen ins Land und Reiner glaubte schon, als Junggeselle durchs Leben gehen zu müssen, da begegnete ihm zufällig eine junge Frau auf der Straße, als er gerade zu Besuch bei seinem Freund in Göppingen weilte. Er war ganz in Gedanken auf den Straßen Göppingens unterwegs. Da kam ihm eine junge Frau mit einer schweren Einkaufstasche eiligen Schrittes entgegen. Beide konnten nicht mehr rechtzeitig bremsen. Sie rempelten sich an und ein Teil der Einkäufe kullerte auf die Straße. Rasch half ihr Reiner beim Einsammeln. Irgendwie gefiel sie ihm und er spürte den Drang, sie näher kennen zu lernen. Er fühlte sich von Anfang zu ihr hingezogen. Vielleicht war er ja doch nicht zu lebenslanger Einsamkeit verdammt?! So lud er sie kurzerhand zu einem Kaffee ein, um sie bei einem Gespräch näher kennen zu lernen. Es war im Oktober 1958. Schon bald stellte sich während ihrer angeregten Unterhaltung heraus, dass sie beide aus Schlesien, ja, welch Zufall, aus der gleichen Stadt kamen! Spontan lud Reiner Marianne nach Ulm ein. Für Anfang November wurde das Treffen angesetzt. So lernte Marianne die ehemalige Freie Reichsstadt Ulm kennen und erfuhr mehr von Reiner und seinen Interessen. Er bot ihr an, sie ins Theater einzuführen, auch, ihr Klavier spielen beizubringen, da sie kriegsbedingt kaum, dass sie damit begonnen hatte, wieder Schluss machen musste. Auch hat er vergeblich versucht, tanzen zu lernen.

In einem Brief Reiners steht zu lesen: „Heimat ist Friede." Marianne hält in einem ihrer Briefe dagegen: „die wahre Heimat ist bei den Menschen, die man liebt."

Ende November lud Marianne Reiner zu sich nach Hause ein. Beide genossen die schönen Stunden, die sie ja nur an den Wochenenden miteinander verbringen konnten. Reiner hat Marianne immer mit Lesestoff versorgt und zwischen den Treffen standen sie in Briefkontakt.

Ende November lud Reiner Marianne zu sich nach Hause ein und stellte sie seinen Eltern vor. Etwas später heißt es in einem Brief Reiners: „Wo echte Liebe ist zwischen zwei Menschen, da ist auch Heimat. Ich möchte aber feststellen, daß für mich der Gedanke besonders schön ist, daß diese echte Liebe Ereignis wird zwischen zwei

Menschen, die aus dem gleichen Lande stammen und die gleiche Sprache sprechen."

Etwas später lud Marianne dann Reiner zu sich nach Hause ein. Leider muss das Treffen verschoben werden, weil Reiner bei Glatteis eine Treppe hinuntergestürzt ist und nur schlecht laufen konnte.

Am 7.12. war es dann soweit und Reiner rückte zum Gegenbesuch nach Göppingen an, wo er Mariannes Mutter kennen lernte.

Die Weihnachtsfeiertage wurden gemeinsam verbracht. Auch die jeweiligen Elternteile waren dabei. Für Sylvester hat Reiners Vater für sie Karten für die Nachmittagsvorstellung von „Pariser Leben" ergattert. So stand der erste Theaterbesuch ihres Lebens für Marianne an. Reiner war ganz begierig, zu hören, ob es ihr gefallen habe. Es war alles neu für sie. Doch die Aufführung hat ihr sehr gefallen. Allerdings waren viele Leute da und Marianne war sehr aufgeregt. Gegen Abend hat sie Reiner dann zur Bahn begleitet und bedauert, dass sie nicht bleiben konnte, um mit ihm zusammen auf das neue Jahr anzustoßen.

Marianne wollte ernsthaft noch Noten lernen und hoffte, dass Reiner das Tanzen lernen würde, weil sie so gerne wenigstens einmal im Jahr zu Fasching mit ihm tanzen gehen wollte.

Im Januar schon planten sie ihren ersten gemeinsamen Urlaub. Es sollte an den schönen Tegernsee gehen. Sie freuten sich auf das erste längere Zusammensein zu zweit, ohne Eltern. Am 14.1.1959 sind die Prospekte von Bad Wiessee eingetroffen und Reiner hat beim Durchblättern das Urlaubsfieber gepackt.

Marianne lud Reiner zu einem Konzert in Göppingen ein, an das sie sich beide noch gerne erinnerten.

Sie trafen sich abwechselnd in Ulm und Göppingen und fieberten beide die ganze Woche schon den Treffen entgegen.

Marianne schreibt in ihrem Brief an Reiner vom 26.1.59: „Beinahe wäre doch gestern unser Omnibus verunglückt. Zum Glück haben wir einen älteren und sehr vorsichtigen Fahrer gehabt. Die Straße war doch spiegelglatt. Das habe ich in der Stadt gar nicht gemerkt. Hinter Göppingen, kurz vor Bartenbach geht es doch ziemlich bergab und da kam der Anhänger ins Schleudern. Unser Fahrer hat dann gleich den ganzen Wagen quer über die Straße gedreht, so daß wir direkt vor dem Gasthaus zum Stehen kamen. Der ganze Verkehr kam ins Stocken und manche Autos haben auf der Straße Walzer getanzt." In Mariannes Brief vom 10.2.59 an Reiner steht zu lesen: „Eigentlich hätte ich doch gestern schreiben sollen, so hatte ich es vor, denn heute ist in meinem Kopf Jahrmarkt. Der Grund ist ein Nachmittag ohne Chef, was natürlich ausgiebig und im Zeichen des Faschings gefeiert wurde. Drei Flaschen Wein auf Kosten der Firma, ein Radioapparat und 12 Personen. Die Herren waren leider zu wenig und ich habe auch mal mit einem Besen getanzt. Jeweilige Besucher unserer Räumlichkeiten haben dann fliehend das Weite gesucht. Jedenfalls war es sehr lustig und man wird mich wohl morgen wegen eines Schwipses ansprechen. Dabei kann ich auch ohne lustig sein und die anderen Kollegen des fröhlichen Vereins haben viel schneller und auch dementsprechend mehr getrunken."

Marianne und Reiner sparten nun fleißig für ihren Urlaub und beschlossen sogar, sich aus Kostenersparnisgründen nur noch alle vierzehn Tage gegenseitig zu besuchen.
Marianne erteilte Reiner Tanzunterricht: So liest man in Reiners Antwort vom 12. Februar 59 dazu: „Die „Tanzbewegungen" haben mir nur nicht geschadet, ich habe sogar wieder (und jetzt erst richtig) Lust und Liebe an der Sache bekommen. Aber meine Lehrerin läßt sich ja so selten sehen. Du solltest eben nach Ulm übersiedeln. Dann wäre alles viel, viel leichter und schöner und selbstverständlich auch billiger."
Am Samstag den 14. Februar steht im Brief Reiners an seine Marianne geschrieben: „Dein Bild prangt seit heute Mittag in einem Rahmen, einem goldenen Rahmen. Es ist leider sehr klein – Du weißt es. Deshalb habe ich einen Rand schneiden müssen, aus dem Du nun herausschaust. ich habe mir viel Mühe gegeben, trotzdem ist es nicht so ganz geglückt. Nun, Du wirst es ja sehen. Dein Bild steht in meinem Zimmer. Du bist also immer da."
Sie vereinbarten, sich aus Kostengründen nur noch alle 14 Tage zu sehen und blieben dann von Samstag auf Sonntag. An einem besuchsfreien Tag, als Marianne Waschtag mit ihrer Mutter hatte und von früh bis spät schwer schuftete, schielte sie immer wieder sehnsuchtsvoll nach dem Postkasten, ob nicht ein Brieflein von Reiner gekommen wäre.
Am 23.2.59 schrieb Reiner dann: „Es war mir eine große Freude, meinen Eltern mitteilen zu können, daß wir beide uns verloben werden und das heißt, daß ihr so schwieriger alter Junge endlich ein liebes Mädchen gefunden hat, das ihn

glücklich macht, das ihn trotz seiner Eigenheiten liebt. Das ist für mich ein Wunder." Nun ging es ans Planen der Verlobungsfeier, der Hochzeit und der Einrichtung der gemeinsamen Wohnung.

Am 26.2.59 erzählt Reiner seiner geliebten Marianne in seinem Brief folgendes. „Am Montag werde ich dann das Gespräch mit Pfarrer B. haben, zu dem ich schon lange eingeladen bin. Es wird nicht unbedingt harmonisch zugehen, da ich allerlei zu kritisieren habe. Ich stehe nämlich (hast Du das noch nicht gewußt, Liebling?) der traditionellen Kirche und ihrer Verkündigung sehr skeptisch gegenüber. Wir Evangelischen dürfen ja auch Predigten kritisch beurteilen.

Ein Wermutstropfen fällt auf das Glück der beiden, so schrieb Reiner am 1.3.59: „Eine Hoffnung ist mir übrigens zerstört worden. Der Posten, der in einiger Zeit bei uns frei wird und den nach Fug und Recht ich hätte bekommen müssen, wird in absehbarer Zeit nicht wieder besetzt. Dadurch entgehen mir circa 80 DM monatlich. Die hätten wir gut gebrauchen können. Es ist mir nur ein schwacher Trost, daß sich einige Kollegen – übrigens ohne mein Wissen – sehr für mich eingesetzt hatten. Unser Chef will eben sparen, schon um „ganz oben" (also bei der Direktion) gut dazustehen. So etwas geht dann immer auf Kosten der Untergebenen.

Im Brief von Marianne an Reiner vom 1.3.59 steht zu lesen: „Zu den Vorbereitungen für die ‚Verlobungsfeierlichkeiten' können wir Dich leider nicht brauchen. Mein Haushaltungsvorstand hat gesprochen und noch habe ich mich zu fügen. Luxus, nein, das ist auch nicht in meinem Sinne. Wir wollen doch gemütlich zusammen sein, und dazu tragen in erster Linie die Menschen bei. Natürlich will der Magen auch etwas haben. Aber das kriegen wir schon und die Mannschaft wird schon satt werden. Eigentlich wollte ich dieses Wochenende auch solide sein und nicht ins Kino gehen. Aber da haben sie den „Tiger von Eschnapur" gespielt und für den geheimnisvollen Orient bin ich sehr zu haben, obwohl ich jetzt nicht mehr von einem Maharadscha träume, ja, und da konnten wir halt nicht widerstehen. Meine Mutter war auch mit und eine Tour sind wir gelaufen. Das war aber auch ein schönes Wetter...Der Film war sehr aufregend, die Folge waren wilde Träume, und die Fortsetzung müssen wir uns jetzt auch noch ansehen....

Gibt es bei Dir im Betrieb auch eine Betriebsratswahl? Mich haben sie, wie schon einmal, in den Vorstand gewählt, der die Wahl vorbereiten muß. Ich bin halt als Schreibmamsell dabei und habe die meiste Arbeit. Wenn es nur bei uns im Büro nicht auch so angespannt wäre. Und dann möchte man noch für die anderen Damen den Lakaien machen...Ich muß wieder einmal Krach schlagen. Dann ist wieder für eine Weile Ruhe. Du Räuberhauptmann, was machen Deine Räuber von Schiller? War es schön?"

Am 29.3.59 war es dann soweit: In Mariannes Firma waren alle erst einmal baff ob der Neuigkeit über Mariannes und Reiners Verlobung. Dann trudelten Verlobungsgeschenke ein und sie wurde über alles Wissenswerte gelöchert. Die Feier fand in Göppingen statt. Reiner und seine Eltern trudelten um 14 Uhr ein und dann ging es los. Es wurde eine schöne Feier, an die alle noch lange dachten.

Das Verlobungsgeschenk der Firma wurde Marianne schließlich vom Chef höchstpersönlich überreicht. Seit bekannt werden ihrer Verlobung wurde sie viel zartfühlender behandelt.
Am 11.4.59 steht in Mariannes Brief an ihren Reiner zu lesen: „Am Freitagabend war ich noch schnell im Kino in „Christine" mit Romy Schneider. Sie hat darin (wahrscheinlich war sie es nicht selber) das „Ave Maria" gesungen und ich habe, obwohl der ganze Film traurig war, dabei geweint. Dazu geht man nun ins Kino."
Im Antwortbrief von Reiner heißt es: „Jetzt hast Du's doch nicht mehr ohne Kino ausgehalten." Reiner „ist doch ein böser Mensch, Dir das vorzuenthalten, nicht wahr? So macht sich" Marianne „selbständig. Recht so! Seit ich ab und zu zum Fernsehen gehe, komme ich vom Kino immer mehr ab." „Die letzten Tage habe ich immer einen kleinen Abendspaziergang gemacht. Bei uns ist's heute die milde Luft, die blühenden Sträucher, das Lichtermeer von Wiblingen, davor der Fluß (= die Donau), das Sternengeflimmer. Und wenn ich dann ein Liebespärchen kommen sehe (am Abend fast nur Liebespärchen) dann seufzt alles in mir nach der lieben" Marianne.
Über den ersten Mai planen sie ein langes Wochenende, 2 ½ Tage, da die Wochenendfahrkarte ab 3.4. 12 Uhr bis 4.5. 3 Uhr gilt. Das wollen sie ausnutzen, um sich länger sehen zu können.
Am 22.4. hat Reiner zwei Zimmer für Wiessee für Anfang September bestellt. Sie wollen 10 – 14 Tage fahren.
Am 8.5. wird Mariannes Mutter die Stelle gekündigt, weil der Betrieb in Göppingen aufgelöst

wird. Marianne hofft, dass sie bald wieder einen Arbeitsplatz finden wird. .

Am 4.5. hat Reiner die beiden Zimmer für die längere Zeit fest gebucht und für Marianne einen eigenen Prospekt angefordert. Ihre Mutter ist nicht einverstanden mit der Verlängerung. Er schrieb am selben Tag an seine Verlobte: „Der Gedanke, daß Du einmal wieder aus meinem Leben fortgehst, ist nicht auszudenken. Und doch plagt er mich immer wieder – meine tapfere" Marianne! „So viel hast Du schon durchkämpfen, allein durchkämpfen müssen. Erst gestern wieder, als Du mir Deine ehemalige Wirkungsstätte zeigtest, habe ich durch Dich und Deine Mutter wieder einiges erfahren. Das bindet mich nur noch fester an Dich und bestärkt mich in dem Vorsatz, Liebe und Geborgenheit zu schenken. Du darfst Dich bei mir geborgen wissen in allen Dingen. Keine Deiner Sorgen ist so klein, daß Du sie nicht mit mir besprechen könntest. Ich möchte Freud und Leid mit Dir teilen. Ich freue mich darüber, daß Du für mich betest. Ich habe es nötig. Auch bei mir vergeht kein Tag, ohne daß ich Deiner fürbittend gedenke.

Das war gestern mal eine schöne Wanderung! Ich glaube, es hat sogar Deiner Mutter gefallen. Das schöne Wanderwetter, das Grünen und Blühen der Natur, der herrliche Blick vom Berg und vor allem das Glück, das alles mit Dir erleben zu dürfen. Hoffentlich ist Dein Fuß wieder heil. Hast Du heute Muskelkater? ich fühle mich wohl. Hoffentlich können wir uns das noch oft antun."

Im Urlaub wollen sie sich nur ausruhen und beide freuen sich schon darauf, einmal richtig gemeinsam ausspannen zu können.

Über Pfingsten fuhr Marianne schon samstags nach Ulm und verbrachte die Feiertage bei ihrem Verlobten. Er schenkte ihr einen Armreif, über den sie sich sehr gefreut hat. Sie trug ihn fortan täglich und er erinnerte sie immer an Reiner, wenn sie nicht bei ihm und er nicht bei ihr war.
Langsam begannen sie auch an die Hochzeitsvorbereitungen zu denken, zu überlegen, wie sie den Gottesdienst gestaltet haben wollten und was sie sich überhaupt leisten konnten. Außerdem mussten sie schon daran denken, ihre Unterlagen zusammenzubekommen. Marianne stellte mit Schrecken fest, dass ihr Vater das Familienstammbuch bis zur Flucht hatte. Sie wusste nicht einmal, ob es noch in seinem Besitz war. Bei Mariannes Mutter stand der Canossagang zum Arbeitsamt an. Und dabei hatte sie doch gerade gegen ihren Mann wegen höherem Unterhalt klagen wollen und sie wussten, dass es nicht ohne Gericht abgehen würde. Aber bis dahin dürfte sie mit dem Arbeitsamt nichts mehr zu tun haben.
Reiner schrieb seiner Marianne am 24.5., dass er früher ab und zu „geschriftstellert" habe. So habe er auch für den Ost-West-Kurier, eine Vertriebenenzeitung, die über das ganze Bundesgebiet verbreitet war, von Zeit zu Zeit kleinere Berichte und Artikel geschrieben. Damals habe er sich auch an der Leserumfrage nach dem schönsten Erlebnis seit 1945 beteiligt.
In der Wohnungsangelegenheit hat Reiners Vater noch einmal an die Genossenschaft in Stuttgart geschrieben und „Dampf" gemacht.
Außerdem stellte Reiner einen Antrag auf Aufnahme in die Liste der Wohnungssuchenden und

beim Ausgleichsamt (also bei seinem Vater) einen Antrag als „bevorrechtigter Wohnungsanwärter".

Am 31.5.59 wurde Mariannes Mutter vom Arbeitsamt eine Arbeit in der Krankenhausküche zugewiesen, wo sie 6 Tage die Woche 4 – 5 Stunden arbeiten sollte. Vor lauter Aufregung hat sie vergessen, Mariannes Fahrkarte zu kaufen, weil sie sich gleich holter die polter dort vorstellen sollte.

Am 3.6. ist Besuch da, als Marianne müde von der Arbeit nach Hause kommt. Ihre Mutter hat den ersten Arbeitstag bei der neuen Stelle hinter sich. Es ist Mariannes Onkel, der ihr sogar 60 DM für die Reisekasse spendiert. 17 Jahre hatten sie ihn nicht gesehen und nun blieb er sogar über Nacht. Ihre Mutter war erschöpft von der neuen anstrengenden Arbeit. Allerdings hatte sie dort die Möglichkeit, günstig und reichlich zu Mittag zu essen. Das war ein Vorteil.

Reiner war nun allein zu Hause, weil seine Eltern nach Bad Wiessee in den Urlaub gefahren sind. So muss er die Wohnung versorgen. Zunächst gibt es noch Essen zum Wärmen, dann nahm er in der Kantine seine Mahlzeiten ein und schließlich war er bei Bekannten eingeladen. So freute er sich schon auf das kommende Wochenende bei seiner Verlobten. Er versicherte ihr auch, er werde ihr helfen und sie solle sich ja keine Umstände machen. In Reiners Brief an seine Verlobte vom 10.6.59 steht zu lesen: „Bei Dir, durch Dich und in Dir ist Heimat für mich. Hoffentlich klingt Dir das nicht zu pathetisch. Ich empfinde es wirklich so."

Ende Juni 1959 machen die beiden einen Ausflug zum Staufeneck. Diese Abwechslung hat

Reiner sehr gefallen. Am nächsten Tag hat er eine Karte herumgezeigt und allen im Büro davon erzählt, so begeistert war er. Die Schwiegereltern in spe schickten Marianne eine Karte aus ihrem Urlaub von einem Ausflug nach Kreuth, einem dreistündigen Fußmarsch.

Am 24.6.59 schrieb Reiner an seine Verlobte: „Heute in einer Woche ist bei uns Inventur. Da beginnt die tollste Zeit des Jahres. Unser Chef spinnt jetzt schon."

Reiners Eltern sind eher als vorgesehen aus Bad Wiessee zurückgekehrt. Noch vor Ort haben sie die Zimmer in Augenschein genommen, die die Verlobten gebucht haben und haben festgestellt, dass sie recht nett seien.

Anfang Juni fand das Sängerfest in Ulm statt mit vielen Fahnen, die im Winde flatterten. Reiner zeigte Marianne die besondere Abendbeleuchtung, die es zu diesem Anlass zu sehen gab.

Schon Anfang August schmiedeten Reiner und Marianne Hochzeitspläne. Marianne bangte, ob sie überhaupt Urlaub bekommen würde.

Nun war es endlich so weit. Es war Zeit, für den Urlaub zu packen. Sie freuten sich schon so darauf. Marianne fuhr mit ihrem Koffer nach Ulm zu Reiner, von dort ging es gemeinsam nach München. Dann mussten sie noch in einem kleinen Ort umsteigen und zum Schluss weiter mit einem Bus, bis sie am Urlaubsziel anlangten. Es wurden herrliche 14 Tage bei strahlendem Sonnenschein. Wandernd haben sie den ganzen See erkundet. Zwischendurch war auch Ausruhen angesagt. So saßen sie oft stundenlang bei interessanter Lektüre am Seeufer. Dann ging es wieder ins Kurkonzert oder auf eine Schifffahrt –

die war lustig! Die Möwen folgten ihrem Ausflugsboot. Beide dachten noch lange an diese schönen in Bad Wiessee verbrachten Tage zurück.

Als sie zurückkamen ging es flugs ans Heiraten und Wohnung Einrichten. Sie durften nämlich nur als Verheiratete in eine gemeinsame Wohnung einziehen. Andere Zeiten, andere Sitten! So hatten sie gleich nach der Rückkehr aus dem Urlaub alle Hände voll zu tun.

Die Hochzeit

Reiner verfasste eine Hochzeitszeitung mit markanten Sprüchen über Liebe und Ehe. Dann folgt sein Gedicht über das Brautpaar:

„FERN vom Heimatland
hier am Donaustrand
haben sie sich gefunden.
Welt, wie bist du klein!
Was fiel Amor ein
in glücklichen Stunden?

Im Schlesierland wuchsen sie beide heran," Mariann' „das Weib und" Reiner „der Mann,
beide in derselben Stadt,
die eine grosse Geschichte hat, -
mit vielen Mauern, Türmen und Wällen,
die von Habsburg und Preussen erzählen,
durchtrennt vom grossen Oderstrom,
überragt vom alten Dom:
Glogau ist sie genannt –
leider heute fast unbekannt.

Hatten beide das gleiche Geschick,

dass man sie aus der Heimat vertrieb.
Sie fand im Bayernland eine Stätte,
ihn zog's mächtig zu der Donau Bette.
Was beide sonst noch alles getrieben,
das steht an anderer Stelle geschrieben.
Fest steht, dass hier sie sich fanden
und sich heute liebend verbanden
zum Bund fürs Leben.

Das Hochzeitspaar – hoch soll es leben!"

Weiter heißt es:

„An die Eltern

WIR haben euch Mühe und Plage gemacht,
nicht nur am Tage, auch in der Nacht.

Ihr habt uns umsorgt, gehegt und bewacht,
nicht nur am Tage, nein, auch in der Nacht.

Habt Dank für die Mühen, für all euer Sorgen
am Mittag, am Abend und auch am Morgen.

Wir werden's in unseren Herzen behalten,
wenn wir nun das eigene Leben gestalten.

Wir bleiben euch nah in Liebe und Dank,
wir denken an euch unser Leben lang.

Wir bleiben einander in Liebe verbunden
in guten und in bösen Stunden.

Klein" Mariannchen

„KLEIN" Mariannchen „war ein munteres Kind,
sie huscht dahin wie der Wind.

Klein" Mariannchen „hat ein lieb Gesicht –
wusstet ihr das nicht?

Klein" Mariannchen „ist ,ne tapfre Maid,
die überstand schwere Zeit.

Klein" Mariannchen „ist ein Kamerad,
wie's selten einen hat.

Und sucht ihr dieses liebe Kind,
dann schaut euch um ganz geschwind.

Klein" Mariannchen „hat heut Hochzeitstag,
weil ihr" Reiner „sie so mag.

Die 22er

ICH hab's immer schon gesagt:
unser Jahrgang ist gefragt!
Wäre ich nicht so bescheiden,
würde ich's getrost beeiden.
Sind von ganz besondrer Rasse,
unser Jahrgang, der ist Klasse!

Adolf wusste uns zu schätzen,
schickt uns, um uns zu „ergötzen",
um uns Mumm und Zucht zu geben
dorthin, wo nur Männer leben.
War'n der Stolz der Nation,
„leben" heute noch davon.

Brauchte uns als „Ostlandreiter",

„siegen, siegen!" und so weiter...
Hatten keinen Willen mehr,
seit wir war'n beim Militär.
Adolf siegte sich zu Tode,
Deutschland wurde ganz marode.

Unser Jahrgang, der fing dann
mit dem Aufbau wieder an.
Fühlten uns als Zivilisten,
den bunten Rock wir nicht vermissten,
lebten demokratisch leise,
jeder auf die eigne Weise.

Doch der Staat braucht wack're Krieger,
dachte an die einst'gen „Sieger",
appelliert an Mut und Ehre,
dass dem „bösen Feind" man wehre,
der das Abendland „bedroht",
der nicht braun ist, sondern rot.

Über Farben lässt sich streiten,
will mich drüber nicht verbreiten.
Unser Jahrgang ist famos,
woher weiß Herr Strauss das bloss?
Eines aber bitt' ich aus:
Lasst in Frieden uns zu Haus!"

Abschließend steht dann geschrieben:
„Amtliche Mitteilung

Die Bundesbahn-Direktion Stuttgart gibt sich die Ehre, ...
aus Anlass ihrer Eheschliessung zu Ehrenfahrgästen 2. Klasse auf der Strecke Ulm-Göppingen beziehungsweise Göppingen-Ulm zu ernennen.

Sie verbindet damit den Dank für treues Dauerfahren am Wochenende."
Daraus hat Reiner nach dem Mittagessen im Lokal zitiert. Es war sehr amüsant und kurzweilig für die Hochzeitsgäste. Alle haben sich gebogen vor Lachen, nur Mariannes Mutter blickte recht ernst drein. Sie dachte wohl daran, dass sie bald alleine sein würde, wenn ihre Tochter zu ihrem Mann nach Ulm zog und ein neues Leben begann. Irgendwann verließ die feuchtfröhliche Gesellschaft das Lokal und es ging auf den Kuhberg zum Kaffeetrinken. Danach hat sich Reiner ans Klavier gesetzt und ein kleines Konzert zum Besten gegeben. Es war eine wunderbare festliche Stimmung überstrahlt von der untergehenden goldenen Oktobersonne, die durch das große Fenster ins Wohnzimmer hereinschien. Zum Abschluss gab es noch Abendbrot, dann brachen die Brautleute und Mariannes Mutter ins neue Domizil auf, wo sie bald erschöpft ins Bett sanken. Mariannes Mutter nächtigte auf der Couch im Wohnzimmer. Da es Samstagabend war, konnten sie am folgenden Tag erst einmal ausschlafen. Die Sonne blinzelte durch die noch zugezogenen Vorhänge herein, als sich die beiden Neuvermählten noch wohlig im weichen Bett ausstreckten. . Zum Mittagessen ging es dann zu Reiners Eltern.
Eine Woche lang waren die beiden Frauen dann damit beschäftigt, die neue Wohnung einzurichten, bevor Mariannes Mutter nach Göppingen zurückkehren musste. Marianne pendelte bis 31. Dezember noch zu ihrer Arbeitsstelle, die sie zum Jahresende gekündigt hatte. Fortan widmete sie sich dem Haushalt. Wenn Reiner bei der

Arbeit war und auch abends las sie viel. Beide lasen oft dieselben Bücher und tauschten sich anschließend über das Gelesene in angeregten Gesprächen aus.

Nachspann

Geburt der Tochter

Reiner ging arbeiten und Marianne kümmerte sich um den Haushalt. Abwechslung brachten gemeinsame Spaziergänge an den Wochenenden, Theater- und Konzertbesuche und der Austausch über ihre Lektüre. Auch zu Vorträgen gingen sie gemeinsam. Einmal im Jahr fuhren sie an einen See, um auszuspannen. Beide liebten Seen über alles. So ging es im Herbst 1962 nach Langenargen an den schönen Bodensee. Sie unternahmen ausgedehnte Spaziergänge oder saßen lesend auf einer Bank am Seeufer und beobachteten die Wassertiere oder träumten in die Weite hinaus. Auch unternahmen sie eins ums andere Mal einen Schiffsausflug. Bald nach ihrer Rückkehr wurde Marianne schwanger. Beide freuten sich auf das Kind. Schon Anfang Juni 1963 war es drückend heiß und Marianne litt unter der Hitze. Schließlich war es soweit. Am 25. Juni 1963 in den frühen Morgenstunden erblickte ihre Tochter Ingeborg das Licht der Welt. Der frischgebackene Vater eilte nach Betriebsschluss in die Klinik, um seine geliebte Marianne zu besuchen und einen Blick auf das neue Familienmitglied zu werfen. Schließlich kamen Frau und Kind nach Hause in die kleine Zweizimmerwohnung. Nun war es vorbei mit der Ruhe und Zweisamkeit. Wollte Reiner ein Buch oder die Zeitung lesen, wenn er abends abgespannt nach der Arbeit nach Hause kam, brüllte der Säugling und Marianne suchte, ihn zu beruhigen. Der frischgebackene Vater machte seine Abendspaziergänge nun mit Kinderwagen, während sich

Marianne daheim um den Abwasch kümmerte. Reiner spielte seiner Tochter auf dem Klavier etwas vor und freute sich, wenn sie freudig strahlte. Behutsam streichelte er über ihre Fingerchen und zarten Wangen.

So saß Reiner eines Abends auf einer Parkbank, das schlafende Kind im Kinderwagen neben sich. Er betrachtete lange und sinnend das zarte Gesichtchen unter dem goldig schimmernden Haarschopf und dachte bei sich: „Was erwartet dich wohl, mein kleiner Engel? Wenn du groß bist, was wird dann von der Natur noch übrig sein, wo der Mensch doch allerorten zerstörend in ihre empfindlichen Kreisläufe eingreift. Ich will dafür kämpfen, dass du noch eine lebenswerte Zukunft hast." So begann Reiner sich in Bürgerinitiativen zu engagieren und Leserbriefe zu verfassen. Auch unterhielt er eine rege Korrespondenz mit vielen Leuten. Der Kampf für Frieden und Umweltschutz wurde zu seinem Lebenswerk.